ullstein

Das Buch

Rügen um 1300: Die junge Kaufmannstochter Antonia sieht nach dem Tod ihres Vaters einem harten Schicksal entgegen. Ihr Bruder verheiratet sie gegen ihren Willen mit dem herrischen Conrad von Drachenfels. Sie muss ihre Heimat an der Ostsee verlassen und mit ihm ins Siebengebirge ziehen. Dort trifft sie auf den ehemaligen Bernsteintaucher Jaramir und findet in ihm bald einen Vertrauten und Verbündeten. Erschüttert muss sie feststellen, dass er mit anderen Verschleppten ausgerechnet für ihren Gemahl in einem Steinbruch unter schlimmsten Bedingungen schuften muss. Antonia besucht die Gefangenen von nun an oft, bringt ihnen zu essen und fasst schließlich einen mutigen Plan, sie zu befreien, obwohl der brutale Conrad sie zu entdecken droht. Allen Widrigkeiten zum Trotz ist sie entschlossen, den anderen Gefangenen zu helfen und mit Jaramir glücklich zu werden. Um ihrem Schicksal die Stirn zu bieten, muss Antonia schließlich all ihren Mut aufbringen ...

Die Autorin

Gabriele Breuer, geboren 1970, lebt mit ihrem Mann und Sohn in Köln. Sie arbeitet in einem Seniorenheim und schreibt nur in ihrer Freizeit. Unter dem Namen Gabi Breuer veröffentlicht sie auch Unterhaltungsromane.

Von Gabriele Breuer sind in unserem Hause bereits erschienen:

Luzifers Töchter
Die Magd und das Teufelskind

GABRIELE BREUER

Die Bernsteinbraut

HISTORISCHER ROMAN

Ullstein

Besuchen Sie uns im Internet:
www.ullstein-taschenbuch.de

MIX
Papier aus verantwortungsvollen Quellen
FSC® C083411

Originalausgabe im Ullstein Taschenbuch
1. Auflage September 2015

Umschlaggestaltung: ZERO Werbeagentur, München
Titelabbildung: © FinePic®, München (Kette);
© Private Collection / Bridgeman Images (Landschaft)
Satz: LVD GmbH, Berlin
Gesetzt aus der Berkeley
Druck und Bindearbeiten: CPI books GmbH, Leck
Printed in Germany
ISBN 978-3-548-28711-9

Für die wertvollsten Menschen in meinem Leben
Josef und Marcel

1

Antonia wischte den Staub von den hölzernen Truhen und sah sich zufrieden in der Kaufmannsdiele um. Die Ballen mit dem edlen Tuch, die hier zwischengelagert wurden, hatte sie mit sauberem Linnen abgedeckt, stets darauf bedacht, keinen von ihnen dem Licht auszusetzen, das durch die hohen Fenster fiel. Auch durfte das Tuch nicht zu nahe am Ofen lagern, der in die Wand eingemauert war. Wenn nebenan in der Küche Brot gebacken wurde, beheizte der Ofen gleichzeitig die Diele, damit die Waren nicht feucht wurden. Das Gleiche galt für die Säcke mit den Gewürzen wie Safran und Muskat, die sie zusätzlich noch vor Nagetieren schützen musste. Dazu hatte sie Fallen aufgestellt, aus denen sie jeden Morgen die kleinen pelzigen Kadaver entfernte.

Die Verantwortung für die Kaufmannsdiele zu tragen sowie den Haushalt des Vaters zu führen erfüllte Antonia mit Stolz. Noch einmal sah sie sich um, ob auch alles in bester Ordnung war, und betrat dann die Küche. Als sie nach dem Weidenkorb griff, kam die alte Gertrud aus der angrenzenden Vorratskammer. In der einen Hand hielt sie drei Eier, in der anderen einen Krug Milch. Sie stieß mit ihrem ausladenden Hintern die Tür der Kammer hinter sich zu.

»Wo wollt Ihr denn schon so früh am Morgen hin?«, fragte sie und hob dabei die grauen Augenbrauen.

»Auf den Markt«, entgegnete Antonia und verließ rasch die Küche, bevor Gertrud ihr einen der täglichen Vorträge über den Unterschied einer Magd und einer Hausfrau halten konnte.

Die aufgehende Sonne kroch über die Dächer der Häuser und tauchte den Marktplatz von Stralsund in ein goldenes Licht. Dieser Sommer des Jahres 1310 nach Christi Geburt war einer der heißesten, den Antonia je erlebt hatte. Trotz der frühen Stunde feilschten bereits etliche Mägde mit den Bauern, die noch nicht einmal alle ihre Waren von den Karren geladen hatten. Wenn Fleisch, Käse und Fisch erst einmal der Mittagshitze ausgesetzt waren, würde über dem Marktplatz ein entsetzlicher Gestank aufsteigen, und den wollte keine der Frauen in die Nase bekommen.

Die Ferkel, die in ihrem Käfig von einem Fuhrwerk abgeladen wurden, quiekten erbärmlich, als wüssten sie, dass bald ihr letztes Stündlein geschlagen hatte. Am anderen Ende des Markplatzes stapelten die Korbmacher ihre Ware. Neben ihnen schnatterten Gänse, ebenfalls in Käfigen eingesperrt. Sie drängten ihre Köpfe durch die Holzstäbe und zogen sie wieder zurück, wenn sich ihnen jemand näherte.

Um diese frühe Stunde waren nur wenige Damen des vornehmeren Geschlechts zu sehen. Sie standen abseits des Getümmels und hielten ein Schwätzchen.

Antonia hingegen drängte sich mit den Mägden an den Fischstand, auch wenn dabei sicher der feine Stoff ihrer Cotte knittern und ihr Haar später entsetzlich nach Fisch stinken würde. Eine neue Ladung Heringe war in der Nacht am Hafen von Stralsund eingetroffen. Vater liebte diese salzigen Fische mehr als ein Stück fettes Fleisch. Wenn Antonia sie in Butter briet und mit Sahne verfeinerte, waren sie für ihn kein Armeleuteessen mehr.

Antonia hoffte, Vaters Kogge würde bis zum Abend im Hafen eintreffen. Er handelte mit exotischen Gewürzen, die er in Venedig einkaufte und hier an der See weitervertrieb. Antonia vermisste ihn jedes Mal schmerzlich, wenn er in die fernen Länder reiste. Ohne ihn war es so still in dem großen Backsteinhaus nahe dem Rathaus, dass Antonia es an manchen Tagen kaum aushielt. Erst recht, nachdem die Mutter vor einigen Jahren an einer späten Schwangerschaft gestorben war. Doch letzte Nacht hatte sie geträumt, wie ihr Vater durch die Pforte des Hauses schritt und sie lachend in die Arme nahm. Gewiss bedeutete dies, dass er am heutigen Tage heimkehrte. Ja, es musste so sein. Eine Woge des Glücks erfasste Antonia, und sie ging in Gedanken Vaters Kleidung durch, die sie nach seiner Abreise gewaschen und geglättet hatte. Seine Tuniken und Beinlinge lagen ordentlich gefaltet in den Truhen. Die Spinnweben an der Decke des Kontors hatte sie gestern noch mit dem Reisigbesen entfernt. Auf seinem Arbeitspult waren das Rechenbrett poliert, das Tintenfass aufgefüllt und die Gänsekiele gespitzt. Sogar einen neuen Stapel Pergament hatte sie besorgt. Falls Vater heute heimkam, hätte sie an alles gedacht.

Die Mägde, die mit ihr in der dritten Reihe vor der Fischwaage warteten, plapperten aufgeregt über einen Ritter des Deutschordens, den sie in den Gassen gesehen hatten. Dunkles, lockiges Haar hatte er und Schultern, hinter denen sich gleich zwei Frauen verstecken konnten. Antonia hörte genauer hin. Die honigfarbenen Augen mit den langen Wimpern, von denen eine der Mägde schwärmte, passten genau zu Severin. Ob ihr Bruder etwa in Stralsund war? Antonia wagte es kaum zu hoffen. Seit etwas mehr als zwei Sommern gehörte Severin nun dem Deutschorden an und war seitdem nicht mehr zu Hause gewesen. Nur ab und zu hatte er eine Botschaft übermitteln lassen, dass es ihm gutging, dort im Ordensland, wo er auf der Marienburg lebte.

In Gedanken an Severin versunken, bekam Antonia gar nicht mit, dass sie bereits an der Reihe war. Mit hochgezogenen Augenbrauen schaute der Fischhändler sie an.

Rasch gab sie die Bestellung der gesalzenen Heringe auf. Nachdem sie die Ware bezahlt und in ihrem Korb verstaut hatte, bahnte sie sich einen Weg über den Marktplatz hin zu der Kirche Sankt Nikolai, deren Glocken zur Laudes schlugen. Aus der Ferne konnte sie bereits den Rappen sehen, der vor ihrem Haus an der Tränke festgebunden war. Severin war wirklich heimgekehrt! Antonia beschleunigte ihren Schritt. Als sie das Portal des Hauses mit ihrem Schlüssel öffnete, pochte ihr Herz heftig vor Freude.

Über drei Stockwerke zog sich das Wohnhaus im Schatten der Kirche hin und war somit eines der prächtigsten Gebäude von Stralsund. Als Antonia kurz darauf das Kontor betrat, stand Severin mit dem Rücken zu ihr und unterhielt sich mit Vaters Schreiber Hannes. Der weiße Umhang seines Ordens reichte ihm bis zu den Lederstiefeln. Das Haar hatte er im Nacken mit einem Band aus schwarzer Seide gebändigt. Sein Atem ging schwer, und als Antonia dann die geweiteten Augen des Schreibers sah, wusste sie, dass etwas Schreckliches geschehen sein musste.

Sie blieb hinter Severin stehen und schluckte. »Wie schön, dich zu sehen, Bruder.« Ihre Stimme war kaum mehr als ein Krächzen.

Severin sog tief den Atem ein und drehte sich zu ihr um.

Mit zittrigen Fingern strich er sich das Haar aus der Stirn. »Ich wünschte, ein erfreulicherer Anlass hätte mich hierhergetrieben.«

Antonia hatte das Gefühl, als zöge sich eine Schlinge um ihren Hals. »Was ist denn passiert?« Sie wagte kaum, ihm in die Augen zu sehen.

»Die Kogge, mit der Vater auf dem Weg hierher war, ist gesunken. Sie haben seinen Leichnam am Strand von Rujana gefunden.« Severin presste die Lippen aufeinander.

Antonias Brustkorb verkrampfte sich, und die Schlinge um ihren Hals schnürte ihr endgültig die Luft ab. Vor ihren Augen verschwamm das Kontor. Der Korb mit den Heringen fiel zu Boden.

»Das kann nicht sein!«, rief sie. »Nicht so nahe dem Heimathafen.«

Severin trat auf sie zu und legte die Hände auf ihre Schultern. »Pack deine Sachen, Schwester. Wir reisen nach Rujana.«

Wenn Vater wirklich tot gewesen wäre, hätte Severin sie doch tröstend in den Arm genommen, hätte mit ihr geweint, doch seine Miene war regungslos, regelrecht verhärmt – von Trauer keine Spur. Ungläubig schüttelte sie den Kopf. »Sag mir, dass dies ein Irrtum ist! Wer weiß schon, welch arme Wasserleiche die See angespült hat! Doch gewiss nicht unseren Vater.«

Severin stieß den Atem aus. »Doch, Antonia.«

Verzweifelt sank sie neben dem Weidenkorb zu Boden. Ihre Finger schlossen sich um den Henkel. »Hier, sieh. Ich habe ihm seinen geliebten Hering gekauft. Er kann nicht tot sein. Außerdem habe ich geträumt, er käme heute heim.« Sie rüttelte an dem Korb und hatte gleichzeitig das Empfinden, sie würde auch an ihrem Kopf rütteln, so dass die Gedanken von links nach rechts stoben. Es waren grausame Gedanken, Bilder von Vaters Leichnam, der am Strand von Rujana im Sand lag. Algen hatten sich in seinem grauen Haar verfangen, und seine Augen starrten sie aus einem bleichen Gesicht an.

Severin kniete sich neben sie. Zögernd strich er mit den Fingerspitzen über ihren Rücken. Aus ihren Augen traten Tränen und rannen ihr über die Wangen. Auch Severin schluchzte jetzt und bewies ihr damit endgültig, dass sie den Vater für alle Zeiten verloren hatte. In diesem Augenblick fuhr der Schmerz so heftig durch ihren Leib, dass sie sich zusammenkrümmte. Antonia ballte die Fäuste in ihrem Schoß und schrie ihren Kummer laut hinaus. Immer wieder, bis sie jemand am Arm fasste und mit sanfter Stimme auf sie einredete. Antonia sah in die Augen des Medicus, der die Familie behandelte. Doch auch der alternde Julius vermochte sie nicht zu beruhigen. Unaufhörlich rissen Wunden in ihrem Herzen auf und ließen sie vor Schmerz schier den Verstand verlieren. Dann spürte sie einen Holzbecher an ihren Lippen.

Julius strich ihr das Haar aus der Stirn. »Trink, mein Kind. Der Saft wird den Schmerz erträglicher werden lassen.«

Gierig leerte Antonia den Becher. Die Medizin schmeckte bitter, und hinter ihren Lidern drückten weiterhin die Tränen. Erneut schluchzte sie auf. Doch dann wurde sie allmählich ruhiger, und der Schmerz wich einer Gleichgültigkeit, die sie ermüdete. Wie ein Häufchen Elend sank Antonia in sich zusammen. Severin hob sie auf seine Arme und brachte sie in ihre Kammer, wo er sie auf das Bett legte. Kurz darauf fiel Antonia in einen traumlosen Schlaf.

Hektische Schritte auf dem Holzboden weckten sie. Antonia wusste nicht, wie lange sie gelegen hatte, doch der Schmerz in ihrem Herzen kehrte mit voller Wucht zurück. Kurz sah sie zu Severin hinüber, der ihre Reisetruhe packte. Dann drückte sie das Gesicht ins Kissen und ließ ihren Tränen abermals freien Lauf. Sie wollte nicht nach Rujana, um Vaters Leichnam zu begraben. Sie wollte hier in Stralsund bleiben und ihm seinen Hering braten. Anschließend würde sie ihm den Gemüsegarten zeigen, in dem die Karotten reif waren. Sicher war alles nur ein Irrtum. Bald schon würde er heimkehren. Vater war nicht tot! Antonia hieb die Fäuste in die Kissen. Da legte sich die Hand ihres Bruders auf ihren Rücken.

»Du musst stark sein, wie Vater sich das gewünscht hätte. Glaubst du, er will dich so leiden sehen?«

Antonia schüttelte den Kopf. »Ich halte den Schmerz nicht aus. Das werde ich nie verwinden.« Sie hob den Blick und sah, wie auch in Severins Augen die Tränen glänzten. Ihr Bruder presste die Lippen zusammen. Dann sagte er: »Glaube mir, Antonia, du bist stärker, als du denkst. Der Herr hat ihn zu sich geholt. Er wird seine Gründe dafür haben.« Severin wandte sich von ihr ab und legte ein weiteres Kleid in die Truhe. Grün wie Moos glich die Seide ihren Augen. Antonia hatte es vor dem diesjährigen Osterfest schneidern lassen. Was sollte sie damit auf Rujana?

»Leg es zurück«, herrschte sie Severin an. Augenblicklich schlug sie die Bettdecke fort und stieg aus dem Bett. Ihr Zopf hatte sich gelöst, und das rotbraune Haar fiel in Wellen über ihre Schultern. Antonia strich eine Haarsträhne hinter das Ohr und schaute in die Truhe.

»Warum hast du es so eilig, dass ich nicht einmal selbst meine Sachen packen kann?«

Severin sah sie ernst an. »Die Hitze wird Vaters Leichnam zusetzen. Du weißt, was das bedeutet.«

Mit Hilfe ihrer Entrüstung versuchte Antonia, die grausamen Bilder aus ihrem Kopf zu verbannen und kniff die Augen zusammen. »Natürlich weiß ich das.« Obwohl sie mittlerweile zwanzig Lenze zählte, schien Severin in ihr immer noch das kleine Mädchen zu sehen. Schon damals, als sie noch Kinder waren, hatte er es sich nicht nehmen lassen, sie ständig zu belehren, da er älter war als sie. Wenn auch nur zwei Winter.

»Geh und lass mich für einen Augenblick allein, damit ich mich für die Reise fertigmachen kann.«

Unter Antonias Füßen schwankte der Boden. Nachdem Severin die Kammer verlassen hatte, stützte sie sich am Bettpfosten ab. Ihre Knie gaben nach, und sie musste sich auf die Matratze setzen. Abermals ließen Schluchzer ihre Brust erbeben. Ein letztes Mal noch wollte sie ungehemmt weinen und dann nie wieder Schwäche vor ihrem Bruder zeigen.

Kurze Zeit später wischte sich Antonia die Tränen von den Wangen und packte ihre Truhe.

Die Hitze trieb die Leute in ihre Häuser, und auf der Straße, die zum Hafen führte, waren nur wenige Händler unterwegs. In den engen Gassen spielten lachend die Kinder, denen die sengende Sonne nichts auszumachen schien. Als sich der Wagen jedoch dem Hafen näherte, wehte eine angenehme Brise von der See herein. Antonias Gesicht war nass von Schweiß und den Tränen, deren Flut nicht nachlassen wollte, auch wenn sie nicht mehr hatte weinen wollen. Vor dem Wagen ritt Severin auf seinem Rappen. Sein weißer Umhang mit dem schwarzen Kreuz auf der Brust bedeckte das Rückenteil des Hengstes.

Die Seeluft roch nach Tang und Fisch. Im Schatten der Lagerhäuser lungerten die Arbeiter herum, teilten sich einen Krug Bier und kauten auf Brotkanten. Die Räder der Ladekräne standen still und würden wohl erst wieder angetrieben werden, wenn die Sonne den Zenit überschritten hatte.

Severin ritt vor bis zu der Anlegestelle, von wo aus sie nach Rujana übersetzen sollten. Die alte Kogge, die sie samt dem Wagen und der Pferde über den Strelasund schiffen sollte, wurde von Rudermännern angetrieben. Selbst wenn der Wind gut gestanden hätte, wären die zerschlissenen Segel nicht mehr in der Lage gewesen, ihm Stand zu halten. Ein oder zwei Mal war Antonia mit Vater auf Rujana gewesen, um an den Festen des Fürsten Wizlaw teilzunehmen, die er ab und an auf der Rujanenburg abhielt. Damit wollte er seinen Einfluss auf die Stralsunder Patrizier festigen – meist jedoch erfolglos, da die Geschlechter das Lübische Recht auch weiterhin nicht akzeptierten.

Tief sog Antonia den Atem ein und stieg aus dem Wagen. Severin stand bereits beim Fährmann und handelte einen Preis mit ihm aus. Die ruhige See schwappte gleichmäßig gegen die Holzpflöcke der Anlegestelle und verströmte den Geruch von Tang. Knecht Mathias, der den Wagen gelenkt hatte, führte das Gespann samt Pferd auf die Kogge. Severin half Antonia über die Planke, dann führte auch er seinen Rappen auf die Fähre.

Als die Rudermänner kurz darauf die Kogge in Bewegung setzten, sah Antonia noch einmal zurück auf die roten Backsteinhäuser am Hafen von Stralsund. Nie wieder würde sie unbeschwert in dieser Stadt leben können, nie wieder glücklich sein. In ihrer Brust wog die Trauer schwer wie ein Mühlstein, und die Stille, der sich die Kogge mit jedem Ruderschlag mehr näherte, raubte ihr schier den Verstand. Antonia sah zu der Insel Rujana hinüber, hinter deren Ufern sich zwischen den Feldern sattgrüne Baumgruppen erhoben. Das Korn stand kurz vor der Ernte, und die Ähren wiegten sich im Wind. Neben Antonia blickte auch Severin stumm auf das Land inmitten der östlichen See. Der Wind frischte auf und wirbelte durch sein dunkles Haar. Mit zittrigen Fingern strich er sich die Strähnen aus dem Gesicht.

Bald schon erreichten sie den Fährhafen. Auch diesmal half Severin Antonia schweigend über die Planke. Stumm flehte sie ihn an, doch ein Wort zu sagen. Warum zweifelte er nicht daran, dass der Leichnam auch ein anderer Mann als der Vater sein könnte?

Nachdem sie das sandige Ufer hinter sich gelassen hatten, konnte sich Antonia nicht mehr zurückhalten. Eindringlich sah sie Severin an. »Woher wollen die Männer wissen, dass der Tote am Strand Kaufmann Koppler ist? Wer hier auf Rujana erkennt ihn auf Anhieb? So oft war er doch gar nicht hier.«

Severin hob die Schultern und schüttelte leicht den Kopf. »Vaters Kogge ist gesunken. Dafür gibt es einen Augenzeugen. Der Steuermann hat als Einziger das Unglück überlebt.«

Die Worte schlugen wie eine Keule auf Antonia ein und zerstörten den letzten Funken Hoffnung. Sie stieg in den Wagen und ließ die Weiden an sich vorbeiziehen. Die salzige Luft wich dem Duft des Korns, das auf den Feldern reifte. Hier und da ragte in den Ansiedlungen das spitze Dach einer Kirche auf. Antonia schloss die Augen und rief sich Vaters Antlitz ins Gedächtnis. Seine blauen Augen, mit Falten umkränzt, wenn er lachte. Stets hatte er sich den Bart gestutzt, der genau wie sein Haar von silbrigen Fäden durchzogen war. Für alle Zeit würde er einen Platz in ihrem Herzen haben.

2

Jaramir holte tief Luft und verschwand unter der Wasseroberfläche. Kaum einer der Bernsteinsammler von Rujana konnte so gut schwimmen, geschweige denn so lange die Luft anhalten wie er. Jaramir tastete den sandigen Boden ab und fand zwei große Bernsteine, die er in sein Netz legte. Dann tauchte er wieder auf und schwamm zurück ans Ufer, wo Dragan die anderen Bernsteinsammler beaufsichtigte. Mit Netzen, die an Stöcke gebunden waren, durchkämmten sie den Sand am Strand von Byntze.

Dragan drehte sich zu Jaramir um und begutachtete dessen Ausbeute. »Du bist wirklich der beste Taucher, der mir je begegnet ist.« Belustigt blitzten seine braunen Augen auf.

»Ich bin der Einzige, der dir überhaupt je begegnet ist.« Jaramir verzog die Lippen zu einem breiten Grinsen und übergab Dragan das Netz. Dann hob er ein Tuch aus dem Sand auf und trocknete seine Haut sowie das Haar, das die Sonne längst aufgehellt hatte. Der Wind, der vom Meer her wehte, bescherte ihm einen Schauder.

»Wie ist die Ausbeute der anderen Männer?«

»Obwohl die See ruhig ist, bin ich zufrieden, und der Landvogt wird es auch sein.« Dragan schaute zu den Bernsteinsammlern, deren Netze sich nach und nach füllten. »Doch du wirst wieder einmal den Hauptanteil daran tragen.«

Einer der Männer trat auf sie zu und verbeugte sich vor Jaramir. »Seid gegrüßt, edler Herr.« Dann wandte er sich an Dragan und reichte ihm seinen Fund. In den Bernsteinen brachen sich die Strahlen der Sonne und ließen sie funkeln. »Viel ist es nicht. Ich hoffe, der Landvogt ist dennoch zufrieden.« Der Sammler sah wieder zu Jaramir und verbeugte sich abermals, ehe er zurück zu den anderen Männern ging.

Kurz darauf beendeten sie ihre Suche und übergaben Dragan ihre Netze. Jaramir hielt den ledernen Sack auf, in den sein Freund die Bernsteine schüttete.

Als Dragan den Sack verschnürte, grinste er erneut breit. »Es ist schon erstaunlich. Sobald du mit den Männern den Bernstein sammelst, sind sie emsiger als je zuvor. Es ist ihnen wohl eine große Ehre, dass du dich mit ihnen gleichstellst.«

Jaramir winkte ab und zog sich sein Hemd über. »Die Bernsteinsuche macht mir eben große Freude. Warum sollte ich es bleiben lassen?«

»Bis das Gerede in der Herrschaft Streu zu Wizlaws Ohren dringt und er erfährt, dass du dich niederen Aufgaben widmest.«

»Er hat wohl größere Sorgen, als seinen Neffen dritten Grades zu tadeln, nur weil er den Bernsteinsammlern bei der Suche hilft.« Jaramir klopfte seine ledernen Sandalen aneinander, um sie vom Sand zu befreien, und behielt sie in der Hand. »Lass uns noch einen Krug Bier zusammen trinken, ehe ich auf die Burg reite.«

Barfuß schritten sie durch die Dünen, in denen der Wind sanft über die Gräser strich. Kurz darauf erreichten sie das Fischerdorf Byntze, wo sie das einzige Gasthaus aufsuchten. Es lag am Ufer des Mündungsarmes, der den nahegelegenen See mit dem Meer verband. Eine Schar Wildgänse flog über das seichte Wasser hinweg und ließ sich im Schilf nieder. Mittlerweile wurden die Schatten der Bäume länger. Dennoch wischte sich Jaramir den Schweiß von der Stirn, als sie das Gasthaus betraten. Es roch nach abgestandenem Bier und vermodertem Stroh. Der Wirt war ein kleiner, untersetzter Mann mit einem roten Haarkranz und ebenso roten Wangen. Hin und wieder schlug er seine Frau – so erzählten es zumindest die Fischer von Byntze. In letzter Zeit zog es Jaramir immer öfter in das Dorf, wo er seinem Freund Dragan bei der Bernsteinsuche half. Er liebte die See, über der die Möwen kreischten, und den Strand mit seinem feinen, weichen Sand, der die Wärme der Sonne gefangen hielt.

In dem Gasthaus saßen lediglich drei Männer, die den Geruch von Fisch verströmten. Ihr weißes Haar hatte der Wind zerzaust, und die Gesichter waren von der Sonne gegerbt. Schweigend blickten sie auf ihre Krüge.

Dragan begab sich zu den Fischern und stützte sich mit den Handflächen auf dem Tisch ab. »Ihr hättet euch zum Bernsteinsammeln an den Strand begeben müssen, anstatt hier zu sitzen.«

Lediglich der Älteste schaute zu ihm auf. Wie sich Jaramir erinnerte, war sein Name Justus. Die anderen taten so, als ginge sie das alles nichts an.

Dragan hob die Augenbrauen. »Wenn ihr zu müde wart, hättet ihr auch eure Weiber schicken können.«

Justus lachte hämisch auf. »Wozu? Der Lohn ist karg. Nur der Fürst wird davon reich.« Mit herabhängenden Mundwinkeln blickte er zu Jaramir.

»Anders als im Ordensland ist unser Fürst gütig und entlohnt euch reichlich für eure Mühen. Also redet nicht solch einen Unsinn«, warf Jaramir verärgert ein.

Der Alte wich Jaramirs Blick aus und knirschte mit den wenigen verbliebenen Zähnen. Dann leerte er den Krug mit einem einzigen Schluck. Als er nichts mehr sagte, bestellte Jaramir beim Wirt zwei Bier. Da die Luft im Gasthaus stickig war, setzten sie sich an den Tisch unter der Fensteröffnung. Das Bier kühlte Jaramirs ausgedörrte Kehle, und bald schon verrauchte sein Ärger über den Alten.

Dragan wischte sich mit dem Handrücken über die Lippen und blickte zu Jaramir. »Wann sehen wir uns wieder?«

»Wenn das Wetter mitspielt, bin ich bald wieder hier.«

»Aber wenn die See in den nächsten Tagen ruhig bleibt, wird wohl kaum mehr Bernstein an Land gespült. Wonach willst du dann tauchen? Nach Krabben?«

»Sorge dich nicht um mich.« Jaramir lachte. »Du weißt doch, ich finde schon einen Grund, um an den Strand zu kommen.«

»Ja, so kenne ich dich.« Dragan nickte und leerte seinen Krug.

Kurze Zeit später band Jaramir seinen Schimmel von einem Baum, der in der Nähe von Dragans Hütte stand. Er klopfte seinem Freund zum Abschied auf die Schulter und stieg auf den Rücken des Pferdes.

Die Rujanenburg erhob sich auf einem waldlosen Hügel am Rande der Siedlung Berghen. Nahe der Meereszunge, die das Land von Jasmund trennte, ritt Jaramir auf die Wehrmauer zu. Zwei Männer in Kettenhemden bewachten mit ihren Lanzen das Tor. Als sie Jaramir sahen, öffneten sie die hölzerne Pforte, die sich nur schwer schieben ließ. Anschließend nahm der Größere der Männer seinen Helm vom Kopf und wischte sich den Schweiß von der Stirn. »Gut, dass Ihr kommt, Herr. Der Fürst ist da.«

Davon hatte Jaramir nichts gewusst, doch er freute sich, Wizlaw endlich wiederzusehen. Er trieb seinen Schimmel zur Vorburg, wo die Mägde bereits aufgeregt zwischen den Wirtschaftsgebäuden hin und her liefen. Ein Schwein wurde geschlachtet, den Gänsen wurden die Federn gerupft. Aus der Scheune karrten die Knechte Kohlköpfe und Rüben in die Küche. Über allem lag der Geruch von Blut und abgeflämmten Federn.

Jaramir sprang von seinem Pferd und brachte es zu den Ställen, wo schon der Wagen und die Pferde des Fürsten standen. Anschließend trat er durch den zweiten Wall und ging zur Hauptburg mit ihrem Palas und dem Wohnturm des Landvogtes, von wo aus man einen Blick über ganz Rujana hatte. Jaramir stieg die Außentreppe des Palas hinauf. Das aus Backstein gemauerte Gebäude bestand aus drei Stockwerken. Die halbrunden hohen Fenster waren in den beiden oberen Geschossen mit Waldglas aus Konstantinopel verschlossen. Vor dem Saal im unteren Stockwerk hörte Jaramir bereits Wizlaws Stimme, die erbost klang. Die zweiflügelige Tür stand einen Spalt breit offen, und Jaramir sah, dass der Fürst offenbar eine Auseinandersetzung mit dem Landvogt Hinricus hatte. Wizlaw trug eine weinrote Tunika, die ihm bis zu den Füßen reichte und um die Hüfte von einem Gürtel gehalten wurde. Die Goldfäden, die in den Brokat gesponnen waren, funkelten in der Abendsonne. Im Gegensatz zu Hinricus, der nur eine schlichte graue Tunika trug, wirkte Wizlaw wie ein Vogel aus dem Garten Eden. Aber sein Erscheinungsbild passte zu seinem schillernden Wesen. »Wizlaw der Junge« nannte er sich, und seine Minnelieder waren über die Grenzen des Fürstentums Rujana hinweg bekannt.

Jaramir wollte nicht länger lauschen und betrat den Saal.

Unter dem Arm trug er den Sack mit dem Bernstein. Er verneigte sich vor dem Fürsten und grüßte ihn.

»Schön, dich zu sehen, Jaramir«, sagte Wizlaw in einem freundlichen Tonfall.

Jaramir lächelte. »Was treibt Euch auf die Burg? Seid Ihr und die Fürstin zur Erholung hier?«

»Margareta ist in Stralsund geblieben. Sie fühlt sich nicht gut. Ich hingegen bin hier, weil der Bernsteinfund in der letzten Zeit erheblich abgenommen hat.« Der Blick des Fürsten verfinsterte sich wieder. Er sah zu dem Landvogt, der sich mit fahriger Hand über den kahlen Schädel rieb. »Hinricus hat keine Erklärung dafür. Hast du vielleicht eine? Du beaufsichtigst doch die Bernsteinsammler. Hast du mal ihre Taschen kontrolliert?«

»Unter ihnen sind keine Schmuggler, dafür lege ich meine Hand ins Feuer. Gewiss liegt es an der ruhigen See in den letzten Wochen.«

Wizlaw winkte ab. »Die See war schon des Öfteren ruhig. Ich kenne die Erträge.«

Dass sich Hinricus von dem Bernstein etwas abzweigte, glaubte Jaramir nicht, denn der Landvogt war ein guter und ehrlicher Mensch. Aber das schien Wizlaw auch gar nicht in Erwägung zu ziehen.

Jaramir löste die Schnüre des Sackes. »Also – die Ausbeute des heutigen Tages würde ich nicht gerade mager nennen.« Er holte den größten der Bernsteine heraus, den er selbst gefunden hatte, und zeigte ihn Wizlaw.

Der Fürst runzelte die Stirn und wandte sich ab. Dann humpelte er ein Stück von den anderen Männern fort und schien nachzudenken. Wizlaw litt an einer Missbildung des Beins, da er als junger Mann bei einem Kirchgang niedergestochen worden war. Er hatte eine falsche Antwort gegeben und dadurch den Missmut eines Mannes auf sich gezogen.

Schließlich richtete Wizlaw den Blick wieder auf Jaramir. »Ich denke trotzdem, die Fischer bereichern sich daran. Es bleibt uns wohl nichts anderes übrig, als den Strand auch in der Nacht zu bewachen. Ich lege dir ans Herz, vertrauenswürdige Männer für diese Aufgabe zu finden. Belohne sie reichlich, damit sie nicht in Versuchung geraten, selbst den Bernstein zu stehlen.«

Jaramir fand Gefallen an der Idee. Und bis er die nötigen Wachen gefunden hatte, würde er gemeinsam mit Dragan die Aufsicht über den Strand übernehmen. Er verbeugte sich Abschied nehmend vor dem Fürsten und begab sich in die Schmiede der Burg.

Im Ofen brannte noch ein Feuer und erhellte die Hütte. Jaramir setzte sich auf den Schemel und holte den Bernstein aus seinem Lederbeutel. Der Fürst hatte ihm erlaubt, je vollen Mond einen für sich zu behalten. Jaramir verkaufte die Steine nicht, sondern fertigte Schmuckstücke daraus an. Er griff nach dem Säckchen mit der Schlämmkreide, schüttete etwas in eine Schale und wässerte sie. Dann schliff er den Stein und polierte ihn mit der Paste. Während der ganzen Zeit dachte er an die Bernsteinsammler und konnte sich einfach nicht vorstellen, dass sie sich auf unrechtmäßige Weise bereicherten. Jaramir bohrte ein winziges Loch in den Bernstein, um ihn an einem Geflecht aus silbernen Drähten zu befestigen, die er zu einem Kreis gebogen hatte. Der Stein leuchtete im Schein des Feuers, als Jaramir ihn an eine Kette band. Zufrieden mit seiner Arbeit betrachtete er das Schmuckstück. Vielleicht würde er es der Fürstin schenken, wenn sie ihren Geburtstag feierte.

3

Die Priorin des Klosters Berghen führte ihre Gäste zu der Kapelle, die sich dicht an die Klostermauer drückte. Sie war eine hochgewachsene Frau, und ihr Gesicht, das der weiße Schleier freiließ, war von unzähligen feinen Linien durchzogen.

Antonias Beine zitterten, als sie und Severin der Priorin über den Hof folgten. Die Abendsonne schickte ihre Strahlen über die Klostermauern und erhitzte Antonias Gesicht. In ihrem Magen verspürte sie eine Übelkeit, die sie schwindeln ließ. Sie wollte Vater so nicht sehen, wie sie es sich bereits die Fahrt über in Gedanken ausgemalt hatte.

Hinter den glaslosen Fensteröffnungen der Kapelle flackerte das Licht von Kerzen. Mit jedem Schritt wurde Antonia langsamer. Sie wünschte sich, Severin würde sie bei diesem schweren Gang stützen, doch er verschränkte nur die Hände hinter dem Rücken. Die Tür zur Kapelle quietschte, als die Priorin sie öffnete. Der Geruch von Weihrauch, der Antonia entgegenschlug, verstärkte ihre Übelkeit. Als sie über die Schwelle schritt, bemerkte sie jedoch nicht nur den Weihrauch, auch der süßliche Geruch des Todes mischte sich darunter. Antonia spürte, wie sich ihr Magen zusammenzog, und schluckte gegen den Würgereiz in der Kehle. Dann sah sie den Leichnam ihres Vaters vor dem kleinen Altar aufgebahrt und blieb wie versteinert stehen. Sie hatten Vater in ein weißes Tuch gewickelt und nur sein Haupt freigelassen. Severin fasste nach Antonias Schultern und schob sie näher zu dem Leichnam.

Vater sah so fremd aus! Das Gesicht aufgedunsen und blassgrün. Die geschlossenen Lider wirkten wie zusammengenäht. Kraftlos sank Antonia auf die Knie und legte den Kopf auf den gewickelten Leib. Der Gestank der Verwesung stieg ihr noch eindringlicher in die Nase, und sie glaubte, sich vor der Bahre übergeben zu müssen. Mit letzter Kraft erhob sie sich und schwankte aus der Kapelle, wo sie hinter einem Busch den wenigen Inhalt ihres Magens von sich gab.

Die Priorin war neben sie getreten und stützte sie. »Kommt, ich bringe Euch in Eure Kammer, wo Ihr Euch niederlegen könnt.«

Antonia schaute zu der Kapelle zurück. Durch die geöffnete Tür sah sie Severin vor der Bahre knien. Mit dem weißen Umhang und dem dunklen Haar wirkte er wie ein gefallener Engel. Sie wünschte sich sehnlichst, er würde ihr Trost spenden, doch Severin war ihr sehr nah und doch so fern zugleich. Wie schon in all den Jahren, in denen er dem Deutschorden diente. Nun war er ihr einziges verbliebenes Familienmitglied, und Antonia fühlte sich so einsam wie nie zuvor.

Sie wischte sich die Tränen von den Wangen und folgte der Priorin ins Gästehaus. Hinter einer kleinen Holztür lag der verwaiste Gastraum. Die Priorin zündete ein Talglicht an und geleitete Antonia zu der Stiege in der hinteren Ecke. Schweigend erklommen sie die Stufen, die zu einem kleinen Flur führten. Von diesem gingen vier Türen ab.

Die Priorin öffnete die erste von ihnen und betrat die Kammer. Durch das kleine Fenster fiel nur spärlich das Abendlicht, so dass sie ein weiteres Talglicht anzündete. Über dem Kopfende des Strohlagers hing ein hölzernes Kreuz. Außer einem Schemel, einem kleinen Tisch und einem Nachttopf gab es kein weiteres Mobiliar, doch die Schlafstätte war mit frischem Linnen überzogen, und das Stroh roch sauber. Antonia spürte das Verlangen, sich darauf niederzulassen, um sich ganz ihrer Trauer hingeben zu können.

Die Priorin sah sie mitleidig an. »Die Bestattung Eures Vaters wird morgen nach der Sext stattfinden.«

»Hier? Aber das geht doch nicht! Vaters Leichnam muss heim nach Stralsund«, stieß Antonia voller Entsetzen aus.

»Eine Überführung wird nicht möglich sein. Dazu ist der Leichnam Eures Vaters bereits zu stark verwest. Euer Bruder hat seine Zustimmung gegeben, dass er hier auf dem Kirchhof von Sankt Marien seine letzte Ruhe findet.« Die Priorin wandte sich zum Gehen. »Ich lasse Euch eine kleine Mahlzeit hinaufbringen.« Leise schloss sie die Tür hinter sich.

Fassungslos starrte Antonia die Tür an. Nicht jeden Tag zu Vaters Grab gehen zu können, war für sie unvorstellbar. Wie sollte sie ihm denn unter diesen Umständen angemessen gedenken?

Antonia zog sich bis auf das Unterkleid aus und legte sich auf das Lager. Die kleine Flamme des Talglichts vermochte kaum die Kammer zu erhellen. Lediglich einen flackernden Schatten warf es an die Wand aus grobgezimmerten Planken. Antonias Augen brannten, und sie schloss die Lider. Dennoch wollte das Bild des toten Vaters nicht mehr weichen. Abermals breitete sich Übelkeit in ihrem Leib aus, und sie wusste nicht, wie sie den Schmerz aushalten sollte.

Es klopfte an der Tür. Einen Lidschlag lang hoffte Antonia, es wäre Severin, doch es betrat nur eine junge Ordensschwester die Kammer. Auf einem Tablett brachte sie einen Krug, etwas Brot sowie ein Stück bröckelnden Käse. Sie stellte das Tablett auf den Boden, nickte kurz und verließ die Kammer wortlos wieder.

Antonia erhob sich und griff nach dem Krug. Sie würde zwar keinen Bissen hinunterbekommen, doch ihre Kehle war so trocken wie ein verdorrter Apfel, deshalb füllte sie den Holzbecher mit Wein und trank ihn in einem Zug leer. Der feine Geschmack von Honig legte sich auf ihre Zunge. Antonia goss nach und trank den zweiten Becher ebenfalls leer. Dann legte sie sich zurück und wartete darauf, dass die Schwere, die der würzige Wein versprach, in ihrem Kopf Einzug hielt. Bald darauf vernahm sie erneut Schritte auf der Stiege, die von Lederstiefeln zeugten. Als sie sich ihrer Kammer näherten, stützte sich Antonia mühsam auf die Ellenbogen.

Die Tür öffnete sich, und Severin steckte den Kopf durch den Spalt. Als er sie in ihrem Unterkleid sah, senkte er den Blick.

»Es ist gut, dass du versuchst zu schlafen, Schwester.«

Ehe Antonia etwas erwidern konnte, hatte er die Tür schon wieder geschlossen. Sie bedauerte es, ihre Röcke ausgezogen zu haben. Wie gern wäre sie hinter ihm hergelaufen, um nur ein einziges Mal von ihm in den Armen gehalten zu werden. Doch auch in dieser Stunde bezweifelte Antonia, dass ihr Bruder sich überhaupt dazu überwinden würde. Das hatte er nie getan, nicht einmal als die Mutter gestorben war. Sie schloss die Lider, dachte an die Zeit, die sie mit Vater verbracht hatte, und versuchte, seinen Geruch nach Gewürzen sowie sein warmes Lachen in ihrem Innern heraufzubeschwören.

* * *

Vom anderen Rheinufer aus gesehen schien es, als würde der Himmel über der Burg Drachenfels in Flammen stehen. Conrad wartete auf das Floß, das ihn übersetzen sollte. Es war die letzte Überfahrt vor Einbruch der Dunkelheit, und Conrad hatte es nur im Galopp noch geschafft, rechtzeitig einzutreffen. Lautlos glitt die Fähre über die Wogen des Flusses, der sich wie ein dunkles Band an dem Gebirge hinter Bonn vorbeischlängelte. Conrads Fuchsstute tänzelte schnaubend neben ihm. Er wusste, das Pferd mochte die Überfahrt nicht. Deshalb klopfte er ihm beruhigend auf den Hals und hielt ihm eine Karotte vor die Nüstern. Nur so ließ sich die Stute auf das schwankende Floß führen.

Der Fährmann verneigte sich vor Conrad. »Seid gegrüßt, Graf von Drachenfels«, sagte er in einem ehrfürchtigen Tonfall. Nachdem er sich wieder erhoben hatte, ließ er das Ruder durch das Wasser gleiten, und das Floß setze zur Überfahrt an.

Die Fuchsstute weitete die Augen, und Conrad gab ihr eine weitere Karotte. Als sie kurz darauf am anderen Ufer wieder festen Boden unter den Füßen hatten, schwang sich Conrad auf das Pferd und ritt den Pfad hinauf zur Burg Drachenfels. Der westliche Hang des Berges war dicht bewaldet, und bald schon würde Conrad nicht mehr die Hand vor Augen sehen können. Insgeheim ärgerte er sich, dass Meister Johannes ihn so lange aufgehalten hatte. Conrad hatte sich mit dem Dombaumeister in Köln getroffen, um die Gesteinslieferungen für die Kathedrale neu zu verhandeln. Wie Conrad fand, war der Stein mehr wert, als gezahlt wurde. Leider hatte sein Gegenüber kein Verständnis für die Erhöhung der Preise gehabt.

Nun, Conrad würde es verschmerzen können, denn dank

der Helfer, die er beschäftigte, kam der Abbruch gut voran. Dieser Umstand ermöglichte Conrad, nicht nur den Dombaumeister zu beliefern, sondern auch andere Städte am Rhein, in denen Gotteshäuser gebaut wurden. Dass Conrad auch dorthin seinen Stein verkaufte, wusste Meister Johannes natürlich nicht und der Erzbischof ebenso wenig.

Conrads Groll über den Dombaumeister verflog jedoch schnell, als er an die Begebenheit dachte, die sich nach ihrem Gespräch auf dem Aldemarkt zugetragen hatte. Sie versprach ihm eine weitere lukrative Einnahmequelle. Diese und die Erträge aus dem Steinbruch würden ihn und seinen Bruder Rutger bald schon vor Reichtum stinken lassen. Conrad lachte still in sich hinein – so, wie andere über Rutger lachten. Längst hatte Conrad mitbekommen, dass die Wehleidigkeit seines Bruders in den anderen Grafschaften des Rheinlandes aufs Korn genommen wurde. Doch das Lachen würde den Leuten noch vergehen.

Als Conrad die Wehrmauer auf dem Drachenfels erreicht hatte, pfiff er auf eine bestimmte Art durch die Zähne – ein Zeichen für die Wachmänner, ihm das Tor zu öffnen. Conrad betrat den Burghof und übergab dem Stallmeister seine Fuchsstute.

Die Vorburg auf dem Drachenfels hatte mit ihren kleinen Türmen und Verliesen einst als Kerker gedient. Diese waren jedoch lange nicht mehr in Gebrauch gewesen. Die Hauptburg lag ein wenig tiefer auf einer ummauerten Plattform. Sie bestand aus mehrstöckigen Wohn- und Wirtschaftsgebäuden, die in die Burgmauer integriert waren. Inmitten des Hofes thronte der Wehrturm, durch dessen Fenster man auf das umliegende Land und bis nach Köln schauen konnte.

Conrad war froh, wieder daheim zu sein. Er betrat das

Wohnhaus der Herrschaften, das er mit seinem Bruder Rutger, dessen Frau Metza und dem kleinen Friedrich bewohnte. Gewiss war das Abendmahl schon abgetragen worden, doch Conrad würde sich noch eine Köstlichkeit aus der Küche bringen lassen. Bei dem Gedanken daran gab sein Bauch ein gurgelndes Geräusch von sich. Er spähte durch den Türspalt in den Speisesaal, der wie erwartet im Dunkeln lag. Hinter der Tafel befand sich eine Tür, durch die man zu den Kochstellen im Wirtschaftsgebäude gelangte. Conrad nahm eine Fackel von der Wand, durchquerte den Saal und huschte in den Gang, der üblicherweise nur von den Bediensteten genutzt wurde.

Ein letztes Feuer brannte in der Küche. Darüber dampfte es schwach aus einem Kessel, und durch den Raum waberte der Duft von kaltem Braten. Conrad stieß mit der Stiefelspitze unsanft gegen den fülligen Leib der Magd, die neben der Kochstelle schlief. Die Haube war ihr vom Kopf gerutscht, auf dem sich karottenfarbenes Haar lockte. Die Magd schreckte auf und richtete eilig die Haube. Ihre Wangen waren vom Schlaf gerötet.

»He, du faules Stück«, knurrte Conrad, »ich bin hungrig. Bring mir ein üppiges Mahl in mein Gemach. Und zwar bald.« Er drehte sich auf dem Absatz um und verließ die Küche.

Als Conrad kurz darauf die Fackeln in seinem Gemach entfachte, klopfte es auch schon zaghaft an der Tür. Er setzte sich auf das Bett, um seine Stiefel auszuziehen, und gewährte Einlass. Doch statt der Magd trat Metza ein.

Conrad hob die Augenbrauen. »Wo ist Rutger?«

Die lindgrüne Seide von Metzas Cotte raschelte, als sie an sein Bett trat. »Er schläft bereits tief und fest. Der Tag hat ihn angestrengt.«

Conrad schleuderte seine Stiefel in die Ecke. »Was soll ich denn sagen? Ich war den ganzen Tag in der Hitze unterwegs, während er hier in den kühlen Mauern gehockt hat.«

»Sieh es meinem Gemahl nach, Schwager. Du weißt, er ist krank.« Metza lockerte die Brustschnüre ihres Kleides und ließ die Seide über ihre Schulter gleiten.

Conrad blickte auf den milchweißen Ansatz ihrer Brüste. »Ich habe wichtige Neuigkeiten für meinen Bruder, die ich ihm gern noch am heutigen Tag mitgeteilt hätte.«

»Und die wären?« Die Schwägerin ließ die Seide noch ein wenig tiefer hinabgleiten, so dass Conrad bereits die rosigen Warzen ihrer Brüste erahnen konnte. Ein Ziehen fuhr durch seine Lenden. Behände löste Metza die Klammern in ihrem Haar. Bei dieser Bewegung rutschte ihr Kleid noch ein Stück weiter hinab. Doch ehe Conrad mehr von ihrer Brust sehen konnte, legten sich die hellen, seidigen Locken darüber. Bei der Vorstellung, welch sündigen Anblick sie verdeckten, sog er zischend den Atem durch die Zähne.

Es klopfte erneut. Erschrocken zog Metza den Ausschnitt hoch.

Conrad grinste belustigt. »Es ist nur die Magd, die mir mein Mahl bringt.«

»Sie darf mich auf keinen Fall bei dir sehen. Ich kenne ihr Schandmaul.« Metza suchte Schutz in der Dunkelheit einer Nische hinter den Truhen.

»Ich hätte schon gewusst, wie ich sie zum Schweigen bringe.« Conrad schaute sich um. Als er sicher war, dass die Dunkelheit Metza verschluckt hatte, öffnete er und nahm das Tablett entgegen. Die Magd machte einen ungelenken Knicks und schloss leise die Tür. Der Duft von gebratenem Fleisch, der aus den Schüsseln stieg, ließ Conrads Magen erneut grummeln. Das Ziehen in seinen Lenden war vergessen. Er setzte das Tablett auf seinem Bett ab und ließ sich daneben nieder. Noch bevor Metza aus ihrem Versteck getreten und den Riegel an der Tür vorgeschoben hatte, gruben sich seine Zähne auch schon in den Fasanenschenkel.

Metza setzte sich zu seinen Füßen und legte die Hände auf seine Knie. Fast unmerklich glitten ihre Finger hinauf zu seinem Schritt, wo augenblicklich das Feuer wieder aufloderte. Conrad schob Metza das Haar über die Schulter, damit er ungehindert ihre Brüste betrachten konnte.

»Leg dich zurück in die Kissen, damit ich für dein körperliches Wohl sorgen kann.« Metza erhob sich und stellte das Tablett auf den Boden.

In freudiger Erwartung schwang Conrad die Beine auf das Bett und sank in die Federkissen.

»Schließ die Augen«, flüsterte Metza.

Er gehorchte widerstandslos und hörte die Seide ihres Kleides rascheln, als würde es zu Boden gleiten. Mit eisernem Willen nötigte er sich, die Lider geschlossen zu halten. Metzas nackte Füße huschten über den Steinboden. Kurz darauf spürte Conrad, wie eine kühle Walderdbeere seine Lippen streifte. Er schnappte danach und schluckte sie, ohne zu kauen. Ihn gierte nach einer ganz anderen Frucht. Er öffnete die Augen und riss Metzas nackte Gestalt an sich. Rasch befreite er sein Geschlecht aus der Bruche und schob sich über sie.

Der nächste Morgen brach mit der gleichen sengenden Hitze über den Drachenfels herein wie schon am Tag zuvor. Trotz der Kühle der Burgmauern stand Conrad beim Erwachen bereits der Schweiß auf der Stirn. Seine Hand fuhr über das Laken an seiner Seite. Er musste wohl schon geschlafen haben, als Metza in ihr Gemach und zu Rutger zurückgekehrt war.

Conrad setzte sich auf die Bettkante und rieb sich mit den Fingerknöcheln den Schlaf aus den Augen. Seine Gedanken schweiften zu der Begegnung, die er gestern auf dem Markt von Köln gehabt hatte. Rasch stand er auf und wusch sich das Gesicht mit dem Wasser aus der Waschschüssel.

Im Speisesaal saßen Rutger und Metza bereits an der morgendlichen Tafel, die mit Brot, Käse, Hirsebrei und Früchten gedeckt war. Conrad hatte Rutger vor Jahren geschworen, dass es ihnen hier auf der Burg Drachenfels niemals an irgendetwas mangeln würde. Das war nach dem Tod des Vaters gewesen und bis heute so geblieben. Conrad dachte an das Geschäft, das ihm bevorstand, und wusste, auch in nächster Zeit würde sich an der Völlerei nichts ändern. Er setzte sich zu Rutger und Metza an die Tafel. Die Wangen seiner Schwägerin röteten sich leicht, als sie ihm ein Lächeln schenkte. Rutger hingegen rührte gedankenverloren in seinem Hirsebrei. Im Gegensatz zu Conrad war er hochgewachsen und mager. Gleichgültig, was er aß und trank, er behielt immer seine dürre Gestalt. Die Leute munkelten, Conrad würde ihm die Teller leer essen, ehe der Bruder überhaupt sein Messer in die Hand genommen hatte. Das stimmte natürlich nicht, aber Conrad blieb angesichts des Geredes gelassen. Mitleid bekam der Mensch geschenkt, Neid hingegen musste er sich erarbeiten.

Conrad legte die Hand auf Rutgers Schulter. »Was bedrückt dich, Bruder?«

Endlich schaute Rutger auf. Mit seinen 38 Lenzen war er nur drei Jahre älter als Conrad, dennoch hatten sich bereits tiefe Falten um seine Augen gegraben. Auch sein Haar war nicht mehr aschblond wie Conrads, sondern grau wie das Fell eines Esels. Rutger trug das Haar in der Mitte streng gescheitelt und hinten zu einem Zopf gebunden. Conrad jedoch stutze sein Haar bis zur Schulter und ließ es fallen, wie es wollte.

Rutger legte den Löffel in die hölzerne Schale. »Ich sorge mich.«

»Weshalb?«, fragte Conrad und befürchtete, dass dies wieder einer der Tage war, an denen Rutger die Melancholie überfiel.

»Ich sorge mich, uns könnte das Geld ausgehen.« Rutger blickte auf die Tafel. »Sieh nur den reichlich gedeckten Tisch. Niemals können wir drei das alles essen. Wir sind viel zu verschwenderisch. Oder etwa nicht?«

Conrad stieß einen Seufzer aus und wandte sich seinem Bruder zu. »Was wir nicht verspeisen, essen die Bediensteten. Und was die nicht schaffen, bekommen die Schweine in den Trog. Was kümmert es dich? Es ist genug von allem da, und uns wird so schnell nichts ausgehen.«

»Das sagst du nur, um mich zu beruhigen.« Rutger schob die Schale von sich.

»Nein, das sage ich nicht, um dir Honig ums Maul zu schmieren, sondern weil ich zum Beispiel gestern eine weitere Geldquelle aufgetan habe.« Bald schon würde der Schwermut des Bruders vergehen, dessen war sich Conrad sicher. Er sah zu Metza. »Würdest du uns bitte allein lassen?«

Seine Schwägerin kniff die Augen zusammen und biss sich auf die Unterlippe, wohl um einen boshaften Kommentar zu unterdrücken. Dann schüttelte sie missbilligend den Kopf und verließ den Saal.

Als sie aus seinem Blickfeld verschwunden war, legte

Conrad die Hand auf Rutgers Arm. »Du weißt doch, wir werden nie Hunger leiden müssen. Allein durch den Steinbruch, der dank unserer tatkräftigen Männer mehr denn je abwirft, verdienen wir reichlich. Und glaube mir, so rasch ist der neue Dom zu Köln nicht fertiggestellt. Da braucht es noch unzählige Floßladungen voll Steinquader, die noch unseren Enkeln und deren Kindern Reichtum verschaffen werden.«

Rutgers fahrige Hände, mit denen er die ganze Zeit den Saum seiner Tunika geknetet hatte, wurden ruhiger. Ein Seufzer der Erleichterung entfuhr seiner Kehle. Ein wenig bebte seine Unterlippe noch, aber wie Conrad wusste, würde auch das gleich nachlassen.

Tag für Tag musste Conrad dem Bruder die Sorge nehmen. Warum ihn diese Nöte allerdings plagten, war Conrad ein Rätsel. Wahrscheinlich lag es an seinem Geist, der nicht besonders helle war.

Conrad brach sich ein Stück Brot ab und steckte es in den Mund. Nachdem er es geschluckt hatte, war Rutger so ruhig, dass er ihm endlich die Neuigkeiten eröffnen konnte.

»Gestern hatte ich auf dem Marktplatz eine Begegnung mit einem Händler«, erzählte er. »Mit einem Bernsteinhändler, musst du wissen.«

Aufmerksam blickte Rutger ihn mit seinen dunkelblauen Augen an. »Bernstein?«

»Ja, richtig. Die Preise dafür sind immens. Der Mann schleift die Steine und fertigt daraus Rosenkränze und Schmuckstücke an. Leider fehlt es ihm oft an Rohlingen, denn der Deutschorden hält das Monopol im Bernsteinhandel. Und der Orden berechnet gesalzene Preise, wie du dir vorstellen kannst.«

Rutger verstand wohl, denn er nickte. »Dann darf der Mann in Wahrheit also gar nicht mit dem Bernstein handeln.«

»Laut dem Bernsteinregal nicht, da hast du recht. An seinem Stand bietet er deshalb Kramwaren an, aber unter der Hand verkauft er den Bernstein.«

»Und von wem bekommt er den ungeschliffenen Stein?« Rutger nahm seinen Löffel wieder auf und aß etwas von dem Brei.

»Das ist es ja. Hier und da trifft er auf einen Schmuggler. Doch der Orden wacht streng über die Strände des Ordenslandes. Von daher wird es für die Schmuggler zunehmend schwieriger, an den Bernstein zu kommen.«

»Und was haben wir damit zu schaffen?«

Conrad grinste breit. »Das Stichwort ist Rujana. Die Insel unterliegt dem dänischen König. Mit Sicherheit wacht dort niemand so streng über das Gold der Ostsee wie der Deutschorden an seinen Stränden.«

In Rutgers Stirn gruben sich tiefe Falten.

Conrad versuchte seine Besorgnis mit einem Lächeln wegzuwischen. »Wir reisen nach Rujana und sammeln dort den Bernstein am Strand, als wären es Muscheln.«

»Warum macht der Mann das nicht selbst?«

»Weil ihm die Kogge dazu fehlt. Und da wir eine besitzen, liegt es doch nahe, ihm zu helfen. Oder meinst du nicht?«

Rutger biss sich auf die Unterlippe. »Wir werden am Galgen landen.«

»Ach, was. Wir doch nicht.« Gelassen streckte Conrad die Beine unter dem Tisch aus und nahm sich eine Traube vom Teller. »Gleich morgen machen wir uns auf den Weg nach Rujana und beschaffen dem Mann eine ordentliche Fracht Bernstein.«

Rutger sprang von seinem Stuhl auf und fasste sich an die Brust. »Da ist es wieder! Dieses Herzrumpeln!«, schrie er mit weit aufgerissenen Augen und krallte die Finger in Conrads Arm. »Ich will nicht sterben. So hilf mir doch!«

Conrad stand auf und legte die Hand auf seine Schulter. »Beruhige dich, Bruder. Es geht vorbei, das weißt du doch.«

Rutger ließ den Kopf hängen und atmete in tiefen Zügen.

»Geht es wieder?«, fragte Conrad besorgt. Seit dem letzten Winter, als Rutgers kleiner Sohn Friedrich fast an einem Fieber gestorben war, hatte der Bruder diese Herzbeschwerden, die so schnell auftraten, wie sie wieder verschwanden. An manchen Tagen blieben sie sogar ganz aus, doch in der letzten Zeit häuften sie sich.

»Wir müssen mit unserer Reise noch warten.« Rutger krümmte sich keuchend. »Ich muss zur Ader gelassen werden.«

Conrad winkte ab. »Nein, danach fühlst du dich nur elender als zuvor. Seitdem du alle naselang blutleer bist, haben sich deine Beschwerden verschlimmert. Ist dir das noch nicht aufgefallen?«

»Nein! Irgendwann bleibt mein Herz stehen, verstehst du das nicht? Ich habe solche Angst davor.«

Conrad nahm die Hand von Rutgers Schulter und setzte sich wieder an den Tisch. »Du musst einfach mal etwas anderes sehen und dich endlich von deinen unbegründeten Sorgen ablenken. Wir reisen morgen früh ab. Die Seeluft wird dir guttun, glaube mir. Und nun iss etwas, damit du zu Kräften kommst.

Rutger gehorchte und ließ sich ebenfalls nieder. Als er nach dem Löffel griff, zitterten seine Finger so sehr, dass dieser ihm erneut aus den Händen fiel.

Conrad nahm den Löffel vom Tisch, tauchte ihn in die Schale und begann, seinen Bruder zu füttern.

4

Als der Morgen graute, glaubte Antonia, gerade erst eingeschlafen zu sein. Lange hatte sie in der Nacht wachgelegen und um den Vater geweint. Irgendwann war sie dann wohl doch in den Schlaf gefallen, der ihr jedoch wirre Träume beschert hatte. Der tote Vater war in das Haus in Stralsund zurückgekehrt und hatte sich dort im Kontor an das Schreibpult gesetzt. Er hatte nach Verwesung gerochen und genauso ausgesehen wie in der Kapelle.

Antonias Hals brannte, und ihre Augen fühlten sich leergeweint an. Mit bleiernen Gliedern erhob sie sich aus dem Bett. Es klopfte an der Tür, und die Betschwester brachte ihr das Frühmahl, das lediglich aus einem Mehlbrei sowie einem Krug Bier bestand. Antonia verspürte immer noch keinen Hunger. Sie trat an den Waschtisch und wusch sich von Kopf bis Fuß mit dem Wasser aus der Waschschüssel. Wie würde ihr Leben wohl fortan aussehen? Immer noch war sie keinem Mann versprochen. Vater hatte mit seiner Entscheidung bis zum nächsten Frühjahr warten wollen, um die bestmögliche Verbindung für das Haus Koppler zu finden. Was sollte nun aus ihr werden? Antonia trocknete sich mit einem Tuch. Nach dem Tod des Vaters war Severin jetzt ihr Vormund. Insgeheim hoffte sie, er würde aus dem Orden austreten und nach Hause kommen. Doch so recht glaubte sie nicht daran.

Sie verließ die Kammer und suchte den Klostergarten auf, um dort auf die Bestattung des Vaters am Mittag zu warten. Die Äste der Bäume bogen sich unter dem Gewicht der sattroten Äpfel. Um die, die bereits zu Boden gefallen waren, surrten Wespen und labten sich an dem Fruchtfleisch. Auch an diesem Morgen schien die Sonne ungehemmt vom Himmel und erhitzte die Luft, die nach Gräsern und Blüten roch. Antonia setzte sich in den Schatten eines Apfelbaumes. Da hörte sie hinter sich das Gras rascheln und wandte sich um. Severin kam auf sie zu und hockte sich neben sie. Auch heute trug er seinen weißen Umhang mit dem schwarzen Kreuz, den sie von Tag zu Tag mehr verfluchte.

Antonia sah ihn böse an. »Wie konntest du nur zustimmen, dass Vater hier auf der Insel bestattet wird? Sein Leichnam gehört nach Stralsund, damit ich jeden Tag an seinem Grab beten kann.«

»Seine Leiche ist bereits zu stark verwest. Kein Fährmann hätte uns übergefahren. Außerdem bin ich mir sicher, dass du nicht in Stralsund bleiben wirst.« Severin fuhr sich mit der Hand über seinen Bartschatten.

»Was soll das heißen?«

»Dass ich mich nicht um das Haus kümmern kann. Entweder finden wir schleunigst einen Bräutigam für dich, oder wir müssen es verkaufen und mit dem Erlös deine Mitgift für ein Kloster sichern.«

Antonia sprang auf. »Sagtest du gerade Kloster?«

»Ja, sicher. Was ist daran so verwerflich?« Severin betrachtete seine Fingernägel.

»Vater ist noch nicht einmal unter der Erde, und du willst mich schon loswerden! Du bist einfach nur herzlos! Der Orden ist dir wichtiger als deine Familie.«

Severin schüttelte den Kopf. »Das stimmt so nicht. Aber ich habe vom Handel zu wenig Ahnung, als dass ich Vaters Geschäfte weiterführen könnte. Es bleibt mir keine andere Wahl.«

»Wir könnten eine Weile von Vaters Vermögen leben, bis ein Bräutigam für mich gefunden ist.«

»Ja, vermutlich könnten wir das.« Severin hob die Schultern. »Aber der Orden erlaubt mir keine längere Abwesenheit. Du weißt, ich habe einen Schwur geleistet.«

»Der Orden! Ich höre nichts anderes mehr!« Antonias Stimme wurde lauter. »Eher sterbe ich, als ins Kloster zu gehen!«

Severin erhob sich und legte ihr die Hand auf die Schulter. »Nun beruhige dich doch. Ich habe nicht gesagt, dass dies alles morgen geschehen wird. Nach Vaters Bestattung suchen wir ein Gasthaus in der Nähe der Küste, wo du dich einige Tage erholen kannst. In dieser Zeit werde ich mir Gedanken machen, wie es mit dir weitergehen soll.«

Antonia schluckte ihren Zorn hinunter. So kurz vor Vaters Bestattung zu streiten war nicht richtig. Also nickte sie zögernd. »Ja, ich denke, hier kann ich erst einmal zur Ruhe kommen.« Tief im Inneren fürchtete sie sich sogar vor der Rückkehr ins Elternhaus, denn dort würde sie alles an Vater erinnern. Dem fühlte sie sich einfach noch nicht gewachsen.

Severin nahm ihre Hand. »Lass uns gehen. Ich muss noch Vaters Bestattung vorbereiten.«

Abermals sehnte sich Antonia nach seiner Umarmung. Wie sollte sie diese Zeit bloß ohne Trost überstehen? »Muss ich dabei sein, wenn du die Erde aushebst?« Lieber wollte sie hier unter den Apfelbäumen sitzen und mit Vater Zwiesprache halten, ehe sein Leichnam der gesegneten Erde übergeben wurde.

»Nein, musst du nicht. Aber bleib nicht mehr allzu lange

hier sitzen. Ich will dich nicht erst holen müssen, wenn die Totenglocke schlägt.«

»Lass mich nur noch einen kurzen Augenblick hier bleiben. Dann komme ich zur Kapelle.«

Severin presste die Lippen aufeinander und nickte, ehe er sich abwandte und sie allein ließ.

Antonia setzte sich wieder in den Schatten des Apfelbaums. »Ach, Vater. Warum musstest du schon gehen? Solltest du von dort oben auf mich herabschauen, so halte bitte deine Hand über mich. Bitte lass nicht zu, dass Severin mich in ein Kloster gibt.« Alles, was Antonia gelernt hatte, war einen Haushalt zu führen, wie so viele andere Frauen auch. Nun war sie darauf angewiesen, möglichst rasch geehelicht zu werden. Sie seufzte aus tiefstem Herzen. Dann wischte sie sich mit dem Handrücken über die Wangen und erhob sich, um ein paar Blumen für Vaters Grab zu pflücken. Es nutzte nichts zu grübeln. Gott hatte über Vaters Schicksal entschieden, und sie musste nun sehen, wie sie ihre eigene Prüfung überstand.

Eine Weile danach verließ sie den Obstgarten und begab sich zum Kirchhof von Sankt Marien.

Der spitze Turm der Basilika zeigte wie ein mahnender Finger in den Himmel. Das Gotteshaus mit seinen halbrunden Fenstern war aus rotem Backstein gebaut und thronte über dem Gottesacker mit den schlichten Holzkreuzen und den weißen Grabsteinen. Antonia sah Severin vor dem frisch ausgehobenen Grab hocken und in das Loch starren. Sein Umhang war mit Erde verschmiert. In diesem Augenblick schlug die Totenglocke. Ihr dumpfer Hall fuhr Antonia durch Mark und Bein, und sie begann zu zittern.

Severin erhob sich aus der Hocke und trat auf sie zu. In der Hand hielt er einen Lederbeutel, der nach Safran duftete.

»Komm, Schwester, lass uns Vaters Leichnam zur letzten Ruhestätte begleiten.«

Antonia atmete den Duft der Kornblumen ein, die sie in der Hand hielt, und folgte ihrem Bruder in die Kapelle, wo der Vater immer noch aufgebahrt lag. Obwohl die Ordensfrauen nun auch den Kopf des Leichnams bandagiert hatten, konnte der Weihrauch den Gestank von Verwesung immer noch nicht vertreiben. Severin ging zu der Bahre und breitete das Grabtuch davor aus. Mit Hilfe eines Totengräbers schlug er den Leichnam des Vaters darin ein und legte ihn auf die Trage. Dann hob der Priester das Kreuz und führte die Prozession aus der Kapelle an. Antonia atmete schwer gegen den Schmerz in ihrer Brust. Den Weg zum Kirchhof säumten einige Bewohner der Ansiedlung, die beim Anblick des Toten das Kreuz schlugen, um ihnen dann zu folgen. Antonia schritt dicht hinter Severin, der mit dem Totengräber den Leichnam des Vaters trug. Gewiss war seine Seele ganz nah bei ihr, bis er vor das Jüngste Gericht trat. Trotz der Hitze glaubte Antonia, einen kalten Hauch in ihrem Nacken zu spüren, und an ihren Armen stellten sich die feinen Härchen auf. Mit zittrigen Beinen erreichte sie das Grab, an dem der Priester ein Gebet sprach. Nachdem er es beendet hatte, hob Severin mit der Hilfe des Totengräbers Vaters Leiche in das Grab. Der Bruder nahm das Säckchen mit dem Safran und legte es auf Vaters Leichnam. Als Antonia die Blumen dazugab, bebten unaufhaltsam Schluchzer in ihrer Kehle. Ein weiteres Gebet sprechend, besprenkelte der Priester das Grab mit Weihwasser. Anschließend ließ Severin die erste Schaufel Erde hinabrieseln. Als die Klumpen das Leichentuch trafen, spürte Antonia, wie sich um sie herum der Kirchhof zu drehen begann. Noch nie in ihrem Leben hatte solch ein Schmerz in ihrer

Brust gewütet. Dennoch konnte sie den Blick nicht vom Grab abwenden. Dann schob sich Vaters Gesicht davor. Seine gutmütigen Augen versuchten ihr Trost zu schenken – wie damals, als die Mutter gestorben war. Er streckte die Hand aus, um ihr über das Haar zu streicheln, doch gerade, als Antonia danach greifen wollte, stellte sich Severin vor sie und reichte ihr die Schaufel des Totengräbers.

»Asche zu Asche und Staub zu Staub«, sagte er mit belegter Stimme.

Antonia hätte ihn am liebsten angeschrien, er solle weg gehen – sie mit Vaters Bildnis allein lassen. Sie hielt das alles nicht mehr aus! Die Grabmäler um sie herum verschwammen, und unter ihr wankte der Boden. Ohne ein Wort zu verlieren wandte sie sich um, raffte ihre Röcke und rannte blind von Tränen über den Kirchhof. Erst im Schatten von Sankt Marien blieb sie stehen. Sie lehnte sich mit dem Rücken an das kalte Gemäuer und sank in die Knie. In ihrem ganzen Leben würde sie nicht aufhören können, ihren Vater zu vermissen!

»Der Herr holt unser aller Seelen zu sich. Niemand bleibt davon verschont.«

Antonia hob den Blick und sah in Severins Augen. »Ich weiß, Bruder. Dennoch kann ich nicht gegen die Traurigkeit an.«

»Mit der Zeit wirst du darüber hinwegkommen. Glaube mir.«

Vorwurfsvoll sah sie ihren Bruder an. »Wie denn, wenn es niemand gibt, der mir Trost spendet und mich in den Arm nimmt, wie Vater es getan hat?« Antonia ließ Severin stehen und kehrte in das Gasthaus des Klosters zurück.

* * *

Gegen Nachmittag ritt Jaramir zum Strand von Byntze, um den Auftrag des Fürsten auszuführen. Nach ihren Erkundungen stellten er und Dragan jedoch fest, dass es so gut wie keinen willigen Mann gab, der dazu bereit war, seinen Schlaf für den Fürsten zu opfern und den Strand in der Nacht zu bewachen. Die meisten Bewohner der Herrschaft Streu lebten vom Fischfang und fuhren mit ihren Booten bereits zur See, ehe der Morgen graute. Wie sie sagten, brauchten sie in der Nacht ihren Schlaf. Jaramir hatte ihnen eine gute Bezahlung geboten und dennoch als Antwort von jedem Mann nur ein müdes Lächeln geerntet. Also beschlossen er und Dragan, die Wache in den kommenden Nächten selbst zu übernehmen. Jaramir sah dem unverdrossen entgegen, denn er liebte das Meer und freute sich, auch des Nachts an der Küste sein zu dürfen.

Die sanften Wogen glitzerten wie Diamanten in der Nachmittagssonne, und Jaramir hatte plötzlich große Lust, sich von den Fluten umspülen zu lassen. Kurz darauf setzte er sich tropfnass neben Dragan auf eine Düne und streckte die Beine im Sand aus. Sein Freund briet Stockfische über dem Feuer, das er in der Zwischenzeit entfacht hatte. Gedankenverloren drehte er den Stecken in seinen Händen. »Du bist ein richtiger Streuner, weißt du das?«

»Ein Streuner?« Belustigt hob Jaramir die Augenbrauen.

»Dich hält nichts auf der Rujanenburg, nicht einmal ein Weib. Wie hieß sie nochmal, die schöne schwarzhaarige Magd, die dir nicht mehr von der Seite gewichen ist?«

»Du meinst Brana«, knurrte Jaramir.

Dragan hielt ihm den gebratenen Fisch entgegen. »Was ist aus ihr geworden?«

»Lass uns nicht darüber reden.«

»Es kann doch nicht sein, dass sie einfach so aufgegeben hat.« Dragan hob eine Augenbraue.

»Hat sie auch nicht.« Jaramir wurde immer noch übel, wenn er an sie dachte. Auf dem Meer blähten sich am Horizont die Segel einer Kogge, und auch am Strand frischte der Wind auf. Ein Schauder fuhr über Jaramirs bloßen Rücken, auf dem noch die Wasserperlen trockneten. »Aber was ist mit dir? Willst du für immer allein bleiben?«

Dragan presste die Lippen aufeinander. Seine ohnehin schon dunklen Augen wurden noch finsterer. »Das Gleiche könnte ich dich auch fragen.« Stur wandte er den Blick auf das Meer. Jaramir konnte sich nicht vorstellen, dass Dragan für alle Zeit ohne Frau bleiben wollte. Anders als er selbst, bekam sein Freund nach getaner Arbeit nicht die Mahlzeiten von Dienern vorgesetzt, und es hielt ihm auch keine Magd die Behausung rein. Anderseits war da auch kein Weib, das abends über dies und das herumzeterte. Jaramir seufzte innerlich. Und kein Weib, dessen weicher Leib sich an ihn schmiegte, wenn er zu Bett ging. Rasch schob er den Gedanken daran fort. Bisher hatte er nur eine widerspenstige Katze kennengelernt, die schnell die Krallen ausgefahren hatte. Anders als Dragan, der ein sanftes Mädchen gefunden hatte. Aber das Meer hatte sie beim Fischfang geholt, und Dragan hatte zusehen müssen, wie sie ertrank. Seit diesem Tag vor fünf Jahren hatte der Freund nie wieder den Fuß auf ein Boot gesetzt – und auch nie wieder ein anderes Weib angesehen. Dragan dachte wohl an dasselbe, denn sein Gesichtsausdruck war betrübt. Jaramir straffte die Schultern. Sie sollten lieber nicht der Vergangenheit nachhängen und sich gleichzeitig um die Zukunft sorgen. Sie lebten hier und jetzt, wo es ihnen gutging. Jaramir verscheuchte die schwarzen Gedanken und atmete tief durch.

»Glaubst du, in der Nacht werden sie kommen?«, brach Dragan in dem Moment das Schweigen.

»Meinst du die Schmuggler?«

»Ja, sicher. Oder dachtest du, ich rede von den Meerjungfrauen?«

Jaramir grinste breit. »Was wäre dir denn lieber?«

»Ach, hör auf und lass uns essen. Die Nacht wird noch lang.« Herzhaft biss Dragan in den erkalteten Fisch.

Jaramir blieb still. Auch er hatte keine Lust mehr auf ein Gespräch, das sich um Frauen drehte. Er sah den Strand entlang und bemerkte den Alten aus dem Gasthaus. Justus war hinter einer Düne hervorgetreten und blickte zu ihnen herüber.

Dragan kniff die Augen zusammen. »Was macht denn der Alte hier?«

»Sitzt der nicht sonst um die Zeit im Wirtshaus?«

»Natürlich. Tag für Tag.«

Justus verschwand wieder hinter der Düne.

»Vielleicht wollte er sehen, ob er beim Bernsteinsammeln helfen kann.« Schulterzuckend blickte Jaramir auf seinen Fisch.

»Von wegen! Der führt irgendetwas im Schilde, das kannst du mir glauben. Außerdem weiß er genau, dass bei einer ruhigen See nur jeden zweiten Tag gesammelt wird.«

»Wir werden sehen, was ihn umtreibt.« Jaramir straffte den Rücken und aß seinen Fisch.

* * *

In Gedanken bei dem Vater sah Antonia aus dem winzigen Fenster ihrer Kammer. Hinter den Feldern mit den kargen Baumbeständen verschmolz das Meer mit dem wolkenlosen

Himmel. Eine sanfte Brise strich ihr über die Wangen, die nach Tang und Salz roch. Im nächsten Moment hörte sie Severins Schritte hinter sich.

»Hast du alles beisammen?«

Antonia blickte über ihre Schulter zu der verschlossenen Truhe und nickte.

»Dann lass uns aufbrechen, damit wir noch vor Einbruch der Dunkelheit im Gasthaus sind.«

Die Luft hatte sich deutlich abgekühlt. Ihr Weg führte an satten Feldern vorbei, über denen Bussarde kreisten und sich hin und wieder auf Raubfang zu Boden stürzten. In der Ferne vernahm Antonia das Meeresrauschen. Sie lehnte sich im Wagen zurück und sog tief den Atem ein, um ihre Lungen mit der salzigen Luft zu füllen. Severin hatte gesagt, das Gasthaus läge unweit vom Strand, an dem sie sich bei Spaziergängen erholen könne. Antonia fühlte sich, als hätte sie mehrere Nächte hintereinander nicht geschlafen, und die Müdigkeit lag wie Blei auf ihren Schultern. Doch immer, wenn sie die Augen schloss, schob sich Vaters aufgedunsenes Gesicht davor. Das Bild würde wohl nie mehr aus ihrem Kopf gehen. Jeden Lidschlag begleitete es sie. Warum nur hatte sie Vater so sehen müssen? Warum hatte sie ihn nicht in Erinnerung behalten dürfen, wie er lebend gewesen war?

Vor den Dünen von Byntze tauchten vereinzelte Hütten auf, deren Dächer mit Stroh gedeckt waren. Die Sonne neigte sich dem Meer entgegen und vergoldete die Schaumkronen. Die letzten Fischerboote kehrten heim und schaukelten wie Nussschalen auf den Strand zu. Bald schon erreichten Antonia und Severin das Dorf. Vor einer der Hütten, die von Klatschmohn umgeben war, saß ein Bärtiger und flickte ein Netz. Halbnackte Kinder hockten im Gras und spielten mit

Holzfiguren. Über der Tür des zweigeschossigen Gasthauses baumelte ein bronzefarbenes Schild im Wind und zeigte einen Fisch mit übertrieben großen Augen. Darunter rankte Efeu die Hauswand hinauf.

Severin zügelte sein Pferd, und auch der Wagen kam zum Stehen. Antonia wartete nicht, bis der Bruder ihr beim Aussteigen half, und kletterte über den Holzbock hinab, den Mathias vor den Wagen gestellt hatte. Severin entlohnte den Knecht und schickte ihn zurück nach Stralsund, wo er auf das Haus aufpassen sollte.

Antonia sah dem Wagen hinterher. »Wann wird er mich wieder abholen?«

»Erst einmal nicht. Wenn du dich ausreichend erholt hast, suchen wir einen Fuhrmann, der dich nach Hause bringt.«

Er meinte wohl, wenn er sie unter die Haube gebracht hatte. Aber Antonia wollte nicht weiter über dieses Thema nachdenken und folgte Severin ins Gasthaus, in dem es nach abgestandenem Bier und Fisch roch. Der rothaarige Wirt nickte zum Gruß und legte das Tuch auf den Tresen. Dann kramte er in einer Holzkiste und holte drei Schlüssel hervor, die er Severin übergab.

»Es gibt nur drei Kammern im oberen Stockwerk. Von daher ist es nicht nötig, dass ich sie Euch zeige. Ihr könnt Euch zwei aussuchen, die Euch zusagen. Den anderen Schlüssel gebt ihr mir dann wieder zurück.« Seine Stimme klang rau, als habe er Halsschmerzen.

Antonia hoffte nur, dass die Kammern einigermaßen sauber waren. Als sie die kleine Treppe hinaufgestiegen war, schwand ihre Hoffnung jedoch. Die Kammern rochen nach Urin, und die Laken auf den Betten waren voller gelber Kränze und bräunlicher Flecken.

Kraftlos lehnte sie sich gegen die Wand. »Kannst du den Wirt nicht fragen, ob er das Stroh erneuern und uns frische Laken bringen kann?«

Severin verdrehte die Augen und verließ die Kammer. Antonia riss das Tuch von dem Fenster, um frische Luft ins Zimmer zu lassen. Ihr Blick glitt über die Dünen hinweg zum Strand, wo die Fischerboote jetzt entladen wurden. Als sie ein Hüsteln in ihrem Rücken vernahm, wandte sie sich um. In der Tür stand eine Frau mit nussbraunem Haar, das sie zu einem Zopf gebunden hatte. Ihre Röcke waren zerknittert und an den Säumen ausgefranst. Unter dem Arm trug sie einen Stapel frischer Laken.

»Stroh gibt es im Augenblick kein neues«, sagte sie und musterte mit ihren braunen Augen Antonias Cotte. »Wie ich sehe, seid Ihr etwas Besseres gewohnt als ein einfaches Gasthaus.«

»Das mag schon sein, aber Sauberkeit ist keine Frage des Geldes.« Antonia nahm ihr die Laken aus der Hand. »Außerdem bin ich es auch gewohnt, anzupacken. Wenn du mir einen Besen bringst, kehre ich die Kammer selbst aus.« Antonia hoffte, dass sie sich durch die Arbeit von ihren schwarzen Gedanken ablenken konnte.

In dem Moment kehrte Severin zurück und sah der verdutzten Wirtsfrau hinterher. »Hat sie keine Lust oder weshalb geht sie wieder?«

»Es gibt kein neues Stroh, sagt sie. Sei bitte so lieb und besorg du uns welches.«

»Wir sind nicht hier, damit du mich den lieben langen Tag herumscheuchst.« Severin verschränkte die Arme vor der Brust.

»Gut, dann nehme ich halt mit dem Boden vorlieb.« Antonia warf die schmutzigen Laken vor die Tür. Ihr Missmut wurde ihr fast schon selbst unheimlich. »Ich will so nicht sein«, sagte sie leise.

»So kenne ich dich auch nicht.« Severin setzte sich auf den Stuhl. »Aber die Erholung hier wird dir guttun. Bald wirst du wieder ganz die alte Antonia sein. Da bin ich mir sicher.«

»Wie soll das sein? Vater kommt nicht mehr zurück.«

»Irgendwann wirst du über seinen Tod hinwegkommen. Es ist an der Zeit, dass du dein Leben nun selbständig führst. Vater hat viel zu lange mit deiner Heirat gewartet.«

Antonia wurde das Gefühl nicht los, für Severin nur wie eine Eisenkugel an seinem Bein zu sein. Sie wandte sich wieder dem Fenster zu und sah auf das Meer. Er würde nicht lange zögern und sie an den erstbesten Mann von Stand verheiraten. Das wusste sie. Erst recht, nachdem sie ihm offenbart hatte, dass sie niemals in ein Kloster gehen würde. Antonia blickte auf die Wellen, die schäumend an den Strand schlugen. Zwei Männer streiften durch die Dünen. Selbst aus der Entfernung konnte Antonia erkennen, dass sie hochgewachsen waren. Die Sonne hatte Ihre Haut gebräunt, und ihre Hemden waren einfach, wie die der Fischer.

»Ich habe noch etwas zu erledigen«, sagte Severin und verließ die Kammer.

Wenig später brachte die Wirtsfrau ihr den Besen, und nachdem Antonia den Boden gefegt hatte, legte sie sich nieder, um zu schlafen.

5

Auch an diesem Tag erschien Rutger nicht zum Frühmahl. Am Abend zuvor noch hatte er versichert, dass er sich auf dem Weg der Besserung befände. Daraufhin hatte Conrad die Hoffnung gehegt, am heutigen Tag nach Rujana reisen zu können, doch daraus wurde wohl wieder nichts. Er wischte sich den Mund ab und ging hinauf in das Gemach des Bruders.

Auf seiner Bettstatt liegend keuchte Rutger, als täte er gleich den letzten Atemzug.

»Diese Enge in meiner Brust! Ich halte sie nicht mehr aus. Ich muss unbedingt zur Ader gelassen werden.«

Conrad kannte das Spiel bereits. Sein Bruder wollte sich vor der Reise drücken, da er befürchtete, dabei vor Aufregung zu sterben.

»Das Einzige, was du brauchst, ist ein anständiges Frühmahl und frische Luft.« Er sah zu Metza, die neben Rutgers Bett saß und seine Hand hielt.

»Warum drängst du ihn nur zu dieser Reise? Du siehst doch, dass es ihm nicht gutgeht. Er muss wirklich zur Ader gelassen werden.«

Ihr gespielt besorgter Gesichtsausdruck überraschte Conrad nicht. Metza war falsch wie die Schlange im Paradies.

»Dann liegt er die nächsten Tage erst recht wie ein toter Hase im Bett«, raunte er.

»Aber danach wird es ihm gewiss besser gehen, so dass ihr beide ungehindert eure Reise antreten könnt.« Metzas Wangen röteten sich.

Conrad wusste genau, was sie meinte. Es war nicht die Sorge um Rutger, eher befürchtete sie, sie könne für längere Zeit nicht mehr zu ihm, Conrad, ins Bett huschen. Auch wenn der Gedanke ihn mit Stolz erfüllte, wurde Conrad ihre Anhänglichkeit langsam zu viel. Es war an der Zeit, das Liebesspiel mit Metza zu beenden.

»Ein erneuter Aderlass kommt nicht in Frage. Der letzte liegt erst wenige Tage zurück.« Er griff nach der Hand des Bruders, die sich eiskalt anfühlte. »Es sind die Ängste, die ihn in der Gewalt haben, und es ist dringend an der Zeit, diese zu besiegen. Die Reise nach Rujana wird dafür sorgen, dass er sein ganzes Leben lang keine Angst mehr um seine Existenz haben muss.«

Rutger nickte. »Lass mich nur noch diesen einen Tag ausruhen. Dann können wir morgen auf die Reise gehen.«

Zur Bestätigung drückte Conrad seine Hand. Wenn auch widerstrebend, würde er diesen einen Tag noch warten. »Die Männer sind bereits angeheuert.« Er ließ die Hand des Bruders los und wandte sich ab.

Metza folgte ihm vor das Gemach. »Ihr solltet nicht auf Reisen gehen. Was, wenn Rutger dabei das Zeitliche segnet?«

»Das wird er nicht.«

»Wozu müsst ihr denn unbedingt nach Rujana? Was hast du vor?« Metza verengte die Augen. »Ziehen dich krumme Geschäfte oder gar ein Weibsbild dort hin?«

»Weder noch.« Conrad mahlte mit dem Kiefer und ließ sie stehen, um den Steinbruch aufzusuchen. So gern er Metza auch in seinem Bett hatte, nahm sie ihm langsam die Luft zum Atmen. Es war an der Zeit, dass er wieder ein Weib ehelichte. Bestenfalls eins, das keine Widerworte gab und noch weniger unangenehme Fragen stellte.

Der Steinbruch befand sich am östlichen Hang des Drachenfelsens und stach mit seinem kahlen Gestein zwischen den Wäldern hervor. Von den Bergwänden hallte das Hämmern der Spitzhacken wider und klang wie Musik in Conrads Ohren. Die zwei dunkelhäutigen Männer, die er neulich auf dem Markt in Amsterdam von Seeräubern gekauft hatte, schleppten die Felsbrocken zu der Stelle, wo sie zu Quadern geschlagen wurden. Ihre Hemden waren nass vom Schweiß, und das schwarzgekrauste Haar klebte ihnen am Kopf, dennoch schienen sie vor Kraft zu strotzen. Conrad sah sich um und vermisste die Weiber, die den Männern angehörten. Viel Geld hatten die Frauen nicht gekostet, doch es hatte die Arbeiter nur als Gesamtfuhre gegeben. Allerdings gab es keinen Grund, weshalb die Weiber nicht ebenfalls den Stein brechen sollten. Schließlich hatte er dafür einige Männer, die bei ihm in Lohn standen, entlassen. In ihren heruntergekommenen Hütten wohnten nun die Leibeigenen, die ihn nicht mehr als ab und an ein Sack feucht gewordenes Mehl kosteten.

Conrad suchte Bertram auf und fand ihn mit dem Rücken an einen Baum gelehnt. In der rechten Hand hielt er die Peitsche und zog mit ihrem Schwanz Kreise in den Staub. So, wie der Aufseher aussah, stellte sich Conrad die Ausgeburt der Hölle vor. Eines seiner Augen hing tiefer als das andere, und seine Nase glich einer Knolle.

»He, was lässt du lieben Gott einen guten Mann sein?«, raunzte Conrad ihn an.

Bertram schreckte auf. »Die … die Männer arbeiten zu meiner Zufriedenheit«, stammelte er.

Conrad kniff die Augen zusammen. »Es geht immer noch einen Schritt schneller.« Er nahm ihm die Peitsche aus der Hand. »Komm mit, ich zeige dir, wie.« Conrad schritt zu dem kahlen Hang, über dem eine Staubwolke die Sonne verdeckte. Einer der Männer schlug mit der Spitzhacke in den Fels. Als er Conrad sah, weiteten sich seine Augen. Der Schwanz der Peitsche durchschnitt die Luft und klatschte auf seinen Rücken. Mit schmerzverzerrtem Gesicht bäumte der Mann sich auf. Anschließend schlug er schneller als zuvor mit der Spitzhacke auf die Felswand ein.

Conrad wandte sich wieder Bertram zu. »So geht das. Verstehst du? Und nun zieh dein Hemd aus und bück dich.«

Der Aufseher runzelte die Stirn. »Aber Herr, was soll ich …?«

»Mach schon!«, schrie Conrad.

Die Lippen des Aufsehers bebten. »Was habt Ihr vor?«

Conrad fackelte nicht lange, griff nach Bertrams Hemdkragen und riss ihm den Fetzen vom Leib. Unter Bertrams bleicher Brust malten sich die Rippen ab. Conrad fasste ihn am Arm und schleuderte ihn zu Boden. Dann schlug er mit der Peitsche auf seinen Rücken. Der Aufseher schrie auf wie ein gequältes Tier, und Conrad ließ erneut den Schwanz der Peitsche auf seinem Rücken tanzen. Ein Striemen platzte auf der milchweißen Haut auf, und Blut quoll hervor. Conrad warf ihm das Hemd hin. »Steh auf!«

Keuchend rappelte sich Bertram hoch.

Conrad sah ihn mit zusammengekniffenen Augen an. »Lass dir eins gesagt sein: Heute habe ich dir gegenüber noch Milde walten lassen. Beim nächsten Mal schlage ich dich tot, wenn du nicht dafür sorgst, dass die Männer ordentlich arbeiten.«

»Ja, Herr.« Bertram senkte den Blick.

»Wo sind die Weiber?«, fragte Conrad.

»In ihrem Lager. Die Männer brauchen nach getaner Arbeit ein anständiges Mahl.«

»Den Kochlöffel können die Frauen auch noch am Abend schwingen.« Conrad riss Bertram am Arm herum. »Ich werde sie holen, und dann sorgst du dafür, dass sie anständig arbeiten. Hast du mich verstanden?«

Bertram nickte heftig. Das Klappern seiner Zähne übertönte fast das Hämmern der Spitzhacken.

Conrad warf ihm noch einen abfälligen Blick zu und brach dann zu der Lichtung im Mennesbachsiefen auf, einem Tal nahe des Maelberges, wo die Hütten der Leibeigenen standen. Es gab nur einen passierbaren Pfad, der zu der Lichtung führte, ansonsten war das Tal zwischen den hohen Bäumen mit dichtem Buschwerk überwuchert. Obwohl Conrad seinen Leibeigenen nicht den Mut zu einer Flucht zutraute, ließ er den Pfad von einem alternden Ritter bewachen, der sich Sigi nannte. Conrad nickte ihm wortlos zu, als er an ihm vorbeiritt.

Die vier Weiber schwatzten in einer Sprache, die Conrad fremd war. Als sie ihn bemerkten, schreckten sie jedoch auf. Die Rothaarige unter ihnen stach Conrad sofort ins Auge. Lange war er nicht mehr hier gewesen, so dass er fast schon vergessen hatte, welche Pracht sich nahe seinem Drachenfelsen befand.

Conrad trat auf sie zu. »Wie ist dein Name?«

Die junge Frau war der deutschen Sprache mächtig und stellte sich als Sveta vor.

»Warum seid ihr nicht im Steinbruch?« Conrad spielte mit der Peitsche in der Hand.

Ein weiteres Weib stellte sich vor Sveta und fauchte Worte, die er nicht verstand.

Conrad ließ die Peitsche über den Boden sausen. »Ab mit euch in den Steinbruch! Habt ihr mich verstanden?«

Die Schwarzhaarige spie vor ihm aus. Conrad zögerte nicht lange und ließ die Peitsche auf ihrer Schulter tanzen. Ihr Schrei gellte durch das Lager, und augenblicklich sank sie auf die Knie.

»Hört auf! Bitte!«, flehte Sveta und stellte sich vor das widerspenstige Weib. »Sie spricht Eure Sprache nicht. Ich werde ihr sagen, dass wir in den Steinbruch gehen müssen.« Sveta kniete sich neben die andere Frau und murmelte unverständliche Worte.

»Wie ist ihr Name?«, bellte Conrad.

»Brana. Sie heißt Brana.« Svetas Lippen zitterten.

Conrad sah zu den anderen beiden Weibern, die sich ängstlich aneinanderdrückten. Eine zahnlose Alte, aber auch ein junges Mädchen, dessen Brüste sich wie winzige Knospen unter dem dünnen Linnen ihrer armseligen Cotte abmalten. In Conrad wuchs der Groll. Er packte das schwarzhaarige Weib an seinem Haar und schleifte es über den Boden. Als sich die Frau an seinem Bein festklammerte und ihn in die Wade biss, bekam sie erneut die Peitsche auf dem Rücken zu spüren.

»Hört doch auf, bitte hört auf«, jammerte Sveta hinter ihm.

»Halt dein verdammtes Maul, sonst brat ich dir auch noch eins über!« Conrad sah über seine Schulter, um sich zu vergewissern, dass die anderen Weiber ihm folgten. Zu seiner Zufriedenheit humpelte sogar die Alte hinter ihnen her. Neben ihm half Sveta dem störrischen Weib auf die Beine, das weiterhin irgendwelche Flüche ausstieß, die er nicht verstand. Unbeirrt zog er sie hinter sich her, bis sie den Steinbruch erreichten. Dort übergab er die Frauen samt Peitsche dem Aufseher.

»Wenn ich von meiner Reise zurück bin, will ich den doppelten Ertrag an Quadern vorfinden. Sollte dies nicht der Fall sein, spalte ich dir den Schädel.«

Bertram sah ihn aus angsterfüllten Augen an und nickte. Nachdem er einst bei seinen Diebstählen geschnappt worden war, hatten sie ihm drei Finger der linken Hand abgeschlagen, so dass er sich nirgendwo mehr blicken lassen konnte. Von daher brauchte Conrad nicht zu befürchten, er würde ihn verpfeifen.

6

Als Antonia über die Dünen hinunter zum Strand ging, schmerzten ihr immer noch die Glieder von dem harten Boden, auf dem sie gelegen hatte. Immerhin hatte Severin ihr versprochen, heute neues Stroh zu besorgen. Der Gestank der Kammer hing noch in ihrer Nase, und sie atmete tief durch, um ihn zu vertreiben. Allmählich verspürte sie wieder Hunger, denn den klebrigen Brei vom Morgen hatte sie beim besten Willen nicht hinunterbekommen.

Einige Männer näherten sich ihr. Sie trugen Stecken mit Netzen bei sich und liefen auf bloßen Füßen durch den Sand. Antonia vermutete, dass es Bernsteinsammler waren, wie es sie auch an den Küsten des Festlandes gab. Ihnen bei der Arbeit zuzuschauen, würde sie gewiss von ihrem Kummer ablenken. Sie dachte an den Rosenkranz aus Bernstein, den sie besaß. Einst hatte er ihrer Mutter gehört. Severin hatte ihn mit hergebracht, doch seit Vaters Tod hatte Antonia den Rosenkranz nicht ein einziges Mal mehr in die Hand genommen. Die Geschöpfe des Himmels hatten Vaters Unglück befohlen, und Antonia grollte ihnen dafür.

Auf einer Düne setzte sie sich zwischen die Gräser in den warmen Sand, sah weiterhin zum Strand und erkannte den hellblonden Schopf des Mannes, den sie am gestrigen Tag von ihrem Fenster aus beobachtet hatte. Sein Haar war im

Nacken kurz geschnitten, doch auf der Stirn lockten sich lange Strähnen, die der Wind zerzauste. Als er sich das Hemd über den Kopf zog, hielt Antonia den Atem an. Sie konnte seine Bruche erkennen, an der die Beinlinge befestigt waren, die ihm bis über das Knie reichten. Nie zuvor hatte sie eine entblößte Männerbrust gesehen. Sie wusste, sie hätte wegsehen sollen, doch sie konnte den Blick nicht abwenden. Seine Brust und seine Arme waren genauso gebräunt wie sein Gesicht. In diesem Augenblick sah er zu ihr herüber. Als der Mann kurz darauf näherkam, sprang Antonia auf, um davonzulaufen. Dabei verhedderte sie sich mit dem Fuß in den Röcken, so dass sie stolperte und mit den Händen voraus in den Sand stürzte. Da spürte sie auch schon seinen Griff um ihren Arm, weil er ihr wohl wieder auf die Beine helfen wollte. In ihre Wangen stieg die Hitze der Scham. Um nicht auf seine entblößte Brust schauen zu müssen, hielt Antonia den Blick gesenkt.

»Ich hoffe, Ihr habt Euch nicht verletzt.« Der Mann strich mit den Fingern über ihr Handgelenk.

Rasch zog Antonia den Arm aus seinem Griff und versteckte ihn hinter dem Rücken.

»Nein, es ist nichts passiert. Vielen Dank für deine Hilfe.« Ihre Hand prickelte, als hätte sie in einen Ameisenbau gegriffen. Mit dem Daumen rieb sie unauffällig über die Stelle, die er berührt hatte.

»Seid Ihr schon lange auf Rujana? Ich habe Euch noch nie hier gesehen.« Die sanfte Stimme des Mannes vertrieb Antonias Furcht, und sie wagte den Blick zu heben. Auf seiner breiten Brust kräuselten sich einige wenige helle Härchen. Sie stellte sich vor, wie seine Haut sich wohl unter ihren Fingern anfühlen würde. Ob sie weich war? Der Gedanke regte sie auf angenehme Weise auf, und ihr Herzschlag beschleunigte sich. Antonia sah in sein Gesicht. Die Nase schien für einen Mann seiner Größe etwas zu klein geraten, und seine Augen strahlten in einem Blau, das dem Sommerhimmel glich.

»Ich bin übrigens Jaramir.« Er strich sich das gelockte Haar aus der Stirn, auf der sich die Haut vom Brand der Sonne schälte. »Könnt Ihr nicht mehr reden oder wollt Ihr nicht?«

»Mein Name ist Antonia.« Sie schluckte. Sollte sie nicht besser gehen? Schließlich gehörte es sich nicht, hier zu stehen und mit einem halbnackten Mann zu plaudern. Doch irgendetwas hinderte sie daran, Jaramir den Rücken zuzukehren. Daran, dass Severin jeden Augenblick erscheinen könnte, wagte sie nicht zu denken.

»Herzlich Willkommen auf Rujana, Antonia.« Jaramir lächelte. »Seid Ihr mit Eurer Familie hier, um euch anzusiedeln?«

Unvermittelt schlug der Schmerz wieder zu. »Nein, ich habe meinen Vater hier beerdigt. Seine Leiche ist nach einem Schiffsunglück an den Strand von Jasmund gespült worden.«

Jaramirs Lächeln erstarb. Er neigte den Kopf und sah sie mitfühlend an. »Dann seid Ihr die Tochter des Kaufmanns aus Stralsund. Die Geschichte tut mir von Herzen leid.«

Antonia senkte den Blick und biss sich auf die Unterlippe.

»Wenn Ihr wollt, könnt Ihr uns beim Bernsteinsammeln zusehen. Vielleicht lenkt Euch das ein wenig von der Trauer ab.«

»Ich denke, ich sollte besser gehen. Mein Bruder wird es nicht gern sehen, wenn ich mich allein in der Nähe von so vielen Männern aufhalte.«

»Die Bernsteinsammler sind friedfertige Leute. Vor ihnen braucht Ihr keine Angst zu haben.«

Antonia gefiel der Gedanke, hier im warmen Sand zu sitzen und sich von den trüben Gedanken abzulenken. Was war schon verwerflich daran? Severin konnte schlecht von ihr verlangen, dass sie den lieben langen Tag in der kleinen Kammer des Gasthauses verbrachte, wo die Flöhe um sie herumsprangen. Und schließlich hatte er sie ermuntert, Spaziergänge zu unternehmen.

»Kommt ruhig ein wenig näher zu uns herüber. Dann stelle ich Euch meinem Freund Dragan vor.« Jaramir streckte ihr die Hand entgegen.

Antonia zögerte kurz, doch dann griff sie danach. Ein wohliges Gefühl strömte durch ihren Leib. Sein Griff fühlte sich warm und sicher an, und Antonia ließ sich von ihm die Düne hinabhelfen. In ihren Schuhen hatte sich mittlerweile so viel Sand gesammelt, dass ihre Zehen aneinandergepresst wurden. Ein wenig neidisch sah sie auf Jaramirs bloße Füße und betrachte die schlanken Zehen. Als ihr kurz darauf bewusst wurde, wie unziemlich sie sich benahm, wandte sie den Blick rasch wieder zum Strand. Zu Antonias Erleichterung trugen die Männer dort alle ein Hemd über den Beinlingen.

Jaramir ging mit ihr zu dem dunkelhaarigen Mann, den sie ebenfalls bereits am gestrigen Tag gesehen hatte. Er musste wohl der Aufseher sein, denn er beobachtete die Sammler mit Argusaugen. Als Jaramir jedoch mit ihr vor ihm stand, schenkte der Mann Antonia seine ganze Aufmerksamkeit und musterte sie von Kopf bis Fuß. Unsicher sah sie sich um. Die Bernsteinsammler hielten in ihrer Arbeit inne und starrten sie ebenfalls an. In Antonias Wangen kroch die Hitze.

Jaramir stellte sie dem Aufseher vor, der ihr daraufhin ein Lächeln schenkte. Dragan hieß er, wie Jaramir sagte. Und er trug zu ihrer Erleichterung ein Hemd aus hellem Linnen.

»Ihr wollt Euch also bei uns erholen? Ich hoffe nur, Ihr haltet die Männer nicht allzu sehr von ihrer Arbeit ab. Wie ich feststellen muss, können sie den Blick nicht von Euch abwenden.« Dragan sah zu den Männern und stieß einen Pfiff aus. »He, was haltet ihr Maulaffen feil? Hört auf, die junge Frau anzustarren, und sucht weiter!«

Jaramir lachte auf. »Wen wundert es, dass sie bei solch einem bezaubernden Anblick den Bernstein vergessen?«

Die Hitze in Antonias Wangen breitete sich inzwischen von einem Ohr bis zum anderen aus. Über Komplimente hatte sie bisher nur lachen können, doch Jaramirs Worte berührten ihr Herz wie der Flügel eines Schmetterlings. Ob er sie wirklich ernst meinte, oder wollte er ihr nur schmeicheln?

Jaramir hob sein Hemd aus dem Sand auf und breitete es zu ihren Füßen aus. »Setzt Euch doch.«

Antonia nahm die Aufforderung dankend an und ließ sich nieder. Der von der Sonne aufgeheizte Sand fühlte sich angenehm an. Dragan richtete den Blick wieder zu den Bernsteinsammlern.

Jaramir ging neben ihr in die Hocke, griff nach einer ledernen Tasche und holte ein Stück Brot heraus. »Gewiss habt Ihr Hunger.«

Tatsächlich spürte Antonia neben dem anderen warmen Gefühl erneut die Leere in ihrem Bauch. Dankend nahm sie das Brot entgegen.

Jaramir erhob sich wieder. »Ich gehe dann mal an die Arbeit.«

Antonia biss in das Brot und sah ihm nach, während er

immer weiter ins Wasser stieg. Als die Wogen ihm bis zur Brust reichten, tauchte er mit dem Kopf unter und verschwand in den Fluten. Antonia hielt den Atem an und starrte auf die See. Es schien, als hätte das Wasser ihn verschlungen. Aber er musste doch Luft holen!

Unvermittelt sprang sie auf und lief zum Meer. Kurz bevor sie die Brandung erreichte, tauchte Dragan neben ihr auf, griff nach ihrem Arm und hielt sie zurück.

»Was macht Ihr denn da? Seid Ihr von allen guten Geistern verlassen?«

Antonia versuchte sich aus seinem Griff zu winden. »Hast du es nicht gesehen? Die See hat ihn in die Tiefe gerissen!«

Dragan hielt ihren Arm weiterhin fest. Als er laut auflachte, glaubte Antonia, er habe den Verstand verloren. Sie trat ihm gegen das Schienbein. »Lass mich sofort los! Jemand muss ihm helfen!«

»Niemand muss ihm helfen. Er taucht schon wieder auf.«

Antonias Brust schnürte sich zusammen. Wie konnte Dragan seinen Freund nur ertrinken lassen? Fassungslos starrte sie auf das Wasser. Plötzlich schoss Jaramir daraus hervor, und glitzernde Tropfen spritzten um ihn herum.

Dragan ließ ihren Arm los. »Seht Ihr. Ich habe recht behalten.«

Ihr Herz schlug so heftig, als wollte es jeden Augenblick aus der Brust springen. Antonia legte die Hand darauf, um es zu beruhigen. Jaramir hielt ein halbgefülltes Netz hoch und winkte damit zu ihnen herüber. Dann holte er tief Luft und tauchte erneut unter.

»Ich glaube, es gibt kaum einen Menschen, der so lange tauchen kann wie Jaramir.« Dragan wandte sich ab und bezog wieder seinen Posten als Aufseher.

Auch Antonia kehrte zurück zu ihrem Platz im Sand. Abermals dauerte es für sie eine gefühlte Ewigkeit, bis Jaramir wieder auftauchte. Diesmal schien er jedoch mit seiner Ausbeute zufrieden zu sein, denn er stieg aus dem Wasser. Erleichtert stieß Antonia den Atem aus und beobachtete, wie er Dragan sein Netz brachte. Dieser zählte die Steine und legte sie in eine Holzkiste. Nach und nach brachten auch die anderen Männer ihre Ausbeute zu ihm. Ehe sie jedoch den Strand verließen, verbeugten sie sich vor Jaramir. Antonia wunderte sich, da sie ihn für einen einfachen Bernsteinsammler gehalten hatte. Deshalb hatte sie ihn auch nicht angesprochen, als sei er von Adel oder hohem Stand. Dafür schämte sie sich nun. Nachdem Jaramir und Dragan den Bernsteinfund gezählt hatten, kamen sie zu Antonia, setzen sich in den Sand und schürten ein Feuer.

»Verzeiht, dass ich Euch nicht standesgemäß angesprochen habe«, sagte sie, um ihr Gewissen zu erleichtern.

Jaramir hob die Augenbrauen. »Was meint Ihr damit?«

»Ich habe gesehen, wie die Männer sich vor Euch verbeugt haben. Gewiss seid Ihr von Adel.«

»Na ja. Ein wenig.« Mehr sagte Jaramir nicht.

Neben ihm blies Dragan in die kleine Flamme, die sich durch das getrocknete Schilfgras fraß.

»Was heißt ein wenig?« Antonias Blick verfing sich in Jaramirs Augen, deren Strahlen von einem frohen Gemüt zeugte.

»So wenig, dass es keiner förmlichen Anrede bedarf.« Er zwinkerte ihr zu.

Breit grinsend schüttelte Dragan den Kopf.

Antonia glaubte Jaramir kein Wort. »Dann würden sich die Männer wohl kaum vor Euch verbeugen. Weshalb verschweigt Ihr Eure Herkunft?«

»Antonia, bitte. Keine förmliche Anrede mehr.«

»Seid Ihr ein verarmter Ritter?«

»Nein, bin ich nicht. Und wenn Ihr mich weiterhin so anredet, sage ich keinen Ton mehr.« Jaramir presste die Lippen aufeinander und verschränkte die Arme vor der Brust.

»Das möchte ich nicht.« Antonia lächelte versöhnlich. »Also verspreche ich Euch ... verzeih ... dir, dich weiterhin so anzusprechen wie bisher.«

Jaramir löste seine Arme und lachte. »Das hätten wir dann wohl geklärt, liebe Antonia.«

Diesmal hob sie die Augenbrauen. »Und wie sieht es im umgekehrten Fall aus?«

»Ihr meint ...?« Jaramir winkte ab. »Nein, so viel Respektlosigkeit maße ich mir gewiss nicht an.«

Abermals kroch Antonia die Hitze in den Nacken. Wenn Severin von ihrem ungehörigen Angebot erführe, würde er sie wohl auf der Stelle ins Kloster schicken. Als hätte sie ihn mit den Gedanken herbeigerufen, sah sie den Bruder plötzlich aus den Dünen zu ihnen herüberkommen. Ein ungutes Gefühl breitete sich in ihrem Bauch aus.

»Hier finde ich dich also«, schnauzte Severin sie an.

»Gott zum Gruße, Bruder.« Antonia blieb weiterhin auf Jaramirs Hemd sitzen. »Sagtest du nicht, ich solle mich bei Strandspaziergängen erholen? Die beiden hier sind übrigens Bernsteinsammler. Darf ich sie dir vorstellen: Jaramir und Dragan.« Sie schaute zu den Männern, die sich aus dem Sand erhoben. »Und das ist Severin, mein Bruder und Ritter des Deutschordens.«

Jaramir nickte ihm zu. »Freut mich, Euch kennenzulernen. Ich hoffe, Ihr seht es uns nach, dass wir uns ein wenig um Eure Schwester gekümmert haben.«

Severin bedachte ihn mit einem feindseligen Blick. »Ich hoffe für euch beide, dass dieses *Kümmern* nicht irgendwelchem Eigennutz gedient hat.«

Gespannt auf die Antwort sah Antonia zu Jaramir.

Dieser neigte leicht den Kopf zur Seite.

»Hätte ich solch eine Schwester, würde ich die gleichen Bedenken haben. Aber natürlich habe ich aus Eigennutz gehandelt. An diesem Strand habe ich nicht oft die Gelegenheit, mit einer Frau Worte zu wechseln, die so geistreich ist wie Eure Schwester.«

Antonia fragte sich, welch kluge Worte sie mit Jaramir wohl gewechselt hatte. Sie konnte sich kaum an irgendeins erinnern.

»Wir gehen!« Unwirsch riss Severin sie am Arm hoch.

Antonia konnte sich gerade noch den Sand von der Cotte klopfen, ehe er sie weiterzog. »Was fällt dir ein?«, zischte sie. In ihrem Rücken spürte sie Jaramirs Blick. Wie gern hätte sie sich noch einmal umgedreht, um sich von ihm zu verabschieden, doch Severin ließ ihr keine Gelegenheit dazu.

»Als ich sagte, du sollst dich erholen, habe ich nicht gemeint, dass du dich den Männern als Freiwild anbietest. Ich hoffe nur, dein Ruf leidet nicht darunter.«

»Du benimmst dich, als hätte ich mit dem erstbesten Mann das Bett geteilt«, keifte Antonia zurück. »Ich habe mich lediglich mit ihnen unterhalten und ihnen beim Bernsteinsammeln zugesehen. Ob du es glaubst oder nicht, brauche auch ich hin und wieder das Gefühl, nicht allein auf der Welt zu sein.«

Endlich ließ Severin ihren Arm los und sah sie an. »Dann gesell dich zu den Frauen der Insel.«

Antonia verzog den Mund und rieb sich über ihr Handgelenk, das von seinem festen Griff schmerzte. »Soll ich etwa in die Fischerhütten gehen und sagen: Hier bin ich, die Antonia aus Stralsund. Macht es euch etwas aus, wenn ich mich mit euch unterhalte?« Unwirsch stemmte sie die Hände in die Hüften. »Wir sind hier nicht in der Stadt, Bruder.«

»Ich will nicht, dass du dich bei den Bernsteinsammlern am Strand aufhältst. Fertig.« Mit einem Tritt stieß Severin die Tür zum Gasthaus auf und schob sie hinein. »Wenn du etwas gegessen hast, gehst du in deine Kammer und bleibst dort, bis ich wieder zurück bin.«

»Wo willst du denn hin?«

»Auf das Festland. Zu einem Treffen mit den Ordensbrüdern. Morgen Mittag werde ich jedoch wieder zurück sein. Und bis dahin will ich dich in deiner Kammer wissen.«

»Aber du kannst mich doch nicht einsperren, Severin! Wenn ich allein bin, muss ich ununterbrochen an Vater denken.« Ihre Augen brannten, als hätte ihr jemand eine Handvoll Sand hineingeworfen. Sie biss sich auf die zitternde Lippe. Nie wieder würde sie vor Severin weinen. Und sobald er außer Sichtweite war, würde sie erneut an den Strand gehen. Severin durfte sie nicht behandeln, als sei sie eine räudige Hündin.

Antonia ließ ihren Bruder stehen und ging hinauf in ihre Kammer. Nachdem sie die Tür hinter sich geschlossen hatte, konnte sie die Tränen nicht mehr zurückhalten. Sie blickte aus dem Fenster und sah Severin nach, wie er auf seinem Rappen durch das Gräserfeld ritt. Nachdem er hinter einer Baumgruppe verschwunden war, hängte sie das Leinentuch vor die Fensteröffnung und wusch sich das Gesicht. Dann verließ sie ihre Kammer. Als sie jedoch durch die Tür des Gasthauses treten wollte, pfiff der Wirt durch die Zähne. Antonia warf einen Blick über ihre Schulter und sah, wie er auf sie zukam. In der einfallenden Sonne leuchtete sein Haarkranz wie ein Feuerschein.

»Ich habe die Anweisung, dafür zu sorgen, dass Ihr in Eurer Kammer bleibt. Wenn Ihr noch etwas braucht, mein Weib bringt es Euch gern.«

Antonia schenkte ihm keine Beachtung. Doch als sie über die Schwelle treten wollte, hielt er sie am Arm zurück. »Habt Ihr es an den Ohren? Was seid Ihr bloß für ein unfolgsames Weib?« Seine Finger bohrten sich schmerzhaft in ihren Oberarm.

»Du hast kein Recht, mich hier gefangen zu halten.«

»Aber Euer Bruder. Und ich handele in seinem Auftrag, also trollt Euch zurück in die Kammer.« Mit einem Ruck zog er sie in die Schankstube und versperrte die Tür.

Antonia wusste, dass sie gegen diesen Mann nicht ankam. Und nachdem sie die blauen Flecken am Hals seiner Frau gesehen hatte, wusste sie auch, dass er nicht davor zurückschreckte, die Hand zu heben. Wortlos ließ sie ihn stehen und ging auf die Treppe zu.

7

Über der Burg Drachenfels färbte sich der Himmel purpur. Metza betrachtete von ihrem Bett aus die aufgehende Sonne, die sich wie ein Feuerball zwischen den Bergspitzen emporschob. Mit ihrem noch gedämpften Schein vertrieb sie die Kühle der Nacht, in der Metza keinen Schlaf gefunden hatte. Wie sollte sie Conrad bloß von dieser Reise abhalten, die viel zu beschwerlich für Rutger war? Leise schob sie das Laken zur Seite, stieg aus dem Bett und legte das Nachtkleid ab. Gewiss würde es ihrem Gemahl nach der Heimkehr noch schlechter gehen als zuvor. Tag für Tag ertrug sie geduldig sein Gejammer und vermochte ihm doch nicht zu helfen. Der einzige Lichtblick in ihrem Leben waren die Stunden mit Conrad, bei denen sie ihr trauriges Dasein vergessen konnte. Rutger hatte sie schon seit über zwei Sommern nicht mehr beschlafen, da er befürchtete, beim Beischlaf einen Herzstillstand zu erleiden.

Metza betrachtete sein fahles Gesicht. Anders als Conrad war ihr Gemahl in den letzten Jahren zu einem Greis gealtert. Sie dachte an ihre Familie in Linz. Als Nichte des Ernst von Rennenberg hatte sie eine stattliche Mitgift in die Ehe gebracht. Conrad behauptete zwar, es wären nur einige lumpige Bauernhütten auf einem Stück Land am Mittelrhein gewesen, doch Metza glaubte ihm dies nicht. Auch wenn sie selbst nie die Urkunde über dieses Lehen gesehen hatte, konnte sie sich nicht vorstellen, dass Ernst von Rennenberg so knauserig gewesen war.

Rutger seufzte im Schlaf. Ja, er hatte sie damals gern gehabt, und hatte es gewiss auch heute noch. Nur vergaß er vor lauter Leiden oft sein Weib und seinen Sohn. Wie lange hatte sie kein liebevolles Wort mehr aus seinem Mund gehört! Nach ihrer Vermählung vor vier Lenzen hatte sie ihn gemocht, und auch seine leicht melancholische Versonnenheit hatte ihr Herz berührt, aber inzwischen störte sie dies zunehmend. Er war nie der stolze, mutige Ritter gewesen, doch der Tod des alten Herrn von Drachenfels hatte aus ihm einen gebrochenen, kränkelnden Mann gemacht, der fast täglich vor Sorge umkam. Wenn sie sich gemeinsam mit ihm in ihrem Gemach aufhielt, hatte Metza das Gefühl, als teilte sie bereits eine Gruft mit ihm.

Rutger schlug schwerfällig die Augen auf. »Lass mich noch ein wenig liegenbleiben. Ich muss Kraft für die Reise sammeln.«

»Wenn du meinst.« Metza widerstrebte es, ihn zum Aufstehen zu überreden.

Ungelenk zog Rutger das Laken über die Schulter und rollte sich auf die Seite. »Nur noch ein wenig liegenbleiben«, murmelte er.

Metza presste die Lippen aufeinander und wandte den Blick ab. Dann wusch sie ihren Leib mit dem kalten Wasser aus der Schüssel, bevor sie sich in ein Gewand aus elfenbeinfarbener Seide kleidete, das vor der Brust mit Schnüren versehen war. Ohne Umschweife begab sie sich zu Conrads Gemach, da sie noch einmal mit all ihren Sinnen das Leben spüren wollte. Vor der Tür hielt sie inne und hörte den

Schwager husten. Metza klopfte an und wartete, bis Conrad ihr Einlass gewährte. Dann trat sie ein.

Conrad wickelte sich gerade die Bruche um den Unterleib. »Was ist mit Rutger?«, fragte er, ohne aufzusehen.

»Er fühlt sich noch nicht imstande aufzustehen.« Metza atmete die Morgenluft ein, die durch das Fenster wehte, und schloss die Augen. Das Verlangen loderte wie ein Feuer in ihrem Unterleib. Sie trat näher zu Conrad und fuhr mit den Fingerkuppen über sein Rückgrat. Er versteifte sich kurz, wandte sich dann aber um.

Mit der anderen Hand zog Metza bereits an den Schnüren ihres Gewandes.

Conrad legte seine Hand über ihre. »Nicht, Metza. Dazu fehlt mir die Zeit.«

Sie schaute eindringlich auf seine Bruche, die sich unterhalb seines Bauches wölbte, und hob eine Augenbraue. »Bist du dir da ganz sicher?« Sie setzte sich auf sein Bett und hob den Saum ihres Gewands ein Stück hoch, damit er ihre Fesseln sehen konnte. Verführerisch fuhr sie sich mit der Zunge über die Lippen.

»Lass es, bitte.« Conrad wandte ihr den Rücken zu, zog sich die Beinlinge über und befestigte sie an der Bruche. Als er nach seinem Hemd griff, bemerkte Metza seinen schweren Atem.

Sie zog das Gewand aus und bedeckte ihre Scham mit Conrads Laken. Dann legte sie sich mit gespreizten Beinen zurück. »Wer weiß, wann du zurück sein wirst«, sagte sie mit belegter Stimme. Wie nie zuvor sehnte sie sich nach einigen wenigen Augenblicken des Vergessens. Nur einmal wollte sie noch das Glück spüren, bevor Conrad abreiste.

Er warf einen Blick über die Schulter, schloss kurz die Augen und wandte sich wieder um. Mit fahrigen Fingern nestelte er an der Bruche, bis seine Männlichkeit prall hervorsprang. Metza schob das Laken zur Seite, um ihm Einlass zu gewähren. Als er ihren Leib mit seinem bedeckte, schloss sie voller Glückseligkeit die Augen.

***

Drei Tage wartete Antonia nun schon auf Severins Rückkehr, und allmählich verwandelte sich ihre Wut in Sorge. Nicht einen Schritt hatte sie in der Zeit vor die Tür setzen können. Wenn nicht der Wirt, dann wachte sein Weib mit einer Keule davor – nicht minder angsteinflößend als ihr Gemahl. Wahrscheinlich hatte Severin eine reichliche Zahl Münzen auf dem Tisch tanzen gelassen. Einmal hatte Antonia in Erwägung gezogen, aus dem Fenster zu springen. Doch der Gedanke war abwegig, denn der Lehmboden hinter dem Gasthof war bereits vor lauter Trockenheit mit Rissen durchzogen und wahrscheinlich so hart, dass sie sich die Knochen brechen würde. Antonia konnte es nicht fassen. Wie eine Schwerverbrecherin wurde sie hier gefangen gehalten. Das konnte niemals Severins Absicht gewesen sein. Wo blieb er nur? Rastlos schritt sie durch die Kammer, in der sie immer noch auf dem Boden schlief. Severin hatte natürlich kein neues Stroh besorgt. Offenbar hätte ein robustes Weib ihm besser getan als dieser verdammte Orden. Eins, dass ihm ab und an einen Kübel Wasser über den Kopf schüttete.

Antonia hielt die Unrast nicht mehr aus. Sie verließ die Kammer und eilte die Stiegen hinab. An diesem Morgen hatte der Wirt in der Gaststube die Aufsicht. Wie dem Duft aus der Kochstube zu entnehmen war, bewachte seine Frau wohl einen Braten über dem Feuer. Augenblicklich sprang der Wirt hinter dem Tresen hervor, um sich mit verschränkten Armen und breitbeinig vor der Tür zu positionieren.

Müde sah Antonia ihn an. »Nun mach schon den Weg frei. Mein Bruder hat dich nur für einen Tag bezahlt. Ist es nicht so?«

Der Mann blieb wie angewurzelt stehen. »Die restlichen Tage wird er mir noch zahlen, das hat er mir versichert.«

»Hat er gesagt, dass er womöglich länger wegbleibt?«

»Möglicherweise könnte seine Reise länger als einen Tag dauern. Ja, das hat er gesagt. Und nun geht wieder in Eure Kammer. Mein Weib wird Euch gleich ein Mahl bringen.«

Das Mahl kannte Antonia bereits. Es bestand aus einem Stück Brot, das so hart war, dass sich selbst die Mäuse die Zähne daran ausbeißen würden, oder einer Schale mit Brei, der an der Zunge festklebte. »Nun lass mich doch endlich vor die Tür gehen! Ich sorge mich um meinen Bruder. Verstehst du das nicht?«

Der Wirt blies die Wangen auf und schüttelte stumm den Kopf. Da flog die Tür mit einem Mal auf und stieß ihn zur Seite. Er taumelte gegen einen Tisch.

Jaramir trat ins Gasthaus und sah Antonia verwundert an. »Hier seid Ihr also! Ich hatte schon befürchtet, Euch nie wiederzusehen.«

Stöhnend ließ sich der Wirt auf einen Stuhl nieder. »Verdammt, mein Kreuz. Könnt Ihr nicht etwas vorsichtiger eintreten?«

Antonia vergaß ihren Zorn, denn beim Blick in Jaramirs Augen loderte etwas anderes in ihr auf. Ein Gefühl, das ihr warm von den Schultern bis hinab in die Füße zog. »Ich werde hier gefangengehalten.«

Jaramir sah zu dem Wirt. »Ist das wahr?«

Der Wirt rieb sich mit der Hand über den unteren Teil seines Rückens. »Ja, sicher. Ihr Bruder hat mich beauftragt, sie zu bewachen.«

Mit breiter Brust stellte sich Jaramir vor Antonia. »Darf ich den Grund erfahren?« Er roch ein wenig nach Algen, Sand und nach ihm selbst.

Antonia schnaubte verdrossen. »Er traut mir offenbar einiges zu, wenn er auf Reisen ist.« Tief atmete sie Jaramirs Duft ein, der eine Sehnsucht in ihr schürte, die sie nicht zuordnen konnte. Vielleicht war es der Wunsch nach Freiheit oder aber nach Geborgenheit. Ein wenig roch es jedoch auch nach Glück.

»Und was genau traut er Euch zu?« Ein Lächeln umspielte Jaramirs Lippen.

Antonia spürte, wie ihr die Hitze in den Nacken kroch. Um ihre Verlegenheit zu verbergen, winkte sie ab. »Ach, er hat bloß Angst um meinen Ruf.«

»Um Euren Ruf? Ist er in Gefahr?«

»Natürlich nicht.« Ihr wurde immer heißer. Zur Abkühlung fächerte sie sich mit der Hand Luft zu.

»Was ist mit Euch? Geht es Euch nicht gut?« Jaramir fasste nach ihrem Arm und führte sie zu einem der Tische.

Bei seiner Berührung erschauderte sie. Was war bloß los mit ihr? Mit zittrigen Beinen ließ sie sich auf dem Stuhl nieder. »Ich denke, ich brauche einfach nur frische Luft.«

Jaramir sah zu dem Wirt und bestellte zwei Krüge Bier. Ächzend begab dieser sich zur Theke. »Wenn Ihr Euch ans Fenster stellt, bekommt Ihr frische Luft«, zischte er im Vorbeigehen.

Jaramir warf ihm einen düsteren Blick zu. »Ihr Bruder hat kein Recht, Euch einzusperren.«

»Machen wir uns nichts vor. Er ist mein Vormund.« Antonia senkte den Blick und malte mit dem Finger die Holzmaserung auf der Tischplatte nach.

Als der Wirt die Krüge brachte, band sich Jaramir die Geldkatze vom Gürtel und holte eine Goldmünze daraus.

»Reicht das als Schweigegeld?«

Dem Wirt fielen fast die Augen aus den Höhlen. »Und was sag ich, wenn ihr Bruder plötzlich auftaucht?«

Darauf wusste Antonia auch keinen Rat. Gebannt wartete sie auf Jaramirs Antwort.

Er blies die Wangen auf. »Sag einfach, sie ist dir entwischt. Was soll dir schon geschehen? Glaubst du, er schlägt dir dafür den Kopf ab?«

»Er könnte sein Geld zurückhaben wollen.«

»Das werde ich dir ersetzen. Darauf hast du mein Wort.«

»Also gut.« Der Wirt nahm die Münze entgegen.

Rasch trank Antonia den Krug leer. Als sie mit Jaramir das Gasthaus verließ, schwindelte es ihr ein wenig. Gewiss war das Bier daran schuld. Auf dem Weg zum Strand legte sich plötzlich ein Hauch von Glück über ihre Trauer. Sie schenkte Jaramir ein Lächeln, und er erwiderte es.

»Werdet Ihr mir wieder beim Tauchen zusehen?«

Der Wind strich durch die Gräser und brachte das Rauschen der Wellen mit sich. Über der See kreischten Möwen.

»Sehr gern«, sagte Antonia und wünschte sich Severin ganz weit fort. Sollte er doch bei seinen Ordensbrüdern bleiben.

* * *

Der Wind blähte die Segel der Kogge auf und ließ sie über die Wogen der Ostsee gleiten. Conrad stand an der Brüstung und schaute in den Himmel, an dem sich weiße Wolken bauschten. Zufrieden sog er den Atem ein. Das Wetter meinte es gut mit ihnen, und so umschifften sie die Insel Rujana wie vorgesehen. Allmählich war es an der Zeit, Rutger zu wecken, der auf dem Achternkastell schlief. Conrad hatte den Schiffer angewiesen, irgendwo bei der Landenge, die zwischen Jasmund und Byntze lag, den Anker zu werfen, am besten an einem Stück der Küste, das nur spärlich besiedelt war.

Mittlerweile befanden sie sich am nördlichsten Zipfel von Jasmund. Conrad stieg die kleine Leiter hinab, die in den Schiffsbauch führte. Hier unten roch es nach Seetang und Pech. Er fuhr mit den Händen über die Planken, um zu prüfen, ob sie dicht waren. Erst vor kurzem hatte er sie noch einmal mit Pech abdichten lassen. Alles war in bester Ordnung. Über sich hörte er das Getrampel der Mannschaft, die er angeheuert hatte. Mit dem Schiffer hatte er vier Leute ins Vertrauen gezogen. Mehr brauchte er nicht.

Conrad stieg wieder hinauf an Deck. Hoch oben am Mast beugte sich der Mann über das Achternest und schrie etwas von einer geeigneten Anlegestelle. Conrad schirmte mit der Hand die Augen vor der Sonne ab und blickte hinüber zur Küste, die flach ins Meer abfiel. Soweit er sehen konnte, gab es dort keine Fischerhütten, und so wies er den Schiffer an, hier den Anker zu werfen. Anschließend stieg er die Stufen hinauf zum Achterkastell. Rutger lag auf der Seite und sah durch Conrad hindurch, als sei er aus venezianischem Glas. Sein Gesicht war so fahl wie der Sand an der Küste.

Conrad setzte sich neben ihn. »Wie geht es dir? Hast du dich im Schlaf erholen können?«

»Ein wenig.« Rutger rappelte sich auf und glättete sich mit der Hand das Haar. Dabei blickte er hinauf zum Segel, das einer der Männer bereits einholte. »Sind wir da?«

»Ja, das sind wir. Vor uns liegt ein kleiner Fußmarsch bis nach Byntze. Muss ja nicht jeder die Kogge sehen.«

»Wo nächtigen wir?«

Conrad hob die Schultern. »In irgendeinem Gasthaus. Wir werden schon eins finden.«

»Und als was geben wir uns aus?«

»Als Kaufleute. Was sonst.«

»Aber du weißt, dass ich nicht so weit laufen kann. Mein Herz überschlägt sich dann.« Rutger legte die Hand auf seine Brust.

Beschwichtigend bedeckte Conrads sie mit seiner. »Ich gebe auf dich acht, das weißt du doch. Du wirst sehen, nach ein paar Tagen an der frischen Seeluft wird sich dein Herz schon erholen.«

»Ich hoffe, es setzt nicht für immer aus.« Rutger atmete tief in den Bauch.

»Das wird nicht passieren.« Rutgers Worte begannen Conrad zu beunruhigen. Er wollte den Bruder nicht verlieren und redete sich in Gedanken Mut zu. Schon als Kind war Rutger ein Hasenfuß gewesen, hatte vor allem und jedem Angst gehabt. Wen wunderte es da, wenn sein Herz ab und an aus dem Takt geriet? Neben ihm atmete Rutger weiterhin in tiefen Zügen. Conrad wusste nicht mehr, wie er ihm die Ängste nehmen konnte. Als sie noch Knaben gewesen waren, hatte er ihn für eine Nacht in das finstere Verließ der Burg Drachenfels gesperrt, um ihn davon zu überzeugen, dass dort keine Dämonen hausten. Rutger hatte es überlebt. Allerdings erschreckte er sich danach selbst vor einer Maus. Von der Zeit an hatte sich Conrad geschworen, ihn nicht noch einmal auf die Probe zu stellen.

Rutgers Blick schweifte in die Ferne. »Wenigstens sind wir nicht gesunken. Wenn die Dämonen meine Seele hätten haben wollen, hätten sie doch ein Unwetter über uns hereinbrechen lassen können, oder?« Hilflos sah er Conrad an.

»Die Dämonen wollen deine verdammte Seele nicht. Und der Herr im Himmel auch nicht. Zumindest noch nicht so bald. Ich schätze, du wirst älter als alle Burgbewohner zusammen.«

Der Anflug eines Lächelns huschte über Rutgers Lippen. Seine Wangen nahmen eine gesunde Farbe an, und auch sein Blick klärte sich. So wünschte sich Conrad seinen Bruder. Zufrieden sah er zu der Küste.

Kurz darauf ruderten sie in einem kleinen Boot an den Strand. Der frische Wind zupfte eine Strähne aus Rutgers Zopf, die er sich hastig zurück unter das Band schob. Als das Boot auf Sand lief, zog Conrad sich die Stiefel aus und sprang in die seichten Wellen. Sobald er festen Boden unter den Füßen spürte, reichte er Rutger die Hand und half ihm an Land. Kurze Zeit später streiften sie auf der Suche nach einem Gasthaus durch die Dünen. Die Gegend war wirklich von Gott verlassen. Ihre Kogge würde hier so schnell niemand sichten, da hatte der Matrose wahrlich ein gutes Auge gehabt. Leider bedeutete dies auch, dass man so schnell nichts in den Magen bekam. Conrad hoffte, Rutger würde den Weg bis zum nächsten Gasthaus ohne Gejammer hinter sich bringen. Doch er hatte diesen Wunsch noch nicht zu Ende gedacht, da keuchte der Bruder auch schon neben ihm.

»Ich kann nicht mehr.« Rutger blieb stehen und hielt sich außer Atem die Seiten.

»Du musst aber, zumindest bis wir ein Gasthaus gefunden haben. Dort kannst du dich dann ausruhen.« Conrad bot ihm seinen Arm. »Komm, ich stütze dich.« Gemächlicheren Schrittes setzten sie den Weg fort.

8

Antonia erhob sich aus dem Sand, klopfte den Saum ihrer Cotte sauber und sah zu Jaramir, der gerade aus dem Wasser stieg.

Tropfnass eilte er zu ihr. »Wollt Ihr etwa schon gehen?«

»Ich muss. Severin ist bestimmt längst zurückgekehrt.« Bei dem Gedanken daran beschlich sie ein mulmiges Gefühl.

»Dann wartet, bis ich mich abgetrocknet habe, damit ich Euch begleiten kann.« Jaramir griff nach seinem Hemd, auf dem sie gesessen hatte.

»Das brauchst du nicht. Ich finde den Weg schon allein. Es ist ja nicht weit.« Auch wenn sie liebend gern mit Jaramir zum Gasthaus gegangen wäre, graute es ihr davor, dass Severin sie vielleicht zusammen sehen könnte. Schließlich hatte sie sich Severins Anweisungen widersetzt. Im Grunde konnte sie nur noch beten, dass er noch nicht zurück war. Antonia verfluchte ihren Leichtsinn, der ihr ganzes Leben verändern konnte. Es lag wohl an diesem warmen Gefühl, das sie in ihrem Bauch spürte, wenn sie bei Jaramir war. Doch so tröstend es sich über ihre Trauer legte, vernebelte es auch ihre Vernunft.

»Das kommt gar nicht in Frage.« Rasch zog sich Jaramir das Hemd über den Kopf.

»Beantwortest du mir eine Frage?« Antonia verlor sich in seinem Blick.

»Welche?«

»Wer bist du?«

Jaramirs Augen blitzen belustigt auf. »Ein Bernsteintaucher.«

»Das weiß ich. Aber deswegen verbeugen sich gewiss nicht die Männer vor dir.«

»Sagt das nicht. Sie haben halt Achtung vor mir.« Jaramir strich sich mit den Fingern durch das tropfnasse Haar und lächelte verschmitzt. Ihm schien das Spiel wohl zu gefallen.

»Etwa, weil du so lange tauchen kannst? Das nehme ich dir nicht ab.«

Er zuckte mit den Schultern. »Das wird es wohl sein.«

»Weshalb verrätst du mir nicht, wer du wirklich bist? Schämst du dich etwa für deine Herkunft?« Ihre Neugierde brachte Antonia fast um den Verstand.

»Nein, gewiss nicht.« Er bückte sich nach seinem Bündel und nahm etwas heraus. Nachdem er sich wieder aufgerichtet hatte, hielt er ihr die geschlossene Hand entgegen.

»Was hast du da?«, fragte Antonia.

Langsam drehte er die Faust um und entfaltete die Finger. Antonias Augen weiteten sich. Auf seiner Handfläche funkelte ein Amulett aus geschliffenem Bernstein. Jaramir nahm die Kette in beide Hände und öffnete den Verschluss.

»Das ist wunderschön. Wer hat es angefertigt? Du etwa?«

Jaramir lächelte. »Ja, und ich würde es Euch gern schenken.«

Unwillkürlich griff sich Antonia an den Hals. »Mir? Weshalb?«

»Es soll Euch daran erinnern, dass Ihr zu jeder Zeit auf Rujana willkommen seid.« Er zwinkerte ihr zu. »Und nun nehmt Euer Haar hoch, damit ich es Euch umlegen kann.«

In Antonias Wangen stieg die Hitze. Sie bangte, Jaramir könne das Hämmern ihres Herzens hören. Sie drehte sich um und hob mit eiskalten Fingern ihr Haar hoch. Als Jaramir ihre Hals berührte, um die Kette zu schließen, fuhr ein angenehmer Schauder durch ihren Leib. Atemlos wandte sie sich Jaramir wieder zu und umfasste das Amulett an ihrem Hals. »Vielen Dank.«

Jaramir lächelte. »Es scheint, als hätte der Stein tausende Jahre auf Euch gewartet.« Plötzlich sah Jaramir über ihren Kopf hinweg und kniff die Augen zusammen. Das Lächeln auf seinen Lippen verschwand. Antonia folgte seinem Blick. Eine Staubwolke kündigte einen Reiter an. Antonia erkannte Severin, der auf seinem Rappen durch die Dünen jagte. Kurz vor ihnen riss er die Zügel um und sprang aus dem Sattel. Sein finsterer Blick bescherte ihr augenblicklich heftiges Herzrasen.

»Was fällt dir ein? Wie kannst du es wagen, dich meinen Anweisungen zu widersetzen?« Unwirsch fasste er nach ihrem Arm.

Jaramir stellte sich ihm entgegen. »Lasst sie sofort los!«

»Halt dich da raus!« Severin legte die Hand an seinen Schwertknauf.

Erleichtert sah Antonia, dass Jaramir sich still verhielt. Er war unbewaffnet und hätte einen Kampf mit dem Leben bezahlt. »Lass uns gehen.« Sie versuchte, sich aus Severins Griff zu winden. Severin ließ sie los und schob sie vom Strand fort.

Als sie kurz darauf durch die Dünen gingen, führte er schweigend seinen Rappen neben sich her.

»Wo warst du, Severin? Du hast gesagt, du wärst nach einem Tag zurück.«

»Ich muss, sobald es geht, wieder zurück auf die Marienburg. Der Hauptmann braucht mich. Es gibt Schwierigkeiten mit dem Bernsteinregal.«

Antonia ahnte, was dies bedeutete. »Du wirst mich ins Kloster stecken, weil ich dir lästig bin. Ist es nicht so?«

»Mir bleibt keine andere Wahl«, knurrte Severin.

In Antonias Augen brannten Tränen. Ihr ganzes Leben hatte sie von einer großen Familie geträumt. Von Kindern, die an ihrem Rockzipfel hingen, und einem Gemahl, den sie verwöhnen könnte.

»Bitte, Severin. Lass mich nach Hause zurückkehren. Es wird sich schon ein Mann für mich finden.«

Schweigend band Severin seinen Rappen an die Tränke vor dem Gasthaus. Antonia wartete nicht auf ihn, sondern begab sich augenblicklich in ihre Kammer. Sie wollte nicht, dass er sah, wie groß ihr Kummer war.

* * *

Rutgers Gesicht hatte erneut jegliche Farbe verloren. Schnaufend klammerte er sich an Conrad.

»Es ist nicht mehr weit, Rutger. Siehst du die Hütten dort drüben? Das schaffst du.« Conrad zeigte auf die Dächer, die sich am Rand der Dünen erhoben.

»Ich muss mich hinlegen. Meine Beine tragen mich nicht mehr.« Rutger keuchte, als stünde er kurz vor dem Tod.

»Wenn wir ein Gasthaus gefunden haben, wird das möglich sein.«

Vor einer der Hütten saß eine Frau und las Erbsen. Als Conrad sie nach einer Unterkunft in dem Dorf fragte, lachte sie auf.

»Nur wenige Schritte von hier, Herr. Seht, dort drüben.«

Kurz darauf brachte er Rutger in die einzige freie Kammer des Gasthauses. Er würde sie mit dem Bruder teilen müssen, denn wie der Wirt gesagt hatte, gab es in diesem Dorf keine weiteren Unterkünfte.

Nachdem Conrad seinem Bruder das Laken über die Schulter gezogen hatte, begab er sich zurück in die Gaststube. In seinem Bauch drückte der Hunger, und er hoffte auf ein anständiges Mahl. Die wenigen Tische waren mittlerweile alle besetzt. So setzte er sich an einen Tisch, an dem schon ein mürrisch dreinblickender Mann hockte. An dem Umhang erkannte er ihn als Ritter des Deutschordens. In der Stube duftete es nach Braten, und Conrad bestellte sich davon. Dann sprach er den Mann an seinem Tisch an.

»Die Kammern hier sind wahrlich schmuddelig. Findet Ihr nicht auch?«

Der Mann starrte weiterhin in seinen Krug und zuckte als Antwort nur mit den Schultern.

»Seid Ihr wegen des Bernsteins hier?«

Verneinend schüttelte der Ritter den Kopf.

»Seid Ihr stumm?« Conrad ließ nicht locker. Nach der Reise mit Rutger wünschte er sich sehnlichst einen Gesprächspartner, der nicht nur jammerte.

»Nein, ich bin nicht stumm. Nur verärgert.«

»Das habe ich bereits bemerkt. Darf ich fragen, welchen Grund Euer Unmut hat? Ach, verzeiht. Ich habe mich noch gar nicht vorgestellt. Mein Name ist Conrad von Drachenfels. Ich bin mit meinem Bruder auf Rujana, um Salz zu erwerben.«

»Ihr sucht nicht zufällig ein Weib?«, knurrte sein Gegenüber.

Conrad hob die Augenbrauen. »Ein Weib? Bietet Ihr mir etwa eine Hure an?«

»Nein, keine Hure. Ein Eheweib.«

Der Wirt brachte ihm einen Krug Bier, und Conrad nahm erst einmal einen tiefen Schluck. Anscheinend hatte der Ritter den Verstand verloren.

»Mein Name ist Severin. Sohn des Kaufmannes Koppler, den ich bedauerlicherweise gerade beerdigen musste.«

»Und was hat es mit dem Weib auf sich?«

Severin winkte ab. »Ach, vergesst es. Das war nur so ein Gerede.«

»Nur Gerede? Schade.« Conrad konnte es sich nicht erklären, aber plötzlich verspürte er Bedauern. Nach seinen drei verblichenen Ehefrauen hatte er lange nicht mehr das Bedürfnis verspürt, sich fest zu binden, schließlich hatte er sich mit Metza vergnügen können. Doch mittlerweile war er ihrer überdrüssig, das hatte er auf der Reise hierher endgültig erkannt. Und wenn er ein Weib hätte, dann musste sie einsehen, dass sie sein Bett nicht mehr wärmen konnte. Conrad spürte, wie seine Gedanken allmählich von dem Lodern in seinen Lenden gelenkt wurden.

»Sucht Ihr wirklich ein Weib?«, fragte der Bursche.

Conrad versuchte, seine Gedanken zu ordnen. »Sagen wir mal so: Wenn sie jung und schön ist, wäre es eine Überlegung wert, sie an mich zu binden. Natürlich nur unter Dreingabe einer satten Mitgift. Und natürlich müsste sie von Adel sein, das versteht sich von selbst.« Den Geldsegen, den eine Hochzeit mit sich bringen könnte, hatte Conrad fast vergessen.

Severin nahm einen tiefen Schluck und wischte sich mit dem Ärmel über den Mund. »Nun, ich weiß tatsächlich eine

Frau für Euch. Sie zählt zwanzig Lenze und ist recht hübsch – nein, das ist untertrieben, sie ist wunderschön. Ihre Mitgift wäre das Haus eines Kaufmannes in Stralsund sowie ein stattliches Vermögen.« Er senkte den Blick. »Von Adel ist sie leider nicht, dafür genießt sie den hohen Stand einer Tochter des Kaufmannes Koppler. Außerdem ist sie die alleinige Erbin, da ich dem Orden geschworen habe, in Armut zu leben.«

In Conrads Ohren klingelte es. »Ihr müsst also Eure Schwester an den Mann bringen. So, so. Wenn sie wirklich so vermögend ist und schön obendrein, warum bietet Ihr sie denn dem erstbesten Mann feil?«

»Weil mir keine Zeit bleibt. Ich muss zurück zur Marienburg. Außerdem seid Ihr als Burgherr doch eine ausgezeichnete Wahl. Aber wie gesagt, sie ist nicht von Adel. Verzeiht.«

In Anbetracht des Vermögens konnte Conrad auf das adlige Blut gut verzichten. »Ich sehe sie mir an. Wo ist sie?«

* * *

Ein festes Klopfen an der Tür riss Antonia aus dem Halbschlaf. Sie streckte den Rücken, der ihr mehr als je zuvor von dem harten Boden schmerzte. Sie wusste genau, dass Severin vor der Tür stand. Wer sonst? Ihm konnte es wohl wirklich nicht schnell genug gehen, sie loszuwerden. Die Tür öffnete sich, und Severin trat mit festen Schritten in die Kammer.

»Kämm dir das Haar und zieh dir ein reines Kleid an«, herrschte er sie an.

Seine Stimme bescherte ihr eine Gänsehaut auf den Armen.

Schwerfällig erhob sich Antonia vom Boden. »Welches Kloster hast du vorgesehen? Das in Berghen?« Wenn sie schon in einen Orden eintreten musste, wünschte sie sich, wenigstens auf Rujana bleiben zu können – bei Vaters Grab und in Jaramirs Nähe. Wenn da nur nicht dieses Schweigegelübde wäre, das sie bestimmt ablegen musste …

»Kein Kloster. Es gibt jemanden, der dich vielleicht zur Frau nehmen würde. Also schick dich.«

Sie hätte erleichtert sein sollen, doch bei dem Gedanken an Jaramir missfiel ihr eine Hochzeit mittlerweile genauso wie der Eintritt ins Kloster. In ihren Träumen von einem eigenen Haushalt hatte sie immer einen Gemahl im Kopf gehabt, mit dem sie sich gut verstand. So wie mit Jaramir.

»Wer ist er?«

»Der Herr von Drachenfels.«

»Jemand von Adel? Aber das geht doch nicht. Mein Gemahl muss ein Kaufmann sein. Hast du das vergessen?«

»Dein Gemahl wird Jesus sein, wenn du dich gegen diese Heirat sträubst.« Severin verließ die Kammer.

Sah er denn nicht, wie unglücklich sie war? Antonia umfasste das Amulett an ihrem Hals. Aber wie sollte er das auch bemerken? Nicht einmal der Bernstein, den sie trug, war ihm aufgefallen. Sie dachte abermals an das Schweigegelübde und zog sich dann rasch das rote Kleid über, das Severin ihr eingepackt hatte. Mit den weitausgeschnitten Ärmeln und dem goldenen Gürtel passte es eher zu einem Burgfest als in diese Kaschemme. Aber es war gewiss ein Kleid, das dem Herrn von Drachenfels zusprach. Was Jaramir wohl sagen würde, wenn er sie so sähe? Seufzend löste Antonia ihren Zopf und kämmte sich das Haar. Dann band sie es so fest zusammen, dass ihr die Kopfhaut schmerzte. Gewiss war der Herr älter als Vater. Außerdem konnte er nicht mehr richtig im Kopf sein, wenn er einer Heirat mit einer Kaufmannstochter zustimmte. Schließlich besaß sie nur ein Haus und keine Ländereien, und von Adel war sie auch nicht. Was sollte das alles? Mittlerweile zweifelte sie nicht nur an dem Verstand dieses Herrn, sondern auch an Severins. Er hatte ihr nicht einmal gesagt, wo sie ihren zukünftigen Gemahl treffen sollte. Musste sie etwa jetzt gleich zu seiner Burg reisen?

Antonia verließ ihre Kammer und klopfte an Severins Tür. Dahinter blieb es jedoch still. Stattdessen öffnete sich die andere Tür. Antonia erschrak, da sie diese immer noch unbewohnt vermutet hatte. Heraus trat ein hochgewachsener, magerer Mann mit bleichem Gesicht.

»Hier kann ich mich nicht erholen. Nicht bei diesem Krach.« Er presste die Lippen aufeinander und schüttelte den Kopf.

»Verzeiht, aber ich bin auf der Suche nach meinem Bruder.«

»Anscheinend ist er nicht da.« Der Mann kehrte in seine Kammer zurück und warf die Tür zu.

Antonia ging die Stiegen hinab in den Gastraum. Severin saß mit dem Rücken zu ihr an einem der Tische. Ihm gegenüber hockte ein untersetzter Mann, dem es an Wuchs fehlte. Als er sie bemerkte, hob er die Brauen. Seine kleinen, dunklen Augen erinnerten Antonia an ein Ferkel, und sein Gesicht ruhte auf einem Doppelkinn. Sie schickte ein Stoßgebet zum Himmel. Vielleicht war dies ja nur ein Abgesandter des Herrn von Drachenfels. Ja, das musste so sein, denn dieser kleine Mann mit dem lichten Haar, das wohl an diesem Tag noch keinen Kamm gespürt hatte, sah nicht aus wie ein stolzer Burgbesitzer. Eher wie sein Laufbursche.

Antonia trat an den Tisch und legte die Hand auf Severins Schulter. Die Blicke der Fischer, die allein ihr galten, machten sie unsicher. Vielleicht hätte sie besser doch nicht das rote Kleid angezogen, in dem sie sich mittlerweile eher entblößt als bedeckt fühlte.

Augenblicklich sprang Severin auf und zog einen freien Stuhl an den Tisch heran. »Setz dich, Schwester.«

Für seine übertriebene Aufmerksamkeit hätte Antonia ihn ohrfeigen mögen. Doch sie hielt sich zurück, schließlich weckte ihr Kleid schon genug Aufmerksamkeit. Stattdessen setzte sie sich und faltete die Hände in den Schoß. Als ihr Blick den des fremden Mannes traf, senkte sie die Lider.

»Und? Sagt Euch meine Schwester zu?«

Antonia glaubte auf dem Viehmarkt zu sein.

Der Mann erwiderte nichts. Wahrscheinlich starrte er sie immer noch an. Sie wollte es nicht wissen und blickte weiterhin auf ihre Hände.

»Nun sagt schon, ist sie nicht wunderschön?«

Was schlug Severin denn da für Töne an? Sie schüttelte leicht den Kopf und stieß den Atem durch die Nase aus. Wäre sie kräftig genug gewesen, hätte sie Severin auf der Stelle erwürgt.

»Ein wenig störrisch ist sie, oder irre ich mich da?« Die Stimme des Mannes klang blechern in ihren Ohren.

»Eine gute Stute will zugeritten werden«, sagte Severin hinter vorgehaltener Hand.

Antonia spürte unvermittelt ihren Herzschlag in den Ohren. Abrupt sprang sie auf und eilte zu den Stiegen. Severin folgte ihr mit großen Schritten und zerrte sie zurück an den Tisch.

»Denk an das Kloster«, zischte er ihr ins Ohr.

Antonia wusste nicht, was sie überhaupt noch denken sollte. Wäre doch Jaramir in diesem Augenblick bei ihr gewesen! Er hätte dies alles nicht zugelassen.

Noch am selben Abend packte Antonia ihre Reisetruhe. Sie wusste, jeder Widerstand war zwecklos. Am nächsten Morgen sollte sie aufs Festland übersetzen, und dann würde ein Wagen sie nach Stralsund bringen, wo sie ihre Habe packen sollte. Da Severin nun selbst ihre Kammer bewachte, konnte sie sich nicht einmal von Jaramir und Dragan verabschieden – ein Umstand, der sie sehr betrübte. Sie wollte nicht auf der Burg Drachenfels wohnen. In einem Gemäuer, das diesen Namen trug, konnte nur das Grauen gegenwärtig sein. Was hatte Severin ihr da nur für einen Gemahl ausgesucht? Das würde sie ihm nie verzeihen. Nie hatte sie die Herrin einer Burg sein wollen!

Antonia schälte sich aus ihrem Kleid, warf es in die Truhe und knallte den Deckel zu. Dann legte sie sich auf ihr Lager am Boden und schloss die Augen. In der Kammer neben ihr, die Conrad mit seinem Bruder bewohnte, war es still. Gewiss saß ihr zukünftiger Gemahl noch unten in der Gaststube.

Die ganze Nacht über fand Antonia keinen Schlaf. Früh in den Morgenstunden, als die Sonne bereits aufging, hörte sie Schritte auf der Stiege. Eine Tür fiel ins Schloss, und es wurde wieder still. Ob Severin schlief?

Leise erhob sie sich von ihrem Lager und versuchte die Tür einen Spalt breit zu öffnen, doch sie war verschlossen.

Einige Zeit später saß sie dann in ihrem Reisekleid auf der Truhe und wartete, dass Severin sie aus ihrem Gefängnis holte. Es dauerte noch den halben Vormittag, bis sich der Schlüssel im Schloss drehte und Severin in der Tür stand.

Antonia hatte geglaubt, mit Vaters Tod seien auch all ihre Empfindungen gestorben, doch das stimmte nicht. Sie hatten nur geschlafen, bis Jaramir sie wieder zum Leben erweckt hatte – diese warmen Gefühle von Hoffnung und Geborgenheit. Doch nun, als ihr bewusst wurde, dass sie ihn genau wie Vater nie wieder sehen würde, erstarb endgültig alles in ihr.

Im Haus in Stralsund schien die Zeit stehengeblieben zu sein. Als käme Vater jeden Augenblick heim, stand Gertrud an der Kochstelle und rührte in einem Kessel. Als sie den Blick hob und Antonia sah, presste sie die Lippen aufeinander. Sie legte den Kochlöffel neben die Feuerstelle und breitete die Arme aus. Doch Antonia schüttelte nur den Kopf und lief aus der Küche. Oben in ihrer Kammer warf sie sich auf das Bett und hieb die Fäuste in ihr Kissen. Sie wusste, sobald sie auf Burg Drachenfels war, würde Conrad ihr Elternhaus verkaufen. Nie wieder würde sie hierher zurückkehren können. Nie wieder mit Gertrud an den Kesseln stehen. Reichte es nicht, dass Vater tot war, musste sie gleich ihr ganzes Leben verlieren?

Gertrud war ihr gefolgt und setzte sich zu ihr auf das Bett. »Nehmt es nicht so schwer.« Mit ihren kühlen Fingern strich sie Antonia das Haar aus der Stirn. »Es ist der Lauf der Zeit, die Eltern zu verlieren.«

»Das ist es nicht nur. Severin hat mich dem Herrn von Drachenfels zur Frau versprochen. Dies hier wird bald schon nicht mehr das Haus der Kopplers sein.«

Gertrud zuckte zusammen. »Aber davon weiß ich ja gar nichts!«

»Kannst du auch nicht. Alles ging furchtbar schnell. Severin hat mich dem nächstbesten Mann angeboten, damit er zur Marienburg zurückkehren kann. Er wird dort gebraucht, verstehst du? Ob ich ihn brauche, interessiert ihn nicht.«

»Er hat sich nach dem Tod eurer Mutter sehr verändert. Ich denke, er ist nie darüber hinweggekommen.« Gertrud seufzte.

»Damit steht er nicht allein.«

»Ich weiß, Antonia. Aber er besitzt längst nicht Eure Stärke. Seht es doch so: Für Euch beginnt nun ein neuer Lebensabschnitt. Warum blickt Ihr ihm nicht gespannt entgegen? Gewiss werdet Ihr auf der Burg liebe Freundinnen finden, eine Schar Kinder gebären, und vielleicht bietet sich Euch dort endlich die Gelegenheit, ein Pferd zu reiten. Das habt Ihr Euch doch immer schon gewünscht.«

»Dieser Conrad wird mit mir das Bett teilen. Allein der Gedanke daran macht mir Angst.«

Gertrud nahm Antonias Hand und drückte sie. »Daran ist noch keine Frau gestorben. Solltet Ihr keine Freude daran finden, lasst es einfach über Euch ergehen.«

Antonia sah sie besorgt an. »Was wird aus dir, wenn das Haus verkauft wird?«

»Was soll schon aus mir werden? Der neue Besitzer braucht gewiss eine Küchenfrau. Von daher sorgt Euch nicht um mich. Und außerdem könnt Ihr mich ja mal besuchen kommen.« Gertrud erhob sich vom Bett. »Und nun sehe ich zu, dass Ihr eine anständige Mahlzeit in den Bauch bekommt. Ganz dürr seid Ihr geworden.« Sie schenkte Antonia ein aufmunterndes Lächeln und verließ das Zimmer.

9

Die Ausbeute der letzten Nacht war mager gewesen. An dem einsamen Strand, wo ihre Kogge ankerte, trug die See vermutlich kaum den Bernstein mit sich. Conrad spürte die Müdigkeit bleiern durch seine Glieder kriechen. Rutger hatte das Bett seit gestern nicht mehr verlassen, und so war Conrad allein an den Strand gegangen. Aber dort, wo keine Bernsteinsammler zu sehen waren, gab es wohl auch keine Ausbeute. Seinen Unmut darüber versuchte er nun im Bier zu ertränken.

Ein Fischer betrat den Gastraum und setzte sich zu ihm an den Tisch. Ein weißer Bart kräuselte sich um sein Kinn, und das zottelige Haar lichtete sich über der Stirn.

Mit einem Fingerwink bestellte auch er einen Krug Bier. Dann sah er Conrad eindringlich an. »Was sucht Ihr hier, Fremder?«

»Was sollte dich das angehen?«

Der Alte zuckte mit den Schultern. »War nur eine Frage. Die meisten kommen wegen dem Bernstein her.«

»Ich nicht.« Conrad traute dem Mann nicht über den Weg.

»Das nehme ich Euch nicht ab. Aber ich kann Euch nur sagen, nachdem der Fürst gemerkt hat, dass der Bernstein hier geschmuggelt wird, lässt er des Nachts die Strände bewachen. So ist auch mein Zusatzverdienst dahin. Mein Name ist übrigens Justus.«

»Du hast Bernstein geschmuggelt?« Die angebliche Aufrichtigkeit des Alten verstärkte Conrads Misstrauen.

»Ja, sicher. Soll etwa nur der Fürst davon reich werden?«

»Und das gibst du einfach vor einem Fremden zu? Im Ordensland würde dein Kopf dafür rollen.«

»Wir sind hier auf Rujana. Der dänische König ist weit weg, und unser Fürst Wizlaw ebenfalls nur selten auf der Insel. Sein Landvogt ist ein gutmütiger Mann, der so schnell keine Köpfe rollen lässt. Einzig der Neffe des Fürsten, der wacht neuerdings wie ein Besessener über den Strand. Weshalb auch immer.«

Conrads Misstrauen schwand nach und nach. »Ein einziger Mann wacht über die Strände?«

»Nein, sie sind zu zweit und bewachen den Strand von Byntze.«

»Und was ist mit den anderen Stränden?«

»Die kontrollieren sie so gut wie nie, soweit ich das beobachtet habe. Dort wird jedoch auch nicht so viel Bernstein angespült wie hier in Byntze. Höchstens wenn der Herbst Einzug hält und die Stürme heftiger werden, ist es etwas mehr.«

So lange wollte Conrad allerdings nicht warten, sondern schon in der nächsten Nacht den Strand beobachten. Den Fischer wollte er nicht ins Vertrauen ziehen, sonst musste er am Ende noch die Ausbeute mit ihm teilen. Doch für seinen Hinweis war er ihm etwas schuldig, und so bezahlte Conrad das Bier des Mannes.

In seiner Kammer zog er sich leise die Stiefel aus. Rutger hob den Kopf von der Schlafstätte und seufzte. Wann immer

Conrad in die Kammer gekommen war, hatte er geschlafen. Nicht einmal von seinem neuen Weib hatte er dem Bruder erzählen können, und der Braten, den Conrad ihm neben das Lager gestellt hatte, war an der gleichen Stelle kalt geworden.

Conrad reichte ihm den Krug Bier, den er mit hoch gebracht hatte. Sein Bruder griff danach und leerte ihn in gierigen Zügen.

»Langsam könntest du aber mal aufstehen, meinst du nicht?«

Matt sank Rutger auf das Laken zurück. »Wenn ich schlafe, sorge ich mich wenigstens nicht.«

»Es besteht kein Grund zur Sorge, das weißt du doch.« Conrad setzte sich auf den dreibeinigen Schemel.

»Hast du Bernstein sammeln können?« Erwartungsvoll sah Rutger ihn an.

»Ich werde mich bald schon vermählen.«

»Wirklich? Das freut mich für dich«, sagte Rutger, obwohl seine Sorgenfalten auf der Stirn etwas anderes verrieten. »Wie hat sich das denn so rasch ergeben?«

Conrad zog ihm das Laken über die Schulter. »Sie ist die Alleinerbin eines reichen Kaufmannes. Sie weilte mit ihrem Bruder auch hier auf der Insel, und er hat große Eile, sie unter die Haube zu bringen.«

»Die Erbin eines reichen Kaufmanns – das heißt, sie wird uns nicht die Haare vom Kopf essen. Das ist gut.«

»Nicht nur das. Sie wird einiges an Gold mit auf die Burg bringen. Wenn wir dann noch Bernstein heimlich hier fortschaffen, brauchst du dich wirklich nicht mehr um unseren Wohlstand zu sorgen.« Conrad seufzte. »Weißt du was? Ich lege mich nun auch etwas zur Ruhe. Danach stehen wir gemeinsam auf und freuen uns bei einem Krug Bier über unseren neugewonnenen Reichtum.«

»Ja, sicher. Wenn die Enge in meiner Brust verschwunden ist, tun wir das.« Rutger schloss die Augen.

* * *

Der berittene Bote brachte eine Nachricht von Fürst Wizlaw. Jaramir entrollte das Pergament und überflog die Zeilen. Der Fürst zitierte ihn auf die Burg, da er am Abend ein Fest geben wollte. Ein ehrenwerter Gast würde dort sein, wie das Schreiben kundtat. Jaramir setzte sich zu Dragan in den Sand und las ihm die Zeilen vor.

Sein Freund hob die Schultern. »Was ist daran so dramatisch? Du machst ein Gesicht, als würde er dich auf den Richtplatz rufen.«

Jaramir richtete den Blick auf das Meer. Ihm stand nicht der Sinn nach rauschenden Festen mit fröhlichem Gesang, wie Wizlaw sie gab, denn in der Frühe hatte er durch den Wirt von Antonias Abreise erfahren. Der Gedanke, sie nie wiederzusehen, schmerzte ihn mehr, als er es sich hatte vorstellen können. Jaramir dachte an ihre Augen, denen er ein wenig die Traurigkeit genommen hatte.

»Hat er mich wenigstens auch eingeladen?«, fragte Dragan.

Jaramir nickte. »Ja. Ich frage mich nur, wer dann den Strand bewachen soll.«

»Die See ist ruhig und spült nicht viel Bernstein an. Gönnen wir doch den Schmugglern die magere Ausbeute, sofern es denn eine gibt. Außerdem wollen wir den Fürsten doch nicht verärgern, oder?«

Als die Schatten der Gräser länger wurden, begaben sich Jaramir und Dragan auf den Weg zur Rujanenburg. Dragan scherzte während des ganzen Rittes über den alten Justus, der als Einziger der Männer in Frage kam, Bernstein zu schmuggeln.

Jaramir interessierten Justus' alte Knochen herzlich wenig. Vielmehr fragte er sich, wie es wohl mit dem Schmuggel im Ordensland weiterging. Wie er gehört hatte, versuchten dort einflussreiche Männer, das Bernsteinregal an sich zu reißen. Zum Glück gab es auf Rujana kein so großes Vorkommen des Steins, dass sich Mord und Totschlag dafür lohnen würden.

Die Wagen der geladenen Gäste schlängelten sich den Weg zur Rujanenburg entlang. Jaramir und Dragan ritten an ihnen vorbei durch das Tor. In der Vorhalle, die zum Festsaal führte, herrschte ein Treiben wie auf dem Markt. Jaramir nahm Dragan mit in sein Gemach, um sich dort in Gewänder zu kleiden, die in schillernden Farben leuchteten. Dass er seinem Freund eine Tunika für den Abend lieh, stand für Jaramir außer Frage. Er wusste um Dragans Armut und dankte ihm mit seiner Großzügigkeit im Gegenzug für seine Gastfreundschaft, mit der Dragan ihn in seiner Hütte wohnen ließ.

Im Festsaal umringten bereits einige Fiedler den Fürsten und zupften fahrig an ihren Joppen. In eine kobaltblaue Tunika gekleidet saß Wizlaw auf seinem Scherenstuhl und hielt einen Pokal in der Hand. Sein Haupt zierte ein ebenfalls blauer Kronenreif, der mit goldenen Blumen bestickt war. Als er Jaramir sah, winkte er ihn zu sich. Seine Augen sprühten vor Freude. In knappen Worten wies der Fürst einen Diener an, den Gästen reichlich Wein zu kredenzen. Anschließend klatschte er in die Hände, um dem Stimmengewirr im Saal ein Ende zu setzen. Als auch das letzte Hüsteln verstummt war, gab Wizlaw dem Fiedler ein Zeichen und begann ein Loblied auf die Minne zu singen. Andächtig lauschten die Gäste seiner glockenklaren Stimme.

Nachdem Wizlaw das Lied beendet hatte, sah er Jaramir tief in die Augen. »Mein lieber Neffe, ich freue mich, dich zu sehen. Aber was mich schon seit einer Weile umtreibt, ist die Frage, ob es denn immer noch kein Weib gibt, das dein Herz erwärmt?«

Jaramir hob eine Augenbraue. »Nein, Eure Hoheit.«

»Dann ist es wohl an der Zeit, dass ich bald eine entzückende Jungfer für dich finde.« Abermals nickte Wizlaw dem Fiedler zu und begann von einem Augenstern zu singen. Jaramir ahnte, worauf er hinauswollte, und blickte sich unsicher um. Gewiss hatte der Fürst bereits eine Braut für ihn gefunden. Doch unter den weiblichen Gästen sah er keine, die ihn mit einem scheuen Augenaufschlag bedachte.

Ein Mann trat näher und stimmte in den Gesang des Fürsten ein. Im Saal applaudierten die Feiernden. Der Sänger trug eine gelb-rot gestreifte Tunika, und um seinen Hals lag eine schwere Goldkette. Er legte die Hand auf den Bauch und verbeugte sich vor Fürst Wizlaw. Nun erkannte Jaramir den Mann. Es war Heinrich von Meißen, von allen auch Frauenlob genannt. Der Dichter und Minnesänger räusperte sich, und im Saal kehrte wieder Stille ein. Dann begann er ein Lobeslied auf Fürst Wizlaw zu singen. Die Gäste lauschten gebannt. Nur Jaramir bemerkte den Mann, der sich in seinen staubigen Kleidern einen Weg durch die Anwesenden bahnte. Jaramir legte die Hand auf seinen Schwertknauf. Der Mann schien dies zu bemerken, denn er gab ihm mit einem

Kopfschütteln zu verstehen, dass er kein Feind war. In seiner Hand hielt er eine Pergamentrolle hoch, wartete, bis der Sänger geendet hatte, und flüsterte einem Diener etwas ins Ohr, worauf dieser erblasste. In diesem Augenblick ahnte Jaramir, welche Botschaft der Mann gebracht hatte. Mit hängenden Schultern kam der Diener zu ihnen herüber. Nun hatte auch Wizlaw den Boten entdeckt und runzelte die Stirn. Der Diener flüsterte dem Fürsten etwas ins Ohr und verzog bedauernd die Lippen. Augenblicklich erhob sich Wizlaw und folgte dem Boten durch die zweiflügelige Tür vor den Festsaal.

Später am Abend bestätigte sich Jaramirs Verdacht, was die Nachricht anging: Wizlaws Weib Margarete hatte für immer die Augen geschlossen.

10

Zu ihrer Rechten glitzerten die seichten Wogen des Rheins wie Kristalle in der Sonne. Hier und da war ein Hof zu sehen, auf einem Land, das im nächsten Frühjahr gewiss vom Hochwasser überschwemmt wurde. Auf den sattgrünen Weiden grasten Kühe, und die Luft roch nach Mist. Antonia hielt sich die Hand vor den Mund und gähnte. Auch in der letzten Nacht hatte sie kaum geschlafen. Sechs Tage dauerte die Reise zum Drachenfels bereits, und sie glaubte, sie würde kein Ende nehmen, denn von einem Gebirge war weit und breit nichts zu sehen. Wie auch die Tage zuvor ritt Severin neben dem Wagen her. Seit dem Aufbruch in Stralsund hatte er kein Wort mehr mit ihr gesprochen. Genauso gut hätte er gleich zu seinem Ordensland aufbrechen können. Mathias, der den Wagen lenkte, bot ihr schon genügend Schutz. Nicht einmal von ihren Freundinnen hatte sie sich verabschieden können, so eilig hatte es Severin gehabt. Antonia beobachtete ihren Bruder aus dem Augenwinkel. Stolz, wie es ein Ordensritter nur sein konnte, reckte er das Kinn vor. Sollte er doch! Schließlich hatte er sich gegen einen Platz in ihrem Leben entschieden und ihr damit sehr wehgetan.

Um sich von den dunklen Gedanken abzubringen, dachte sie an Gertruds Worte. Bald schon würde sie auf einem Pferd durch die Wälder des Gebirges bei Bonn reiten. Es half ja nichts, wenn sie mit ihrem Schicksal haderte. Da war es schon besser, sie machte es sich so angenehm wie möglich.

Gewiss würde Jaramir das auch so sehen. Antonia schloss die Augen und dachte an die Zeit, die sie mit ihm am Strand verbracht hatte. Sein Lächeln hatte einen Weg in ihr Herz gefunden, und sie schloss es darin ein. Wie gern hätte sie ihn nur noch ein einziges Mal getroffen!

Gegen Mittag fuhren sie auf dem Treidelpfad an der Kölner Stadtmauer vorbei. Noch nie hatte Antonia eine Stadt gesehen, in der so viele Kirchtürme aufragten. Ganz nah am Rheinufer erhoben sich die gewaltigen Mauern der Kathedrale, die auf die Fertigung ihrer Türme wartete. Wenn sie sich auf der Burg Drachenfels eingelebt hatte, würde sie Conrad bitten, einmal mit ihr nach Köln zu fahren. Vielleicht erinnerten die Gassen sie ja an Stralsund, und sie könnte sich ein wenig heimisch fühlen. Allmählich begann Antonia, ihr neues Leben etwas freundlicher zu betrachten.

Hinter der Stadt erstreckten sich für eine ganze Weile erneut Felder mit ihren Höfen. Sie mussten erst an der Stadtmauer von Bonn vorbeifahren, ehe die Landschaft hügeliger wurde. Und dann sah Antonia die Gebirgskette, die sich am anderen Ufer des Rheins erhob. Sie straffte den Rücken und freute sich darauf, endlich wieder auf ihren Füßen stehen zu dürfen. Die nächsten drei Tage würde sie wohl kaum sitzen können, so sehr schmerzte ihr das Hinterteil.

Sie setzten mit einer Fähre über. Auf der anderen Seite des Rheins zügelte Severin sein Pferd am Fuße eines Berges und sprang aus dem Sattel. Antonia sah die Wälder hinauf, zwischen denen ein kahler Hang von einem Steinbruch zeugte. Hoch oben streckte die Burg ihren eckigen Turm in den Himmel. Unten am Fluss wurde gerade ein Floß mit Steinquadern beladen. Die schmutzigen Hemden der Männer waren von Schweiß durchtränkt. Neben ihnen stand ein Aufseher und trieb sie mit lautem Geschrei an.

Severin trat auf Mathias zu und verabschiedete sich von ihm. Antonia glaubte, sich verhört zu haben. Augenblicklich sprang sie von der Sitzbank auf. »Du willst uns doch nicht etwa schon verlassen?«

»Ab hier braucht ihr, du und Mathias, keinen Schutz mehr.«

Antonia kletterte umständlich an den Speichen des Wagenrades hinab und stellte sich ihm entgegen. »Du lieber Himmel, Severin! Sollen wir etwa im Streit auseinandergehen und uns wohlmöglich nie wiedersehen?«

»Seit ich dich dem Burgherrn versprochen habe, gibst du dich sehr feindselig mir gegenüber.«

»Ganz ehrlich, wundert dich das etwa? Du hast mich dem erstbesten Mann als Braut versprochen. Und das nur, weil dir der Orden wichtiger ist als ich. Willst du mich nun allen Ernstes auch noch allein hinauf auf die Burg schicken? Bitte nicht, Severin. Ich kenne doch dort niemanden.«

Severin klopfte sich mit der Hand den Staub vom Umhang. »Mathias wird die erste Nacht hierbleiben. Du bist also nicht allein.«

»Was hat der Orden nur aus dir gemacht?« Antonia sog tief den Atem ein und blinzelte die Tränen in ihren Augen fort. »Ich frage gar nicht erst, ob du zur Hochzeit kommen wirst.« Sie wandte sich ab, raffte ihre Röcke und kletterte in den Wagen. Stur richtete sie den Blick zu den Wäldern, um ihrem Bruder nicht mehr in die Augen sehen zu müssen. Severins Rappe schnaubte kurz, dann hörte sie, wie seine Hufe auf den Pfad schlugen.

Mathias trieb das Zugpferd wortlos mit der Peitsche an

und lenkte den Wagen hinauf zur Burg Drachenfels. In Antonias Bauch bildete sich ein flaues Gefühl und vertrieb ihre Wut. Wenigstens war Severin nicht für ewig verloren – wie der Vater. Vor dem Burgtor schob sich ein Wächter den Helm aus der Stirn. Als Mathias ihm kundtat, dass er die Braut des Burgherrn bringe, zuckte er nur mit den Schultern.

Ein zweiter Wachmann kam hinzu und beäugte sie ausgiebig. Dann schob er seine wulstige Unterlippe vor. »Davon ist uns nichts bekannt.«

Antonia reckte den Kopf über die Planken des Wagens. »Ist der Herr von Drachenfels denn noch nicht auf der Burg?«

»Nein, der ist noch auf Reisen.«

»Dann könnt ihr auch nichts davon wissen.« Antonia wollte schon wieder an dem Wagenrad hinabklettern, hielt sich aber im letzten Moment zurück. Den Wildfang Antonia, der sorglos auf dem Markt Heringe gekauft hatte, gab es nicht mehr. Hier oben über dem Rhein musste sie, abgesehen von den Ausritten, eine Dame sein. Das wären gewiss Vaters Worte gewesen, wenn er noch leben würde. Antonia ließ die Schultern hängen. Wenn Vater noch leben würde, säße sie nicht auf diesem Wagen und würde um Einlass in die Burg Drachenfels betteln.

Der zweite Wächter bat sie, einen Augenblick zu warten, und wackelte auf seinen kurzen Beinen zur Burg.

Antonia betrachte das Waldstück neben ihnen. Brombeerbüsche wucherten zwischen den Stämmen der Eichen, und ihre dornigen Äste bogen sich über den Pfad. Ein Specht ließ sich an einer Baumrinde nieder und klopfte mit seinem Schnabel fast so rasch wie Antonias Herzschlag. Wenn sie hier niemand einließ, müssten sie wohl wieder zurück nach Stralsund reisen. Der Gedanke begann Antonia zu gefallen.

Das wäre um vieles besser, als hier ein Leben lang auf dieser Burg an der Seite von Conrad auszuharren.

Kurz darauf trat eine junge Frau durch das Tor. Auf dem Arm trug sie ein Kind, dessen Haar genauso weizenblond wie das ihre war. Sie begrüßte Antonia und Mathias mit einem verhaltenen Nicken.

Im Gegenzug stellte sich Antonia mit knappen Worten vor und erwähnte Mathias als ihren Knecht.

»Ich weiß in der Tat ebenfalls nichts von dir. Außerdem ist es undenkbar, dass Conrad sich auf seiner Reise eine Braut gesucht hat.«

Antonia blies die Wangen auf. »Ich bin beileibe keine Bittstellerin, werte Frau. Und wenn Ihr uns keinen Einlass gewährt, reisen wir halt wieder ab.«

Das Kind griff der Frau ins Haar und zog eine Strähne aus dem strenggebundenen Knoten. Sie nahm die kleine Hand von ihrem Kopf und hielt sie fest. Ihr Gesichtsausdruck verriet, dass sie wohl die Konsequenzen ihrer etwaigen Entscheidung abwog. Nach einer Zeit des Schweigens sog sie tief den Atem ein. »Also gut. Ich lasse dich ein.«

Der Wächter schob den zweiten Flügel des Tores auf, und Mathias lenkte den Wagen hindurch. Antonia sah an dem Wehrturm hinauf, der einen atemberaubenden Blick auf das Land am Rhein bieten musste. Im Innenhof hielten die Mägde in ihrem Tratsch inne und beäugten sie. Hammerschläge hallten aus der Schmiede, und überall liefen Hühner umher. Alles wirkte so fremd und weitläufig … Antonia fühlte sich auf Anhieb unwohl. Zögernd stieg sie aus dem Wagen und schaute in die Richtung, aus der sie leises Wiehern vernahm. Die Stallungen waren aus Holz gebaut und die Dächer mit Stroh gedeckt.

Die junge Frau trat neben sie. »Vorerst kann ich dir nur die Gesindekammern anbieten. Der Herr wird entscheiden, welches Gemach er dir überlassen wird.« Sie rümpfte die Nase.

Antonia nahm es gelassen hin. Schlechter als die Unterkunft in dem Gasthaus konnte diese hier auch nicht sein. »Mein Name ist übrigens Antonia. Aber das hatte ich schon gesagt.«

»Ja, dein Name ist mir bekannt.« Geistesabwesend sah auch die Frau am Wehrturm hinauf.

»Wie darf ich Euch ansprechen?« Antonia betrachtete die andere von der Seite. Die Frau war wohl kaum älter als sie selbst und blickte bereits wie ein verbittertes altes Weib drein.

»Ach, ich vergaß. Mein Name ist Metza. Ich bin hier die Burgherrin.« Sie raffte ihre Röcke. »Komm mit mir.«

Gemeinsam mit Mathias folgte Antonia ihr zu den Wirtschaftsgebäuden. Der Duft von Brot wehte zu ihnen hinüber und entlockte Antonias Bauch ein Knurren. Rasch legte sie die Hand darauf.

»Die Kammern der Mägde liegen über der Küche, die der Knechte über der Waschkammer. Dort drüben führt eine Treppe hinauf.« Metza zeigte auf eine Holztür, die von Efeu umrankt war und nur notdürftig in den Angeln hing.

»Was ist mit meinen Truhen?«, fragte Antonia.

»Die können vorerst im Stall untergebracht werden.«

Verärgert schüttelte Antonia den Kopf. »Es wundert mich, dass ich nicht dort nächtigen muss.«

Metza hob die Augenbrauen. »Du kannst froh sein, dass ich dich überhaupt eingelassen habe.«

»Ja, gewiss. Nun, dann ich suche mal nach einer freien Kammer.« Antonia ließ sie stehen und stieß vorsichtig die

Holztür auf. Sie quietschte wie eine Katze, der jemand auf den Schwanz getreten war. Ihre Truhen wären wohl für die schmale Stiege zu breit gewesen. Antonia fragte sich, weshalb sich Metza so bissig gab. Außerdem fragte sie sich, ob sie wohl das Weib von Conrads Bruder oder vielleicht eine Schwester von ihm war. In Gedanken versunken stieß sie vor den Kammern fast mit einer Magd zusammen, deren rotblondes Haar sich wie Schafswolle um den Kopf kräuselte.

Augenblicklich ging sie vor Antonia auf die Knie und senkte den Blick. »Verzeiht, Herrin. Ich war unaufmerksam.« Sie knetete ihre Haube in den Händen.

»Ich bin selbst in Gedanken gewesen. Erhebe dich doch bitte wieder.«

Zaghaft hob die Magd den Blick. Rotblonde Wimpern umrahmten ihre blassblauen Augen. Antonia schätzte, dass sie nur wenige Jahre jünger war als sie selbst.

»Ich bin Antonia, die zukünftige Gemahlin des Burgherrn. Gibt es hier eine freie Kammer für mich?«

»Aber ...« Die Magd starrte Antonia an, als sei ihr eine zweite Nase gewachsen. Dann fiel sie wieder auf die Knie und senkte den Kopf. »Verzeiht, Herrin.«

»Es gibt nichts, was ich dir verzeihen müsste. Komm, bring mich zu einem freien Schlafplatz.«

Die Magd rieb sich mit den Fingerknöcheln über die Augen. »Das muss ein schlechter Traum sein«, murmelte sie.

»Das wäre schön, ist aber leider nicht so.« Antonia seufzte. »Würdest du nun bitte aufstehen?«

Die Magd rappelte sich erneut hoch. »Hier schlafen doch nur die Mägde. Euer Platz ist im herrschaftlichen Haus.«

»Ja, vielleicht. Aber das sieht Frau Metza wohl anders. Wer ist sie überhaupt?«

»Sie ist die Gemahlin von Rutger von Drachenfels. Aber ich kann mir schon denken, weshalb sie so feindselig zu Euch ist.« Die Magd stieß beim Reden mit der Zunge an die Zähne, so dass sie lispelte.

»Weshalb denn?«

»Ach, nichts. Das … das war nur dummes Gerede.«

»Das glaube ich dir nicht. Hat sie etwa Angst, ich würde ihr den Platz als Herrin nehmen?«

»Das könnt Ihr nicht. Rutger von Drachenfels ist der ältere der Brüder. Sie wird immer mehr zu sagen haben als Ihr.« Die Magd neigte den Kopf zur Seite. »Aber in gewisser Hinsicht könntet Ihr recht behalten.« Sie knabberte an ihrer Unterlippe. Eine tiefe Röte überzog ihre Wangen, so dass sie wie überreife Äpfel wirkten.

»Nun red doch nicht herum und sag endlich, was dir durch den Kopf geht.«

Die Magd atmete tief ein und seufzte. »Abgesehen von Herrn Rutger weiß es ja fast jeder auf der Burg. Da kann ich es Euch auch gleich sagen. Obwohl, wenn er demnächst eine Gemahlin hat, wird es vielleicht vorbei sein.«

Eine Maus huschte lautlos unter der Tür der gegenüberliegenden Kammer hindurch. Unten in der Küche stritten die Mägde und warfen sich unflätige Worte an den Kopf.

Ungeduldig zupfte Antonia am Ärmel ihres Kleides. »Was denn?«

»Conrads und Metzas Liebschaft.« Plötzlich riss die Magd die Augen auf. »Ihr verratet mich doch nicht, oder?«

Antonia schüttelte leicht den Kopf. »Conrad und Metza betrügen also den armen Rutger.«

»Von mir wisst Ihr das aber nicht.«

»Nein, keine Angst.« Antonia legte der jungen Frau die

Hand auf den Arm. Nun wusste sie wenigstens, weshalb Metzas Augen ihr Eiskristalle entgegengeschleudert hatten. Wenn es nach ihr ging, konnte Metza jedoch Conrad gern behalten.

»Es tut mir leid für Euch«, sagte die Magd. »Mein Name ist übrigens Jenne.«

Mittlerweile schmerzten Antonia die Füße in den engen Seidenschuhen. »Das muss es nicht. Ich komme schon damit zurecht. Gibt es denn nun noch eine freie Kammer?«

»Nein, aber ich kann im Stall schlafen. Dann könnt Ihr meine Kammer haben.«

»Das kommt überhaupt nicht in Frage. Ich teile sie einfach mit dir.« Antonia wollte hier nicht allein sein. Lieber schlief sie mit Jenne in einer Kammer.

»Aber das geht doch nicht.«

»Weshalb nicht? Ist sie zu klein?«

»Nein, das nicht, also für mich zumindest nicht.«

»Gut, dann zeig sie mir.«

Jenne nickte und wandte sich der Tür zu, unter der die Maus hergelaufen war. Die Strohballen in dem Raum waren mit einem sauberen Laken bezogen. Unter der Fensteröffnung lehnte ein Jutesack, und daneben stand ein Schemel.

»Hier wäre noch Platz für weitere Strohballen«, sagte Jenne und strich mit der Hand über die Holzplanken der Wand. »Wir Mägde waschen uns am Brunnen oder nehmen ab und an ein Bad im Rhein. Aber ich könnte Euch eine Waschschüssel besorgen. Und natürlich das Stroh.« Jenne ging zur Tür. »Bin gleich wieder da!«, rief sie und eilte die Stiege hinunter.

Antonia ließ sich auf dem Lager der Magd nieder und stieß schwer den Atem aus. Dann streifte sie die Schuhe von den

Füßen und zog die Beine an. Ob sie auch die Speisen mit den Mägden einnehmen musste? Ihr sollte es recht sein. Das war immerhin besser, als mit der Eiskönigin an einer Tafel zu sitzen. Außerdem sprach Jenne wenigstens in einem freundlichen Ton mit ihr. Sie sah zu dem kleinen Loch in der Wand, durch das gerade die Maus verschwand, und dachte an die Ratte in Vaters Kaufmannsdiele. Was gäbe sie in diesem Augenblick dafür, lediglich mit einem Nagetier kämpfen zu müssen …

* * *

Am späten Nachmittag drehte sich der Wind, brachte Regen mit sich und peitschte die See auf. Die Fischer, die sich beeilt hatten, an Land zu kommen, suchten Zuflucht im Gasthaus nahe dem Strand. Unter ihnen befand sich auch der alte Justus, dem ebenfalls das Wasser aus dem Haar triefte.

Conrad winkte ihn zu sich an den Tisch, um Neuigkeiten zu erfahren. Er hatte beschlossen, den Alten doch ins Vertrauen zu ziehen, da er nicht wollte, dass hier noch irgendetwas schiefging.

»Reinstes Bernsteinwetter«, sagte Justus und setzte sich zu ihm. »Sobald der Sturm nachgelassen hat, wird das Gold der Ostsee wie Muscheln an den Strand gespült.«

»Gut zu wissen.« Conrad nahm sich vor, an diesem Tag nicht zu Bett zu gehen, denn er wollte der erste sein, der den Segen in Empfang nahm. Die Mannschaft seiner Kogge stand bereits in Alarmbereitschaft. Am Morgen hatte er ihnen gesagt, falls es einen Sturm gäbe, sollten sie sich nach dem Unwetter sofort an den Strand begeben. Auch wenn es mitten in der Nacht war.

»Was glaubst du, wie lange der Wind noch bläst?«

»Sommerstürme gehen oft rasch vorüber.« Justus hob die ergrauten Augenbrauen. »Das wissen jedoch auch Jaramir und Dragan.«

Conrad reichte dem Alten unter dem Tisch ein Säckchen mit Münzen. »Meine Männer sind bewaffnet. Aber für zusätzliche Rückendeckung wäre ich dankbar.«

»Der Fürstenspross wird noch heute Nacht alle verfügbaren Männer an den Strand rufen, um den Bernstein zu sammeln.«

Conrad hörte, wie Justus unter dem Tisch die Finger durch die Münzen gleiten ließ.

»Die werden wohl kaum reichen«, raunte der Alte.

»Ich leg noch zwei Säcke drauf.« Conrad sorgte sich nicht um das Geld. Gewiss würde er sich das Vielfache des Wertes heute Nacht zurückholen. Er erhob sich vom Tisch und reckte sich. Immer noch rüttelte der Wind an den Fensterläden. »Ich muss nach meinem Bruder sehen. Es wäre von Vorteil, wenn du die Männer allmählich ins Vertrauen ziehst.«

Rutger zog sich gerade die Stiefel an. Seine Wangen hatten eine rosige Farbe angenommen, und seine Hände blieben ruhig.

Zufrieden lächelte Conrad in sich hinein. »Wie ich sehe, geht es dir besser. Hast du Hunger?«

»Ja, ein wenig schon.« Rutger band den Gürtel um seine Tunika.

Dies war wohl einer der schönsten Tage in Conrads Leben. Er hätte vor Freude tanzen können, doch damit würde er bis zu seiner Vermählung warten müssen. Ihm fiel auf, dass er die ganze Zeit nicht mehr an Antonia gedacht hatte, aber der Bernstein war schließlich weitaus wichtiger.

Als die Dunkelheit einbrach, ließ auch der Sturm nach. Conrad schob den Teller von sich und wischte sich den Mund mit einem Tuch ab. Vom Tresen her schaute der Wirt mit hängenden Lidern zu ihnen herüber.

Conrad bezahlte die Mahlzeiten, erhob sich und neigte das Haupt. »Lass uns zum Strand gehen, um unseren Anteil einzusammeln«, sagte er zu seinem Bruder und schob den Stuhl an den Tisch.

»Meinst du wirklich?« Rutgers Gesicht verlor etwas an Farbe. »Wenn sie uns erwischen, werden unsere Köpfe rollen.«

»Ein Großteil der Männer ist eingeweiht. Sorge dich also nicht.«

»Das hat uns gewiss ein Vermögen gekostet.« Rutger presste die Lippen aufeinander und strich sich mit zittrigen Händen das Haar aus der Stirn.

»Nicht annähernd so viel, wie uns der Bernstein einbringen wird.« Conrad klopfte dreimal auf den Tisch, um sich von dem Wirt zu verabschieden. Die kommende Nacht würde er auf der Kogge verbringen, denn bei Sonnenaufgang sollte ihre wertvolle Fracht schon gemeinsam mit ihnen auf dem Heimweg sein. Er hoffte nur, Rutger würde nicht schwächeln.

Kurz darauf schlichen sie durch die Gräser. Der volle Mond versilberte den Sand der Dünen. Vom Landesinneren wehte nur noch ein lauer Wind, und die See war fast so glatt wie ein Spiegel. Conrad sah die Lichterkränze der Fackeln am Strand hin- und herschaukeln. Das Gemurmel der Bernsteinsammler drang zu ihnen herüber.

Er legte den Zeigefinger auf die Lippen und deutete Rutger an, ihm in gebeugter Haltung zu folgen. So liefen sie im Schutz der Gräser bis zu dem Strandabschnitt abseits des Fischerdorfes. Conrad sah zu der verlassenen Hütte, in der sich seine Männer verstecken sollten. Bis auf das Plätschern der Wellen herrschte Stille am Strand. In diesem Augenblick bemerkte Conrad, dass er den Atem angehalten hatte. Neben ihm trat Rutger von einem Fuß auf den anderen.

Conrad griff nach seinem Arm und wies zu der Hütte. »Dort drinnen warten unsere Männer. Komm mit.« Mit langen Schritten zog er Rutger hinter sich her.

Die Mannschaft seiner Kogge hockte vollzählig in dem kleinen Raum. Sie hatten Netze von der Kogge mitgebracht und trugen Schwerter an den Gürteln. Wohlwollend nickte Conrad ihnen zu.

Rutger stöhnte. »Ich muss mich hinsetzten.« Er schwankte zu dem einzigen Schemel und ließ sich darauf nieder.«

In seinem Zustand wäre er eine leichte Beute für die Aufseher, dachte Conrad und beschloss spontan, ihn in der Hütte zu lassen. Stattdessen nahm er zwei Männer mit, die ihm bei der Suche helfen sollten. Als er sich mit ihnen den Wogen näherte, verdeckte eine Wolke den Mond. Conrad strich mit dem Netz durch den Sand. Es verfingen sich jedoch nur Muscheln darin, die er in der Dunkelheit kaum erkennen konnte. Ohne Fackeln war dies ein fruchtloses Unterfangen. Leise raunte er einem der Männer ins Ohr, er solle die Fackel entfachen. Sicher waren die Aufseher zu sehr an dem anderen Strandabschnitt beschäftigt, als dass sie diese in der Ferne ausmachen würden.

Der Mann gehorchte und brachte den Zunderschwamm zum Glühen. Kurz darauf erhellte der Schein von kleinen Feuern den Sand um ihn herum. Abermals strich Conrad mit dem Netz hindurch, das sich kurz darauf mit den ersten Steinen füllte. Ein zufriedenes Lächeln huschte über seine

Lippen. Auch der zweite Mann, den er mitgenommen hatte, wurde fündig. Er und Conrad schütteten den Inhalt ihrer Netze in die mitgebrachte Holzkiste. Doch plötzlich vernahm er hinter sich ein fremdes Geräusch und fuhr herum. Erschrocken stellte er fest, dass die beiden Aufseher auf ihn zueilten. Einer seiner Männer stieß einen Pfiff durch die Zähne. Wenig später stürmten schon die restlichen Männer mit gezückten Schwertern aus der Hütte. Die Aufseher zogen ebenfalls ihre Waffen und stellten sich ihnen entgegen. Doch keiner der Bernsteinsammler war den Aufsehern gefolgt. Der alte Justus hatte also Wort gehalten. Conrad trat einen Schritt zurück und beobachtete den Schwertkampf. Zwei gegen fünf. Die Aufseher wehrten die Schläge mit ihren Klingen ab. Der Dunkelhaarige drehte sich im Kreis, holte zu einem Tritt aus und traf mit der Ferse das Kinn seines Gegenübers. Während dieser noch taumelte, rammte der Blonde ihm die Spitze des Schwertes in die Rippen. Der Mann keuchte auf, hielt sich die Seite und fiel auf die Knie. Conrad schnappte nach Luft. Der erste seiner Männer war außer Gefecht gesetzt worden und schleppte sich nun an den Rand des Geschehens. Nur noch zwei gegen vier. Einer der Seemänner preschte auf den Blonden zu und schlug so heftig gegen seine Klinge, dass diese zu Boden fiel. Sofort war der dunkelhaarige Aufseher hinter dem Seemann, doch ehe der Aufseher zum Schlag ausholen konnte, legte sich ein Arm um seinen Hals und zog ihn zurück. Der Dunkelhaarige trat um sich und fuchtelte mit dem Schwert, konnte sich jedoch nicht aus dem Griff befreien. Sein Gegner warf das Schwert fort, griff an seinen Gürtel und zückte einen Dolch, den er dem Dunkelhaarigen an den Hals hielt. Während sein Kumpan außer Gefecht gesetzt wurde, hob der blonde Aufseher mit einer blitzschnellen Bewegung sein Schwert vom Boden auf und lieferte sich einen unerbittlichen Kampf mit den verbliebenen drei Seemännern. Gekonnt wehrte er ihre Schläge ab und schien nicht müde zu werden. Dann traf er sein Gegenüber mit einem gezielten Streich an der Schulter. Durch den Widerstand, den sein Schwert dabei fand, taumelte er jedoch kurz, so dass ein Hieb des Gegners sein Schienbein treffen konnte. Trotz der ledernen Stiefel riss ihn der Schlag von den Beinen, und er fiel rücklings auf dem Boden. Als einer der Männer ausholte, um ihm die Schwertspitze in die Brust zu rammen, gebot Conrad ihm mit einem Wink Einhalt.

11

Jaramir saß neben ihr im Sand und strich mit den Fingern über ihre Wangen. Gerade, als sie genüsslich die Augen schloss, ließ ein Scheppern sie aufschrecken. Antonia blinzelte ins Licht und brauchte einen Augenblick, um zu begreifen, wo sie sich in Wahrheit befand. Es waren nicht Jaramirs Finger, sondern das Sonnenlicht, das warm ihre Wangen berührte. Auf dem Schlaflager an der anderen Wand war das Laken glattgezogen und die Decke aus grobgewebter Wolle sorgfältig zusammengefaltet. Antonia wünschte nichts sehnlicher, als zurück am Strand von Rujana zu sein. Alles hätte sie dafür gegeben, Jaramir noch einmal beim Bernsteintauchen beobachten zu dürfen. Doch Träume sagten nicht die Zukunft voraus, sie zeigten nur die tiefsten Ängste und die größten Seelenwünsche. Das wusste sie seit Vaters Tod.

Antonia erhob sich und ging zu der kleinen Fensteröffnung, durch die der Geruch von Mist hereinwehte. Auf dem Burghof schlurfte ein buckeliger Mann zur Schmiede, und einige Mägde hatten sich um den Brunnen versammelt. In ihren Schwatz vertieft, vergaßen sie die leeren Eimer in ihren Händen. Jenne trat zu ihnen, beugte sich über den Rand und hängte ihren Eimer an die Zugvorrichtung. Augenblicklich verstummte der Schwatz der Mägde. Eine von ihnen hob die Augenbrauen und tippte Jenne von hinten auf die Schulter.

Wie auch die anderen, überragte sie Jenne um eine Haupteslänge. Ihre Augen wirkten so schwarz wie der Nachthimmel, und auf ihrem Rücken lag ein dunkler Zopf. Sie stemmte die Hände in die Hüften, sagte irgendetwas zu Jenne und sah sie erwartungsvoll an. Jenne schüttelte den Kopf und wandte sich wieder dem Brunnenrand zu. Doch eine andere Magd ließ keine Ruhe und riss Jenne an der Schulter herum.

Sicher wollten die Mägde etwas über die zukünftige Gemahlin des Burgherrn erfahren. Doch wie es schien, schwieg Jenne lieber. Eine der Mägde gab ihr deshalb unwillig einen leichten Stoß.

Antonia konnte das nicht länger mit ansehen. Rasch zog sie ihr Kleid über, eilte die Stiegen hinab und lief durch den Burghof zum Brunnen. Dort stellte sie sich schützend vor Jenne.

»Ja, ich bin die zukünftige Gemahlin des Herrn Conrad. Nur will Frau Metza das nicht recht glauben, von daher nächtige ich bei Jenne.« Sie sah der hochgewachsenen Magd forsch in die Augen. »Ist eure Neugierde nun gestillt?«

Die junge Frau bekam den Mund nicht mehr zu.

Eine andere Magd, deren Nasenspitze in den Himmel zeigte, zupfte an Antonias Ärmel. »Und das lasst Ihr Euch einfach gefallen? Also, ich an Eurer Stelle hätte mir eine Unterkunft auf einer anderen Burg gesucht. Vielleicht in der Wolkenburg oder der Löwenburg.«

»Dort kennt mich auch niemand.« Antonia zuckte mit den Schultern. »Es macht mir nichts aus, in Jennes Kammer zu schlafen. Und Graf Conrad wird gewiss bald heimkehren.«

»Seid Ihr denn eine Herzogin oder gar eine Prinzessin?« Die Magd gab keine Ruhe.

Verärgert schüttelte Jenne den Kopf. »Sei nicht so neugierig, Edda. Es gehört sich nicht, ein feines Fräulein auszufragen.« Sie zog den Eimer aus dem Brunnen und band ihn von der Zugvorrichtung.

Antonia fand die Neugierde der Magd nicht verwerflich. »Ich bin nicht von Adel, sondern die Tochter eines Kaufmannes.«

Edda sah Antonia ungläubig an. »Dann heiratet er Euch gewiss aus Liebe.«

Nun musste Antonia lachen. »Wohl eher nicht.«

Jenne stieß der Magd den Ellenbogen in die Rippen. »Nun halt endlich den Mund!«

An einem der Fenster des Wohnhauses stand Metza und schaute stirnrunzelnd zum Brunnen herab. Antonia winkte ihr zu, hob den Eimer auf und wandte sich zum Gehen.

»Nicht doch!«, stieß Jenne aus, bevor sie ihr rasch den Eimer aus den Händen nahm. »Ich werde Euer Wasser tragen.« Die Magd lief in den Gesindetrakt voraus.

Antonia sah Edda an und zuckte amüsiert mit den Schultern. »Jenne wird mir schon zeigen, wie sich ein richtiges Burgfräulein zu benehmen hat.« Sie warf noch einen kurzen Blick zu dem Fenster des Wohnhauses, doch Metza war verschwunden.

Als Antonia die Kammer betrat, goss Jenne gerade das Wasser in eine Schüssel. »Ihr solltet Euch nicht auf das Geschwätz der Mägde einlassen«, sagte sie ohne aufzuschauen.

»Ach, Jenne. Mit wem soll ich mich hier denn sonst unterhalten?«

»Keine von denen wird Euch je den Rücken stärken. Sie kuschen vor Metza und den Herren von Drachenfels.«

Antonia zog sich das Kleid aus. »Und du? Kuschst du auch vor ihnen?«

»Was bleibt mir anderes übrig? Er hat mein Leben in der Hand.« Jenne versteifte sich.

Der Gedanke gefiel Antonia ganz und gar nicht. Aber vielleicht fand sie ja später einen Weg, den Burgherrn etwas umgänglicher werden zu lassen. Sie musste ihn nur erst besser kennenlernen.

Nachdem sich Antonia gewaschen hatte, schlüpfte sie wieder in ihr Kleid. Es war staubig von der Reise, doch an ihre Truhen kam sie schließlich nicht heran.

Sie trat ans Fenster und schaute zu den Stallungen, wo ein halbwüchsiger Bursche einen Karren mit Mist herauszog.

»Meinst du, ich könnte mir ein Pferd borgen?«, fragte sie und sah Jenne an.

Behände fegte die Magd mit einem Reisigbesen die Kammer aus. Im einfallenden Licht der Sonne tanzten Staubteilchen über den Boden.

»Ein Pferd? Wozu? Wollt Ihr doch fort von hier? Ihr habt doch den Wagen.«

»Mit dem fährt Mathias heute noch zurück nach Stralsund. Nein, ich meinte ein Pferd zum Ausreiten.«

»Ausreiten? Wie soll ich das verstehen?« Jenne ließ von ihrer Arbeit ab und starrte sie an.

»Na, einfach die Wälder des Gebirges erkunden.«

»Die Wälder erkunden? Ihr? In einem Sattel?«

»Nun sieh mich nicht an, als wollte ich auf dem Hexenberg tanzen. Was ist daran so außergewöhnlich?«

»Sagt nicht, Ihr habt schon einmal ein Pferd geritten.« Jenne runzelte die Stirn. »Ihr seid eine Frau.«

»Nicht richtig geritten, aber ich habe schon einmal heimlich auf einem Pferd gesessen. Es hat sich gut angefühlt.« Antonia dachte daran, wie sie sich damals in den kleinen Stall hinter ihrem Haus geschlichen hatte. Mit Hilfe eines Hockers war sie auf den Rücken des Pferdes gestiegen, das Vater Severin gekauft hatte. Das war vor zwei Jahren gewesen – kurz bevor ihr Bruder dem Deutschorden die Treue geschworen hatte.

Jenne blies die rosigen Wangen auf. »Es ist bestimmt nicht einfach, ein Pferd im Zaum zu halten. Wenn es mit Euch durchgeht, könntet Ihr dabei den Tod finden.« Sie winkte ab und strich wieder mit dem Besen über den Holzboden. »Der Stallmeister wird Euch kein Pferd überlassen. Da bin ich mir ziemlich sicher.«

Doch Antonia wollte sich nicht geschlagen geben. Viel zu sehr hatte sie sich darauf versteift, hier auf dem Drachenfels das Reiten zu lernen. »Kennst du ihn denn gut?«

»Ich arbeite schon viele Jahre auf der Burg. Und er auch. Da kennt man sich halt. Mehr oder weniger.« Jenne stellte den Reisigbesen in die Ecke hinter der Tür.

»Vielleicht könntest du ja ein gutes Wort für mich einlegen. Was meinst du?«

»Ich?« Die Magd riss die Augen auf. »Mein Wort wiegt auf dieser Burg nicht viel.«

»Wir könnten es gemeinsam versuchen. Jetzt gleich.«

»Wollt Ihr nicht erst etwas essen?« Unsicher knabberte Jenne auf ihrer Unterlippe.

Antonia verspürte jedoch keinen Hunger und schüttelte den Kopf. »Komm, lass uns gehen.«

Der Stallmeister war ein dürrer Mann mit großen Ohren und einer spitzen Nase. Antonia schätzte, dass er im gleichen Alter wie Vater war. Nachdem sie ihren Wunsch geäußert hatte, hob er die buschigen Augenbrauen.

»Kommt gar nicht in Frage. Zumal hier auf der Burg niemand wirklich weiß, ob Ihr überhaupt die Braut des Herrn seid. Am Ende stehlt Ihr noch eines der Pferde.«

Ehe sie darauf etwas erwidern konnte, trat Mathias in den Stall. »Das tut sie gewiss nicht. Du kannst ihr ruhig glauben, sie ist die zukünftige Gemahlin des Herrn von Drachenfels.«

»Und wenn schon.« Der Stallmeister grub die Mistgabel in das frische Stroh auf dem Karren. »Eine Frau hat auf dem Rücken eines Gauls nichts zu suchen.«

»Nun gib dich doch nicht so bärbeißig«, sagte Jenne.

»Nein«, beharrte der Stallmeister mit fester Stimme. Dann sah er Mathias an. »Wenn du deinen Gaul holen willst – der steht ganz hinten im Pferch.«

Antonia sah ihren Knecht traurig an. »Reist du jetzt schon ab?«

Mathias nickte. »Es ist wohl an der Zeit. Ihr seid eine starke Frau und werdet es schon schaffen, Euch auf der Burg durchzusetzen.« Er zwinkerte ihr zu. Dann wandte er sich ab und ging an den Pferchen vorbei.

Die Pferde schnaubten leise, und hier und da scharrte eines von ihnen mit den Hufen.

Antonia folgte ihm. »Kannst du mir nicht unseren Gaul da lassen?«

»Und wie soll ich dann nach Stralsund zurückkehren? Etwa zu Fuß?«

Der Gedanke an ihre Heimat schnitt wie eine scharfe Klinge durch ihr Herz. Wie gern wäre sie mit Mathias gefahren! Doch sie hatte ihr Zuhause für immer verloren.

»Nun seht mich doch nicht so traurig an«, sagte der Knecht.

Er hatte recht. Was half es, der Vergangenheit nachzuweinen? »Ich habe noch einige Münzen bei mir. Damit könntest du einen Fuhrmann bezahlen. Bitte, lass mir das Pferd hier. So habe ich wenigstens etwas Ablenkung.«

Mathias ließ die Schultern hängen und seufzte.

* * *

Der Boden schwankte unter ihm. Jaramir hob die Lider und blinzelte in den Lichtstrahl, der sich durch die Holzplanken stahl. In seinem Kopf wütete ein Vorschlaghammer und schien ihm schier das Gehirn zu zertrümmern. Allmählich schälte sich die Erinnerung aus dem Nebel. Er schreckte hoch und riss sich dabei fast die Handgelenke an der Kette auf.

Neben ihm stöhnte Dragan. »Was, zum Teufel, ist geschehen?«

»Ich schätze, wir sind auf einem Schiff.« Als Jaramir versuchte, die Füße zu bewegen, rasselte abermals eine Kette. Das kalte Metall drückte sich gegen seine Knöchel. »Dieser verfluchte Bernsteinschmuggler!«

»Was glaubst du, was er mit uns vorhat?« Dragans Stimme klang heiser.

»Ich habe keine Ahnung.« Jaramir klebte die Zunge am Gaumen. »Wahrscheinlich wird er uns hier verdursten lassen.«

»Dann hätte er uns auch gleich am Strand töten können.«

Jaramir konnte sich beim besten Willen nicht erklären, was der Mann mit ihnen tun würde. Außerdem schmerzte sein Kopf unerträglich, wenn er zu viel nachdachte. »Wir werden es schon früh genug erfahren.«

Holz knarzte, und ein breitschultriger Mann stieg die Leiter herab. Jaramir erkannte ihn selbst in dem schummrigen

Licht. Es war der Kerl, der ihn am Strand fast mit seinem Schwert getötet hätte.

Der Mann trug einen Eimer, und unter seinem Arm klemmte ein Fladenbrot.

»Was hat der Schmuggler mit uns vor?«, raunte Jaramir ihm zu, als er den Eimer vor ihnen auf den Boden stellte.

»Ihr seid ab sofort seine Sklaven.« Der Mann grinste. Jaramir sah, dass ihm die oberen Schneidezähne fehlten.

»Das geht nicht. Wir sind Christen«, sagte Dragan.

»Das schert einen Grafen Conrad von Drachenfels nicht.« Der Mann zog den Rotz durch die Nase hoch und spie vor ihre Füße.

»Der Fürst wird nach uns suchen. Und er wird uns finden.«

»Ha, niemals.« Lachend warf der Mann das Fladenbrot auf Jaramirs Schoß. Dann wandte er sich ab und erklomm wieder die Leiter.

»Verdammt!«, fluchte Dragan.

»Weißt du, wo ein Graf von Drachenfels seine Burg haben könnte?« Mit hohlen Händen schöpfte Jaramir das Wasser aus dem Eimer. Es roch nach Moder, und grüne Fasern schwammen darin herum. Dennoch schluckte er es. An Durst zu sterben lag näher, als an der Ruhr zu erkranken.

»Nicht die geringste Ahnung.« Dragan zeigte auf den Eimer. »Lass mich auch mal.«

»Ist aber schon ziemlich abgestanden«, sagte Jaramir.

»Egal. Ich hab nichts anderes erwartet.« Dragan streckte die zusammengeketteten Arme vor sich aus.

Soweit es seine eigenen Fesseln zuließen, schob Jaramir ihm mit den Füßen den Eimer entgegen. Umständlich versuchte er dann, das Fladenbrot in der Mitte durchzubrechen. Doch es war einfach zu hart. Er warf es in den Eimer, damit es in dem Wasser aufweichen konnte.

* * *

Antonia atmete tief ein. Bevor Mathias die Burg verließ, hatte sie ihn noch überreden können, ihr zu zeigen, wie sie ein Pferd ritt. Natürlich hatte die Zeit nicht ausgereicht, um eine perfekte Reiterin aus ihr zu machen. Deshalb würde sie für die erste Zeit nur im Schritt vorwärtskommen. Der Wallach, der ihren Wagen gezogen hatte, war ein gutmütiges Tier, das sie geduldig ohne Sattel auf seinem Rücken sitzen ließ. Sie atmete den Geruch des feuchten Waldbodens und den des Pferdes ein. Anders als auf Rujana hatte es hier wohl in den letzten Tagen geregnet. Über ihr schlossen sich die Kronen der Eichen und ließen das Sonnenlicht nur in Tupfen durchscheinen. Mücken schwirrten über den Büschen, an denen sich die Äste von Brombeersträuchern unter der Menge der überreifen Früchte bogen.

Wenige Meter weiter führte ein Trampelpfad steil hinab durch den Wald. Antonia traute sich nicht, den Pfad entlangzureiten, da sie befürchtete, das Pferd könnte stürzen. Andererseits gab es außer dem Weg, den sie mit dem Karren heraufgekommen waren, keinen anderen, um ins Tal zu gelangen. Und dieser war auch ziemlich steil gewesen. Enttäuscht stieg Antonia vom Rücken des Pferdes. Ihr Ausflug zu Ross endete wohl nur wenige Fuß von der Burg entfernt.

Sie kraulte den gescheckten Wallach zwischen den Ohren. »Das ist wirklich ärgerlich«, sagte sie zu dem Tier.

Das Pferd sah sie mit seinen großen, braunen Augen an

und schnaubte leise, als würde es ihren Worten zustimmen. Antonia gab ihm einen Apfel, den Jenne in der Küche stibitzt hatte.

»Bist du hungrig? Ich auch.« Sie dachte an das vergessene Frühmahl. Für heute sollte sie wohl besser auf die Burg zurückkehren.

Diesmal ließ der Wachmann sie ohne Murren passieren. Als er die Augenbrauen hob, schenkte Antonia ihm einen freundlichen Blick und führte den Wallach durch das Tor. Im Stall verzog der Meister die Lippen und wandte den Blick von ihr ab.

»Würdest du mein Pferd wenigstens versorgen?«, fragte sie ihn.

»Ihr wart ja nicht lange fort, da wird es wohl kaum nassgeschwitzt sein.«

»Aber hungrig. Genau wie ich.« Antonia hob die Nase und roch den Duft von gebratener Schwarte, der aus dem Wirtschaftsgebäude zu ihr herüberwehte. Bisher hatte sie Metza nicht mehr gesehen. Aber sie rechnete auch nicht damit, von ihr an die herrschaftliche Tafel gebeten zu werden.

Antonia gab dem Stallmeister die Zügel in die Hand und wünschte ihm einen angenehmen Tag. Dann betrat sie das Wirtschaftsgebäude, um nach Jenne zu suchen.

Um den großen Bohlentisch in der Mitte der Küche saßen die Mägde und Knechte beim Mittagsmahl. Die Köchin schöpfte mit einer Kelle Eintopf aus dem dreibeinigen Kessel und füllte damit eine Holzschale nach der anderen. Als das Gesinde Antonia in der Tür stehen sah, verstummte es. Die Mägde sahen sie mit offenen Mündern an, die Knechte zum Teil mit gerunzelter Stirn.

»Hättet ihr vielleicht noch einen Platz für mich?« Antonia

knetete den Stoff ihrer Röcke. »Und vielleicht auch etwas von dem Eintopf, der so köstlich riecht?«

»Das ist nicht unser Eintopf, der so köstlich riecht.« Die Küchenfrau nickte zu einem Spieß hinüber. »Es ist das Ferkel, das dort über dem Feuer brät. Frau Metza rechnet täglich mit der Rückkehr der Herrschaften, deshalb muss allabendlich ein festliches Mahl bereitstehen.« Ihre vollen Wangen röteten sich ein wenig. »Wenn wir Glück haben, bleiben die Herren noch ein wenig länger fort. Dann können wir uns in der Nacht daran gütlich tun.« Sie schöpfte erneut eine Kelle voll. »Bis dahin gibt es allerdings nur eine Brotsuppe.«

Jenne sprang von ihrem Schemel auf. »Nicht doch, Jungfer Antonia. Ich bringe Euch Euer Mahl in die Kammer. Ich hatte Euch nur nicht so früh zurückerwartet.«

Es widerstrebte Antonia, das Mahl allein zu sich nehmen zu müssen. »Nein, lass ruhig. Ich würde gern hier essen. Gibt es noch einen freien Schemel?«

Jenne lief durch die Küche, verschwand in einer angrenzenden Kammer und kehrte mit einem dreibeinigen Hocker zurück. Dann bat sie die Magd neben ihrem Platz, ein wenig zu rücken, damit sie ihn an den Tisch schieben konnte. Mit der Hand wies sie auf ihren eigenen Hocker. »Nehmt meinen, Herrin. Dieser hier ist etwas wackelig.« Sie wartete, bis sich Antonia niedergelassen hatte, und setzte sich dann ebenfalls.

»Danke, Jenne. Das ist sehr freundlich von dir.«

Die Wangen der Magd färbten sich zartrot. »Das ist das Mindeste, was ich für Euch tun kann. Im Stall bin ich ja nicht zu Wort gekommen.« Sie holte tief Luft. »Und selbst wenn, hätte es auch nichts gebracht. Das hat es noch nie.« Jenne senkte den Blick auf ihre Schale.

Eine andere Magd lachte auf. »Ach, Jenne, was wundert es dich? Bisher ist aus deinem Mund auch nichts Gescheites gekommen.«

Jenne presste die Lippen aufeinander und umklammerte fest den Holzlöffel in ihrer Hand.

»Aus deinem denn?«, fragte Antonia die hochgewachsene Magd.

»Was wohl anzunehmen ist.« Sie blickte Antonia herausfordernd an.

Antonia runzelte die Stirn. »Na, dann kann dir ja nichts mehr geschehen. Warum bringst du Jenne nicht ein paar von deinen Gemeinheiten bei? Vielleicht kann sie sich dann besser wehren.«

Die Köchin stellte die Schale vor Antonia auf den Tisch und reichte ihr einen Holzlöffel. »Die Mägde auf der Burg benehmen sich manchmal schlimmer als die Gänse. Besonders, wenn die Burgherren nicht da sind.« Sie warf der frechen Magd einen Blick zu, schüttelte den Kopf und begab sich zu ihrem Platz.

Antonia tauchte ihren Löffel in die Schale und aß die Suppe mit den schwarzen Brotkrumen. Neben ihr blickte Jenne immer noch stumm auf den Tisch und zog die Nase hoch. Ihre Ohren leuchteten fast so rot wie ihr Haar.

Antonia legte die Hand auf Jennes Unterarm. »Du bist ein liebes Mädchen. Und klug dazu. Lass dir nie etwas anderes einreden.«

Nach dem Mittagsmahl begab sich Antonia in den Stall, um ein frisches Kleid aus ihrer Truhe zu holen. Als sie anschließend die Kammer betrat, saß Jenne auf ihrer Bettstatt und weinte.

Antonia ließ sich neben ihr nieder. »Nun sei doch nicht traurig über das Geschwätz.«

»Aber sie hat doch recht. Ich bin wirklich dümmer als eine Gans.« Jenne wischte sich mit dem Daumen die Tränen von ihrer Wange.

»Wer sagt das? Ich meine, außer der neunmalklugen Magd?«

»Mein Vater und meine Brüder.« In Jennes Brust bebten die Schluchzer.

»Das können wir ändern. Wenn du möchtest, kann ich dir einige lateinische Wörter beibringen. Glaube mir, all denen, die dich heute tumb nennen, werden bald die Worte fehlen.«

Jennes Schluchzer verstummten. Mit großen Augen sah sie Antonia an. »Meint Ihr wirklich?«

»Ja, natürlich. Dann kannst du auch ein wenig die Gebete der Priester verstehen. Die weichen manchmal ganz schön von dem ab, was sie predigen.«

Jennes Gesicht erhellte sich. »Ich wäre die Einzige hier unter den Mägden, die das könnte. Und unten im Dorf erst recht.«

»Lass uns gleich heute Abend damit anfangen, wenn du mit deiner Arbeit fertig bist.«

»Gern!« Jenne sprang von ihrer Bettstatt auf und ordnete die Haube auf ihrem Kopf.

»Ach, ich wollte dich noch etwas fragen, ehe du gehst. Gibt es hier auf dem Drachenfels einen Pfad, den eine unsichere Reiterin auf ihrem Pferd bewältigen könnte?«

Eine steile Falte bildete sich zwischen Jennes Augenbrauen. »Ich weiß doch nicht einmal, wie ein Pfad überhaupt mit einem Pferd zu bewältigen wäre. Aber nein, ich glaube nicht. Nicht hier auf dem Drachenfels. Aber vielleicht versucht Ihr es einmal auf dem Maelberg. Dann müsstet Ihr das Pferd erst zum Mennebachsiefen an den Zügeln führen.«

»Siehst du, so dumm bist du gar nicht.« Antonia lachte. »Auf den Gedanken bin ich noch nicht gekommen.« Sie ging zum Fenster der Kammer. »Kann ich den Maelberg von hier aus sehen?«

»Nein, von hier aus nicht. Aber vom Wehrturm.«

»Zu dem habe ich keinen Zugang.« Antonia seufzte.

»Dann beschreibe ich Euch heute Abend den Weg. Ich denke, das bekomme ich hin.«

Als Jenne die Kammer verlassen hatte, sah Antonia auf den Burghof hinunter. Wie gern hätte sie in diesem Augenblick einen Strauß Blumen auf Vaters Grab gelegt! Vielleicht würde Conrad mit ihr ja einmal nach Rujana reisen. Dann könnte sie auch Jaramir wiedersehen. Anderseits wünschte sie sich, Conrad würde noch ein wenig länger unterwegs bleiben, denn tief in ihrem Herzen fürchtete sie sich davor, seine Gemahlin zu werden.

In der Kammer wurde Antonia allmählich die Zeit lang. So beschloss sie, sich im Burghof die Füße zu vertreten.

Vor dem Palas rannte ihr ein kleiner Junge gegen die Beine und fiel prompt auf sein Hinterteil. Augenblicklich begann er zu weinen. Als Antonia ihn vom Boden aufnahm, eilte auch schon Metza die Stufen vor dem Eingangsportal herab und rief: »Friedrich! Was ist geschehen?«

Kurz darauf riss sie Antonia den Jungen aus den Armen. »Was fällt Euch ein?«

»Was meint Ihr? Er ist gegen mich gelaufen, auf den Hintern geplumpst, und ich habe ihn wieder aufgehoben. Mehr nicht.«

Metza strich ihm die Tränen von den Wangen. »Ehrlich gesagt hätte ich gern noch ein Augenpaar mehr. Mit seinen zwei Lenzen ist er manchmal flinker als ein Hase. Sobald ich ihm den Rücken zukehre, ist er auf und davon.«

»Vielleicht solltet Ihr ihn öfter im Burghof spielen lassen.«

Metza verzog die Lippen zu einem schmalen Strich. »Und wann soll ich dann meine Arbeit erledigen?«

»Eure Arbeit? Aber Ihr habt doch Mägde. Und überhaupt, weshalb habt Ihr keine Amme?«

»Die Mägde werden wohl kaum die Vorräte verwalten können oder gar ein Fest ausrichten. Und die Amme ist zurzeit krank.« Sie warf Antonia einen Seitenblick zu. Ihre Augen wirkten so kalt wie poliertes Eisen.

»Ach, Ihr bereitet bestimmt meine anstehende Vermählung mit Herrn Conrad vor. Wenn Ihr gestattet, gehe ich Euch dabei gern zur Hand.«

»Das habe nicht ich zu gestatten, sondern die Herren von Drachenfels.«

Mittlerweile bescherte nicht nur Metzas Blick, sondern auch der scharfe Ton ihrer Stimme Antonia eine Gänsehaut. »Ja, sicher. Habt Ihr zwischenzeitlich eine Nachricht erhalten?«

»Nein. Und so lange bleibt alles beim Alten.« Sie drehte sich um und trug den kleinen Friedrich die Stufen hinauf.

Antonia ließ die Schultern hängen und wandte sich ab. Dann sollte Metza doch sehen, wie sie alles geschafft bekam. Wie konnte diese Frau ihr gegenüber nur so gehässig sein? Sah sie wirklich aus wie eine Strauchdiebin? Antonia blickte an sich hinab. Die Cotte, die sie trug, war aus moosgrüner Seide gefertigt und wurde von einem bestickten Gürtel zusammengehalten. Die Säume der weitgeschnittenen Ärmel schmückte goldschimmernder Brokat. Antonia fuhr sich mit der Hand über das Haar, und ihr fiel ein, dass sie heute Morgen vergessen hatte, es zu kämmen und hochzustecken. Sicherlich sah sie nun aus wie ein Waldschrat. Jenne hätte ihr das sagen müssen.

Sie eilte erneut in den Stall zu ihren Truhen und suchte darin nach dem Kamm und den Haarnadeln. Dann schlich sie rasch zurück in ihre Kammer.

Nachdem Antonia ihr Haar gebürstet hatte, band sie es zu einem Zopf, der seitlich über ihre Schulter hing. Ohne Spiegel schaffte sie es gewiss nicht, es ordentlich hochzustecken. Zu Hause hatte sie einen aus poliertem Silber besessen, den Vater in ihrem Zimmer aufgehängt hatte. In der Eile hatte sie vergessen, ihn mitzunehmen. Wer hätte auch gedacht, dass ihr hier kein Spiegel zur Verfügung stehen würde … Antonia legte den Kamm zu ihrer schmutzigen Cotte auf die Schlafstätte und sah zu dem Jutesack, in dem Jenne wohl ihre Habe aufbewahrte. Nicht einmal eine Truhe besaß die Magd. Seufzend trat sie ans Fenster und atmete die feuchtschwere Luft ein. In der Ferne türmten sich graublaue Wolken, in denen Blitze zuckten, und kurz darauf grollte ein Donner. Nun konnte sie doch nicht mehr spazieren gehen. Antonia setzte sich auf ihre Bettstatt, um auf den Abend zu warten. Zu Hause hatte sie immer etwas zu tun gehabt – zum Beispiel Stickarbeiten oder Vaters Kleider zu prüfen, ob sie Risse aufwiesen. Nie war ihr die Zeit dort so lang gewesen wie hier. Die ersten Tropfen platschten unten auf den Burghof. Antonia legte sich zurück und schloss die Augen.

12

Es war gleich, ob er auf dem harten Boden saß oder lag, in jeder Position schmerzte Jaramir der Rücken, als hätte ihm jemand einen Stock durch sein Hinterteil bis hinauf zum Hals geschoben. Wenn er sich jedoch bewegte, scheuerte die Kette seine Fuß- und Handgelenke wund. Den Bernsteinschmuggler hatten er und Dragan bisher noch nicht zu Gesicht bekommen, um ihn zur Rede stellen zu können.

Er blickte zu seinem Freund hinüber. »Was glaubst du, wo wir uns befinden?«

»Was weiß ich? Ich merke nur, dass der Seegang nachgelassen hat. Vielleicht segeln wir nun einen Fluss entlang.« Dragan blickte zu Boden, wobei ihm eine Strähne vor die Augen fiel. »Dabei habe ich mir geschworen, nie wieder ein Boot zu betreten. Mir ist speiübel. Wenn wir nicht bald hier rauskönnen, drehe ich durch.«

Jaramir seufzte. »Ich frage mich ernsthaft, wohin uns dieser Mistkerl verschleppt.« Im selben Augenblick dachte er an Antonia. Wie es ihr wohl ging? Ob sie wieder zu Hause in Stralsund war? Er bedauerte von ganzem Herzen, dass sich ihre Wege so rasch getrennt hatten. Wie gern hätte er sie noch einmal zum Lachen gebracht – oder ihren Kummer für immer vertrieben! Ihre Augen sollten an jedem Tag in ihrem Leben wie Smaragde strahlen. Er holte tief Luft. Das erste

Mal seit langer Zeit sehnte er sich wieder danach, eine Frau in den Armen zu halten.

Auf dem Deck polterten Schritte. Im nächsten Moment stieg der Schmuggler die Leiter herab. In der rechten Hand hielt er eine Peitsche, und sein feister Leib kam mit einem dumpfen Geräusch auf den Planken zum Stehen. Ein hämisches Grinsen breitete sich in seinem Gesicht aus.

Jaramir straffte den Rücken. Er glaubte, bereits ein Brennen auf der Haut zu spüren.

»So, Männer, eins sei euch gesagt«, tönte Conrad von Drachenfels, »solltet ihr versuchen zu flüchten, zögere ich keinen Augenblick, euch zu töten. Meine Männer ebenfalls nicht.«

Der Schwanz der Peitsche knallte auf den Holzboden.

Jaramir hob die zusammengebundenen Hände und rasselte mit der Kette. »Die bekommen wir wohl kaum durchgebissen.«

Der Graf hob eine Augenbraue. »Dir werden die Scherze schon noch vergehen.«

»Wo bringst du uns hin?«, fragte Dragan.

»In meinen Steinbruch.« Conrad von Drachenfels zog seinen Dolch aus dem Gürtel und puhlte damit unter seinen Fingernägeln.

Jaramir sah ihm fest in die Augen. »Wir sind Christen.«

»Schön für euch.« Der Mann wandte ihm den Rücken zu.

»Es ist verboten, Christen zu versklaven.«

Die Schultern des Grafen hoben sich. Er drehte sich wieder zu ihnen um und kam ein paar Schritte näher. »Und?«

Jaramir hielt seinem Blick stand. »Dein Kopf wird rollen.«

Conrads Brust bebte kurz. Dann brach er in Gelächter aus. »Ich mag eure Scherze«, prustete er, bevor er wieder die Leiter hochstieg.

Jaramir kniff die Augen zusammen. »So ein Bastard!« Sollte er jemals von dieser Kette loskommen, würde er den Grafen eigenhändig erwürgen.

* * *

Als endlich die Dämmerung hereinbrach, erhob sich Antonia von ihrer Bettstatt, um ein Talglicht anzuzünden. Trotz des Donnergrollens hatte sie etwas geschlafen und danach ihren Gedanken nachgehangen, die sich hauptsächlich um Vater und Severin gedreht hatten. Nun fühlte sie sich elender als zuvor. Schritte waren auf der Stiege zu hören. Kurz darauf steckte Jenne ihren rotblonden Schopf durch den Türspalt.

»Ihr seid da, wie schön«, sagte die Magd und trug ein Tablett mit Brot, Käse und einem Krug in die Kammer.

»Wo sollte ich sonst sein?« Antonia sah zum Fenster, vor dem immer noch der Regen rauschte.

»Geht es Euch nicht gut? Ihr seht traurig aus.« Die Magd stellte das Tablett auf den kleinen Schemel und setzte sich neben Antonia auf die Bettstatt.

»Nein, ist alles gut.« Antonia rang sich ein Lächeln ab. »Soll ich dir nun die ersten Worte auf Latein beibringen?«

»Gern. Aber zuerst müsst Ihr etwas essen.« Sie deutete mit dem Blick auf das Tablett.

Antonia verspürte nicht viel Hunger, aber sie konnte Jenne die Bitte nicht abschlagen. »Es ist lieb von dir, dass du an mich gedacht hast.«

»Ihr seid meine Herrin, für deren Wohl ich zu sorgen habe.« Jenne schüttete etwas von dem Wein in den Becher und reichte ihn ihr.

Jennes Unterwerfung missfiel Antonia. Lieber hätte sie die Magd zur Freundin gehabt, um mit ihr alle Sorgen und Nöte teilen zu können.

»Metza ist die Herrin der Burg. Nicht ich.«

»Aber wenn Ihr bald den Herrn Conrad heiratet, werdet Ihr ebenfalls eine Herrin sein.«

Ein Windstoß fegte durch das Fenster und ließ das Talglicht flackern, so dass die Schatten an der Wand zitterten.

»Wie ist der Herr Conrad denn so?«, fragte Antonia.

Jenne senkte den Blick und biss sich auf die Unterlippe. »Ich weiß nicht.«

»Wie? Du weißt das nicht? Das glaube ich dir nicht.«

»Er ist der Jüngere der Brüder, aber Herr Rutger kränkelt immer zu, so dass Herr Conrad das Sagen auf der Burg hat.«

»Und?« Antonia beschlich das Gefühl, dass Jenne ihr etwas verschwieg.

»Nun ja … Ich will Euch keine Angst einjagen. Und gewiss ist er zu Euch ja auch nicht so. Aber im Umgang mit den Bediensteten ist die Peitsche die Verlängerung seines rechten Arms.«

Antonia schluckte gegen den Brocken, der sich in ihrem Hals bildete. »Hast du sie auch schon zu spüren bekommen?«

Mit gesenktem Blick knetete Jenne das Linnen ihrer Röcke und nickte.

»Oje.« Die Vorstellung ließ Antonias Herz noch schwerer werden. Sie griff nach Jennes Hand und drückte sie. »Vielleicht kann ich ihn ja ein wenig besänftigen.«

Die Magd holte tief Luft. »Das wäre schön. Sollen wir nun mit dem Unterricht beginnen?«

»Wenn du nicht zu müde bist?«

Gebannt faltete Jenne die Hände im Schoß und lauschte dem Paternoster, das Antonia ihr übersetzte.

Als Antonia am nächsten Morgen erwachte, war die Decke auf Jennes Schlafstätte bereits glattgezogen. Sie fragte sich, wie spät es wohl sein mochte. Der Regen hatte sich verzogen, und nur ein paar Schleierwolken bedeckten einen Teil des Himmels. Wie die Sonne ihr verriet, war der Vormittag noch nicht weit fortgeschritten. Antonia nahm sich vor, nach dem Frühmahl abermals auszureiten und den Maelberg zu erkunden.

In der Küche fehlte jede Spur von Jenne. Eine andere Magd meinte, sie sei heute für die Reinigung der herrschaftlichen Gemächer zuständig. Antonia ließ sich ein Stück Brot in ein Tuch einwickeln und ging zum Stall.

Kurze Zeit später führte sie ihr Pferd den Pfad hinab ins Tal. Erst unten stieg sie auf den Rücken des Tieres und ritt den Weg entlang, den Jenne ihr beschrieben hatte. Die Hänge des Maelberges waren ein einziger tiefer Wald. Antonia befürchtete, dass sie sich wohl durch das Dickicht schlagen musste, um zum Gipfel reiten zu können. Doch sie irrte sich, denn kurze Zeit später sah sie einen breiten Pfad, der sich den Hang hochschlängelte. Der Maelberg war einer der höchsten Berge des Gebirgszugs, und Antonia vermutete, er wurde in Kriegszeiten als Beobachtungsposten genutzt. Sie blieb auf dem Rücken des Wallachs sitzen und wagte sich an den Aufstieg. Erst als sie den Gipfel erreicht hatte, stieg sie ab. Auch von hier oben konnte sie bis nach Köln sehen. Der Rhein schlängelte sich an Feldern vorbei, auf denen die Ähren in der Sonne leuchteten. Vereinzelt zog eine Kogge oder ein Floß auf dem blauen Band vorüber. Antonia schloss die

Augen und atmete tief die klare Luft ein, die nach satten Bäumen und feuchter Erde roch. Nur das Zwitschern der Vögel war zu hören, die in den Baumwipfel hockten. Antonia verspürte ein wohliges Kribbeln in ihrem Bauch. Sie setzte sich unter einen Baum und packte das Brot aus. Erst als sie gegessen hatte, führte sie das Pferd wieder hinab ins Tal. Vor dort aus ritt sie um den Maelberg herum, bis sie einen ausgetretenen Weg entdeckte, der in ein weiteres Waldstück führte. Antonia folgte dem Weg tiefer und tiefer zwischen die dicht stehenden Bäume. Sie verspürte keine Furcht, denn es wirkte ringsum alles so friedlich. Die unzähligen Vögel, die ihre Lieder sangen, der laue Wind, der die Baumwipfel wiegte und die Sonnentupfen tanzen ließ … In Gedanken an die Burg und ihre bevorstehende Hochzeit versunken, vergaß Antonia die Zeit. Eine ganze Weile später bemerkte sie, dass die Sonne bereits den höchsten Punkt am Himmel überschritten hatte. So beschloss sie, umzukehren und den Weg zurückzureiten.

Vor einer Gabelung zügelte sie das Pferd und sah sich verwundert um. Auf dem Hinweg war ihr diese gar nicht aufgefallen. Welche Richtung sollte sie nun einschlagen? Antonia zögerte kurz und ritt dann rechter Hand weiter. Nach einer Weile lichtete sich der Wald zu einer Wiese, auf der drei windschiefe Holzhütten standen. Neugierig ritt Antonia näher. Sicher konnten die Bewohner der Lichtung ihr den richtigen Weg weisen. In einem Pferch pickte ein Huhn nach vergessenen Samenkörnern. Antonia lenkte ihr Pferd zu den Hütten und stieg ab. In der Nähe gluckste ein Bach, und in den umliegenden Bäumen zankten sich Krähen. Als sie aus den Wipfeln aufstoben, glänzte ihr schwarzes Gefieder in der Sonne. Antonia sah sich unsicher um und klopfte an eine der

Türen, doch es regte sich nichts. Vielleicht wohnte hier ja niemand mehr, aber dann wäre das Huhn gewiss auch nicht mehr da. Auch an die Türen der anderen Hütten klopfte sie vergeblich.

Ein Schauder erfasste Antonia. Vorsichtig drückte sie die Tür auf, die nur angelehnt war, und spähte hinein. Als sich ihre Augen an die Dunkelheit gewöhnt hatten, sah sie die Feuerstelle in der Mitte der Hütte. Auf dem Tisch standen noch die Schalen von einem Mahl. In einer Ecke türmte sich Stroh, das wohl als Schlafstätte diente. Antonia trat in den düsteren Raum. Es roch nach Moder und saurer Milch. Sie betrachtete die Schalen auf dem Tisch. Die Reste des Breis schienen vom heutigen Tag zu sein, denn sie waren nur an den Rändern eingetrocknet. Gewiss waren die Bewohner der Lichtung nur vorübergehend fort. Antonia beschloss, auf ihre Rückkehr zu warten, schließlich war es wenig hilfreich, ohne Wegweiser durch den Wald zu irren.

13

Conrad stieß einen tiefen Seufzer aus und setzte sich zu Rutger auf die Bank. Wenn der Wind weiterhin so gut stand, konnten sie gegen Abend schon in Königswinter anlegen. Er freute sich darauf, wieder daheim auf der Burg zu sein und in seinem gewohnten Bett zu schlafen.

Rutger starrte mit glasigen Augen vor sich hin. »Gar nicht gut. Gar nicht gut.« Er schüttelte leicht den Kopf.

»Was meinst du?«, fragte Conrad ihn.

»Die Christensklaven. Das ist nicht erlaubt. Wir werden am Galgen landen.« Rutger fasste sich an den Hals. »Mein Herz rast schon wieder.« Im nächsten Moment sprang er auf, als hätte ihm ein Hund in den Hintern gebissen. »Nun überschlägt es sich. Immer weiter. Es bleibt stehen. So hilf mir doch!«

Conrad fuhr ebenfalls hoch und fasste nach Rutgers Schultern. »Ruhig, bleib ganz ruhig. Atme tief ein. Hörst du? Tief einatmen.«

Rutger legte die Hand auf seine Brust und folgte seinen Anweisungen.

Conrad glaubte, auch sein eigenes Herz würde gleich zerspringen. Nach einigen Atemstößen sank Rutger sichtlich ermattet auf die Bank.

»Geht es wieder?« Conrad starrte ihn an. Jegliche Farbe

war aus dem Gesicht des Bruders gewichen, und er zitterte an Armen und Beinen.

Der Schiffer trat zu ihnen und sah Rutger mit sorgenvoller Miene an. »Ich denke, er sollte unbedingt zur Ader gelassen werden.«

Daraufhin bedachte Rutger Conrad mit einem bösen Blick. »Siehst du? Was hab ich dir gesagt? Aber diese Reise war dir ja wichtiger als mein Leben.«

»Nun hör auf, Bruder. Du weißt ganz genau, dass mir nichts wichtiger als dein Leben ist. Und die Reise, die haben wir doch nur gemacht, damit du dich nicht mehr ums Geld sorgen musst.« Conrad stieß schwer den Atem aus. Auch ohne diesen Bernstein würden ihnen nie die Münzen ausgehen, das wusste er.

Rutgers Augen verdunkelten sich. »Ja und? Was sollen wir mit dem Reichtum, wenn wir bald schon am Galgen baumeln?«

Conrad hatte die Nase voll und wandte sich ab. War es nicht die Armut, dann war es der Tod, den Rutger fürchtete. Hauptsache, er fürchtete sich vor irgendetwas. Allmählich hing Conrad dieses Trübsalgeblase zum Hals raus! Er nahm seine Peitsche und stieg die Leiter in den Schiffsbauch hinab. Die zwei Männer dort stierten ihn mit zusammengekniffenen Augen an. Ohne ein Wort holte Conrad aus und ließ den Schwanz der Peitsche auf ihren Schultern tanzen. Sie schrien auf, und er machte weiter, peitschte sich seinen Zorn von der Seele, fiel schier in einen Rausch. Immer wieder zischte die Peitsche durch die Luft, klatschte auf die Leiber der Männer. Blut färbte ihre Hemden. Conrad schlug und schlug – so lange, bis die Männer in sich zusammensanken und er sich selbst von den dunklen Schatten befreit fühlte. Schweratmend warf er die Peitsche zu Boden und lehnte sich mit dem Rücken an die Wand. Allmählich verzog sich sein Zorn wie der Dampf aus einem Kessel, in dem das Wasser kocht. Was sollte er denn noch tun, um Rutger zu helfen? Nichts fürchtete Conrad mehr als den Tod des Bruders. Mit bleiernen Gliedern stieg Conrad die Leiter wieder hinauf. Wenn diese Reise nicht bald zu Ende ginge, würde er den Verstand verlieren.

* * *

Antonia hielt den Atem an, als sie vier Frauen auf die Lichtung kommen sah. Eine Alte mit schlohweißem Haar, die gebückt ging, zwei junge Frauen und ein Mädchen waren an den Füßen aneinandergekettet. Ein breitschultriger Mann trieb sie mit einer Peitsche wie Vieh vor sich her. Antonia versteckte sich hinter einem Busch. Voller Sorge blickte sie zu ihrem Pferd, das sie an einen Baumstamm hinter der Hütte gebunden hatte. Hoffentlich entdeckte der Mann es nicht.

Kurz vor den Behausungen versetzte er der Rothaarigen einen Tritt. Sie strauchelte und zog dabei die anderen drei mit zu Boden. Neben ihr fluchte die alte Frau und trat nach dem Mann, sobald er ihr die Kette an den Fußknöcheln aufschloss. Er versetzte ihr einen Tritt mit dem Stiefel in den Unterleib, woraufhin sie jaulend zusammenbrach.

Antonias Pferd schnaubte hinter der Hütte. Der Mann hob den Kopf und sah sich um. Dann erhob er sich aus der Hocke und ging um die Hütte.

»He, wo habt ihr denn auf einmal den Gaul her?«, rief er den Frauen zu.

Die Rothaarige rappelte sich vom Boden auf, klopfte sich den Staub von den zerschlissenen Röcken und sah das Pferd mit geweiteten Augen an. Ungläubig schüttelte sie den Kopf.

Antonia kauerte sich hinter dem Busch zusammen. Aus Angst, sie könnte entdeckt werden, traute sie sich nicht mehr, zu den Frauen hinüberzusehen. Der Mann wiederholte seine Frage zornig. Antonia zitterten die Beine. Sie schloss die Augen und schickte ein Stoßgebet gen Himmel. Der Mann durfte sie auf keinen Fall entdecken! Sie verharrte noch eine gefühlte Ewigkeit in der Hocke, bis ihr die Knie schmerzten. Erst dann wagte sie erneut einen Blick. Der Mann war verschwunden und ihr Pferd ebenfalls. Das durfte doch nicht wahr sein! Antonia sah zu den Frauen. Um ihre Beine lagen immer noch Ketten, doch sie waren nicht mehr aneinandergebunden, so dass jede ihren eigenen Weg gehen konnte – wenn auch nur mit eingeschränkten Schritten. Das junge Mädchen wischte sich die Tränen von den Wangen. Dann stützte es die alte Frau und brachte sie in eine der Hütten. Die beiden anderen flüsterten miteinander.

Antonia trat aus ihrem Versteck. Sofort schnellten die Blicke der Frauen zu ihr. Die Schwarzhaarige kniff die Augen zusammen und stieß ein Wort aus, das Antonia nicht verstand. Es klang jedoch nicht gerade freundlich.

Die zweite Frau mit dem roten Haar trat näher zu ihr. Verwundert sah sie an Antonias Röcken hinab. »Wer seid Ihr?«

Die Weise, wie die Frau die Wörter aussprach, kam Antonia unendlich vertraut vor. »Ich habe mich im Wald verirrt. Mein Name ist Antonia. Bitte, ich will euch nicht erschrecken, das müsst ihr mir glauben.« Sie streckte die offenen Handflächen aus.

»Antonia? Wo kommt Ihr her?«

»Aus Stralsund.«

Die Frau hob die Augenbrauen. »Aber was, zum Heiligen

Veit, treibt Ihr dann hier im Gebirge an diesem großen Fluss?«

»Womo!«, stieß die Rothaarige aus.

Antonia verstand das Wort. Es bedeutete Krähe. »Sie spricht Polabisch?« Verwundert sah sie die Frau mit dem Zopf an.

»Ja, wir sind vom Volk der Ranen. Kennt Ihr die Sprache?«

Antonia schüttelte den Kopf. »Nein, nur dieses eine Wort.«

Das Mädchen trat aus der Hütte. Als es Antonia sah, blieb es wie angewurzelt stehen und blickte sie mit seinen braunen Augen an wie ein erschrockenes Reh.

Die Frau schaute kurz über ihre Schulter, dann wandte sie sich wieder Antonia zu. »Das ist Mila, unsere Jüngste. Mein Name ist übrigens Sveta. Unsere Älteste ist in der Hütte. Sie heißt Ajka.« Sie sah zu der Rothaarigen. »Und das ist Brana. Nicht immer ganz friedlich, das muss ich zugeben. Sie spricht nur die alte Sprache. Ihre Familie hat sich zwar ebenfalls dem Christentum zugewandt, dabei aber gleichzeitig noch an den alten Göttern und Ritualen festgehalten. Brana ist ziemlich stur. Aber sei auf der Hut, sie versteht jedes Wort der deutschen Sprache.«

Brana stieß einen Fluch aus und spie auf den Boden.

»Na ja, und etwas unbeherrscht ist sie auch.« Sveta lachte.

Antonia bekam Angst vor Brana. Ihre stechend grünen Augen blitzen sie an, und es schien ihr, als wollte die Frau sie gleich anfallen.

»Keine Sorge, sie beruhigt sich schon wieder«, sagte Sveta. »Aber es ist kein Wunder, dass wir das Vertrauen zu den Menschen verloren haben, nachdem wir auf dem Markt von Amsterdam verkauft wurden.«

»Ihr seid Sklavinnen? Aber wie kann das sein? Ihr seid doch getauft. Wie ist es dazu gekommen?«

Sveta begann, ihre Geschichte zu erzählen. Sie berichtete von der Gefangennahme durch Seeräuber aus dem hohen Norden, vermutlich Finnen, die sie dann nach einer langen Reise an den Herrn von Drachenfels verkauft hatten.

»Sie haben euch auf Rujana gefangen genommen? Nur euch Frauen? Was ist mit euren Familien?«, fragte Antonia. Sie konnte sich nicht vorstellen, dass jemand das wagte.

»In die Dörfer haben sie sich nicht getraut. Wir vier hingegen arbeiteten auf einem Feld nahe dem Kap Arkona, als sie über uns herfielen. In diesem Lager hier leben noch zwei Männer. Die bleiben jedoch bis zur Dämmerung im Steinbruch.«

»Eure Männer?«

»Nein. Sie stammen aus einem südlichen Land, wo die Menschen von dunklerer Hautfarbe sind. Wir verstehen ihre Sprache nicht und sie unsere ebenso wenig. Brana und ich sorgen für ihre Mahlzeiten, wenn wir vor ihnen aus dem Steinbruch herkommen. Sie sind sehr friedlich. Vielleicht liegt es aber auch daran, dass sie sich kaum noch auf den Beinen halten können.« Sveta zuckte mit den Schultern.

Antonia musste erst einmal ihre Gedanken sortieren. Ihr zukünftiger Gemahl hielt unerlaubt Sklaven. Das war ja nicht zu fassen!

Sveta strich sich eine verirrte Strähne aus dem Gesicht. »Und Ihr? Was macht Ihr hier?«

Schwer stieß Antonia den Atem aus. »Ich bin die Braut des Herrn von Drachenfels.« Ihr Magen krampfte sich zusammen.

Svetas Augen weiteten sich. »Dann geht besser wieder«,

sagte sie rasch. »Wenn der Herr Euch hier sieht, wird das kein gutes Ende nehmen. Was sucht Ihr überhaupt hier?«

»Er ist nicht auf der Burg.« Antonia sah zu den langen Schatten der Bäume. »Ich habe mich verirrt und bin durch Zufall auf diese Lichtung gestoßen.«

»Gleichgültig – wenn der Aufseher Euch hier entdeckt, wird er es dem Herrn weitererzählen.«

»Ich fürchte, ich finde den Weg nicht mehr zurück.« Antonia biss sich auf die Unterlippe.

»Die Burg liegt nicht weit vom Steinbruch entfernt. Ich habe den Pfad gesehen, der hinauf zur Festung führt.« Sveta sah Antonia fragend an. »Aber wie seid Ihr eigentlich an dem Wächter vorbeigekommen?«

»Wächter?« Erstaunt sah Antonia sie an. »Ich habe keinen gesehen.«

»Dann war er gewiss nur austreten. Also hört gut zu.« Sveta erklärte ihr den Weg. Bezüglich des Wächters wusste sie jedoch auch keinen Rat.

Brana verlor wohl allmählich das Interesse, denn sie wandte sich von ihnen ab. Mit kleinen Schritten half sie dem Mädchen beim Sammeln von Reisig. An ihren Fußgelenken rasselten die Ketten.

Antonia bedankte sich bei Sveta. »Braucht ihr etwas? Sag es nur, dann bringe ich es euch morgen vorbei.«

Kopfschüttelnd sah Sveta sie an. »Bleibt besser auf Eurer Burg. Wir wollen hier keine Scherereien.«

»Aber ihr habt doch gar nichts hier. Wer bringt euch zu essen?«

»Nein, wir brauchen nichts. Alle paar Tage gibt uns der Aufseher einen Sack Mehl und manchmal auch einen Krug Milch mit. Und drüben ist ein Bachlauf. Außerdem haben wir das Huhn. Wir kommen schon zurecht.« Fahrig fuhr sie mit der Hand über ihre Röcke, in denen ein tiefer Riss die Haut ihres Oberschenkels durchschimmern ließ. »Nun geht endlich. Der Aufseher wird bald die Männer bringen und er darf Euch auf keinen Fall hier sehen. Außerdem weiß ich nicht, wie die Männer sich verhalten, wenn sie eine fremde Frau hier im Lager entdecken.«

Ein mulmiges Gefühl kroch in Antonia hoch. »Lebt wohl«, sagte sie, wandte sich um und ging zu dem Pfad, der durch den Wald führte. Wachsam lief sie ihn entlang. Wie Sveta ihr beschrieben hatte, fand sie bald schon den Stamm einer Eiche, den der Blitz gespalten hatte. Ganz in der Nähe musste der Aufseher auf seinem Posten sitzen. Antonia versteckte sich hinter einem Haselbusch, der mannshoch am Wegesrand wucherte. Die Sonne schickte ihre tiefen Strahlen durch die Baumwipfel und blendete sie. Antonia schirmte ihre Augen mit den Händen ab und sah den Weg entlang. Ungefähr hundert Schritte weiter zeichneten sich die Umrisse des Wächters ab. Wenn sie es richtig deutete, saß er auf einem Baumstamm, aber es hätte auch ein Felsbrocken sein können. Wichtig war nur, dass er sich nicht regte. Vorsichtig wagte sich Antonia hinter dem Busch hervor. Als sie ein paar Schritte gegangen war, sah sie, dass der Mann die Arme vor der Brust verschränkt hatte. Sein Kinn mit dem dichten grauen Bart ruhte auf der Brust. Antonia hielt die Luft an. Auch wenn er wohl schlief, würde sie es nicht wagen, sich an ihm vorbeizuschleichen. Doch wie Sveta gesagt hatte, führte wohl kein anderer Pfad aus dem Tal hinaus. Vielleicht konnte sie sich hinter ihm durch das Unterholz schlagen, aber das würde gewiss schrecklich rascheln und krachen.

Antonia dachte nach. Aus welchem Grund sollte sie als

baldige Gemahlin des Burgherrn nicht das Lager der Sklaven aufsuchen dürfen? Conrad hätte sie doch schicken können, um nach dem Rechten zu sehen. Vielleicht fiel ihr aber auch noch eine andere Ausrede ein. Sie musste es versuchen.

Als Antonia erhobenen Hauptes an dem Wächter vorbeischritt, schlug dieser sofort die Lider auf. Er rappelte sich hoch und kniff mehrmals hintereinander die Augen zusammen. »Madonna!«, stieß er aus. »Wer in drei Teufels Namen bist du?«

Antonia sammelte all ihren Mut und stellte sich vor den Mann. »Die Hebamme.« Sie versuchte, das Zittern in ihrer Stimme zu unterdrücken.

Der Mann kratzte sich den schwarzen Bart, der ihm fast bis unter die Augen wuchs. Voller Argwohn betrachtete er ihr Kleid. »Und was suchst du dann hier in solch feinen Röcken?«

»Eine der Frauen auf der Lichtung trägt ein Kind und hat arge Blutungen. Der Burgherr hat mich hergeschickt, damit ich nach ihr sehen kann.«

»Pah!« Der Mann spie aus. »Dieses vermaledeite Volk. Wundert mich nicht, dass sie Unzucht treiben. Wenn sie daran verreckt, hat Gott es so gewollt. Was kümmert es den Burgherrn?«

Über so viel Menschenverachtung konnte Antonia nur den Kopf schütteln. »Vielleicht will er nicht, dass sie stirbt und das Kind gleich mit.«

»Könnte gut sein. Wenn sie verreckt, hat er einen Buckel weniger, der Steine schleppt. Sollte sie aber überleben und das Kind auch, hat er einen Buckel mehr im Steinbruch, der ihn nicht mehr als eine Handvoll Mehl kostet.« Offenbar stolz auf seine eigene Klugheit, grinste der Mann breit und zeigte seine schwarzen Zahnstummel.

»Es soll jedoch Stillschweigen darüber bewahrt werden.« Antonia legte den Zeigefinger auf die Lippen.

»Ja, sicher. Wem sollte ich es auch erzählen? Es darf doch niemand etwas von den Sklaven wissen, außer dem Aufseher.« Er wackelte mit dem Kopf. »Ansonsten würde mir bald die Zunge fehlen, wie Conrad von Drachenfels meinte.« Er fuhr sich unvermittelt mit der Zunge über die Lippen, als wollte er sich überzeugen, dass sie ihm noch nicht herausgerissen worden war.

»Ja, ich weiß. Das Gleiche hat er mir auch gesagt.« Antonia blickte sich um. »Sag mal, bist du der Einzige, der hier Wache schiebt?«

»Nein, mein Sohn löst mich hin und wieder ab.«

»Er weiß auch von der Lichtung?«

»Ja, natürlich. Aber bei ihm braucht der Herr keine Angst zu haben, dass er darüber redet. Er wurde stumm geboren.«

»Ist er auch taub?«

»Nein. Hören kann er ganz gut, wenn er will.«

»Dann erzähle ihm von mir. Ich werde von nun an öfter nach der Frau sehen. Nur der Aufseher braucht nichts von mir zu wissen. Verstehst du?«

»Nein, das verstehe ich nicht.« Der Mann zog die Stirn in Falten.

»Es ist … weil …« Antonia dachte nach. »Der Graf fürchtet die Inquisition. Er schickt mich auf die Lichtung, um ein uneheliches Kind auf die Welt zu holen. Ich könnte mit Satan im Bunde stehen, und er unterstützt mich dabei.«

Die Falten auf der Stirn des Mannes vertieften sich. »Seid ihr denn eine Zaubersche?«

Abermals legte Antonia den Zeigefinger auf die Lippen. Dann nickte sie zum Abschied und setzte ihren Weg fort.

14

Der Felsblock traf ihn mit voller Wucht und vergrub ihn unter sich. Jaramir stöhnte auf. Sein ganzer Leib fühlte sich wie ein einziger Breiklumpen an, und die Schmerzen raubten ihm fast die Sinne.

»Auf mit dir, du Sack!«, schrie eine Stimme.

Wie sollte er aufstehen, wenn der Felsbrocken ihn begrub? Ein zweiter Stein prallte auf seinen Leib. Abermals schrie Jaramir auf.

»Los! Mach voran!«, grollte die Stimme.

Jaramir hob die Lider und blinzelte in die Fackel. Er bewegte die Schultern und bemerkte, dass es gar keine Felsbrocken gab, unter denen er begraben lag. Dennoch glaubte er, keinen Knochen mehr im Leib zu haben, der sich noch an der rechten Stelle befand. Er erinnerte sich wieder an die Peitschenhiebe und Tritte, die so heftig gewesen waren, dass er dabei das Bewusstsein verloren hatte. Neben ihm stöhnte Dragan. Schwerfällig wandte Jaramir den Kopf und sah zu seinem Freund. Dragan sah fürchterlich aus. Seine Lider waren zugeschwollen und schimmerten dunkel. Getrocknetes Blut klebte an den aufgequollenen Lippen. Jaramir kniff die Augen zusammen und presste die Lippen aufeinander, um zu prüfen, ob sein Gesicht ebenfalls so geschunden war. Er verspürte so gut wie keine Schmerzen in den Wangen oder der Nase. Vielleicht lag es aber auch daran, dass er kaum atmen konnte. Ein weiterer Tritt traf ihn in die Rippen. Vor Jaramirs Augen blitzten Sterne auf.

»Wie oft muss ich mich noch wiederholen?«

Die Stimme gehörte zum Handlanger des Grafen, der breit wie eine Tür in der Dunkelheit stand.

»Dragan? Hörst du mich?«, hauchte Jaramir.

Sein Freund stöhnte ein weiteres Mal.

Jaramir schluckte gegen die Trockenheit in seiner Kehle und sah zu dem Handlanger. »He, Kerl! Wir können uns kaum bewegen, so hat dein Herr uns geprügelt. Hab ein wenig Nachsehen, dass wir nicht so schnell sind.« Seine Worte waren ein einziges Krächzen.

Weitere Männer kamen die Leiter herab und zogen Dragan und ihn auf die Beine. Jaramir biss die Zähne zusammen, um den Schmerz auszuhalten, und ließ sich von den Männern die Leiter hochzerren. Auf dem Deck stach die untergehende Sonne in seine Augen. Mehrmals hintereinander kniff er die Lider zusammen. Nachdem sich seine Augen an die Helligkeit gewöhnt hatten, sah er die bewaldeten Berge, die unweit des Ufers aufragten. Wie schon vermutet, befanden sie sich auf einem Fluss. Doch dieser konnte überall im Heiligen Römischen Reich sein.

»Wo sind wir?«, keuchte er.

Als Antwort versetzte ihm der Handlanger einen Stoß in den Rücken. »Halt's Maul und setz dich in Bewegung.«

Jaramir wandte sich um und beobachtete, wie sie Dragan die Leiter hinaufzogen. In der Helligkeit sah das Gesicht seines Freundes noch furchterregender aus. Aufgequollen und blutunterlaufen. Dragan strauchelte und fiel auf die Knie. Die Männer zerrten ihn weiter.

Jaramir verspürte einen erneuten Stoß im Rücken. Vor ihm

lag die Planke, die auf den Steg führte. Er versuchte das Gleichgewicht zu halten, seine Beine knickten jedoch ein. Augenblicklich verlor er den Halt und stürzte von der Planke. Das Wasser erfasste ihn kalt, an seinen Gliedern zerrten die Ketten. Um wieder an die Oberfläche zu gelangen, versuchte er mit den Armen zu rudern, doch die Fesseln hinderten ihn daran. Die Strömung erfasste ihn und riss ihn mit sich. Jaramir hielt den Atem an und bewegte die Beine, um dagegen anzukämpfen. Immer wieder wurde sein Kopf unter Wasser gezogen, und er hörte seinen Atem im Wasser gurgeln. Als er wieder auftauchte, drangen die Rufe der Männer zu ihm. Dann spürte er endlich den sandigen Flussboden unter den Füßen. Jemand fasste ihn am Arm und zog ihn aus dem Wasser. Jaramir schnappte nach Luft. Die Kälte der Fluten milderte die Pein in seinen Gliedern. So gut es ging torkelte er auf wackeligen Beinen ans Ufer und ließ sich dort in den Kies fallen.

Der Mann, der ihn aus dem Wasser gezogen hatte, griff unwirsch nach seinem Arm. »Wolltest wohl flüchten, was? Beim nächsten Mal bedeutet das deinen Tod. Finde dich mit deinem Schicksal ab.« Dem Mann fehlten die oberen Schneidezähne, und zwischen seinem wirren Haar standen die Ohren ab.

»Sag mir einfach, wo wir sind«, krächzte Jaramir.

»Das hat dich nicht zu interessieren.« Der Mann zog an der Kette, die um Jaramirs Hals lag.

Abermals schnitt der Schmerz wie ein scharfes Schwert durch seinen Leib. Er presste die Lippen zusammen. Egal, was dieser Mann forderte, er würde sich seinem Schicksal nie ergeben.

»Hast du Garn und eine Nadel?« Antonia zündete die Kerze in der Kammer an. Bis zum Abend hatte sie sehnsüchtig auf

Jenne gewartet und dabei immer wieder an die Frauen auf der Lichtung gedacht.

Jenne ließ sich auf ihre Bettstatt fallen und streckte gähnend die Arme. »Wozu? Habt Ihr Euch auf dem Ausritt die Röcke zerrissen? Wart Ihr denn auf dem Maelberg?«

»Ja, das war ich. Und stell dir vor, auf der anderen Seite des Berges gibt es ein Tal, in dem Conrad Sklaven gefangenhält.«

»Was?« Jenne rümpfte die Nase und nahm die Haube vom Kopf. »Das glaub ich nicht.«

»Ehrlich. Ich habe sie entdeckt.« Bei der Erinnerung daran stockte Antonia immer noch der Atem.

»Davon weiß ich nichts. Und deshalb kann es nicht stimmen. Ich denke, Ihr flunkert mich an.«

Antonia kniete sich vor sie. »Nein, Jenne, ich flunkere gewiss nicht. Es gibt dieses Tal und es wird sogar bewacht. Von einem Mann, der dem Herrn strengstes Stillschweigen geschworen hat. Und soll ich dir noch etwas sagen?«

Jenne krauste die Stirn. Es schien, als würde sie Antonias Worte überdenken. »Was denn?«

»Einige von den Sklaven sind Christen.«

»Wie? Das ist doch nicht erlaubt.«

Antonia nickte zustimmend. »Und deshalb sollte ich es melden. Was meinst du?«

Jenne schnappte nach Luft. »Niemals! Der Herr würde Euch zu Tode prügeln. Und wem wolltet Ihr das überhaupt melden? Dem Erzbischof von Köln? Der wird Euch als Frau gewiss keinen Glauben schenken. Ihr würdet von der Burg gejagt werden.«

Antonia krallte die Finger in ihre Röcke. »Aber das ist nicht richtig, Jenne! Wie soll ich da zusehen? Ich mache mich doch mitschuldig.«

Die Magd hob die Schultern. Dann nahm sie das Talglicht und kramte mit der anderen Hand in einer kleinen Holzkiste. »Wozu brauchtet Ihr nochmal das Garn?«

»Um die Röcke der Frauen zu flicken.« Antonia lockerte die Finger. »Ich werde jeden Tag zur Lichtung gehen, um zu sehen, ob sie etwas benötigen. Das ist wohl vorerst das Mindeste, womit ich ihnen helfen kann.«

»Ich bete für Euch, dass der Herr von Drachenfels Euch nie auf die Schliche kommt.« Jenne reichte ihr das Garn. »Habt Ihr schon etwas gegessen?«

»Ich habe mir ein wenig aus der Küche geholt.« Antonia sah zum Fenster, hinter dem der Himmel bereits stockfinster war. Vom Burghof her flackerte noch das warme Licht der Fackeln, die jedoch wohl auch bald erloschen. Durch ihre Glieder kroch bleiern die Müdigkeit.

Auch Jenne gähnte erneut. »Heute Nacht bin ich wohl zu müde, um das Lateinische zu lernen.«

Froh über Jennes Worte entledigte Antonia sich ihrer Röcke und kroch unter die Wolldecke. In dem Moment, als ihr die Augen zufielen, ertönten plötzlich Fanfaren auf der Burg. Blinzelnd sah sie zu Jenne, die von ihrer Lagerstatt aufsprang und sich eilig ihr Kleid überzog.

»Der Herr ist zurück«, keuchte sie. »Ich muss in die Küche.«

Antonia richtete sich auf. »Jetzt noch? Es ist mitten in der Nacht.« Vor dem Fenster ertönten erneut die Fanfaren.

»Er wird Hunger haben.« Mit zittrigen Fingern schob sich Jenne die Haube auf das Haar.

»Man sollte fast glauben, er wäre der König.«

»Er steht ihm in Nichts nach, glaubt mir das.«

Nachdem Jenne aus der Kammer geeilt war, erhob sich Antonia und ging zum Fenster. Ein Trupp Männer passierte gerade das Tor. Sie trugen Holzkisten. Antonia erkannte auch Conrad, der neben einer Sänfte herging, auf der sein Bruder lag. Wie es der Anstand verlangte, sollte sie wohl ihren zukünftigen Gemahl begrüßen. Doch sie kniff nur die Augen zusammen. Einen Teufel würde sie tun. Wie eine Bettlerin hatte Metza sie auf der Burg empfangen, da ihr kein Bote vorausgeritten war. So wichtig konnte sie Conrad also nicht sein. Und wenn doch, dann sollte er sie gefälligst suchen.

Auf bloßen Füßen huschte Antonia zurück zu ihrer Bettstatt und kroch wieder unter die Decke. Erst als auf dem Hof der Tumult verstummte, fielen ihr endlich die Augen zu.

Am nächsten Morgen dachte Antonia gar nicht daran, nach Conrad zu fragen. Als wäre in der Nacht nichts geschehen, eilte sie in die Küche. Die Köchin hatte wohl die ganze Nacht gebacken, denn überall standen süße Teigwaren verteilt, die mit kostbarem Zucker glasiert waren. Antonia holte sich einen Korb und füllte ihn mit den Leckereien.

»Was habt Ihr vor?« Die Küchenfrau stellte sich ihr in den Weg. Unter ihren Augen zeichneten sich dunkle Schatten ab.

»Meinen zukünftigen Gemahl verwöhnen.« Antonia verzog die Lippen zu einem lieblichen Lächeln.

»Das Gebäck soll aber eine Überraschung sein, die Frau Metza angeordnet hat.«

»Dann will ich ihr zuvorkommen. Das verstehst du doch, oder?« Ehe die Küchenfrau etwas erwidern konnte, verließ Antonia die Küche.

Den Weg zur Lichtung fand sie ohne Mühe, und als sie auf den Wachmann traf, holte sie eines der Küchlein aus dem Korb und reichte es ihm.

Der Mann bekam große Augen.

»Verrätst du mir deinen Namen?«, fragte Antonia ihn.

»Ich heiße Sigi. Und du?« Der Wächter nahm ihr das Gebäck aus der Hand. Hastig stopfte er es sich in den Mund.

»Nenn mich einfach Toni.« Antonia deckte den Korb zu und lief eilig weiter, ehe Sigi weitere Fragen stellen konnte.

Als Antonia die Lichtung erreichte, fand sie ein verlassenes Lager vor. Erst jetzt fiel ihr ein, dass die Frauen im Steinbruch sein mussten. Enttäuscht betrat sie eine der Hütten, in die nur spärlich das Licht fiel. Plötzlich hörte sie aus einer dunklen Ecke ein Stöhnen. Fest umklammerte sie den Henkel des Korbs, der ihr fast aus den Händen gerutscht wäre. In ihren Ohren donnerte der Herzschlag. »Ajka, bist du es?«, fragte sie flüsternd.

In der Ecke regte sich ein Leib unter der Decke, der eindeutig größer und schwerer als der der alten Ajka war. Vielleicht lag dort einer dieser dunkelhäutigen Sklaven. Antonia trat einen Schritt zurück.

»Wasser«, hauchte die Stimme. »Bitte, nur ein wenig Wasser.«

Antonia fasste sich an die Brust und holte tief Luft. Dann suchte sie mit den Augen die Regale ab, bis sie einen tönernen Krug entdeckte. Rasch lief sie zum Bach, um Wasser zu schöpfen.

Als sie in die Hütte zurückkehrte, fasste sie all ihren Mut zusammen und kniete sich vor den Mann unter der Decke. Sie sah nur seinen wirren Schopf, denn sein Gesicht war den Holzplanken zugewandt. Vorsichtig legte sie die Hand auf seine Schulter. Der Mann gab ein tiefes Stöhnen von sich.

»Ich habe Wasser geholt«, sagte sie leise.

Schwerfällig drehte er sich auf den Rücken und öffnete die Lider. Antonia sah in seine blaue Augen und glaubte, ihr würde das Herz stehenbleiben. Das konnte doch nicht sein!

Sie trat einen Schritt zurück und starrte den vermeintlichen Sklaven an.

»Jaramir?«

»Wasser«, keuchte der Mann und streckte ihr die Hand entgegen. »Bitte gib mir Wasser.« Ein dünner Streifen Blut rann von seinen Lippen herab.

Fahrig suchte Antonia nach einem Holzbecher, füllte ihn mit Wasser und kniete sich vor ihn. Behutsam hielt sie ihm den Becher an die Lippen. Jaramir schloss die Lider und schluckte gierig.

Wie kam er bloß hierher? Oder sah der Mann Jaramir nur ähnlich? Vielleicht spielte ihr Kopf ihr einen Streich! Doch es waren Jaramirs Augen gewesen, in die sie geblickt hatte. Daran gab es keinen Zweifel. Ihre Hände zitterten, als sie den Becher von seinen Lippen nahm.

»Mehr. Bitte mehr.« Jaramir atmete schwer.

Erneut goss Antonia den Becher voll. Diesmal trank er nicht mehr so gierig, verschluckte sich dennoch. Als ihn ein Hustenanfall überfiel, schrie er vor Schmerzen.

Antonia strich ihm so lange über die Schultern, bis er sich beruhigt hatte. Ermattet sank sein Kopf zurück auf das Lager. Sie wollte ihm den Becher abermals an die Lippen halten, doch er wandte sich ab.

»Danke. Es ist genug«, hauchte er.

Antonia stellte den Becher neben sich. »Jaramir? Erkennst du mich nicht?«

Er blinzelte in den Lichtstrahl, der durch die Tür fiel. »Wer bist du? Und woher kennst du meinen Namen?«

»Ich bin es, Antonia. Sieh mich an, Jaramir.« Sie beugte sich über ihn und strich ihm mit zittrigen Fingern das Haar aus der Stirn.

15

Genüsslich streckte Conrad die Arme von sich. Das Mahl, das die Mägde ihm aufgetragen hatten, war das köstlichste, an das er sich je erinnern konnte. Er sah zu Rutger, der den vollen Teller von sich schob. Sein Bruder sah furchtbar aus. Die Augen lagen in tiefen Höhlen, und die Wangen waren eingefallen. Besorgt stieß Conrad einen Seufzer aus. Die Freude über das gelungene Mahl löste sich wie Nebeldunst in der Sonne auf.

»Iss doch wenigstens einen Bissen«, flehte Conrad den Bruder an.

»Mir ist der Hunger vergangen«, knurrte Rutger.

»Weshalb denn nur? Es ist doch alles in bester Ordnung.«

»Wie bitte? In bester Ordnung? Zwei halbtote Sklaven haben wir mitgebracht, und du sagst, es sei alles in bester Ordnung?« Rutger kniff die Augen zusammen.

»Glaube mir, sie werden schon wieder auf die Beine kommen, schließlich kümmern sich die Frauen um sie. Nicht mehr lange, und es arbeiten zwei weitere kräftige Männer in unserem Steinbruch, die uns so gut wie nichts kosten.« Conrad verzog die Lippen zu einem Grinsen, mit dem er seinen Bruder aufzumuntern hoffte. »Alles ist gut. Weshalb sorgst du dich also?«

Rutger ließ den Kopf hängen. »Ach, Bruder, mir ist immerzu bang ums Herz.« Er hob den Blick, sah ihn an und legte die Hand auf die Mitte seines Leibes. »Hier drinnen, verstehst du?«

Conrad wollte schon die Augen verdrehen, hielt sich aber zurück. »Nein, verstehe ich nicht.«

Rutger atmete tief ein. »Ich fürchte nicht den Tod, glaube mir. Was ich fürchte, ist das qualvolle Sterben, Satan in die Augen zu sehen. Und diese Angst ist nicht zum Aushalten. Sie bringt mich um den Verstand, verstehst du? Dennoch wünsche ich mir manchmal, es wäre für immer vorbei. Ich hätte keine Sorgen mehr und keine Angst. Ach, ich sehne mich so nach Ruhe und Frieden.« Kraftlos ließ er die Hand in seinen Schoß sinken.

Conrad gab sich geschlagen. »Geh und ruh dich aus. Ich werde derweil den Medicus rufen, damit er dich zur Ader lässt.« Er ging um den Tisch herum und bot Rutger den Arm.

Wortlos ließ sich der Bruder in sein Gemach führen. Dann suchte Conrad sein eigenes auf, um sich die Stiefel anzuziehen. Kaum hatte er sich niedergelassen, hörte er eine Stimme hinter sich keifen: »Was hast du dir bloß dabei gedacht?«

Er blickte zu den Balken an der Decke, presste die Lippen zusammen und sog tief den Atem ein. Vielleicht wäre er besser doch noch eine Weile auf Reisen geblieben. Langsam wandte er sich um und sah Metza an. Fast schon befürchtete er, sie würde jeden Augenblick Flammen spucken, deshalb spielte er mit dem Gedanken, sie einfach aus dem Raum zu schieben. Doch bekanntlich war die Rache einer gedemütigten Frau gefährlicher als das schärfste Schwert des Feinds, also rang sich Conrad ein falsches Lächeln ab und trat ihr entgegen.

»Meine liebe Metza, du weißt doch, ich kann nicht ewig ohne ein angetrautes Weib bleiben.«

»Und weshalb nicht? Einen Nachfolger brauchst du nicht, wozu habe ich Friedrich geboren?« Metza hob den Zeigefinger. »Und erzähl mir nur nicht, die Verbindung mit dieser Frau würde deine Machtposition im Reich anheben.«

Conrad streckte ihr die offene Hand entgegen, doch Metza warf nur einen abfälligen Blick darauf.

Er ließ die Hand sinken und rieb damit über seine Beinkleider. »Sie ist die Alleinerbin eines vermögenden Kaufmannes. Es ist eine Verbindung, die unseren Reichtum wachsen lässt, nicht mehr und nicht weniger. Verstehst du?«

Metza sah zu Boden und löste die Schnüre ihres Kleides. Langsam schob sie die Seide über die Schulter.

Conrads Atem beschleunigte sich. Doch rasch wandte er den Blick von ihren Brüsten ab und zog sich die Stiefel wieder über. Er durfte nicht schwach werden, denn Metza mischte sich allzu sehr in sein Leben ein. Selbst vor den Geschäften mit dem Stein machte sie keinen Halt. Es war an der Zeit, ihr begreiflich zu machen, wo ihr Platz war: an der Seite seines Bruders. Immer noch blickte er seine Stiefel an. Raschelnd fiel Metzas Kleid zu Boden. Das Ziehen in Conrads Lenden wurde unerträglich. Er hob den Blick und sah sie schweratmend an. Metza befeuchtete mit der Zunge ihre Lippen und streichelte ihre Brustwarzen, die sich unter ihren Fingern aufrichteten. Conrad glaubte, seine Männlichkeit würde schier zerbersten. Er befreite sie aus der enggewordenen Bruche. Nur noch dieses eine Mal. Dann würde für immer Schluss sein. Er schloss die Lider und sog zischend den Atem ein. Der Duft von Rosen stieg ihm in die Nase. Dann spürte er Metzas Finger an seinem Schaft entlanggleiten. Sie kniete sich vor ihn und fuhr mit der Zunge über die Spitze seiner prallen Männlichkeit.

Nur noch dieses eine Mal.

* * *

Erneut verlor Jaramir das Bewusstsein. Antonia hatte seinen Kopf in ihren Schoß gebettet und strich ihm das Haar aus der Stirn. Dabei rannen ihr unaufhaltsam die Tränen über die Wangen. Wie war er bloß hierhergelangt? In diesem Zustand? Das Sprechen war Jaramir schwergefallen, doch wenigstens hatte er sie erkannt. Wenn sie nur wüsste, was sie für ihn tun sollte! Gewiss litt er unter inneren Verletzungen. Sie sah zu dem Lichtstrahl, der durch die offene Tür fiel. Bis Sveta mit den anderen aus dem Steinbruch zurückkehrte, würde es wohl noch eine Weile dauern.

Antonia strich mit den Fingerspitzen über Jaramirs Wangen und hob vorsichtig seinen Kopf aus ihrem Schoß. Wenn er aufwachte, würde er gewiss erneut Durst haben. Sie verließ die Hütte, um frisches Wasser zu holen. Über dem gurgelnden Bach summten Mücken, und die Luft roch nach Erde und Laub. Eine angenehme Kühle umgab sie hier unter den Bäumen. Antonia kniete sich an das Ufer des Baches und benetzte ihr Gesicht mit Wasser. Dann füllte sie den Eimer und kehrte zurück. Auf der Lichtung hörte sie plötzlich aus einer der anderen Hütten ebenfalls jemanden stöhnen. Sie blieb stehen und sah zu der Tür, die nur angelehnt war. Dem Keuchen folgte jetzt ein rasselndes Husten. Mit klopfendem Herzen ging sie zu der Hütte und spähte durch den Türspalt. Auf dem Stroh in der Ecke saß ein Mann und hielt sich die Brust. Als Antonia genauer hinsah, erkannte sie Dragan. Sein geschwollenes Gesicht schimmerte violett im einfallenden Licht, und seine Füße waren, genau wie die von Jaramir, aneinandergekettet.

Sie eilte zu ihm. »Was ist geschehen? Sag es mir.«

Dragan hustete erneut. Als er sich beruhigt hatte, fiel er matt zurück auf das Stroh. »Wie geht es Jaramir?« Er schien sie erkannt zu haben.

»Er ist nicht bei Bewusstsein.« Die Worte schmeckten bitter auf ihrer Zunge. »Verdammt, wer hat euch das angetan?«

»Der Bernsteinschmuggler. Er hat uns auf seiner Kogge hierher verschleppt.« Dragan schluckte hart.

»Welcher Bernsteinschmuggler?«

»Der Graf von Drachenfels.«

»Conrad«, raunte Antonia. »Deshalb ist er noch auf Rujana geblieben!«

»Wo zum Teufel sind wir?« Dragan presste die blutverkrusteten Lippen aufeinander.

»In einem Gebirge nahe Köln.« Antonia erhob sich von den Knien. »Ich hole dir Wasser.« Sie brachte den Holzeimer zur Kochstelle und füllte einen Becher mit Wasser, den sie Dragan reichte.

Er trank ihn in einem Zug leer, und gleich danach noch den zweiten. Dann sagte er mit brüchiger Stimme: »Wir haben ihn überrascht, als er den Bernstein fortschaffen wollte. Doch seine Männer waren in der Überzahl, wir hatten keine Möglichkeit, sie zu bewältigen. Kurz darauf verschleppte er uns auf seine Kogge.«

Antonia schüttelte den Kopf. »Das darf nicht wahr sein. Ich bekomme Satans Abbild als Gemahl an die Seite gestellt.«

»Als Gemahl? Seid Ihr deshalb hier?«

»Ja, richtig. Mein liebenswerter Bruder hat Hals über Kopf

die Vermählung eingefädelt.« Conrad zu heiraten schien ihr nun mehr als zuvor unmöglich. Was sollte sie bloß tun?

»Ich muss nach Jaramir sehen«, sagte sie und verließ die Hütte.

Jaramir regte sich und blinzelte ins Licht. Antonia eilte zu ihm und kniete sich abermals vor ihn. »Hast du Durst?«

Seine Augenlider flatterten.

»Du musst bei Bewusstsein bleiben, hörst du?« Sie wusste selbst, wie unsinnig diese Worte waren, dennoch wiederholte Antonia sie. Rasch füllte sie einen Becher und hielt ihm diesen an die Lippen. Nachdem er mühsam einen Schluck getrunken hatte, betupfte sie sein Gesicht mit einem nassen Tuch. »Sieh mich an, Jaramir.«

Er hob die Lider und öffnete die Lippen. »Antonia«, sagte er so leise, dass es kaum mehr als ein Atemhauch war.

»Ja, ich bin da. Und ich werde dir helfen. Du darfst nicht sterben, hörst du?«

»Wo bin ich?«

»Der Herr von Drachenfels hat euch an den Rhein verschleppt.«

Jaramirs Gesicht verzerrte sich vor Schmerz. »Was macht Ihr überhaupt hier?«

Antonias Stimme wurde brüchig. »Mein Bruder hat mich dem Herrn von Drachenfels als Frau versprochen.« Sie senkte den Blick und schluckte. Plötzlich hörte sie Stimmen vor der Hütte. Sie sprang auf und sah vorsichtig aus der Tür. Der Aufseher brachte die Frauen an einer Kette auf die Lichtung. Gebeugt schlurften sie mit bloßen Füßen über den staubigen Boden. Die zahnlose Ajka fiel hin, und der Aufseher zerrte sie wieder auf die Beine. Dann bückte er sich, um die Ketten zu lösen. Antonia trat einen Schritt zurück und versteckte sich hinter der Tür. Draußen hörte sie Brana in der fremden Sprache zetern. Der Knall einer Peitsche folgte, und Brana schrie auf. Dann herrschte Stille.

Ein Zittern fuhr durch Antonias Leib. »Er hat sie geschlagen.« Sie kniete sich wieder neben Jaramir und strich über seine Stirn, um die schrecklichen Bilder in ihrem Kopf zu verdrängen.

»Ihr müsst Euch verstecken«, flüsterte Jaramir.

Er hatte recht. Es war dumm von ihr gewesen, hinter der Tür hervorzutreten. Rasch lief sie wieder in ihr Versteck. Vor der Hütte hörte sie die Schritte des Aufsehers und vergaß zu atmen.

»He, Kerl! Bist du noch am Leben?«, raunte er.

Jaramir gab nur ein Knurren von sich.

»Die Weibsbilder werden sich um deine Verletzungen kümmern. Sieh zu, dass du bald auf die Beine kommst.« Seine Schritte entfernten sich wieder.

Antonia stieß den Atem aus. Was für ein abscheulicher Kerl! Nur zwei Lidschläge später trat sie aus ihrem Versteck.

»Was ist mit Dragan?«, frage Jaramir. Es schien, als hätte das Wasser ihn ein wenig zu Kräften kommen lassen.

»Er liegt in einer anderen Hütte und hat ebenfalls schwere Verletzungen. Aber er ist ansprechbar.«

Eine Gestalt zeichnete sich in der Tür ab. Als sich Antonias Augen an das Gegenlicht gewöhnt hatten, erkannte sie Brana. Schmerzverzerrt verzog die Frau das Gesicht. Ihr Kleid war an der Schulter zerrissen, und ein blutiger Striemen zog sich über ihre Haut. Als sie Antonia neben Jaramir knien sah, verengte sie die Augen. Ein Wort kam zischend aus ihrem Mund, das Antonia nicht verstand. Brana stürmte auf Antonia zu und riss an ihrem Arm. Dabei stieß sie weiterhin unverständliche Worte aus.

Jaramir hob den Kopf. »Lass sie in Ruhe, Brana.«

Er erntete einen bösen Blick von ihr, ehe sie zu fluchen begann. Mit schwacher Stimme antwortete Jaramir ihr in der alten Sprache.

Brana raffte ihre Röcke und stürmte schnaubend aus der Hütte.

Antonia sah ihr hinterher. »Was hat sie denn?«

»Ach, das ist eine lange Geschichte.« Erneut verzog er das Gesicht und stöhnte auf.

»Ihr kennt euch also?«

Jaramir nickte.

Die Vorstellung bereitete Antonia ein unangenehmes Ziehen im Bauch. »Wenn dich das Reden nicht mehr so anstrengt, kannst du mir die Geschichte ja erzählen«, sagte sie, obwohl sie eigentlich gar nicht wissen wollte, was geschehen war. Deshalb schob sie rasch nach: »Hast du Hunger?«

Jaramir legte die Hand auf seinen Bauch, als müsse er sich erst einmal vergewissern, ob dort Leere herrschte. »Nein, nur Durst.«

Ihr fiel das süße Gebäck ein, das sie mitgebracht hatte. Für jemanden, der lange nichts mehr im Bauch gehabt hatte, war es wohl ein ungeeignetes Mahl. Da wäre eine Suppe mit ausgekochten Rinderknochen besser. Antonia fiel wieder ein, was Sveta ihr von der Nahrungszuteilung erzählt hatte. Es gab nur Mehl, das zwar sättigte, aber kaum kräftigte.

»Wie lange hast du nichts mehr gegessen?«, fragte sie.

Er hob die Schultern. »Kann ich Euch nicht sagen.«

»Das geht nicht, Jaramir, du musst etwas essen. Und wenn es nur ein wenig Mehlsuppe ist.«

»Ich denke, Ihr geht besser zurück auf die Burg.« Er schloss die Augen.

»Aber ...«

»Euer zukünftiger Gemahl sucht Euch gewiss schon. Ich will nicht, dass Ihr Euch in Gefahr begebt. Brana wird sich schon um mich kümmern.«

Antonia atmete tief ein. Lieber wäre sie für alle Zeiten bei Jaramir im Lager geblieben, als in diese düstere Burg zurückzukehren. Aber es stimmte wohl, Conrad würde gewiss verärgert sein, wenn von seiner Braut jegliche Spur fehlte. Ihr Leib krampfte sich zusammen. Es gab keine andere Wahl, als zur Burg zu laufen. Aber von dort aus würde sie Pläne schmieden, wie sie Jaramir und die anderen befreien konnte, wenn sie wieder gesund waren. Wenn da nur nicht die Vermählung wäre! Aber vielleicht würde es ja noch ein wenig dauern, bis Conrad sie zur Frau nahm.

Jaramirs ruhiger Atem verriet ihr, dass er eingeschlafen war. Antonia strich ihm zum Abschied über die Wange und verließ die Hütte.

Sveta saß vor einem kleinen Turm aus Ästen und schürte ein Feuer. Als sie Antonia bemerkte, blickte sie auf.

»Vielen Dank«, sagte sie nur und rieb weiter den Zunderschwamm.

Neben ihr hatte die alte Ajka den Korb vor sich gestellt und stopfte sich das Gebäck in den Mund. Aus den Augenwinkeln sah Antonia, wie Brana vom Bach mit einem Eimer Wasser daherkam. Misstrauisch kniff sie die Augen zusammen.

Eine Flamme züngelte um die Holzscheite, und Sveta erhob sich aus der Hocke. »Sie haben sie in der Nacht gebracht. Ich werde Tücher auskochen, um ihre Wunden damit auszuwaschen.« Sie wandte den Kopf und sah zu Brana, die den Gang verlangsamt hatte und mit ihrem bloßen Fuß gegen einen Kiesel trat.

»Ich muss zurück zur Burg.« Antonia sah erst den Korb und dann Ajka an. »Es ist noch etwas Garn darin und eine Nadel, damit ihr eure Röcke flicken könnt. Morgen bringe ich dann Markknochen mit, um den Männern eine kräftigende Suppe zu kochen.«

Sveta sah sie an. »Ihr solltet besser in Eurer Burg bleiben.«

»Sorg dich nicht um mich. Niemand kann mich davon abhalten, euch zu helfen.«

»Brana wird sich um Jaramir kümmern. Du solltest wissen, sie ist sein Weib.«

Svetas Worte trafen Antonia wie ein Fausthieb. »Sein Weib? Aber dann hätte er sie doch gesucht, nachdem ihr damals verschwunden wart.« In ihrem Kopf surrten die Gedanken umher.

»Was weiß ich?« Sveta zuckte mit den Schultern. Dann zerriss sie ein altes Tuch, das fast schon von allein auseinanderfiel.

Brana kam näher und fauchte sie an.

Ein dicker Klumpen bildete sich in Antonias Hals. Sie hob den Korb vom Boden auf. »Ich werde den Erzbischof in Kenntnis setzen, dann seid ihr bald in Freiheit.«

Sveta schob sich eine Haarsträhne hinters Ohr. »Der wird sich wohl kaum für uns interessieren.«

Antonia wandte sich zum Gehen. »Gebt den verletzten Männern ein wenig Mehlsuppe. Gewiss haben sie mehrere Tage nichts mehr in den Bauch bekommen.«

16

»Es ist niemand mehr da, der die Strände bewacht? Wie kann das sein? Wo sind Dragan und Jaramir?« Auf Wizlaws Stirn bildete sich eine steile Falte.

»Sie sind verschwunden. Ich habe schon ganz Rujana absuchen lassen, doch niemand will sie gesehen haben.« Hinricus verschränkte die faltigen Finger vor seinem Bauch und sah den Fürsten mit festem Blick an. Die Trauer um Margareta hatte dunkle Ränder unter Wizlaws Augen gezeichnet.

»Einfach so verschwunden? Das kann nicht sein.« Der Fürst erhob sich von seinem Scherenstuhl und schritt träge ans Fenster. Es schien, als läge ihm seine nachtblaue Tunika schwer auf den Schultern. »Hab ich noch nicht genug Kummer?«, raunte er.

»Nun, da niemand mehr die Strände bewacht, heimsen sich die Bewohner von Rujana den Bernstein ein. Ich bin am gestrigen Tag dort gewesen, um die Sammler zu beaufsichtigen. Doch wenn ich das tue, bleibt meine Arbeit auf der Rujanenburg liegen. Von den Nächten will ich gar nicht reden.«

»Wichtig ist erst einmal, dass wir unsere Männer finden.« Wizlaw schnaubte durch die Nase. »Jaramir ist zwar ein Streuner, jedoch nicht über die Insel hinaus. Außerdem besitzt er Verantwortungsbewusstsein und hätte mich unterrichtet, wenn er die Insel verlassen hätte.«

Im Burghof jammerte lautstark ein Esel. Das Fluchen des Fuhrmannes war zu hören. Hinricus kratzte sich das rasierte Kinn und dachte nach. Wie konnte jemand einfach von der Insel verschwinden? Sie hätten eine der Koggen nehmen können, die Tag für Tag hier anlegten. Aber warum? Auch er traute Jaramir nicht zu, dass er einfach verschwand. Zumal fast seine ganzen Habseligkeiten noch auf der Burg waren – auch der Schmuck, den er aus Bernstein gefertigt hatte.

Wizlaw trat vom Fenster weg und sah ihn an. »Dennoch, wir lassen erneut die ganze Insel durchkämmen. Und auch Stralsund. Irgendwo müssen sie ja sein.«

»Wer soll das übernehmen? Ich habe ja nicht einmal Männer, die den Strand überwachen.«

»Vielleicht Gefangene, die auf die Vollstreckung ihrer Strafe warten. Was meinst du?«

»Nein«, sagte Hinricus. »Das halte ich für keinen guten Einfall. Sie könnten dabei flüchten.«

»Hast du einen besseren?« Herausfordernd sah der Fürst ihn an.

»In der Tat. Wir bitten den Deutschorden um Hilfe.«

Wizlaw winkte ab. »Die haben genug mit ihren eigenen Bernsteinschmugglern zu kämpfen.«

»Wir schlagen ihnen ein Geschäft vor. Sie stellen uns Wächter für die Strände und bekommen dafür einen Teil des Bernsteins von Rujana. Ganz nebenbei fragen wir sie um Rat bei unserer Suche nach Jaramir und Dragan. Wir werden sehen, was dabei herauskommt.«

»Um den Bernstein geht es mir nicht. Nur die verschwundenen Männer sind wichtig. Ich kann nicht zulassen, dass meine Landsleute vielleicht einem ungesühnten Verbrechen zum Opfer gefallen sind.«

Hinricus verstand das gut. Dennoch wunderte er sich, dass Fürst Wizlaw nur von »Landsleuten« sprach, da in Jaramirs Adern doch fürstliches Blut floss – zumindest ein wenig. Dann fiel ihm ein, dass Wizlaw vor kurzem diesen Erbvertrag mit dem Dänenkönig Erik Menved unterschrieben hatte. Darin war geregelt, dass das rujanische Lehen an die dänische Krone fallen würde, wenn Wizlaw weiter ohne Erben blieb. Die Nebenlinien verzichteten in diesem Fall auf eine Nachfolge.

Abermals betrachtete Hinricus den Fürsten. Die Unbeschwertheit, die er bisher ausgestrahlt hatte, war verschwunden. Er wirkte verbittert und traurig zugleich, so dass Hinricus ein schlechtes Gewissen bekam, ihn mit den Unzulänglichkeiten auf der Insel behelligt zu haben.

»Ich werde mich darum kümmern«, sagte Hinricus und schenkte Wizlaw roten Wein in einen Pokal.

* * *

Obwohl die Dämmerung noch nicht eingesetzt hatte, saß Jenne in der Kammer und hielt sich die verbundene Hand fest.

»Was ist passiert?«, fragte Antonia die Magd.

»Ich habe mir am Herdfeuer die Finger verbrannt. Für heute bin ich von der Küchenarbeit freigestellt.«

Antonia setzte sich zu ihr. »Ist es schlimm?«

»Es geht. Aber Ihr, Ihr solltet besser bei Eurem zukünftigen Gemahl vorstellig werden. Er lässt bereits den ganzen Tag nach Euch suchen.«

Der Klumpen in Antonias Magen vergrößerte sich auf das Doppelte. »Woher weißt du das?«

»Er hat wohl Metza beauftragt, Euch zu suchen. Sie durchkämmt die ganze Burg nach Euch.«

Antonia verzog die Lippen zu einem schiefen Strich. Ihre Gedanken kehrten jedoch zurück zu Jaramir. »Sobald es geht, werde ich den Erzbischof aufsuchen.« Sie dachte auch an Brana. Wie konnte Jaramir auf Rujana vergnügt nach Bernstein suchen, wenn seine Frau verschleppt worden war? Antonia mochte nicht so recht glauben, dass die beiden vermählt sein sollten. Abgesehen davon, dass sie überhaupt nicht zusammenpassten. Aber sie würde die Wahrheit schon herausfinden.

Jenne krauste die Stirn, sagte aber nichts.

»Conrad hat zwei weitere Männer in seine Gewalt genommen. Sie stammen von der Insel Rujana. Wenn der Erzbischof mich nicht anhört, werde ich ihnen zur Flucht verhelfen.«

»Oje.« Jenne seufzte.

Plötzlich waren auf der Stiege Schritte zu hören. Im nächsten Augenblick stand Metza in der Kammer und stemmte die Hände in die Hüften.

»Wo treibst du dich eigentlich den ganzen Tag herum? Conrad sucht nach dir. Er erwartet dich zum Abendmahl.« Missbilligend sah sie an Antonias staubigen Röcken hinab. »In angemessener Kleidung«, ergänzte sie barsch und verschwand wieder aus der Kammer, ehe Antonia ihr eine Antwort geben konnte.

»Miststück«, raunte Jenne.

Antonia zuckte mit den Schultern und erhob sich. »Ehrlich gesagt verstehe ich nicht, wie sie mit Conrad freiwillig das Bett teilen kann.«

»Weil sie genauso ein Scheusal wie unser Herr ist.« Jenne stand ebenfalls von ihrer Bettstatt auf. »Wenn Ihr erlaubt, hole ich ein Kleid aus Eurer Truhe und sauberes Wasser.«

Antonia dankte der Magd und setzte sich wieder. Ihr Magen schmerzte bei dem Gedanken, Conrad unter die Augen treten zu müssen. Wie sollte sie je ein freundliches Wort für ihn übrig haben können? Anderseits befürchtete sie, er könnte sie von der Burg fortjagen, wenn sie ihm ruppig entgegentrat. Dann würde ihr Bruder sie umgehend in ein Kloster stecken. Wie sollte sie dann noch Jaramir helfen?

Antonia seufzte. An einer Heirat mit Conrad kam sie wohl kaum vorbei.

Jenne kehrte mit einem Kleid und mit Wasser zurück. Antonias Blick fiel auf die verbundene Hand der Magd, und augenblicklich bekam sie ein schlechtes Gewissen. »Ich hätte selbst gehen sollen.« Sie nahm Jenne den Eimer aus der Hand und goss das Wasser in die Waschschüssel.

»Würdet Ihr mich in Euren Dienst nehmen?« Ein schüchternes Lächeln huschte über Jennes Lippen.

»Sicher, wenn der Herr es erlaubt.

Jennes Augen leuchteten. »Dann wascht Euch rasch, damit ich Euch beim Ankleiden helfen kann.«

»Was ist mit deiner Hand?«

Jenne strich leicht über den Verband. »Schmerzt fast schon nicht mehr. Die Köchin hat mir einen Brei aus Mehl und Eiweiß draufgetan.«

Antonia glaubte ihr nicht. »Sei vorsichtig damit, hörst du?

»Ich passe schon auf. Und nun lasst mich Euch beim Ankleiden helfen. Der Herr wird verärgert sein, wenn Ihr ihn noch länger warten lasst.«

»Wenn er das nicht schon ist.« Antonia stieß schwer den Atem aus und überlegte, was sie ihm sagen sollte, wenn er fragte, wo sie gewesen war.

Kurze Zeit später betrat sie den Saal, der so groß war wie der halbe Marktplatz von Stralsund. Teppiche zierten die Wände und zeigten Ritter in einer Schlacht, oder aber auch Wild, das von Jägern über die Felder gehetzt wurde. An den Stellen, wo keine Teppiche hingen, hatte der Ruß der Fackeln die Wände geschwärzt. Die hohen Fenster waren unverglast und ließen die laue Luft des Abends herein. Im Winter waren sie sicher mit Fellen verhangen, um die Kälte auszusperren.

Conrad thronte am Kopfende der langen Tafel mit unzähligen Kerzen, von denen der Wachs tropfte. Links von ihm saßen Rutger und Metza. Conrad trug eine dunkelblaue Tunika, die am Halsausschnitt sowie an den Ärmeln mit goldfarbenem Brokat gesäumt war. Sein Bruder war in ein unscheinbares Hemd gekleidet, und um Metzas Taille schmiegte sich ein Kleid aus sonnengelber Seide. Auf dem Tisch dampfte es aus den Schüsseln, und es roch nach gebratenem Fleisch, aber auch nach Fisch. Der Duft raubte Antonia fast den Verstand, und sie spürte plötzlich, wie groß ihr Hunger war.

Als sie nähertrat, hob Conrad die Augenbrauen. Unsicher, ob sie sich vor ihm verneigen sollte, blieb Antonia an seiner rechten Seite stehen.

»Willkommen auf meiner Burg, werte Jungfer«, sagte er.

Aus den Augenwinkeln sah Antonia, wie Metza den Kopf schüttelte. Dabei gab sie einen schnalzenden Laut von sich. »Wie hochnäsig sie ist«, flüsterte sie vor sich hin.

»Gott zum Gruße«, sagte Antonia und deutete dann doch einen höfischen Knicks an, obwohl ihr dies widerstrebte.

Der Diener, der hinter Conrad stand, trat neben sie und zog den Stuhl ein Stück vor. Antonia wartete, bis Conrad mit einer Geste zeigte, dass sie sich setzen sollte.

Er lächelte ölig. »Ich hatte dich in der Nacht beim Spalier auf dem Burghof erwartet. Aber gut, ich will darüber hinwegsehen.« Das Lächeln auf seinen Lippen schwand, und seine Augen verfinsterten sich. »Doch verlangte ich, in der Frühe von dir begrüßt zu werden. Stattdessen warst du unauffindbar.« Er schlug mit der flachen Hand auf den Tisch. »Als mein Weib hast du mir stets zu Diensten zu stehen.«

Antonia zuckte zusammen und senkte den Blick. »Verzeiht, werter Herr, aber ich habe mich bei einem Spaziergang verirrt.«

»Was treibst du dich außerhalb der Burg herum? Dies ist dir ab sofort untersagt.« Conrad schnaufte wie ein alter Esel.

»Muss ich mir weiterhin mit einer Magd die Kammer teilen?« Antonia hob den Blick und sah zu Metza, die sichtlich errötete.

Unwirsch schob Conrad den Unterkiefer vor und zog die Augenbrauen zusammen. »Was redest du da?«

»Nun, die Gemächer sind mir bisher verwehrt geblieben.« Antonia versuchte, einen gelassenen Gesichtsausdruck aufzusetzen, bebte innerlich jedoch.

»Hättest du mir eine Nachricht zukommen lassen, wäre dies nicht geschehen«, raunte Metza und schoss mit ihrem Blick Pfeilspitzen auf den Burgherrn. »Ich wusste nicht, wer sie war. Sie hätte eine Fahrende sein können.«

Neben ihr pickte Herr Rutger mit der Fingerspitze ein Staubkorn von der Tischplatte. Er wirkte, als wäre er mit den Gedanken ganz woanders.

»Du willst doch nicht etwa behaupten, dass meine Braut wie eine Fahrende aussieht«, donnerte Conrad über den Tisch hinweg.

Metza zuckte nur mit den Schultern und blickte ihn mit hochgezogenen Augenbrauen an.

»Ich fasse es nicht!« Er holte tief Luft und klatschte in die Hände.

Der Diener trat hervor und platzierte die silbernen Teller vor ihnen. Anschließend teilte er den gebratenen Fasan mit einem Messer und servierte den Anwesenden je ein Stück. Den Frauen teilte er es in mundgerechte Stücke, bei den Männern beließ er es, wie es war.

Conrad sprach ein lateinisches Gebet. Danach griff er nach seinem Messer, schnitt damit ein großes Stück aus dem Braten und stopfte es sich in den Mund. Angesichts ihres Hungers konnte auch Antonia es kaum erwarten, den ersten Bissen zu nehmen. Sie kaute ihn genüsslich und nahm gleich einen weiteren hinterher, dem ein nächster folgte, bis nichts mehr in ihren Mund passte.

Conrad beäugte sie mit zusammengezogenen Brauen. »Hat dich der Spaziergang so hungrig gemacht?«

Rasch schluckte Antonia den Bissen hinunter und bekam dabei ein Stück in den falschen Hals. Sie hustete und hustete, und es dauerte eine gefühlte Ewigkeit, bis sie wieder Luft bekam. Conrads Kopf schwankte vor ihren Augen. Kurz darauf begann sich der Saal um sie zu drehen, und sie befürchtete, jeden Augenblick in Ohnmacht zu fallen.

»Lieber Himmel, du bist ja ganz blass«, bemerkte Conrad und hielt ihr einen Becher Wein hin. »Hier, trink das.«

Antonia leerte den Becher in einem Zug. Allmählich legte sich der Schwindel, doch in ihrem Kopf blieb ein Summen, als hätte er sich in einen Bienenstock verwandelt.

Die ganze Zeit über konnte sie Jaramirs Anblick nicht vergessen. Wie er dagelegen hatte mit seinen schweren Verletzungen und dem geschundenen Gesicht. Antonia spürte Tränen des Zorns in ihre Augen steigen. Da sie vor Conrad nicht weinen wollte, blinzelte sie rasch.

Er beachtete sie jedoch nicht mehr und richtete sein Augenmerk auf den Bruder. Rutger hielt den Blick immer noch gesenkt, als ginge ihn das Ganze nichts an. Geistesabwesend malte er mit dem Finger die Holzmaserung in der Tischplatte nach. Das Stück Braten vor ihm auf dem Teller blieb unberührt.

»Du musst etwas essen, hörst du, Rutger?«, sagte Conrad mit sanfter Stimme.

Mit seiner mageren Gestalt erinnerte Herr Rutger an eine verhungerte Ziege. Verneinend schüttelte er den Kopf.

Herr Conrad stieß unwirsch den Teller von sich. »Herrgott nochmal!«, fluchte er. »Du musst für deinen Sohn da sein! Ist es dir gleich, wenn er ohne Vater aufwächst?«

Rutger biss sich auf die Unterlippe. »Musst du mir noch mehr Angst einjagen, als ich ohnehin schon habe?« Sein Atem beschleunigte sich. Die Hand zu einer Kralle geformt, griff er sich an die Brust.

Herr Conrad senkte den Blick. »Nein, verzeih«, sagte er leise. »Doch du hast seit Tagen nichts mehr gegessen, und das Fleisch ist dir schon von den Rippen gefallen.«

»Wenn ich zur Ader gelassen werde, wird sich das bessern.«

»Wenn der Medicus dir weiterhin das Blut aus dem Leib laufen lässt, hast du bald keins mehr.«

Metza schluchzte auf. »Hört doch endlich auf! Mir wird ja schon angst und bange, bald als Witwe dazustehen.«

Was für ein verlogenes Weibsbild sie doch war. Antonia schüttelte sich innerlich und fragte sich plötzlich, wer von den beiden Brüdern der wirkliche Vater von Friedrich war.

Das kleine Kerlchen tat ihr von Herzen leid, und Rutger weckte ebenfalls ihr Mitgefühl.

Dieser griff nach Metzas Hand. »Geleitest du mich in unser Gemach? Mit stolpert das Herz in der Brust. Ich muss mich hinlegen.«

»Sicher.« Metza sog tief den Atem ein und erhob sich, um ihn aus dem Saal zu führen.

Mit sorgenvoller Miene sah Conrad ihnen hinterher.

Nun war Antonia mit ihrem zukünftigen Gemahl allein in diesem Saal und fühlte sich nicht größer als eine der Fliegen, die um den Braten schwirrten. »Was hat er denn?«, fragte sie mit dünner Stimme.

»Es gibt nichts, wovor er sich nicht fürchtet. Tagtäglich sorgt er sich um alles und jedes, aber am meisten um sein Herz.« Herr Conrad runzelte die Stirn.

»Das muss schlimm für ihn sein«, sagte Antonia und faltete die Hände in den Schoß. Conrad sorgte sich um seinen Bruder, das sah sie ihm an. Dann dachte sie daran, wie er Jaramir zugerichtet hatte, und es fiel ihr schwer zu glauben, dass dieser grausame Mann ein Herz haben sollte. Sie hätte ihm ins Gesicht spucken können, so sehr verachtete sie ihn.

»Ist es auch, aber das Schlimmste ist, dass ich mir den Mund in Fetzen reden kann – er gibt einfach nichts darauf, wenn ich ihm sage, dass seine Sorgen unbegründet sind.« Sein Blick verfinsterte sich.

Antonia hielt sich die Hand vor den Mund und unterdrückte ein Gähnen. Sehnsüchtig blickte sie zu der zweiflügeligen Tür, durch die in diesem Augenblick Metza mit gewohnt mürrischem Gesichtsausdruck zurückkehrte.

»Euer Gemach ist hergerichtet. Es ist das mittlere im Gästetrakt«, sagte sie.

»Was ist mit meinen Truhen?«

»Einen Knecht, der sie Euch hochträgt, werdet Ihr wohl noch selbst finden«, entgegnete Metza mit eisiger Stimme.

Antonia sah zu Herrn Conrad. »Darf ich mich erheben?«

»Ja, sicher.« Er wedelte mit der Hand, als würde er eine Fliege verscheuchen.

Antonia stand von ihrem Stuhl auf. Als sie zur Tür ging, hörte sie Metza abermals mit der Zunge schnalzen. »Sie hat einfach keinen Anstand.«

Antonia fiel ein, dass sie den Hofknicks zum Abschied vergessen hatte. Aber warum sich darüber Gedanken machen? Sie stand so oder so weder in Conrads noch in Metzas Gunst.

Am Treppenabsatz fragte Antonia eine der Mägde nach dem Gästetrakt und fand ihn im zweiten Stockwerk des Wohnhauses. Sie schob die mittlere Tür des Flures auf und sah hinein. Das Gemach war zweimal so groß wie Jennes Kammer. An den beiden kleinen Fenstern, die zum Burghof zeigten, waren die Holzläden verschlossen. Antonia klappte sie nach außen auf. Als das Licht der untergehenden Sonne in das Gemach fiel, beäugte sie ausgiebig ihre Bleibe. Auf dem Bett waren die Decken zerwühlt. Der Nachttopf, der davor stand, war bis zum Rand mit Unrat gefüllt. Angewidert wandte sie den Blick ab. Auf dem Tisch stand ein Teller mit abgenagten Hühnerknochen, um die vereinzelte Fliegen schwirrten. Wahrscheinlich sah Metza auch vor, dass sie sich selbst eine Magd suchen sollte, die hier für Ordnung sorgte. Allmählich überfiel sie der Zorn. Was wollte Metza damit bezwecken? Sie noch vor der Vermählung von der Burg treiben?

Antonia hob den Nachttopf vom Boden auf und kippte dessen Inhalt schwungvoll aus dem Fenster. Ein spitzer Schrei war zu hören.

»Verdammtes Biest!«, hörte sie Metza keifen.

Antonia spähte aus dem Fenster. »Das tut mir leid!«, rief sie und konnte sich dabei ein Lächeln nicht verkneifen.

Der Schwall war vor Metzas Füße gelandet, und nun verzierten braune Spritzer ihre seidenen Schuhe sowie den Rocksaum. Mit ihrem Blick schoss sie flammende Pfeile hinauf zum Fenster, hob die Röcke und stapfte davon.

Antonia riss die schmutzigen Laken vom Bett und warf sie in eine Ecke. Anschließend verließ sie das Gemach, um Jennes Kammer aufzusuchen.

Die Dienstmagd rieb sich gerade mit einem nassen Lappen den Leib ab. Als sie Antonia bemerkte, hob sie rasch ihr Kleid auf und bedeckte sich damit. Eine zarte Röte überzog ihr Gesicht.

Antonia setzte sich seufzend auf ihre ehemalige Bettstatt. »Wenn du dich angekleidet hast, ziehst du zu mir in das Gästegemach, um meine Leibmagd zu sein.«

Ein Strahlen huschte über Jennes Gesicht. Rasch zog sie sich das Kleid über. »Wirklich? Ist es schon so weit? Hat der Herr sein Einverständnis gegeben?«

Antonia biss sich auf die Unterlippe. »Ich denke, das ist nicht vonnöten. Metza hat mir ein schmutziges Gemach überlassen, so dass ich mich wohl selbst um eine Magd kümmern muss.«

Mit fröhlicher Miene packte Jenne rasch ihre wenigen Habseligkeiten zusammen und verknotete den Beutel. Antonia legte sich ihr schmutziges Kleid über den Arm und nahm ihren Kamm.

»Kannst du nachher einen Knecht suchen, der mir meine Truhen hinaufbringt?«

»Sicher«, entgegnete Jenne und sah sich noch einmal in der Kammer um. »Wisst Ihr schon, wann die Vermählung stattfindet?«, fragte sie, als sie sich auf den Stiegen zum Gästetrakt befanden.

»Nein.« Beim Abendmahl hatte Antonia absichtlich diese Frage vermieden, da sie die Antwort fürchtete. »Herr Conrad hat nichts darüber verlauten lassen.«

Jenne hielt ihr die Tür zu dem Gemach auf. Als die Magd hinter ihr eingetreten war, verzog sie das Gesicht. »Das ist wirklich eine Zumutung.« Sie warf ihren Beutel in eine Ecke. »Ich besorge sofort frische Laken und einen Eimer Wasser, um hier sauberzumachen.« Sie nahm die Schmutzwäsche vom Boden auf und eilte hinaus.

Bevor die Dunkelheit einbrach, hatte Jenne den Raum hergerichtet und sogar einen Strauß wohlriechenden Lavendel kopfüber an die Wand gehängt. Zwei Knechte, von denen einer seinen Fuß hinter sich her schleifte, hievten außer Atem die Truhen in das Gemach.

Antonia verspürte lähmende Müdigkeit in ihren Gliedern. Sie zog sich bis auf das Untergewand aus und legte sich auf das frische Laken. Über ihr verströmte der Lavendel seinen Duft und erinnerte an satte Sommerfelder. Antonia fielen die Augen zu.

* * *

Metza rieb sich die müden Augen. Nach dem Abendmahl hatte Conrad ihr die Gäste genannt, die sie zur Hochzeit einladen sollte. Nun betrat sie ihr Gemach. An den Wänden brannten noch die Fackeln, die sie für Rutger entfacht hatte, da er an diesem Abend die Dunkelheit fürchtete. Metza wollte sich gerade die Schuhe von den Füßen streifen, da hörte sie im Nebenzimmer den kleinen Friedrich weinen. Sie strich sich über die schmerzenden Schläfen. Die Amme litt immer noch unter Durchfall, und Metza hatte eine alternde Magd zu Friedrich geholt, damit sich diese um ihn kümmerte.

Das Geschrei gewann an Lautstärke. Metza warf einen besorgten Blick zu Rutger, dessen Haupt in einem tiefen Kissen versunken war. Seine Lider flackerten, und er gab ein Stöhnen von sich. Metza schlich aus dem Gemach, um das Nebenzimmer aufzusuchen.

Die rotwangige Magd stand vor dem Kinderbett, in dem der kleine Friedrich schrie. Windend wehrte er sich gegen den Griff der Frau, die mit einer Hand seine Arme festhielt und in der anderen ein Horn hielt, das mit einem Fingerling aus Pergament überzogen war. Stoisch versuchte sie, ihm die Ziegenmilch zu füttern, doch Friedrich wandte das hochrote Gesicht ab, versteifte schreiend den kleinen Leib und trat um sich.

Als die alte Magd Metza neben sich bemerkte, ließ sie den Kleinen los und sah schulterzuckend zu ihr auf. »Die Amme sollte ihn abstillen. Er ist mittlerweile alt genug, um richtige Nahrung anzunehmen.«

Metza beugte sich über das Bett und griff nach Friedrich, um ihn hochzuheben. Für einen Augenblick verstummte er und sah sie verdutzt an, dann aber wandte er wieder den Kopf ab und schrie so laut, wie es seine kleinen Lungen zuließen.

Metza hielt ihn dennoch auf ihrem Arm und sah die Magd böse an. »Ich fürchte, du hast dich in deinem ganzen Leben noch um kein Kind gekümmert.«

»Doch, Herrin. Gewiss habe ich das. Um mehr als ein

Dutzend, das könnt ihr mir glauben. Und ich sage Euch, der Junge ist zu verwöhnt.«

Friedrichs Geschrei verstummte. Er griff beharrlich nach Metzas Brust, als wollte er durch den Stoff des Kleides an Milch gelangen. Metza verlagerte ihn auf den anderen Arm. Augenblicklich verfiel Friedrich wieder in lautes Gezeter. Hilflos stand sie da und starrte ihn an. Sofort nach der Geburt hatte sich die Amme seiner angenommen. Hin und wieder hatte Metza ihn in den folgenden Monaten in ihren Armen gewiegt und ein wenig mit ihm gespielt, doch wenn er unleidlich wurde, hatte sie ihn wieder der Amme gegeben – was in der letzten Zeit, seit er laufen konnte, immer öfter vorgekommen war. Der kleine Friedrich war ihr fremd geworden. Eine Erkenntnis, die Metza ins Herz schnitt.

Am liebsten wäre sie jetzt gleich mit ihm zur Amme gelaufen und hätte ihn ihr in die Arme gelegt. Doch dann bestand die Gefahr, dass er ebenfalls an diesem Durchfall erkranken würde, der die Amme mit hohem Fieber heimgesucht hatte.

Abermals versuchte Friedrich mit seinem Mund ihre Brust zu erreichen. Eigentlich war er doch schon viel zu alt dazu. Metza ließ sich seufzend auf dem Stuhl nieder, löste die Schnüre ihres Mieders und legte die Brust frei. Gierig saugte sich Friedrich an der Warze fest. Als er nach einer Weile bemerkte, dass keine Milch kam, runzelte er die Stirn, sah Metza mit finsterem Blick an und biss zu. Metza schrie auf und riss den Jungen von ihrer Brust. Dann sprang sie auf und stieß ihn der Magd in den Arm.

»Hier, nimm diesen schrecklichen kleinen Kerl und bring ihn in einen anderen Trakt der Burg. Weit weg, wo er uns mit seinem Gebrüll nicht belästigt.« Hastig schnürte sie das Mieder zu und rannte aus dem Zimmer. Tränen rannen über ihre

Wangen, als sie ihr Gemach betrat. Immer noch hallte Friedrichs Gebrüll in ihren Ohren. Die Tür fiel ins Schloss, und sein Geschrei entfernte sich.

An die Kissen gelehnt, saß Rutger im Bett und hielt sich die Brust.

»Ist er krank?«, keuchte er. »Hat er auch diesen Durchfall wie seine Amme?«

»Nein, er ist nur widerborstig. Aber die Magd wird ihn in ein anderes Zimmer bringen, damit er uns mit seinem Gebrüll nicht den Schlaf raubt.«

»Der arme Junge.« Rutger seufzte. »Sicher plagt ihn irgendetwas, sonst würde er doch nicht weinen. Ach Metza, ich sorge mich um ihn.«

Als sie in Rutgers aschfahles Gesicht sah, hätte sie abermals am liebsten geschrien. Metza raufte sich die Haare und wehrte sich innerlich gegen die Hilflosigkeit, die sie empfand. Doch es half nichts, der Druck in ihrem Kopf wurde immer heftiger. Metza schnappte nach Luft und lief aus dem Gemach. Zwei Stufen auf einmal nehmend, rannte sie die Stiegen hinab und stieß das Portal auf. Erst als sie die Wehrmauer am Rande der Hauptburg erreichte, blieb sie stehen, um die klare Nachtluft tief einzuatmen. Sie blickte durch eine Scharte auf die umliegenden Wälder, die der volle Mond mit seinem silbrigen Licht überzog. Der Rhein schlängelte sich mit seinen glitzernden Wogen am Fuße des Drachenfelsens. Metza spürte den Wind in ihren Haaren und konnte die Tränen nicht mehr zurückhalten. Sehnsucht überfiel sie. Nur wonach? Sie wusste es nicht.

Ein Seufzer entrang sich ihrer Kehle. Ihre Gefühle zählten im Augenblick nicht. Morgen in der Frühe musste sie die Gewandschneiderin aufsuchen, um sie zu Antonia zu schicken.

Sie presste die Lippen aufeinander. Sollte Rutger tatsächlich in absehbarer Zeit sterben, so hatte sie gehofft, Conrad würde sie nach dem Trauerjahr zur Gemahlin nehmen. Doch nun hatte er diese Kaufmannstochter in die Burg geholt, die nach Rutgers Tod neben Conrad an erster Stelle das Sagen über die Bediensteten haben würde.

17

Jaramir erwachte von der Männerstimme, die ein Kommando über die Lichtung brüllte. Obwohl er unter unsäglichen Schmerzen litt, hatte die Erschöpfung ihm in den letzten Stunden gnädigen Schlaf gebracht. Doch nun übermannte ihn der Schmerz in den Rippen erneut und raubte ihm den Atem. Stöhnend wandte er den Kopf zu Brana, die sich neben ihm verschlafen die Augen rieb.

»Dieser verdammter Sohn eines Esels«, sagte Brana in der polabischen Sprache. »Es ist noch zu früh.«

Jaramir sah zu der kleinen Fensteröffnung, durch die grau das erste Licht des Morgens fiel. Brana richtete sich auf und riss die Decke von ihrem Leib. Ihr Haar stand in zotteligen Strähnen vom Kopf ab, und das zerschlissene Untergewand bedeckte kaum ihre Brust. Sie sah Jaramir an und strich ihm mit ihren warmen Fingern über die Wange. »Ich will mich erst um dich kümmern, bevor uns dieser Bastard in den Steinbruch schleppt.«

Jaramir wandte den Blick von ihr ab. Er musste unbedingt wieder auf die Beine kommen, um Brana nicht wehrlos ausgeliefert zu sein.

Sie stand auf und warf sich ihr Kleid über, das wohl aus Jutesäcken zusammengenäht war. Draußen schrie der Aufseher ein zweites Kommando. Unbeirrt wusch Brana ein Tuch in der Waschschüssel aus. Sie kniete sich vor Jaramir und zog die Decke zurück.

»Lass gut sein. Ich will das nicht«, knurrte er.

»Deine Wunden müssen gesäubert werden.« Sie begann seine Brust abzutupfen, die mit roten Striemen überzogen war.

»Mit dem Wasser und dem schmutzigen Tuch wischst du nur noch mehr Dreck hinein.« Er wehrte ihre Hand ab und zog sich unter Schmerzen die Decke wieder über.

Brana klatschte den Lappen auf den Boden. »Dann verreck doch daran, du Bastard!«, keifte sie und erhob sich von den Knien.

Die Tür flog auf und der Aufseher trat ein. Augenblicklich schlug er mit der Peitsche auf den Boden, und Jaramir zuckte zusammen.

»Habt ihr es an den Ohren?«, donnerte der Mann.

Brana kniff die Augen zusammen. »Drecksack! Nicht einmal ein Frühmahl bekommen wir mehr«, keifte sie auf Polabisch.

Der Schwanz der Peitsche durchschnitt abermals pfeifend die Luft. Die Röcke gerafft, lief Brana an dem Aufseher vorbei aus der Hütte.

Der Mann trat näher zu Jaramir. »Was ist mit dir?« Unsanft stieß er mit dem Fuß gegen Jaramirs Seite.

Der Schmerz trieb Jaramir den Schweiß auf die Stirn. Keuchend krümmte er sich.

»Aufstehen!«, schrie der Aufseher und riss ihm die Decke fort.

Jaramir atmete tief ein und versuchte sich aufzurichten. Er befürchtete, dass die Spitze einer Rippe in seine Lunge stach. Er stützte sich mit den Händen auf den Boden und ging auf die Knie. Um ihn herum drehte sich die Hütte, doch er biss auf die Zähne und versuchte hochzukommen. Taumelnd fiel er gegen den Aufseher, der nach seinem Arm griff und ihn aus der Hütte zerrte. Die aufgehende Sonne stach in Jaramirs Augen. Seine Beine knickten ein, und er fiel in den Staub. Er fühlte sich so schwach, als hinge ein Mühlstein um seinen Hals. Die Schmerzen in seinen Rippen nahmen ihm auch weiterhin die Luft zum Atmen. Obwohl er dagegen ankämpfte, konnte er ein Wimmern nicht unterdrücken.

»Hör auf zu winseln wie ein Köter. Auf die Beine mit dir!«

Im nächsten Moment wurde es Jaramir schwarz vor den Augen. Branas Schreie hörten sich immer weiter entfernt an, bis er gänzlich die Besinnung verlor.

* * *

Nichts hielt Antonia an diesem Morgen auf der Burg. Sie schlug die Decke zurück und sprang mit rasendem Herzen aus dem Bett. Es war nur ein Traum, sagte sie sich immer wieder. Jaramirs Gesicht hatte darin so bleich und aufgedunsen ausgesehen wie das des Vaters.

Einen Eimer Wasser in der Hand haltend stieß Jenne die Tür auf.

»Gut geschlafen?«, fragte sie fröhlich.

»Nein.« Antonia ging zu einer Truhe und holte das erstbeste Kleid heraus. »Ich muss unbedingt zur Lichtung. Irgendetwas stimmt mit Jaramir nicht.«

»Wir kommt Ihr darauf?«

»Ich spüre es.« Antonia entwirrte rasch mit den Fingern ihr Haar und flocht es zu einem Zopf, den sie offen über den Rücken hängen ließ.

»Ich fürchte, Ihr müsst hierbleiben.« Jenne kaute auf dem Nagel ihres Zeigefingers herum.

»Weshalb?« Antonia nahm einen Schluck Bier aus dem Krug, den Jenne bereits vor dem Morgengrauen bereitgestellt haben musste.

»Ich soll Euch von Frau Metza ausrichten, dass Euch die Gewandschneiderin nach dem Frühmahl aufsuchen wird.«

»Die Gewandschneiderin? Wozu?«

Jenne betrachtete ihren Finger und zuckte mit den Schultern. »Ich denke, sie will die Maße für Euer Hochzeitsgewand nehmen.«

Die Wirklichkeit holte Antonia mit einem Schlag ein, der ihr die Knie zittern ließ. »Das geht nicht. Sag ihr, sie soll heute Nachmittag – oder besser noch morgen – kommen.«

Jenne faltete die Hände vor der Brust. »Antonia, bitte, das könnt Ihr nicht tun. Der Herr wird verärgert sein. Von Frau Metza ganz zu schweigen. Nicht, dass sie Euch noch vor der Hochzeit verstoßen.«

»Dann sollen sie doch.« In diesem Augenblick zählte für Antonia nichts mehr, als Jaramir zu helfen. Sie musste nach ihm sehen, um sich zu vergewissern, dass er lebte. Alles andere war gleichgültig. Sie warf sich ihren Umhang über die Schultern und eilte aus dem Gemach.

In der Küche ließ sich Antonia von der Köchin Markknochen, saubere Tücher und eine Salbe aus Ringelblumen einpacken. Als die Frau sie mit großen Augen ansah, bat Antonia nur um Stillschweigen. Dann nahm sie einen Hühnerschlegel, der wohl vom Vorabend übrig geblieben war, und verließ die Küche. Auf dem Burghof zog sie sich die Gugel über den Kopf und lief zum Tor. Der Wächter nickte nur tumb und ließ sie passieren.

Auch wenn Antonia fast rannte, zog sich der Weg zum Maelberg unendlich lang hin. Ihr Herz klopfte bang, als sie endlich bei Sigi ankam und ihm den Hühnerschlegel reichte.

Er biss sofort hinein. »Gibt es Probleme auf der Lichtung?«, fragte er mit vollem Mund.

»Der Schwangeren geht es nicht gut. Sie hat weiterhin starke Blutungen.« Rasch zog Antonia das Tuch wieder über ihren Korb.

Genüssliche schloss Sigi die Augen. Es schien, als habe er Antonias Worte gar nicht mitbekommen. Sie verabschiedete sich von ihm und setzte ihren Weg fort. Bald schon sah sie die Hütten und rannte die letzten Schritte, so schnell sie konnte. Aus der Ferne sah sie Jaramir auf dem Boden liegen. Sie ließ den Korb fallen und eilte zu ihm. Er lag in der prallen Sonne auf dem Rücken, die Arme von sich gestreckt und das Gesicht mit den geschlossenen Augen zur Seite gewandt. Antonias Brustkorb zog sich zusammen, so dass sie kaum noch zu atmen vermochte. Nie in ihrem Leben hatte sie solch eine Angst verspürt. Sie ließ sich auf die Knie fallen und rüttelte an seinen Schultern. Jaramir regte sich nicht. Er war tot! Tränen perlten auf die Striemen seiner entblößten Brust.

»Wach auf, Jaramir! Hörst du? Du musst aufwachen!«, rief sie mit bebender Stimme. Hilflos sah sie sich um. Außer ihnen beiden war niemand mehr im Lager. Sie neigte den Kopf und horchte an seiner Brust, doch ihr eigenes Herz klopfte so heftig, dass sie nichts anderes hören konnte. Er war tot! Genau wie Vater. Alle Menschen, die sie liebte, gingen von ihr. Antonia ließ sich neben Jaramirs Leib in den Staub sinken und umfasste ihre angewinkelten Knie. Schluchzend wiegte sie ihren Oberkörper. Da spürte sie plötzlich, wie etwas ihren Rücken berührte. Erschrocken fuhr Antonia um. Jaramir hatte die Hand gehoben und tastete nach ihr. Seine Augen hielt er immer noch geschlossen, doch seine Lippen bewegten sich lautlos.

Unendlich erleichtert beugte sich Antonia über sein Gesicht und strich ihm das Haar aus der Stirn. »Jaramir, ich bin bei dir. Stirb nicht. Hörst du? Das musst du mir versprechen«, wisperte sie mit tränenerstickter Stimme.

Er nickte kaum wahrnehmbar und hielt die Lider weiterhin gesenkt. Antonia sprang auf, um am Bach Wasser zu holen. Als sie zurückkehrte, benetze sie ihm erst die Lippen und ließ ihn dann trinken. Anschließend lief sie in die Hütte und raffte die Decken zusammen. Wieder bei Jaramir, schob sie eine davon unter seinen Kopf, mit der anderen deckte sie ihn zu.

Endlich öffnete Jaramir die Lider. »Er wird mich totprügeln, wenn ich nicht bald in den Steinbruch gehe.«

»Der Aufseher hat dich so zugerichtet? Dachte ich es mir.« Antonia sog tief den Atem ein. »Aber wie sollst du in deinem Zustand in den Steinbruch gehen können? Der Aufseher gehört selbst ausgepeitscht.« Antonia widerstand dem Drang, zum Steinbruch zu laufen, um dem Mann ins Gesicht zu spucken. Was würde sie auch gegen ihn ausrichten? Stattdessen nahm sie den Zunderschwamm und entfachte ein Feuer, um die Rinderknochen auszukochen. Während die Brühe im Kessel dampfte, behandelte sie Jaramirs Wunden mit der Ringelblumensalbe. Sie würde ihm nicht von der Seite weichen, bis die anderen wiederkamen. In diesem Augenblick wusste sie nicht, ob sie ihn überhaupt je wieder würde verlassen können. Auf der Burg hatte sie ja doch keine ruhige Nacht mehr.

»Seid nicht dumm und geht zurück auf die Festung«,

sagte Jaramir, als hätte er ihre Gedanken gelesen. »Ihr bringt Euch nur in Gefahr. Euer Gemahl wird wissen wollen, wo Ihr gewesen seid.«

»Mach dir um Herrn Conrad keine Sorgen. Der hat genug mit seinem Bruder zu schaffen.« Antonia dachte an die Gewandschneiderin. Conrad würde vielleicht nicht nach ihr fragen, aber Metza, die würde jeden Winkel der Burg nach ihr absuchen. Und natürlich würde sie es sich nicht entgehen lassen, Conrad von der Abwesenheit seiner Braut zu berichten.

Antonia wischte den Gedanken beiseite und schöpfte die Brühe in eine Schale, um sie abkühlen zu lassen. Dann setzte sie sich wieder neben Jaramir und tupfte ihm mit einem Tuch den Schweiß von der Stirn. Er war der Sonne, die inzwischen hoch am Himmel stand, schutzlos ausgeliefert. Antonia breitete das Tuch aus und legte es über sein Haar.

»Du musst in den Schatten.« Sie sah sich verzweifelt um. »Meinst du, du schaffst es mit meiner Hilfe bis dort drüben?« Sie zeigte auf eine Linde, deren dichtes Geäst einen kleinen Schatten warf.

Jaramir stützte sich auf die Ellenbogen und folgte mit dem Blick ihrem Finger. »Wäre wohl besser, bevor ich einen Sonnenstich bekomme«, ächzte er.

Antonia schob ihre Hand unter seinen Oberarm, um ihn zu stützen. Bei der Berührung seiner Haut floss ein warmes Gefühl durch ihren Leib, das sie so doch nicht spüren durfte. Er gehörte zu Brana – und sie zu Conrad. All ihre Kraft wandte sie auf, um ihm auf die Beine zu helfen.

Jaramir gab einen erstickten Schrei von sich. Anschließend biss er die Zähne zusammen, ging auf die Knie und erhob sich mit Antonias Hilfe. Mit letzter Kraft schleppte er sich zu der Linde und ließ sich unter ihrem Geäst ins Moos fallen. Antonia holte die Decken und schob ihm eine davon wieder unter den Kopf.

»Sobald es dir besser geht, müsst ihr von hier fliehen. Ich werde euch helfen.«

Jaramir lachte heiser auf. »Fliehen? Daran ist mit meinen Verletzungen wohl kaum zu denken. Vom Rhein bis nach Rujana ist es ein langer Weg. Glaubst du nicht, Conrad von Drachenfels würde uns seine Schergen auf den Hals hetzen?«

Antonia dachte nach. »Ich könnte einen Boten nach Stralsund schicken, der Fürst Wizlaw eine Nachricht überbringt.«

»Kennt Ihr denn hier einen Boten?«

Antonia schüttelte den Kopf und musste zugeben: »Nein. Ich weiß nicht einmal, wem außer Jenne ich vertrauen könnte.« Sie sah Jaramir an. »Aber ehe du wieder auf den Beinen bist, ist mir gewiss etwas eingefallen.«

Jaramir verzog das Gesicht. »Ich glaube, Conrad hat mir sämtliche Rippen gebrochen.« Er wandte den Blick zu ihr. »Ihr müsst gehen, Antonia. Wenn Conrad herausfindet, dass Ihr die Lichtung kennt, werdet Ihr uns nicht mehr helfen können.«

»Weshalb hast du mir auf Rujana nicht von Brana erzählt?«, fragte Antonia unvermittelt.

»Warum sollte ich?« Jaramir sah sie verständnislos an.

»Weißt du, was ich nicht verstehe?«

»Nein. Aber vielleicht sagt Ihr es mir.«

»Weshalb hast du sie nicht gesucht, nachdem sie verschleppt worden war?«

»Ich wusste ja nichts davon.«

»Aber sie ist doch deine angetraute Frau!« Antonia glaubte langsam, er wollte sie an der Nase herumführen.

»Meine was?« Jaramir lachte heiser auf. »Hat sie Euch das erzählt?«

»Sie nicht, aber Sveta.«

Jaramir schüttelte kurz den Kopf, stöhnte dann aber vor Schmerz auf und legte die Hand auf seine Rippen. »Das ist gelogen.«

»Wie kommt sie denn dazu, Sveta gegenüber zu behaupten, sie sei dein Weib, wenn es gar nicht stimmt?«

»Vielleicht, weil es ihr Wunsch ist. Ihr müsst wissen, wir kennen uns von der Rujanenburg. Sie hat dort als Magd gearbeitet, und wir hatten eine …« Er brach ab.

»Liebschaft?«, fragte Antonia nach. Weshalb auch immer, dieser Gedanke gefiel ihr ganz und gar nicht.

»Es war nicht richtig von mir.« Jaramir kratzte sich den blonden Bart, der ihm mittlerweile gewachsen war. »Danach glaubte sie, einen Anspruch auf mich zu haben.«

»Und was ist dann geschehen?«

»Sie ist mir nicht mehr von der Seite gewichen und hat jedem erzählt, ich hätte um ihre Hand angehalten. Als ich ihr sagte, sie solle mit den Lügen aufhören, hat sie den Dolch gezückt.«

Erschrocken riss Antonia die Augen auf.

»Es war nur eine Schramme«, sagte Jaramir und sah auf seinen Oberarm, über den sich eine silbrig schimmernde Narbe zog. »Ich konnte sie abwehren.«

»Wollte sie dich wirklich töten?« Antonias Blick haftete auf der Narbe. Sie widerstand dem Drang, mit dem Finger darüberzustreichen.

»Ich weiß es nicht. Nach diesem Vorfall habe ich sie der Burg verwiesen.«

»Sie ist gefährlich. Du hättest sie den Schergen übergeben sollen.«

»Ich hätte nicht mit ihr im Stroh liegen dürfen. Damit habe ich ihr Hoffnung gemacht.«

Antonia hob die Schultern. »Möglich, ja. Aber wenn wir stets die Folgen unserer Fehler vorher wüssten, würde kaum noch ein Mensch einen begehen.« Sie sah ihn an. »Was hast du auf der Burg gemacht?«

»Ich bin weitläufig mit Fürst Wizlaw verwandt. Meine Mutter war eine entfernte Cousine von ihm.«

»War?«

Jaramir nickte. »Die Pest hat sie und meinen Vater dahingerafft, als ich ein Junge von fünf Lenzen war.«

»Das tut mir leid für dich.« Antonia legte die Hand auf seinen Arm und genoss das Kribbeln, das dabei durch ihre Finger fuhr.

»Die Zeit hat die Wunde in meinem Herz weitgehend geheilt.«

»Was ist danach geschehen?«

»Fürst Wizlaw hat mich in die Burg geholt, wo ich von einem Geistlichen erzogen wurde. Dafür bin ich ihm ewig dankbar. Er hat mir alle Freiheiten gewährt, und so verbrachte ich die meisten Tage mit Dragan am Strand und bewachte mit ihm die Bernsteinsammler.«

»Deshalb haben sich die Männer vor dir verneigt – weil du von Adel bist. Ich denke, ich sollte dich nun wirklich nicht mehr wie einen einfachen Mann ansprechen.« Ihre Hand ruhte immer noch auf seinem Arm.

»Nein, Antonia.« Jaramir nahm ihre Hand und führte sie an seine Lippen. »Ich mag dich sehr.«

Ein Blitz fuhr durch Antonias Körper. Rasch entzog sie Jaramir ihre Hand, erhob sich schweigend und holte die Schale mit der Rinderbrühe. Jaramir hatte recht, sie konnte nicht bleiben, bis die anderen aus dem Steinbruch zurückkehrten. Es würde ihr die Vernunft rauben.

Sie reichte ihm die Schale und achtete darauf, dass sie mit ihren zittrigen Fingern nichts verschüttete. »Die Brühe wird dich kräftigen. Trink sie.«

Dankbar sah er sie an. »Sie haben Dragan mit in den Steinbruch genommen. Ich hoffe, er bricht dort nicht zusammen.«

Antonia seufzte und klopfte sich den Staub von den Röcken. »Du hast recht, Jaramir. Ich muss gehen. Die Gewandschneiderin wartet auf mich.« Widerwillig verabschiedete sie sich von ihm.

Als Antonia kurz darauf das Burgtor passierte, lief ihr Jenne mit gehobenen Röcken entgegen. »Frau Metza ist außer sich«, keuchte sie atemlos, »weil Ihr nicht auf der Burg seid.«

»Sie ist doch immer außer sich, wenn es um mich geht.«

»Ihr solltet nicht mehr zur Lichtung gehen. Irgendwann wird sie Euch folgen.«

Antonia glaubte das nicht. Dazu war Metza viel zu beschäftigt mit den Vorbereitungen der Vermählungsfeier.

»Nun kommt schon, die Gewandschneiderin wartet in ihrem Schneiderzimmer auf Euch«, drängelte Jenne.

Antonia folgte ihr in ein Gebäude, das an der östlichen Burgmauer lag. Es bestand aus zwei Stockwerken mit vielen kleinen Fenstern, durch die gerade mal ein Kopf passte. Das Dach war mit verwitterten Holzschindeln gedeckt, die so schief angeordnet waren, dass sie der nächste Sturm gewiss von dem Gebäude fegen würde.

Jenne lief vor und warf einen Blick über die Schulter, wohl um sich zu vergewissern, dass Antonia ihr folgte. Mit der

Hand deutete die Magd an, sie solle schneller gehen, doch Antonia dachte gar nicht daran. Ihre Gedanken waren immer noch bei Jaramir.

»Nu kommt schon!«, rief Jenne.

Die Magd hatte mehr Angst vor der Herrschaft als eine Maus vor der Katze, stellte Antonia fest. Dann dachte sie daran, was Jenne über Herrn Conrads Umgang mit der Peitsche gesagt hatte, und beschleunigte ihren Schritt. Sie wollte nicht, dass die Magd ihretwegen bestraft wurde.

Die Gewandschneiderin war eine hochgewachsene, hagere Frau, und ihr Gesicht fahl wie Talg. Sie trug eine Cotte aus aschgrauem Brokat, der mit roten Fäden durchzogen war. Als sie eintraten, sah sie missbilligend an Antonias staubigen Röcken hinab. »Ich bin es nicht gewohnt zu warten«, sagte sie näselnd.

»Und ich verbiete mir diesen Ton. Oder gehst du mit den anderen Herrschaften auch so respektlos um?« Antonia konnte nicht glauben, dass nun auch schon die Untergebenen mit ihr wie mit einem kleinen Kind sprachen.

Die Gewandschneiderin schüttelte zur Antwort nur den Kopf. Dann nahm sie ein Band in die Hand und maß wortlos Antonias Größe sowie ihren Brust- und Taillenumfang. Ihr Atem roch nach Zwiebeln. Angewidert wandte Antonia das Gesicht ab.

»Ihr seid fertig«, sagte die Frau wenig später.

»Darf ich fragen, aus welchem Tuch du mein Gewand schneiderst?«

»Frau Metza hat mich angewiesen, dieses Linnen zu verwenden.« Mit ihrem Blick deutete sie auf ein sackfarbenes Tuch, das zusammengelegt auf einem Stuhl lag.

»Das ist nicht dein Ernst, oder?« Antonia sah sie ungläubig an. Dann ging sie zu dem Stuhl und faltete das Linnen auseinander. »Soll ich in einem Sack heiraten?«

Die Gewandschneiderin hob die Augenbrauen und rollte das Band auf. »Ich befolge nur die Anweisungen von Frau Metza.«

»Und setzt dabei deinen Ruf als Gewandschneiderin aufs Spiel?«

»Nun ja, so habe ich das Ganze noch nicht betrachtet.« Die Frau knetete angespannt ihre Finger.

»Das solltest du vielleicht. Dürfte ich nun sehen, welche anderen Stoffe du hast?« Antonias sonst so gepriesene Friedfertigkeit war dahin. Diese Burg sollte verflucht sein! Sie wollte hier nicht leben müssen! Und sie wollte auch kein Hochzeitsgewand.

Um Fassung ringend rannte sie aus dem Zimmer der Gewandschneiderin. Auf dem Burghof konnte sie die Tränen nicht mehr zurückhalten und wischte sich mit dem Ärmel über die Wangen.

Jenne war ihr gefolgt. »Ich habe ihr gesagt, sie solle sich schämen«, sagte die Magd. Mitleidig sah sie Antonia an.

»Ich muss dem Ganzen ein Ende setzten.« Antonia zog die Nase hoch. »Ich werde den Erzbischof aufsuchen.«

Entsetzt riss Jenne die Augen auf. »Nein, das dürft Ihr nicht tun! Der Herr wird Euch totprügeln. Glaubt mir.«

»Und wenn schon. Ich kann nicht zusehen, wie den Menschen auf der Lichtung solch ein Leid zugefügt wird.« Antonia ließ Jenne stehen, um sich in ihr Gemach zu begeben.

Als sie kurz darauf eine neue Cotte aus der Truhe holte, ließ sie sich Jennes Worte noch einmal durch den Kopf gehen. Nein, sie brauchte sich nicht zu sorgen. Wenn der Erzbischof von den Sklaven erfuhr, würde Conrad im Kerker landen, ehe er sie totprügeln konnte. Sie zog die staubige Cotte aus und die saubere an. Diese war hochgeschlossen und hatte die Farbe von Baumrinde. Darin sah sie wohl gottesfürchtig genug aus. Antonia steckte sich das Haar hoch und zog eine Haube darüber.

Jenne betrat das Gemach. »Ich bin nur eine dumme Magd, aber bitte, hört auf mich. Wenn Ihr zum Erzbischof geht, wird dies Euer Tod sein.«

Antonia wandte den Blick aus dem Fenster. »Wo residiert der Erzbischof zurzeit?«

»Das … das weiß ich nicht«, stammelte Jenne.

Antonia bezweifelte, dass ihre Worte der Wahrheit entsprachen. »Dann finde es für mich heraus. Irgendjemand auf der Burg wird schon wissen, wo sich der Erzbischof aufhält.«

Jenne senkte den Blick. Ihre Wangen röteten sich. »Verzeiht, Herrin. Ich weiß natürlich, wo sich der Erzbischof aufhält. Mit meiner Lüge wollte ich Euch nur von Eurem Vorhaben abhalten.«

»Das habe ich bemerkt, Jenne. Doch du solltest eines nicht vergessen: Ich werde nicht gern belogen. Und wenn ich mir etwas in den Kopf gesetzt habe, kann mich kaum jemand von meinem Vorhaben abhalten. Auch du nicht.«

Jenne krauste die Nase und nickte beflissen. »Heinrich von Virneburg weilt nicht weit von hier auf der Godesburg. Wenn Ihr auf die andere Seite des Rheins übergesetzt habt, bleibt Ihr am Fluss und haltet Euch in Richtung Norden.«

»Da du mich begleiten wirst, brauchst du mir den Weg nicht zu erklären.«

»Ich? Aber …« Jenne knetete das Linnen ihrer Schürze.

»Was denn?«

»Frau Metza wird gewiss nicht erlauben, dass ich die Burg verlasse.«

»Sie muss es ja nicht wissen.«

»Sie wird nach Euch suchen, und wenn sie Euch nicht findet, sucht sie nach mir.«

Als hätte Jenne die zukünftige Schwägerin mit ihren Worten herbeigezogen, trat diese ohne anzuklopfen in das Gemach. »Da seid Ihr ja. Könnt Ihr mir bitte sagen, wo Ihr Euch den ganzen Vormittag herumgetrieben habt?«

»Ich habe einen Spaziergang unternommen.«

»Hat die dumme Magd Euch nicht gesagt, dass die Gewandschneiderin Euch am Morgen aufsuchen wollte?« Metza blickte Jenne finster an.

Antonia rümpfte die Nase. »Jenne hat es mir gesagt, und ich verbiete mir Eure Worte. Sie ist nicht dumm.«

»Und weshalb geht Ihr dann spazieren, wenn Ihr wisst, dass die Gewandschneiderin wartet?«

»Was geht es Euch an? Im Übrigen ist die Gewandschneiderin den ganzen Tag auf der Burg zugegen. Ich habe sie bereits aufgesucht.« Antonia holte tief Luft. »Wann findet die Vermählung statt?«

»Zu Maria Himmelfahrt.«

Antonia sah sie irritiert an. »Das ist in fünf Tagen. Wie wollt Ihr so rasch ein Hochzeitsfest vorbereiten? Lasst mich Euch zur Hand gehen.«

»Das ist nicht nötig.« Metza rauschte aus dem Gemach.

18

Gerade einmal fünf Tage blieben ihr. Antonia ließ sich auf ihr Bett fallen und seufzte. Allzu viele Gäste würden wohl nicht zu ihrer Vermählung kommen. Schon gar nicht Severin. Falls Metza ihn überhaupt eingeladen hatte, würde ihn die Nachricht wohl viel zu spät erreichen. Übelkeit bereitete sich in Antonias Leib aus. Fünf Nächte blieben nur noch, in denen sie allein schlief. Sie erhob sich wieder und zog die braune Cotte an. Mit einem Mal fürchtete sie, dass ihre Bitte um eine Audienz beim Erzbischof zum jetzigen Zeitpunkt ungeschickt wäre. Herr Conrad würde noch vor ihrer Hochzeit im Kerker landen, und sie einem Leben im Kloster nicht entkommen können. Was sollte sie bloß tun? Bis nach der Hochzeit warten? Aber der Aufseher war grausam. Wenn Jaramir auch morgen nicht zum Steinbruch gehen konnte, würde der Aufseher ihn womöglich totschlagen.

Antonia straffte den Rücken. »Lass uns aufbrechen«, sagte sie festentschlossen zu Jenne.

Die Magd verzog jämmerlich das Gesicht und grub die Zähne in ihre Unterlippe, nickte jedoch.

Als sie kurz darauf von Antonias letztem Geld mit der Fähre über den Rhein setzten, zog sich der Himmel von Westen her mit grauen Wolken zu. Nachdem sie den Fluss überquert hatten, gingen sie schweigend durch den Nieselregen in Richtung Norden, wo die Stadt Bonn lag. Nicht weit entfernt erhob sich die Godesburg auf einem Hügel, der aussah, als sei er vor langer Zeit von Menschenhand aufgeschüttet worden. Der Pfad führte vom Rhein fort durch einen kleinen Eichenwald. Als sie diesen wieder verließen, standen sie am Fuße des Hügels.

»Da oben ist unser Ziel«, sagte Jenne und sah den Hügel hinauf, auf dem sich hinter trutzigen Mauern der Wehrturm in den Himmel streckte. »Mir ist ganz bang ums Herz.«

»Das braucht es nicht.« Auch Antonia verspürte einen dumpfen Schmerz im Bauch, doch es gab für sie kein Zurück mehr. Sie musste um Jaramirs Leben kämpfen! »Lass uns hinaufgehen.« Entschlossen griff sie nach Jennes Hand, die sich eisig und zitternd in ihre legte.

Die Magd sah sie flehend an. »Bitte, Frau Antonia, erwähnt nicht, wer Ihr seid. Conrad wird Euch noch vor der Vermählung töten.«

Doch Antonia wollte ihre Identität nicht verleugnen. Nicht, wenn es um die Gerechtigkeit ging. »Aber wie soll er denn, wenn sie ihn in den Kerker werfen?«

»Glaubt mir, der Erzbischof wird Euch auslachen, und dann wird er Conrad unter die Nase halten, dass ihn sein Weib verraten hat.« Jenne seufzte. »Die halten doch alle zusammen.«

»Bist du sicher?« Mit einem Mal kam sich Antonia ziemlich dumm vor. Was wusste sie als Kaufmannstochter schon von den Herrschern dieser Ländereien?

»Ziemlich sicher.« Jenne nickte heftig. »Wenn Ihr Eure wahre Herkunft preisgebt, könnt Ihr Euch genauso gut von dem Wehrturm dort oben stürzen.« Sie hob erneut den Blick zur Burg.

»Gut, ich werde sagen …« Antonia verengte die Augen und sah an ihren Röcken hinab. »Ich werde sagen, ich sei die Tochter eines Kaufmannes aus Köln.«

Jennes Augen leuchteten. »O ja. Sagt einfach, Ihr seid eine Overstolz. Den Namen habe ich irgendwann einmal gehört.«

»Stammt die Familie hier aus der Gegend?« Antonia fühlte sich nicht wohl bei dem Gedanken, denn der Name kam ihr bekannt vor.

»Ich glaube nicht. Das wüsste ich ja.«

»Also gut. Overstolz, sagtest du. Dann bin ich für den Erzbischof Antonia Overstolz. Lass uns gehen.«

Der kurze Aufstieg brachte Jenne außer Atem, und Antonia fragte sich, wann sie wohl das letzte Mal den Drachenfelsen verlassen hatte. Zwei Männer mit eisernen Helmen und Lanzen in der Hand bewachten das zweiflügelige Tor in der Mauer. Als sich Antonia mit Jenne näherte, kreuzten sie die Waffen.

»Was habt ihr Weibsbilder hier verloren?«, fragte der Größere von ihnen.

Antonia trat ihm entgegen. »Mein Name ist Antonia Overstolz, und ich muss in einer dringenden Angelegenheit mit Seiner Exzellenz sprechen.«

»Der Erzbischof ist nicht da.« Der Mann hob eine seiner schwarzen, buschigen Augenbrauen. »Wenn es Euch beliebt, könnt Ihr jedoch mit mir vorliebnehmen.«

Antonia ging auf seine anzügliche Bemerkung nicht ein. »Dann möchte ich mit seinem Vertreter sprechen.«

»In welcher Angelegenheit?«

»Das will ich hier nicht erörtern. Es geht um streng vertrauliche Dinge.«

Der Wächter lachte schallend. »Hast wohl einen Braten im Rohr, der vor der Hochzeit entstanden ist.«

»Gewiss nicht«, zischte Antonia. »Es geht um ein Verbrechen, das für Seine Exzellenz von äußerster Bedeutung sein dürfte.«

Der kleinere Wächter schob sich den Helm aus der gerunzelten Stirn. »Für euch Weibsbilder ist es schon ein Verbrechen, wenn ein räudiger Hund erschlagen wird. Und für die Overstolzen ist die alleinige Gegenwart des Erzbischofes schon ein Verbrechen.«

Antonia sah Jenne fragend von der Seite an. Die Magd zuckte jedoch nur mit den Schultern. Antonia richtete den Blick wieder auf den Wächter. »Du hast doch keine Ahnung, wovon du redest. Dürfen wir nun eintreten?«

Der Mann verdrehte die Augen. »Weißt du was, Aleff? Ich glaube, die Weibsbilder werden wir so schnell nicht mehr los. Bring sie zum Kardinal, damit der sich ihre Ammengeschichten anhört.«

Der Wächter mit dem Namen Aleff nickte, und im nächsten Moment folgte Antonia ihm mit Jenne durch das Tor. Auf dem Hof pickte eine Schar Gänse nach Körnern, die ein vollgeladener Karren verloren hatte. Eine Handvoll Männer übte sich im Bogenschießen und zielten auf eine Strohscheibe. Als sie Antonia und Jenne erspähten, hielten sie inne und stießen Pfiffe aus. Antonia zitterten die Knie. Was hatte der Wächter mit der Andeutung über die Overstolzen bloß gemeint? Sie hatte diesen Namen schon einmal gehört, dessen war sie sich nun ganz sicher. Aber in welchem Zusammenhang fiel ihr beim besten Willen nicht ein.

Der Wächter führte sie zu einem zweigeschossigen Gebäude mit einem Schindeldach. Als er die Holztür mit den rostigen Zargen öffnete, gab diese ein hässliches Knirschen von sich, das Antonia durch Mark und Bein fuhr. Ehe sie jedoch der Mut verlassen konnte, dachte sie an Jaramir, an seine Wunden und sein geschundenes Gesicht. Es gab für sie kein Zurück mehr.

Die Schreibstube des Kardinals befand sich im unteren Stockwerk des Gebäudes. Eine ausgediente Ritterrüstung neben dem Eingang blickte düster auf sie herab. Die Spinnweben an den Balken wehten im Luftzug, der mit ihnen hereingekommen war. Der Wächter klopfte an die Tür, woraufhin eine Stimme Einlass gewährte. Als der Wächter in das Schreibzimmer des Kardinals trat, war Antonias Mund so trocken, dass sich ihre Zunge geschwollen anfühlte.

»Antonia von dem Geschlecht der Overstolzen bittet um eine Audienz«, hörte sie ihn sagen, bevor er die Tür hinter sich schloss.

In dem Moment fiel Antonia wieder ein, in welchem Zusammenhang sie den Namen gehört hatte, und ihr brach der Schweiß im Nacken aus. Die Overstolzen waren Patrizier aus Köln, die seit vielen Jahren im Streit mit dem Erzbischof lagen. Verdammt! Wie hatte sie nur auf Jenne hören können! Unsicher sah sie sich um.

»Was ist denn?«, fragte Jenne flüsternd.

»Die Overstolzen sind Patrizier aus Köln. Du lieber Himmel, Jenne, wie bist du nur auf diesen Namen gekommen?«

Die Magd wurde kreidebleich. Sie riss die Augen auf und presste sich die Hand auf den Mund. »Verzeiht, bitte verzeiht«, stieß sie zwischen den Fingern aus.

Die Tür öffnete sich, und der Wächter trat aus dem Schreibzimmer. Mit einem schiefen Lächeln wandte er sich an Antonia. »Kardinal Matthäus wird Euch anhören. Wenn Ihr dann mit Eurer Magd eintreten wollt …« Er hielt weit die Tür auf.

Antonia entdeckte einen Mann, der gebeugt über dem

Schreibpult saß und einen Blick zu ihr herüberwarf. Sein Kopf war kahl und so rund wie ein Weißkohl. Die schwarze Soutane spannte um seinen Bauch. Antonia ballte die Faust vor den Lippen und räusperte sich.

Jenne ging mit kleinen Schritten neben ihr her. Ihre Wangen glühten mittlerweile in der Farbe von Klatschmohn. Antonia und sie verneigten sich vor dem Geistlichen.

»Ihr seid also aus dem Hause Overstolz?« Der Kardinal musterte sie mit seinen grauen Augen.

Antonia biss sich auf die Unterlippe und nickte. »Ja, Herr.«

»Was ist Euer Anliegen?«

Sie schluckte. »Der Herr von Drachenfels verstößt gegen das Gesetz der Sklaverei. Er hält auf einer Lichtung am Maelberg Männer und Frauen gefangen, die dem Christentum angehören.«

»Ach?« Der Kardinal hob die Augenbrauen. »Woher wisst Ihr das? Was hat eine Overstolz denn im Steinbruch des Drachenfelsens zu suchen?«

»Ich … ich habe die Lichtung auf einem Spaziergang entdeckt.« Antonia war es so übel, als hätte sie faulen Fisch gegessen.

»Ihr unternehmt ziemlich weite Spaziergänge, wenn ich das so sagen darf.« Der Geistliche gähnte herzhaft.

»Ich bitte Euch, dies dem Erzbischof mitzuteilen. Den Männern und Frauen geschieht Unrecht. Conrad von Drachenfels lässt sie unter der Peitsche die Steine schlagen, und der Aufseher scheut nicht davor zurück, sie totzuprügeln.«

»Ja, stimmt«, warf Jenne ein. »Sie schuften bis zum Umfallen.«

Antonia warf ihr einen mahnenden Blick zu, was Jenne dazu veranlasste, erschrocken die Lippen aufeinanderzupressen. Mittlerweile war Antonia ganz verzweifelt über ihren Ausflug auf die Godesburg. Sie hätte ihr Vorhaben überlegter angehen müssen!

»So, so«, grummelte Kardinal Matthäus, zog ein Pergament aus dem Stapel vor ihm und überflog es. Anschließend sah er Antonia an. »War es das?«

»Aber Ihr werdet den Erzbischof doch in Kenntnis setzen, oder? Die Männer finden den Tod im Steinbruch. So glaubt mir doch!«

»Sicher. Aber nun haltet mich nicht weiter auf, denn ich habe noch wichtige Korrespondenz zu führen.« Er deutete mit der Hand zur Tür. »Der Herr sei mit Euch.«

Antonia verneigte sich und wandte sich ab. Als sie die Stube verließen, sah sie bei einem kurzen Blick über die Schulter, dass der Kardinal ungläubig den Kopf schüttelte. Antonia wünschte sich fast, er möge ihren Besuch so schnell wie möglich vergessen. Doch ihr Wunsch war eigensinnig, denn Jaramir und den anderen Sklaven musste geholfen werden. Was zählten da schon die Overstolzen? Die konnten sich schließlich selbst helfen. Dann schoss ihr noch ein Gedanke durch den Kopf. Sie hatte einen entscheidenden Hinweis vergessen! Antonia eilte noch einmal zurück in die Stube.

»Einer der Sklaven ist der Großneffe des Fürsten von Rujana! Ich flehe Euch an, Pater, Ihr müsst Fürst Wizlaw eine Botschaft übermitteln.«

Der Kardinal hob die Augenbrauen. Dann brach er in solch schallendes Gelächter aus, dass sein Bauch wackelte. »Geht nun endlich«, prustete er mit hochrotem Kopf.

Ihr Besuch auf der Godesburg war vergebens gewesen. Der Kardinal hielt sie für eine Verrückte und würde den Erzbischof mit keinem Wort darüber in Kenntnis setzen, was in dem Steinbruch geschah. Und so dumm, wie sie sich angestellt hatte, konnte sie ihm dies noch nicht einmal verdenken.

* * *

»Es kann doch nicht sein, dass sie sich den lieben langen Tag durch die Wälder treibt!« Conrad schlug mit der Faust auf sein Arbeitspult.

Metza zuckte zusammen. Auf ihrem Arm zappelte der kleine Friedrich, da er auf den Boden wollte.

»Ich will sie auf der Stelle sehen!«, bellte Conrad weiter. »Sieh zu, dass du sie findest.«

»Ich weiß aber nicht, wo ich noch suchen soll. Sie ist nicht in der Burg, und der Knecht, den ich losgeschickt habe, um die Hänge des Drachenfelsen abzusuchen, hat sie auch nicht gefunden.«

»Du meinst also, der Erdboden hat sie verschluckt?« Conrad ergriff eine der Pergamentrollen und tippte damit ungeduldig auf dem Schreibpult herum.

»Natürlich nicht.«

Friedrich zog an Metzas Haar und heulte dabei auf. Sie löste seine Händchen aus ihrem Zopf und setzte ihn unsanft auf den Boden. Den Hintern mit der Leinenwindel gepolstert, schien er nur froh zu sein, endlich die Freiheit erlangt zu haben. Vor sich hin plappernd tapste er unter das Schreibpult, fand dort einen ausgedienten Lederhandschuh und untersuchte ihn gründlich.

Conrad erhob sich von seinem Stuhl und ging zum Fenster. Nach einer Weile fixierte er einen Punkt in der Ferne und neigte das Haupt. »Sieh an, da ist sie ja.«

Metza trat neben ihn, um ebenfalls hinauszusehen. Antonia kam in einer schäbigen braunen Wollcotte den Pfad herauf, begleitet von der trotteligen Magd, die sich Jenne nannte.

»Na, die wird uns aber eine Erklärung schuldig sein«, raunte Metza. »Ich hole sie gleich hierher.«

»Jetzt nicht«, sagte Conrad und setzte sich wieder an sein Schreibpult. »Ich empfange den Domherrn, von daher habe ich keine Zeit für ein Verhör. Wir werden beim Abendmahl reden. Bis dahin sorgst du bitte dafür, dass sie die Burg nicht mehr verlässt, hörst du?«

Friedrich zog sich an Conrads Beinen hoch. Sein blonder Schopf lugte zwischen ihm und der Tischplatte hervor. Strahlend sah er zum Gesicht des Burgherrn hinauf.

Dieser rückte spontan mit dem Stuhl ein Stück nach hinten, als sei der Junge ein verlauster Köter. »Nun nimm endlich dieses Balg von meinen Beinen weg!«

Metza kniff die Augen zusammen. »Dieses Balg, wie du Friedrich nennst, ist dein Sohn!« Ihre Stimme zitterte vor Wut.

Conrad zuckte zusammen, doch nach außen bewahrte er die Ruhe. »Sag so etwas nie wieder. Rutger ist sein Vater.«

Der Junge hopste aufgeregt und legte Conrad den abgelutschten Handschuh in den Schoß. »Vata«, piepste er, vor Freude strahlend über sein neu erlerntes Wort.

Metza biss sich auf die Zunge. Rasch ging sie um das Schreibpult herum und hob Friedrich hoch. »Nein, nein. Nicht Vater, das ist dein Oheim«, sagte sie zu dem Kleinen.

Friedrich schüttelte lachend den Kopf und sagte erneut: »Vata.«

Metza hielt ihm mit der Hand den Mund zu.

»Geht endlich.« Conrads düsterer Blick deutete auf die Tür.

Hinter Metzas Brustbein drückte ein dumpfer Schmerz. Sie kämpfte gegen die aufsteigende Tränenflut und eilte aus dem Gemach.

Als sie das Wohnhaus verlassen hatte, lehnte sie sich schweratmend gegen das Gemäuer.

Friedrich legte die Hand auf ihre Wange. Mit großen Augen sah er sie an. »Aua?«

Metza strich ihm über das Haar. »Nein, kein Aua.« Als sie in das offene Gesicht des Jungen sah, regte sich etwas in ihrem Herzen, das sich wie Trost anfühlte. Sie drückte ihrem Sohn einen Kuss ins Haar und atmete den kindlichen Duft ein. Als sie kurz darauf den Blick wieder hob, sah sie Antonia mit der Magd in Richtung Gästehaus gehen. In ein Gespräch vertieft, schienen die beiden Frauen sie nicht zu bemerken. Metza wollte schon zu ihnen eilen, hielt dann aber inne. Ihr Zorn über Antonia war für den Augenblick verraucht. Sie wandte sich um und ging zurück in das Gebäude der Herrschaften.

Vor ihrem Gemach holte sie tief Luft und wischte sich mit dem Ärmel über die Wangen. Der kleine Friedrich gehörte zu Rutger – genau wie sie auch. Leise schob sie die Tür auf. An einen Berg von Kissen gelehnt, und die Beine mit einem Bärenfell zugedeckt, saß Rutger auf dem ehelichen Bett. Über ihn spannte sich der dunkelgrüne Baldachin, dessen Schatten seinem Gesicht eine ungesunde Farbe verlieh. Er stierte vor sich hin, und selbst als Metza mit Friedrich an das Bett trat, sah er sie nicht an.

Sie setzte ihren Sohn auf das Bärenfell. »Sieh, Friedrich. Dein Vater.«

»Vata«, plapperte der Junge nach und klatschte begeistert in die Händchen.

Rutger blickte nicht einmal auf, atmete jedoch in tiefen Zügen.

»Hast du gehört, Rutger? Er hat das erste Mal Vater gesagt. Freust du dich denn nicht?«

Rutger mahlte mit dem Kiefer. »Weshalb sollte ich mich freuen? Friedrichs Vater ist jemand anderes.«

Seine Worte donnerten wie Faustschläge in Metzas Ohren.

»Vata, Vata«, krähte Friedrich.

Sie hielt dem Jungen den Mund zu. »Aber was redest du denn da?«

Rutger wandte ihr das Gesicht zu und sah sie müde an. »Ich weiß, wie viele Monde eine Frau ein Kind unter dem Herzen trägt, und ich kann zählen.«

In Metzas Ohren rauschte das Blut. »Du irrst. Ich habe mit keinem anderen Mann das Bett geteilt, das musst du mir glauben. Es ist nicht ungewöhnlich, wenn eine Frau das Kind länger als neun Monde trägt.«

»Ich werde mit Conrad reden, dass er Friedrich nach meinem Tod als seinen Sohn anerkennt.«

Metza riss die Augen auf. »Aber, das kannst du nicht tun! Willst du mich als Ehebrecherin hinstellen?« Ihre Stimme hatte einen schrillen Ton angenommen.

Der kleine Friedrich schob die Unterlippe vor und begann zu weinen.

»Außerdem wirst du nicht sterben.« Sie wusste nicht mehr, was sie sagen sollte.

»Doch, Metza. Ich spüre, dass mich bald der Tod ereilt. Jeden verfluchten Tag glaube ich, mein Herz bleibt stehen.«

»Es ist nur die Furcht, die deinen Herzschlag aus dem Takt bringt.« Sie strich Friedrich über das Haar. »Vergiss nicht, dein Sohn hat Vater zu dir gesagt.«

»Conrad ist sein Vater.« Rutger wandte den Blick ab und stierte erneut auf einen unsichtbaren Punkt. »Geh jetzt. Ich brauche Ruhe.« Er sank tiefer in die Kissen.

Metza spürte die Hitze von ihrem Rücken hinauf in den Nacken kriechen. Gewiss hatte diese trottelige Magd sie bei Rutger angeschwärzt.

»Friedrich ist dein Sohn«, sagte sie mit bebender Stimme. »Gott ist mein Zeuge.« Für diese Worte würde sie sich einen Ablass erkaufen müssen, doch das bedrückte sie nicht.

»Du sollst gehen, habe ich gesagt.« Rutgers Stimme klang brüchig.

Metza ignorierte seine Worte, setzte sich zu ihm aufs Bett und legte den Kopf auf seinen Bauch. »Bitte, Rutger. Komm doch endlich wieder zur Vernunft.« Sie weinte leise.

»Ich war noch nie so vernünftig wie in diesem Augenblick.« Er hob für einen Atemzug die Hand, ließ sie dann aber wieder sinken.

Friedrich legte den Kopf auf das Fell und steckte den Daumen in den Mund. Als Metza sah, wie ihm die Augen schwer wurden, verspürte sie einen Hauch von Geborgenheit. Dieser verflog jedoch keinen Augenblick später, da Rutger heftig zu keuchen begann.

»Du zerquetscht mir das Herz.«

Metza erhob sich und wandte gekränkt den Blick ab. Dann nahm sie den kleinen Friedrich auf. Seiner kuscheligen Schlafstätte beraubt, begann er zu quengeln. Doch ehe sich Rutger darüber ereifern konnte, verließ Metza das Gemach.

19

Das ungute Gefühl in Antonias Bauch wollte nicht weichen. Sie hätte eigentlich erleichtert sein müssen, dass sie den Kardinal auf die Sklaven aufmerksam gemacht hatte, doch sie war alles andere als froh darum. Zum einen glaubte sie nicht, dass der Geistliche sie ernst genommen hatte, und zum anderen fürchtete sie die Rache der Overstolzen, die sie nun in die Sache hineingezogen hatte. Ihre Hoffnung, dass bald schon die Schergen des Erzbischofs auftauchen würden, schwand wie Schnee in der Sonne.

Auch Jenne schien nicht glücklich zu sein. Mit sorgenvoller Miene untersuchte sie Antonias Gewänder nach gerissenen Nähten. »Es war dumm von mir, Euch den Namen Overstolz zu nennen.« Die Magd wischte sich mit dem Handrücken über die rote Nase.

»Nun gräm dich nicht. Du hast es eben nicht besser gewusst.« Antonia nahm ihr die meerblaue Cotte aus der Hand und zeigte ihr die offene Naht am Saum. »Hier kannst du etwas ausbessern.«

Jenne nickte beflissen. »Ich sollte fortan meinen dummen Mund halten.«

»Nein, Jenne. Nur wer etwas sagt, wird auch angehört. Und es gibt Menschen, die reden viel dümmeres Zeug.«

»Wer redet dummes Zeug?«

Erschrocken wandte sich Antonia um. Sie hatte nicht bemerkt, dass Metza durch die angelehnte Tür getreten war. Auf ihrem Arm trug sie den kleinen Friedrich, der sie mit schläfrigen Augen ansah.

»Niemand«, sagte Antonia.

Metza setzte Friedrich auf das Bett und trat zu Jenne. Unwirsch riss sie die Magd am Arm. »Komm mit, du dumme Gans. Ich habe ein Wörtchen mit dir zu reden.«

»Das könnt Ihr auch in meiner Anwesenheit tun. Ich kann mir nicht vorstellen, dass Jenne Geheimnisse vor mir hat.«

»Haltet Euch da raus. Das geht nur sie und mich etwas an«, sagte Metza barsch und zog Jenne am Arm aus dem Gemach.

Antonia sah den beiden fassungslos nach. Wie ging Metza denn mit der Magd um? Jenne war doch kein Vieh! Sie eilte zur Tür und stellte sich Metza entschlossen in den Weg. »Nun ist es aber gut. Jenne ist meine Leibmagd und ich verbiete Euch, sie so zu behandeln.«

»Ihr wollt mir irgendetwas verbieten?«

»Wenn es um das Wohl meiner Magd geht, ja.«

Metza stieß sie zur Seite, so dass Antonia taumelte. Eine solch kräftige Hand hätte sie der zierlichen Frau gar nicht zugetraut. Metza zerrte Jenne zum Treppenabsatz. Nachdem sich Antonia wieder gefangen hatte, lief sie ihr hinterher.

Im nächsten Augenblick hörte man einen dumpfen Knall aus Antonias Gemach. Kurz blieb es gespenstisch still, dann ertönte ein Jammern. Metza ließ von Jenne ab und rannte zurück in das Gemach, wo sich das Wimmern bereits in lautes Geschrei steigerte.

Antonia folgte ihr und sah, wie Metza den kleinen Friedrich vom Boden aufhob. Auf seiner Stirn schwoll eine rote Beule an. Antonia wrang das Tuch in ihrer Waschschüssel aus und reichte es Metza. »Ihr müsst ihm die Stirn kühlen.«

Hastig riss Metza ihr das Tuch aus der Hand. Als sie es dem Jungen auf die Stirn presste, schnappte er erschrocken nach Luft. Dicke Tränen rollten über seine Wangen. Weiterhin das Tuch auf seine Stirn pressend, verließ Metza wortlos das Gemach.

»Das arme Kerlchen«, sagte Jenne.

»Er wird noch oft in seinem Leben hinfallen.« Antonia setze sich auf die Bettkante. Ihre Knie waren ganz weich vor Schreck. »Aber sag mal, was kann Frau Metza denn von dir gewollt haben?«

»Was weiß ich?« Jenne hob die Cotte vom Boden auf. »Vielleicht behagt es ihr nicht, dass ich Eure Leibmagd bin, ohne sie um Erlaubnis gefragt zu haben. Nun wird sie mir wohl den Kopf in kaltes Wasser stecken wollen.«

»Na, das kann sie ja mal wagen.« Antonia kramte in ihrer Truhe und holte das Kästchen mit den Haarnadeln heraus, um sich für das Abendmahl herzurichten.

Später half Jenne ihr beim Ankleiden, und als die Sonne sich gen Westen neigte, suchte Antonia den Saal auf, in dem die Herrschaften ihre Speisen zu sich nahmen. Die Mägde trugen bereits die dampfenden Schalen auf, doch die Stühle der Herrschaften waren leer. Unsicher sah Antonia zu dem Diener, der hinter Conrads Platz stand. Der hob nur die Schultern und zog ihren Stuhl hervor. Antonia setzte sich an den Tisch und wartete. In ihrem Bauch wuchs wieder der Klumpen heran, der ihr den Hunger stahl. Vielleicht brachten die Mägde das Essen nur für sie, und die Herrschaften waren woanders zum Mahl geladen? Auf der Godesburg vielleicht? Oder in Köln bei den Patriziern? Der Klumpen in ihrem Bauch wuchs weiter an und bereitete Antonia Übelkeit. Doch was zählte schon die verletzte Ehre der Overstolzen gegen das Schicksal der Sklaven? Gegen Jaramirs Leben? Ihr Mund war so trocken, dass sie einen Schluck Wein nehmen musste. Als sie den Pokal wieder absetzte, erschien Metza im Saal und setzte sich wortlos auf ihren Platz. Ihre Augen waren rotgeweint. Unter einer blauen Haube trug sie das Haar offen, das sich in seidenen Locken über ihren Rücken legte. Der Stoff ihrer ebenfalls blauen Cotte umspielte ihre zierliche Figur und wies keine einzige Knitterfalte auf. Metzas Erscheinung war immer vollkommen. Sicher hatte ihr Haar noch nie nach Fisch gerochen, so wie das ihre nach einem Besuch auf dem Markt, dachte Antonia in diesem Augenblick.

»Wie geht es Friedrich?«, fragte Antonia ehrlich besorgt.

»Er schläft. Der Medicus hat ihm die Schwellung aufgeschnitten, um das Blut abzulassen. Ich hoffe nur, er trägt von dem Sturz keine Stumpfsinnigkeit davon.« Metza gab sich gewohnt kühl.

»Und die Herren von Drachenfels? Speisen sie nicht mit uns?«

Metza pickte mit der Fingerspitze einen Krümel von der Tischplatte und ließ ihn zu Boden fallen.

»Rutger hat den Aufenthalt des Medicus zum Anlass genommen, wieder einmal zur Ader gelassen zu werden. Und Herr Conrad musste in dringenden Angelegenheiten nach Bonn. Wie er meinte, könnte seine Reise wohl mehrere Tage andauern. Zur Vermählung ist er natürlich wieder hier.«

Antonia atmete erleichtert aus. Wenn Conrad nicht auf der Burg war, konnten die Männer des Erzbischofs unbehelligt die Lichtung aufsuchen und dort die Sklaven befreien. Sie hoffte so sehr, dass alles gut wurde!

Der Diener verteilte einen Salat aus Zwiebeln und Erbsen auf ihrem und Metzas Teller und legte je einen Hühnerschlegel daneben.

Antonia sah ihre zukünftige Schwägerin an. »Ihr wolltet heute mit Jenne ein Huhn rupfen. Hat sie etwas angestellt?«

»Sie verbreitet Lügen mit ihrer Geschwätzigkeit.« Metza ließ ihren Teller unbeachtet. Sie hatte wohl genauso wenig Hunger wie Antonia.

»So? Welche denn?«

»Gebt Euch nicht so scheinheilig. Als ob sie Euch gegenüber den Mund gehalten hätte.«

Metza brauchte gar nicht näher auf die angeblichen Lügen einzugehen, Antonia wusste ohnehin, worum es ging. Aber die arme Jenne nun als Lügenmaul hinzustellen, war mehr als erbärmlich. Fragte sich, wer sich hier scheinheilig gab.

»Mir ist nicht nach einem üppigen Mahl«, sagte Metza und erhob sich. Wortlos rauschte sie an Antonia vorbei und verließ den Saal durch die zweiflügelige Tür. Die Kerzen an dem achtarmigen Leuchter flackerten vom Windzug, den sie hinterließ.

Sollte sie doch gehen. So konnte Antonia wenigstens etwas von dem Essen mit in ihr Gemach nehmen. Jenne würde sich gewiss darüber freuen. Antonia nahm die Platte mit den Hühnerschlegeln in die eine, und die Schale mit dem Zwiebelsalat in die andere Hand. Als der Diener die Stirn runzelte, sagte sie nur, dass der Saal für sie allein zu groß sei.

* * *

Brana fackelte nicht lange und griff unter Jaramirs Arm. »Du musst in die Hütte, es gibt Regen«, sagte sie in der alten Sprache und schimpfte auf den Wettergott Perunu.

Jaramirs Rippen schmerzten immer noch unerträglich, doch Brana schien kein Mitleid mit ihm zu haben. Unaufhaltsam zerrte sie an ihm. »Nun komm schon!«

»Langsam, Brana, ich bin doch kein Ochse«, ächzte Jaramir. Der Schmerz trieb ihm den Schweiß auf die Stirn. Er fiel zurück auf die Knie und riss den Arm aus ihrem Griff. »Ich versuche es lieber allein.«

Brana stemmte die Hände in die Hüften und schüttelte den Kopf. »Du bist mindestens so stur wie ein Ochse.«

»Das sagt die Richtige.« Jaramir erhob sich und humpelte in die Hütte. Dort legte er sich vorsichtig auf das Strohlager und schloss vor Schmerz die Augen.

Brana war ihm gefolgt. Augenblicklich ließ sie sich neben ihm nieder und legte den Kopf auf seine Brust.

Jaramir keuchte. »Verdammt, Brana!« Er schob sie von sich. Die Fleischwunden, die die Peitschenhiebe auf seiner Brust hinterlassen hatten, brannten, als hätte jemand siedendes Öl über ihn geschüttet.

Vor Schreck schlug sich Brana die Hand vor den Mund. Doch in ihren dunklen Augen funkelte weiterhin die Bosheit. »Verzeih, Geliebter. Ich wollte dir nicht weh tun.«

Jaramir glaubte ihr kein Wort. Brana war zwar oft ungestüm, jedoch nicht blind. »Hör mir gut zu, Mädchen«, sagte er in der alten Sprache. »Wir beide« – er zeigte mit dem Finger erst auf sie und dann auf sich – »wir beide werden niemals Mann und Frau. Verstehst du mich?«

Brana zog verächtlich die Mundwinkel nach oben. Dann spie sie auf den Boden. »Deba!«

»Nein, Brana. *Du* bist der Teufel, der mich in seinen Klauen gehalten hat. Nicht ich.« Immer noch rätselte er, was Brana ihm an jenem Abend gegeben haben könnte, bevor er sich mit ihr ins Stroh gelegt hatte. An das Liebesspiel konnte er sich nur noch schemenhaft erinnern. Richtig bei Bewusstsein war er wohl erst danach wieder gewesen. Es musste irgendein Liebestrank gewesen sein, anders konnte er sich seine damalige Gier nach ihr nicht erklären. Sicher, Brana war ein schönes Weib, doch jeder in der Burg hatte gewusst, dass dies nur die Hülle um ihre schwarze Seele war. Ihm wurde immer noch schlecht, wenn er daran dachte, vielleicht einen Sud aus Stierhoden und ihrem Menstrualblut in den Wein gemischt bekommen zu haben. Auch hier auf der Lichtung durfte er Brana eigentlich nicht aus den Augen lassen. Doch solange er sich kaum bewegen konnte, war dies leichter gesagt als getan. Jaramir seufzte.

Brana schürzte die Lippen und schlug die Lider nieder. »Ich gehe zum Bach, um Wasser zu holen, mein Geliebter«, sagte sie mit honigsüßer Stimme.

Als sie die Hütte verließ, bleib die Tür offen, und Jaramir sah, wie sich draußen die Dunkelheit über die Lichtung legte. Sveta blies in die Flammen des Feuers, das sie vor der Hütte gezündet hatte. Daneben saß die alte Ajka, deren Gesicht immer schrumpeliger wurde. Jaramir fragte sich, welche Hilfe sie wohl im Steinbruch noch sein konnte. Er hörte die Stimmen von Männern, dann ein Husten. Eine Peitsche knallte. Der Aufseher brachte wohl die dunkelhäutigen Männer zurück auf die Lichtung.

Jaramir fluchte, da er immer noch zum Liegen verdammt war. Dann dachte er an Antonia. Wie es ihr wohl auf der Burg erging? Auch wenn der Wunsch eigensinnig und falsch war, hoffte er, sie würde am morgigen Tag zu ihm kommen. Jaramir schloss die Augen und dachte daran, wie er mit seinen Lippen ihre Finger berührt hatte. Er hatte noch nie eine Frau so sehr gemocht wie sie. Mit diesem Gedanken glitt er zum Ufer der Träume und fiel in den Schlaf.

Jaramir erwachte erst wieder, als der Morgen graute. Neben ihm lag abermals Brana und wärmte ihn mit ihrem Leib. Wo sollte sie auch sonst hin? Es war ihre Hütte, in der er lag. Er hatte am gestrigen Abend nicht mehr gespürt, dass sie zu ihm gekommen war. Vielleicht hatte sie ihm mit dem Wasser im Krug einen Schlaftrunk verabreicht, damit er sich still verhielt.

Brana holte tief Luft, als würde sie im Schlaf seufzen. Sie hob die Hand und strich mit den Fingerspitzen über seinen Oberarm. Durch den dünnen Stoff ihres Unterkleides konnte er die Umrisse ihrer Brust erahnen. Jaramir sog tief den Atem ein. Ihre Finger glitten hinab zu seiner Hand, die auf seinem Bauch ruhte. Sie zog einen Kreis um seinen Nabel und spielte mit dem Haar darunter.

Jaramir schob ihre Hand fort. »Du musst aufstehen, Brana.« Seine Stimme klang unbeherrscht. Nach ihr hatte er bei keinem Weib mehr gelegen, und sein Verlangen nach einem weichen Frauenleib begann sich ins Unermessliche zu steigern. Aber nicht nach Branas, auch wenn ihre Finger noch so geschickt waren. »Der Aufseher wird gleich kommen.«

»Will noch liegenbleiben«, brummelte Brana schlaftrunken und legte ihre Hand auf seinen Schaft. »Oha. Wie stattlich.« Sie hob die Lider und sah hinab zu seinem Geschlecht, das sich hart unter der Bruche abzeichnete. Augenblicklich begann sie, es mit ihren Fingern durch den Stoff zu kneten.

Jaramir schlug ihre Hand fort. »Lass das, Brana! Das ist nur der morgendliche Drang.«

»Drang wonach?«, raunte sie.

»Zu pinkeln.« Jaramir verfluchte sich für die Schwäche seines Unterleibes. Er nahm all seine Kraft zusammen und rappelte sich auf. »Gib mir das Nachtgeschirr.«

»Das was?«

»Den Krug, in den ich die letzten Tage gepinkelt habe.«

»Ach so.« Brana stand auf und schob das Gefäß mit dem Fuß zu ihm hin. Dann wickelte sie sich die Wolldecke um den Leib und verließ die Hütte.

20

Antonia hatte von Jaramir geträumt. Nun hielt sie die Augen geschlossen, um das warme Gefühl noch eine Weile zu bewahren. Nie hatte sie Derartiges gespürt. In ihrem Traum hatte Jaramir ihre Lippen mit seinen berührt. Sie hatten sich noch weicher angefühlt als auf ihren Fingern. Die Sehnsucht nach ihm erfasste Antonia, und der Traum allein reichte ihr nicht mehr. Sie musste unbedingt zur Lichtung gehen und erfahren, wie es Jaramir ging. Seine Nähe spüren. Ihn vielleicht noch einmal berühren.

»Jaramir«, sagte sie leise und seufzte. Dann erhob sie sich.

Jenne war wie jeden Morgen schon vor ihr auf den Beinen und wusch sich an der Waschschüssel mit dem Wasser vom vorigen Tag. »Ihr seid schon auf?« Sie blickte aus dem Fenster, hinter dem die Dunkelheit gerade einem grauen Licht wich.

»Ich muss mich um Jaramir kümmern.« Antonia ging zu einer Truhe und klappte den Deckel auf.

»Ihr geht wieder zur Lichtung? Das ist nicht gut. Wirklich nicht.«

»Ach, gräme dich nicht. Conrad ist verreist, und Metza hat wohl im Augenblick genug eigene Sorgen, als den ganzen Tag nach mir zu suchen.«

»Wenn Ihr meint. Aber ich fürchte, es wird Regen geben.«

Antonia sah aus dem Fenster. Schwere Wolken hingen am Himmel. »Vermutlich. Aber das macht mir nichts.« Sie nahm eine taubenblaue Cotte aus der Truhe, betrachtete sie kurz und legte sie wieder zurück. Vielleicht sollte sie lieber die Cotte in der Farbe der Sonne anziehen, um den grauen Tag ein wenig zu erhellen? Der Gedanke gefiel Antonia. Vater hatte immer gesagt, helle Farben brächten ihre Augen zum Leuchten. Vielleicht würde Jaramir das auch so sehen. Als sie mit den Fingern über das Linnen strich, huschte ein versonnenes Lächeln über ihre Lippen.

»Ihr seht glücklich aus«, bemerkte Jenne und griff nach dem Eimer.

Antonia sah auf. »Wirklich?«, fragte sie, obwohl sie wusste, dass Jenne recht hatte. Sie verspürte in diesem Augenblick solch große Vorfreude auf das Wiedersehen mit Jaramir wie nie zuvor. Sie überlegte, ob sie das Haar offen tragen sollte, wenn sie zu ihm ging. So lang wie Metzas Haar war es zwar nicht, aber es lockte sich ebenfalls, besonders auf der Stirn.

Nachdem sich Antonia gewaschen hatte, rieb sie ihre Haut mit einer Essenz aus Blüten ein.

Jenne stellte ihr eine Schale mit Milchbrei auf den Tisch. »Ihr seid verliebt in diesen Jaramir. Stimmt's?«

Erschrocken sah Antonia sie an. »Was redest du denn da?«

»Er ist der Grund, weshalb Ihr so glücklich seid.« Der Anflug eines Lächelns in ihrem Gesicht verschwand rascher, als er gekommen war, und ihr Blick wirkte besorgt. »Das wird Euch das Herz brechen.«

»Ich mag Jaramir, mehr nicht.« Antonia wusste selbst, dass dies schon lange nicht mehr stimmte, aber es durfte keine Liebe sein, die sie empfand. Selbst wenn es sich noch so wunderbar anfühlte. Wortlos ließ sie sich von Jenne in die Cotte helfen.

»Ich hoffe, der feine Stoff verträgt den Regen«, bemerkte die Magd und strich mit der Hand darüber.

Als sie fertig angekleidet war, schlang Antonia ein paar Löffel von dem Brei hinab, der mit Honig gesüßt war, und verließ dann eilig das Gemach.

Wie Jenne angedeutet hatte, begann es zu regnen, als Antonia den Pfad zur Lichtung einschlug. Sigi hatte seinen Posten verlassen und saß unter einer Eiche, die ihm mit ihrem dichten Blattwerk Schutz bot. Als er Antonia sah, winkte er ihr zu. Antonia beschleunigte ihren Schritt. Als sie die Lichtung erreichte, eilte sie in Jaramirs Hütte und blickte entsetzt auf das leere Strohlager. Eisige Klauen griffen nach ihrem Herz. Sie lief wieder nach draußen. Außer dem Rauschen des Regens herrschte Stille um sie herum. Ihr Blick glitt zu dem Baum, unter dem Jaramir am gestrigen Tag noch gelegen hatte. Auch dieser Platz war leer. Wo war er bloß? Den Gedanken an seinen möglichen Tod vertrieb sie rasch aus ihrem Kopf. Gewiss hatte der Aufseher ihn in den Steinbruch gezwungen. Ihr Herz pochte schneller. Sie raffte ihre Röcke und lief den Weg zurück zum Drachenfelsen, wo sie ohne Umschweife den Pfad zum Steinbruch einschlug. Von ihren Locken perlte der Regen, und die Cotte klebte ihr am Leib.

Wie konnte der Aufseher verlangen, dass Jaramir in seinem Zustand dort Steine schlug? Er konnte sich doch kaum auf den Beinen halten. Antonias Angst verwandelte sich in unbändige Wut. In der Ferne sah sie eine hölzerne Vorrichtung, mit deren Hilfe ein Netz voller Steine hinabgelassen wurde. Im selben Moment vernahm sie das Schlagen von

Hämmern. Antonia musste aufpassen, nicht auf dem schlammigen Pfad auszurutschen, neben dem der Hang steil und kahl abfiel. Außer Atem erreichte sie die Stelle, an der die Männer den Fels beschlugen. Ihre schmutzigen Hemden hatte der Regen durchweicht, und am Rücken wiesen sie Risse auf, die wohl von der Peitsche des Aufsehers stammten. Ihre Gesichter verzerrten sich, als sie die schweren Felsbrocken zu einer Plattform trugen. Der Aufseher trieb sie mit seinen Schreien an. Antonia sah einen Mann, der gleichzeitig mit dem Stein zu Boden ging. Jaramir! Der Aufseher eilte zu ihm und schrie ihn an. Antonia stürzte auf die beiden zu und stellte sich zwischen den Aufseher und Jaramir, der keuchend am Boden lag.

Der Aufseher sah sie erbost an. »Was willst du hier? Verschwinde gefälligst!«, brüllte er gegen den Regen an.

Blind vor Wut schrie sie zurück. »Halt inne! Siehst du nicht, dass der Mann schwer verletzt ist?«

»Geh mir aus dem Weg, du vermaledeites Weibsbild, oder du wirst ebenfalls die Peitsche zu spüren bekommen!« Er hob den Arm.

»Das wagst du nicht. Nein! Du wirst nicht die Braut deines Herrn schlagen.«

Dem Aufseher traten fast die Augen aus den Höhlen. Mit offenem Mund starrte er sie an. Dann verfinsterte sich sein Blick wieder. »Erzähl keinen Unsinn.«

»Du glaubst mir nicht?« Sie sah sich um und entdeckte Sveta, die gerade einen Eselskarren mit Steinen belud. Auf ihren Wangen klebte das Haar in nassen Strähnen. Als sie Antonia entdeckte, blieb sie wie angewurzelt stehen und starrte sie an.

Antonia winkte sie zu sich. »Komm zu mir, Sveta.«

»Antonia, geht wieder. Ihr bringt Euch nur in Gefahr«, krächzte Jaramir und stützte sich mit den Händen auf dem Boden ab, um wieder aufzustehen.

Sveta kam zu ihr herüber und sah sie verängstigt an.

»Sag dem Aufseher, wer ich bin.«

»Die Braut des Conrad von Drachenfels.« Sveta strich sich das nasse Haar aus dem Gesicht. Blut lief an ihrer Hand hinab, das sich mit dem Regen vermischte.

Antonia blickte zu dem Aufseher und nickte. »Ich bringe ihn zurück auf die Lichtung, und sie hilft mir dabei.«

Ungläubig schüttelte der Mann den Kopf. »Sie bleibt hier, und er auch.« Er trat Antonia einen Schritt entgegen.

Sie versuchte das Zittern in ihrer Stimme zu unterdrücken. »Willst du dich mir etwa widersetzen? Was der Herr wohl dazu sagen wird?«

Der Aufseher senkte die Hand mit der Peitsche und schwieg.

Antonia beugte sich zu Jaramir hinab und griff ihm unter den Arm. »Komm und hilf mir«, sagte sie zu Sveta.

Gemeinsam zogen sie ihn auf die Beine. Jaramir schwankte kurz, fing sich dann aber. Durch den nassen Stoff seines Hemdes spürte Antonia das Spiel seiner Muskeln. Trotz der Kälte des Regens floss ein warmes Gefühl durch ihren Leib.

Als sie den kahlen Hang des Steinbruchs hinter sich ließen, konnte Jaramir sich kaum auf den Beinen halten. Dazu war der Pfad vom Regen mittlerweile so aufgeweicht, dass sie bis zu den Knöcheln im Morast versanken.

»Sollen wir einen Augenblick rasten?« Besorgt sah Antonia ihn an.

Jaramir schüttelte den Kopf. »Es geht schon.«

Plötzlich überkam sie die Idee, ihn in das Dorf am Fuße des Drachenfelsen zu bringen. Sie sah über ihre Schulter, und die Idee löste sich sofort in Luft auf, denn der Aufseher folgte ihnen auf den Fuß. Was hatte sie auch geglaubt? Er würde sie vertrauensvoll ziehen lassen?

Sie kamen nur langsam voran, denn Jaramir blieb nach jeden dritten Schritt stehen, um Luft zu holen. Als sie am Fuße des Maelberges den Pfad zur Lichtung einschlugen, hielt Jaramir wieder inne. »Nur einen Augenblick …«

Kurze Zeit später setzten sie sich abermals in Bewegung. Bei einem Blick zurück sah Antonia, dass der Aufseher ihnen immer noch folgte. Gewiss würde er Sigi davon berichten, dass sie die Braut des Burgherrn war. Aber das zählte nun auch nicht mehr.

Sigi verließ das schützende Dach der Eiche und trat zu ihnen. »Was ist los?« Er beäugte Jaramir.

»Er ist verletzt, und ich habe den Auftrag erhalten, mich um ihn zu kümmern.« Antonia warf erneut einen Blick über die Schultern. Der Aufseher war ebenfalls stehen geblieben und wartete wohl, bis sie Sigis Wachposten passiert hatten.

Mitleidig verzog der Wächter den Mund. »Der Junge hat wohl einiges einstecken müssen.«

»Ja, das hat er«, sagte Antonia und hoffte insgeheim, in Sigi einen Verbündeten zu finden.

Der Aufseher trat zu ihnen, spielte mit der Peitsche in seiner Hand und wies auf Sveta. »Das Weib kehrt mit mir in den Steinbruch zurück«, bellte er.

Svetas Augen schwammen in Tränen, als sie sich verabschiedete. Antonia sah ihr hinterher, wie sie an der Seite des Aufsehers den Weg zurückging. Dann wandte sie sich an Sigi. »Kannst du mir helfen, ihn das letzte Stück zu stützen?«

Der Wächter schob sich den Helm aus der Stirn. »Ja, sicher«, sagte er und legte seine Lanze zu Boden.

Jaramir blieb stumm und ließ sich von dem Wächter unter die Arme greifen. Wäre er nicht so geschwächt gewesen, hätte er Sigi wohl überwältigen können, um zu flüchten. Einen Lidschlag lang malte sich Antonia aus, wie sie zum Rhein liefen. Weg von der Burg, weg vom Steinbruch, hin zu einem neuen Leben. In diesem Augenblick schwor sie bei Gott, dass dieser Tag kommen würde.

Als sie die Lichtung erreichten, half Sigi ihr, Jaramir in die Hütte zu bringen, und verabschiedete sich dann. Endlich waren sie allein. Antonia zog Jaramir das nasse Hemd über den Kopf. Als sie seine entblößte Brust sah, überfiel sie das Verlangen, sich in seine Arme zu schmiegen. Doch der Gedanke war abwegig, und so legte sie ihm sanft die Decke über die Schultern.

»Ich schätze, du hast mir das Leben gerettet.«

Antonia sagte nichts dazu, dass er zu der vertrauten Anrede übergegangen war, doch sie freute sich insgeheim darüber.

Jaramirs Blick blieb an dem Bernsteinamulett hängen, das sie keinen Tag mehr abgenommen hatte, seit er es ihr umgelegt hatte. »Sollte ich jemals wieder nach Rujana zurückkehren, werde ich dir ein noch prächtigeres Stück anfertigen. Eins aus purem Gold mit einem Stein, der ein Insekt einschließt.«

»Ich nehme dich beim Wort, mein Lieber.« Antonia holte den Zunderschwamm aus einem Kästchen, um draußen ein Feuer unter dem dreibeinigen Kessel zu entfachen. Zum Glück hatte der Regen nachgelassen. Die nasse Cotte klebte ihr jedoch am Leib, und sie fror erbärmlich. Zu gern hätte

Antonia sich ausgezogen und wäre zu Jaramir unter die Decke gekrochen. Bei diesem Gedanken spürte sie, wie die Röte über ihre Wangen zog.

Als die Flammen des Feuers die Äste umzüngelten, holte sie Wasser am Bach und goss es in den Kessel. In ihrem Rücken spürte sie Jaramirs Blick durch die geöffnete Tür der Hütte.

»Setz dich zu mir!«, rief er mit rauer Stimme.

Antonia wandte sich um. Obwohl er sie nun vertraut ansprach, umfing sie eine Beklommenheit, die sie sich nicht erklären konnte. Zitternd betrat sie die Hütte und ließ sich neben dem Strohlager auf dem Boden nieder.

Jaramir strich ihr über den nassen Ärmel. »Du frierst. Es wäre besser, wenn du die nasse Cotte ausziehst.«

In Antonias Wangen brannte ein Feuer. Mit seinem Blick deutete er auf die zweite Decke, die zu seinen Füßen lag. »Du könntest dich darin einhüllen.«

Antonia nickte atemlos.

»Ich verspreche dir, die Augen geschlossen zu halten.« Ein wehmütiges Lächeln umspielte Jaramirs Lippen. Dann kniff er fest die Lider zusammen.

Antonia band ihren Gürtel ab und zog sich mühselig die Cotte über den Kopf. Selbst ihr Unterkleid triefte. Sie musste es ebenfalls ausziehen, wenn sie nicht länger frieren wollte. Die kühle Luft in der Hütte strich über ihren bloßen Leib und bescherte ihr einen weiteren Schauder. Rasch hüllte sie sich in die Wolldecke.

»Du kannst die Augen wieder öffnen«, sagte sie zu Jaramir.

Er hob die Lider und sah sie zufrieden an.

»Danke, dass du so anständig warst, nicht zu blinzeln.«

»Meine Gedanken waren alles andere als anständig.« Er presste die Lippen aufeinander, als wollte er sich ein Grinsen verkneifen.

»So?« Antonia sah ihn interessiert an. »Woran hast du denn gedacht?«

»Das werde ich dir wohl kaum verraten.« Nun lächelte er doch.

Antonia gefiel es, sich auf das gefährliche Spiel einzulassen. »Weshalb nicht?«

Er strich ihr mit dem Daumen über die Wange. Sein Blick verschleierte sich. »Weil du bald schon die Frau des Burgherrn sein wirst.«

Der Zauber verflog, und seine Worte schnitten ihr wie eine kalte Klinge ins Herz.

»In vier Tagen schon.« Tränen brannten in ihren Augen. »Ich kann dieses Ungetüm nicht heiraten.«

Jaramir runzelte die Stirn und strich ihr eine Haarsträhne aus dem Gesicht. »Du bist eine starke Frau. Lass dich niemals von ihm unterkriegen.«

»Wenn ich ihn nicht heirate, wird mein Bruder mich ins Kloster stecken. Und da ich weiß, wie wenig Severin mir traut, wird es wohl ein Orden sein, in dem ich das Schweigegelübde ablegen muss und keinen Fuß mehr vor die Mauern setzen darf. Wie soll ich dir von da aus noch helfen? Selbst der Kardinal des Erzbischofs schenkt meinen Worten keine Beachtung. Ich denke, Conrad ist zu mächtig. Er liefert den Stein, mit dem der Dom zu Köln in die Höhe gezogen wird, deshalb wird sich der Erzbischof ihn wohl kaum zum Feind machen.« Sie seufzte und erzählte Jaramir von ihrem Gang auf die Godesburg. »Ach, Jaramir, wenn du nur schon kräftig genug wärest, um zu fliehen!«

»Glaubst du wirklich, ich würde die anderen hier zurücklassen? Gewiss nicht.« Er schaute zu den Balken, die das Dach der Hütte stützten. »Wenn ich nur Wizlaw eine Nachricht schicken könnte!«

»Daran habe ich auch schon gedacht. Nur kenne ich hier wirklich niemanden, dem ich vertrauen darf.« Sie sah Jaramir an. Sein verzweifelter Blick hielt ihren gefangen. »Wenn ich könnte, würde ich selbst nach Rujana reisen. Nun – vielleicht finde ich einen Fuhrmann, der mich mitnimmt«, sagte sie.

»Das kommt nicht in Frage, es ist viel zu gefährlich.«

Antonia dachte weiter nach. »Ich könnte mich in Köln nach einem geeigneten Boten umhören, der Wizlaw eine Nachricht bringt«, schlug sie vor.

»Aber nicht allein. Jemand müsste dich begleiten.«

»Ich nehme meine Magd mit. Gleich morgen breche ich auf.«

»Der Gedanke, dass du allein nach Köln reist, gefällt mir nicht. Warst du schon einmal dort? In der Stadt wimmelt es gewiss nur so von düsteren Gestalten.« Jaramir legte seine Hand auf ihre.

Als seine Wärme durch ihre Finger strömte, erfasste sie eine Welle der Glückseligkeit, die sie schwindeln ließ. Für Jaramir würde sie sogar vom Rand der Welt springen, fuhr es ihr durch den Kopf. Versonnen blickte sie auf seine Lippen.

Jaramir nahm die Hand von ihrer und breitete die Arme aus. »Komm her zu mir«, sagte er heiser.

Antonia konnte keinen klaren Gedanken mehr fassen. Ihr Herz klopfte heftig, und die Sehnsucht nach seiner Nähe erfasste ihren ganzen Leib. Nichts wünschte sie sich mehr, als seine Wärme zu spüren. Sie wollte nicht mehr denken, nur noch diesem Gefühl nachspüren ... Schweigend und vorsichtig, um ihm nicht weh zu tun, legte sie sich in seinen Arm, schloss die Augen und atmete tief ein. Er roch immer noch nach Meer und Jaramir.

Er strich ihr das Haar aus dem Gesicht. Wo seine Finger ihre Wangen berührten, wurde ihre Haut ganz warm. Sie blinzelte ihn an und sah ihn lächeln. Dann schloss er die Augen und neigte den Kopf zu ihr, bis seine Lippen die ihren berührten. Antonia vergaß zu atmen. Sie fühlten sich noch weicher an als in ihrem Traum. Nichts war mehr wichtig, nur Jaramir und sie.

Für eine Weile lagen sie schweigend beieinander. Eng in seinen Arm geschmiegt, wünschte sich Antonia, der Tag würde nie enden. Hier zu liegen, Jaramir zu spüren und seinen Duft einzuatmen versetzte sie in einen Rausch der Glückseligkeit, den sie noch nie zuvor erlebt hatte.

»Nur dieses eine Mal bei dir liegen, bevor du seine Frau wirst«, murmelte Jaramir, steckte die Nase in ihr Haar und sog tief den Atem ein.

»Wie kann ich seine Frau werden? Das geht einfach nicht.« Ein Schatten legte sich über ihr Glück. Antonia verspürte den unbändigen Drang, ihn so bald wie möglich wieder zu vertreiben. Gleich morgen früh würde sie nach Köln reisen, und wenn sie einen Boten gefunden hatte, würde sie nie wieder in die Burg zurückkehren.

21

»Sie hat *was*?« Unfähig, einen klaren Gedanken zu fassen, starrte Conrad den Aufseher an. Bertrams Gesicht war so rot, als würde ihm gleich das Blut aus den Ohren schießen.

»Verdammt! Woher weiß sie von der Lichtung?«, bellte Conrad.

Bertram hob die Schultern. »Woher soll ich das wissen, Herr?«

»Das werde ich noch herausfinden.« Conrad trat mit langen Schritten zu dem Aufseher und riss ihm die Peitsche aus der Hand. »Sieh zu, dass du von hier verschwindest. Was soll ich mit einem Aufseher, der sich von einem Weibsbild an der Nase herumführen lässt?« Er holte aus und zog Bertram die Peitsche über den Kopf. Sie hinterließ einen blutenden Striemen, der sich von seinem Auge bis hin zur Nase zog. Keuchend sank Bertram in die Knie.

Auf der Treppe schrie Conrad lauthals nach Metza.

Die Tür zu ihrem Gemach öffnete sich sofort, und sie trat heraus. »Du bist schon zurück?«

»Wo ist Antonia?«, polterte er.

»Ich weiß es nicht.« Ratlos sah sie sich um. »Tag für Tag suche ich sie. Angeblich geht sie immer spazieren.«

»Pah, spazieren!« Conrad spie auf den Boden. »Hab ich dir nicht befohlen, sie in der Burg festzuhalten?«

Metzas Augen weiteten sich. »Aber was ist denn? Weshalb schreist du so?«

»Wo ist diese verdammte Magd, die ihr nicht mehr von der Seite weicht?«

»Ich hab sie in den Kuhstall geschickt, damit sie dem Melker zur Hand geht.«

Conrad ließ Metza stehen und eilte die Treppe hinab. Er lief über den Burghof zu den Ställen und trat das Gatter auf. Der scharfe Gestank von Mist schlug ihm entgegen. Neben dem hintersten Rindviech saß die Magd auf einem Schemel und bearbeitete das Euter. Mit langen Schritten war Conrad bei ihr und trat den Schemel unter ihr fort. Als sie zu Boden fiel, schrie sie auf. Ihre Haube saugte sich mit Kuhpisse voll.

»Mitkommen!«, brüllte Conrad und riss sie am Arm hoch.

Jennes Leib bebte, und sie glotzte Conrad an. Er krallte die Finger in ihr Haar und schleifte sie aus dem Stall. Wimmernd versuchte sie, mit ihm Schritt zu halten. Er hätte vor Wut die Burg anzünden können! Conrad schleppte die Magd hinter den Stall und stieß sie in den Schlamm. In ihren Augen stand die blanke Angst, was Conrads Zorn nur noch mehr anstachelte. Das Miststück hatte Dreck am Stecken, anders konnte es nicht sein.

»Wo ist mein Weib?«, schrie er.

»Sie … sie wollte einen Spaziergang unternehmen.« Die graue Cotte der Magd hatte sich mit dem Schlammwasser vollgesogen. Mühsam rappelte sie sich auf.

»Bei diesem Dreckswetter? Sag mir die Wahrheit, oder ich prügele sie aus dir heraus.« Wie rasend starrte er die Magd an und kämpfte gegen den Drang an, sie auf der Stelle totzuschlagen. Obwohl er die Antwort wusste, wollte er wissen, woher seine Braut die Lichtung kannte und ob sie ihre Entdeckung ausgeplaudert hatte.

»Ich weiß es nicht. Sie spaziert doch nur durch die Wälder. Ihr müsst mir glauben, sie führt nichts Böses im Schilde.« Die Magd knetete schlotternd den nassen Stoff ihrer Röcke. Sie bot einen erbärmlichen Anblick. Das sonst so krause Haar klebte triefend und dunkel an ihrer Stirn, und durch die nasse Cotte zeichneten sich ihre Rundungen ab.

Conrad übermannte die Verzweiflung, und voller Zorn prügelte er auf die Magd ein. Ihre Schreie klangen dumpf in seinen Ohren, doch erst als sein Rausch verebbte, ließ er sie im Dreck liegen.

Als Conrad kurz darauf Richtung Wohnhaus ging, stellte er missbilligend fest, dass Spritzer von Kuhmist und Schlamm seine neuen Lederstiefel verdreckten. Dann wanderten seine Gedanken wieder zu Antonia. Was führte das Weibsbild bloß im Schilde? Von der Burg verbannen sollte er sie! Anderseits stellte sie für ihn eine Gefahr dar, denn wenn sie ihr Wissen über die Sklaven hinausposaunte und der Falsche davon hörte, waren für ihn und Rutger die Tage unter den Lebenden gezählt.

Die Pforte zum Wohnhaus knirschte erbärmlich, als Conrad sie öffnete. Auf der Stiege zu den herrschaftlichen Gemächern hinterließen seine Stiefel Matschflecken auf dem Holz. Er ging zu Rutgers Gemach, klopfte kurz an und trat dann ein. Die Fenster waren mit Fellen verhangen, und an den Wänden flackerten zwei Fackeln. Sein Bruder lag wie so oft in den Kissen. In dem dämmrigen Licht schien es, als schrumpelte sein Kopf allmählich wie eine getrocknete Traube. Im Gemach roch es nach Blut, Schweiß und dem Pech der Fackeln. Conrad trat zu einem der Fenster und nahm das Fell ab.

Schwerfällig hob Rutger die Lider. »Du bist schon zurück?« Seine Stimme klang wie die eines Sterbenden. »Wie liefen die Verhandlungen mit dem Dombaumeister zu Trier?«

»Nicht gut. Er meinte, Erzbischof Balduin beharre weiterhin auf Ziegel und Sandstein. Unser Vulkanstein interessiert den Geizhals nicht. Der Transport ist ihm zu teuer.« Conrad hatte die Gelegenheit genutzt, dass sich der Dombaumeister aus Trier in der Grafschaft Wied aufhielt, wo er zur Hochzeit seiner Nichte geladen war. Chor und Langschiff des Trierer Doms sollten eingewölbt werden.

Nun, wenn aus diesem Geschäft nichts wurde, so gab es noch genügend andere Städte, die auch Kirchen bauen ließen und näher lagen als Trier. Deshalb grämte sich Conrad auch nicht. Eher sorgte er sich, Antonia könnte ihn bezüglich der Arbeiter im Steinbruch verraten. Aber den meisten Kummer bereitete ihm Rutger. Conrad zog sich einen Stuhl ans Bett und setzte sich zu ihm.

»Das ist nicht gut«, sagte Rutger.

»Was meinst du? Dass uns das Geschäft mit Trier entgangen ist?« Conrad griff nach der Hand des Bruders, die auf der Decke ruhte. Sie fühlte sich an, als hätte er gerade eine Kugel aus Schnee geformt.

»Ja, sicher.« Rutger schluckte schwer.

»Mach dir keine Sorgen. Bald schon wird die Nachfrage nach unserem Stein so groß sein, dass wir mit dem Abbau nicht mehr hinterherkommen.« Conrad ließ die Hand des Bruders los und schenkte etwas Wein in den Holzbecher, der auf dem Beistelltisch stand. Er hob Rutgers Kopf an und hielt ihm den Becher an die Lippen.

Als er einen Schluck genommen hatte, sah Rutger ihn

dankbar an. »Der Medicus war hier und hat mich zur Ader gelassen.«

Unwirsch stellte Conrad den Becher wieder auf den Tisch. »Dachte ich es mir doch«, schnaubte er. »Sobald ich dir den Rücken zukehre, lässt du dir den Lebenssaft aussaugen. Verstehst du es nicht? Dein Leib braucht das Blut. Es gibt dir Kraft.«

»Mein Blut war verdorben. Ich habe gespürt, wie sein Gift mehr und mehr in mein Herz gedrungen ist.«

Unwirsch zupfte Conrad am nassen Saum seiner Tunika. Seine Fingerknöchel waren rot und geschwollen von den Hieben, die er der Magd verabreicht hatte. Er erhob sich vom Stuhl. »Ich lasse dir eine ordentliche Mahlzeit ans Bett bringen, die du gefälligst aufisst.« Mit diesen Worten verließ er das Gemach, um nach seiner Braut zu suchen.

* * *

Antonia konnte nicht genug von Jaramirs Nähe bekommen. Darüber hatte sie die Zeit vergessen, denn sie wusste nicht, wie lange sie nun schon über seinen Schlaf wachte. Er hatte seine Decke über sie beide gezogen, und Antonia fühlte sich wie ein Igel, der sich zum Winterschlaf in einen warmen Bau verkrochen hatte.

Jaramirs Hand regte sich und glitt hinauf zu ihrer Schulter. Er befreite sie von der Decke, schob sanft ihr Haar zur Seite und strich mit den Fingern über ihren halbentblößten Rücken. Ein wohliger Schauer erfasste Antonia. An ihren Armen stellten sich die Härchen auf, und sie sehnte sich nach nichts mehr, als noch einmal seine weichen Lippen zu spüren. Jaramir hob die Lider, und sie sahen einander schweigend an.

Er liebkoste mit dem Daumen die Wirbel ihres Rückgrats. Antonia unterdrückte einen Seufzer. Ihr Herz schlug so heftig, als sei sie einen steilen Hang hinaufgelaufen. Als Jaramir sie sanft küsste, vergaß sie all ihre Not. Nichts war mehr wichtig – die Burg, Conrad und der Steinbruch versanken in einem dichten Nebel. Bis in alle Ewigkeit hätte sie so liegenbleiben können.

Doch dann drangen Stimmen durch den Nebel. Erschrocken löste sich Antonia aus Jaramirs Arm und sprang auf. Die Frauen kehrten aus dem Steinbruch zurück. War der Tag etwa schon so weit vorangeschritten? Sie griff nach ihrer Cotte. Sie war immer noch nass. Dennoch ließ sie die Decke fallen und streifte sie sich rasch über den Kopf. Jaramirs tiefer Atemzug zeigte ihr, dass er die Augen offen gehalten hatte. Der Gedanke daran ließ ihr das Blut in ihre Wangen steigen. Verstohlen blickte sie über ihre Schulter und sah ihn lächeln. Augenblicklich vergaß sie ihre Scham, denn in Jaramirs Blick lag so viel Liebe, dass sie sich wie verzaubert fühlte. Antonia fuhr sich mit den Händen durch das Haar, um die losen Strähnen zu glätten. Dann hob sie die Decke vom Boden auf und faltete sie zusammen. Kurz darauf flog die Tür der Hütte auf, und Brana trat ein. Sie blickte Antonia finster an und fluchte in der alten Sprache, bevor sie den Eimer aufhob und ihn in Jaramirs Richtung schleuderte. Haarscharf flog er an seinem Kopf vorbei.

Antonia stellte sich ihr entgegen. »Bist du verrückt geworden?«

Erschrocken stieß Jaramir den Atem aus und verdrehte die Augen. »Willst du mich umbringen?«

Unverständliche Worte fluchend trat Brana gegen den Schemel, der daraufhin über den Boden rollte.

Jaramir erhob sich mühsam von seinem Lager, hielt sich die Rippen und trat zu Brana. Seine Augen verengten sich. »Du bist eine Wahnsinnige! In deiner Hütte verbringe ich keine einzige Nacht mehr.«

Brana stemmte die Hände in die Hüften und reckte das Kinn vor. Die Worte, die sie daraufhin sagte, verstand Antonia abermals nicht.

»Ich lege mich eher zu der alten Ajka, als mir von dir im Schlaf den Schädel einschlagen zu lassen.«

Er nahm die Decke vom Strohlager und verließ humpelnd die Hütte. Brana gab ihm einen deftigen Fluch mit auf den Weg. Sie musste wohl sehr in ihrer Ehre gekränkt sein. Antonia ließ sie ebenfalls stehen und ging, bevor Brana ihr ein Leid antun konnte.

Der Regen hatte sich endgültig verzogen, und hier und da ließen die Wolken ein Stück Himmel hervorblitzen. In die Decke gehüllt saß Jaramir unter der Eiche und lehnte den Rücken gegen den Stamm.

Sein grimmiger Blick richtete sich zur Baumkrone. »Ist es nicht Strafe genug, als Sklave verschleppt zu werden? Muss ich dazu noch diesem Weib ausgesetzt sein?«

»Ist sie wirklich so gefährlich?« Mittlerweile fürchtete Antonia die Sklavin fast so sehr wie den Aufseher.

»Ich glaube kaum, dass sie absichtlich daneben geworfen hat.«

»Was willst du nun tun? Ziehst du wirklich zu Ajka und dem Mädchen in die Hütte?« Sie ging neben ihm in die Hocke.

»Sveta hat bereits Dragan aufgenommen, dabei schlafen auch schon die beiden anderen Männer in ihrer Hütte, und eine weitere gibt es schließlich nicht. Aber lieber halte ich Ajkas Darmwinde aus als Branas Bosheiten.«

»Sie hat es wohl nie überwunden, dass du sie nicht zur Frau wolltest.«

»Siehst so aus.« Reumütig senkte er den Blick.

Antonia wollte den Zauber der letzten Stunden nicht durch etwas zerstören, was vor so langer Zeit geschehen war. »Ich gehe jetzt wohl besser, es ist schon spät«, sagte sie sanft.

Jaramir strich ihr über die Wange. »Pass auf dich auf.«

»Das mache ich.« Sie erhob sich aus der Hocke und legte ihre Finger auf die Stelle, die er berührt hatte. »Sobald ich einen Boten gefunden habe, kehre ich zu dir zurück. Vielleicht nicht morgen, aber gewiss übermorgen.«

»Du bist übermütig, weißt du das?«

»Wahrscheinlich.« Schweren Herzens wandte sich Antonia von ihm ab und ging zu Ajka, die vor einer Feuerstelle saß und auf ihre welken Hände starrte. Ihr weißes Haar hatte sie auf dem Rücken zu einem Zopf gebunden, der nicht viel dicker als eine Weizenähre war.

»Nimm Jaramir bitte in deiner Hütte auf.«

Die Alte sah zu ihr hinauf. »Weshalb sollte ich? Er hat doch ein Weib, bei dem er nächtigen kann.«

»Brana ist tollwütig. Hast du ihre Flüche nicht gehört?«

»Recht hat sie.« Die Alte presste die von Falten umkränzten Lippen aufeinander.

»Sie ist nicht sein Weib, das behauptet sie nur.«

Ajka hob eine ihrer kaum sichtbaren Augenbrauen. »Sagt er.«

»Ja, Ajka, und ich glaube ihm.«

»Mädchen, lebe noch ein paar Jahre, dann lernst du auch die Mannsbilder besser kennen. Einer ist wie der andere.«

Antonia wollte von ihren Lebensweisheiten nichts wissen. »Nimmst du ihn nun bei dir auf?«

»Warum schickt er dich vor? Kann er mich nicht selbst fragen?«

Antonia warf einen vorsichtigen Blick zu Jaramir, der sie mit zusammengekniffenen Augenbrauen beobachtete. »Das macht er sicher noch.« Sie rieb sich über den Arm, als würde sie frösteln, und wünschte Ajka einen geruhsamen Abend.

Antonia wusste nicht, ob bereits die Dunkelheit einbrach oder die tiefen Wolken der Umgebung das Licht stahlen. Obwohl nichts sie zur Burg zog, beschleunigte sie ihre Schritte, bevor womöglich der nächste Regen auf sie herabprasselte.

Als sie sich Sigis Posten näherte, glaubte sie ihren Augen nicht zu trauen: Am Wegesrand lungerten gut ein Dutzend Männer. Sie trugen eiserne Helme, und einige von ihnen stocherten mit ihren Lanzen im Schlamm. Andere vertrieben sich die Zeit mit einem Würfelspiel. Ob Conrad sie hergeschickt hatte? Aber dann wären sie doch gleich zur Lichtung gekommen?

Mit einem mulmigen Gefühl ging Antonia auf sie zu und versuchte, Sigi unter ihnen zu erspähen. Sie sah ihn bei denjenigen, die gerade einen gefallenen Baumstamm aus dem Wald herbeitrugen.

Als die Männer Antonia entdeckten, reckten sie die Hälse.

»Was für ein liebreizender Anblick an diesem trüben Tag«, flötete einer von ihnen.

Sigi legte mit den anderen den Baumstamm am Wegesrand ab und wischte sich mit dem Ärmel über die Stirn. »Halt dich zurück, Hein, das ist die Braut des Burgherrn.« Er trat so nahe zu Antonia, dass sie seinen sauren Atem riechen konnte. »Sagt mal, weshalb habt Ihr denn erzählt, Ihr seid die Hebamme?«

Der Aufseher hatte also geredet. Mit etwas anderem hatte

Antonia auch nicht gerechnet. Wie gut, dass Conrad auf Reisen war, so brauchte sie sich wenigstens an diesem Abend nicht zu rechtfertigen. »Weil es die Wahrheit ist. Glaubst du etwa, ich könnte keine Kinder zur Welt bringen, nur weil ich die Braut des Burgherrn bin?«

Sigi schob sich den Helm aus der Stirn und zog eine Augenbraue hoch. »So was hab ich ja noch nie gehört. Bertram sagte außerdem, es gäbe kein schwangeres Weib auf der Lichtung.«

»Wenn nun der Burgherr den Pfad entlangkommt, fragst du ihn dann auch aus?«

Sigi blieb die Antwort schuldig und sah zu den anderen Männern, die ihrer Unterhaltung lauschten. Belustigt bleckten diese die Zähne. Einer von ihnen schloss die Augen und deutete mit den Lippen einen leidenschaftlichen Kuss an.

Antonia spürte, wie ihr die Röte in die Wangen stieg. »Gewiss fragst du ihn nicht«, sagte sie. »Also scher dich auch nicht um meine Angelegenheiten.«

Sigi neigte leicht den Kopf zur Seite. »Die Röte steht Euch gut zu Gesicht.« Grinsend sah er zu den anderen.

»Es ist erstaunlich, wie sich manche Männer in Gesellschaft ihrer Kumpanen aufblasen. Ich hatte dich eigentlich für einen höflichen Mann gehalten.« Sie legte eine gleichgültige Miene auf, zuckte mit den Schultern und ließ ihn stehen.

Am Fuße des Drachenfelsen sah sie mit einer bösen Vorahnung hinauf zur Burg. Die Wimpel flatterten auf dem Bergfried im Wind. Darüber zogen graue Wolken, und noch dunklere folgten ihnen, düster wie die Nacht. Ein dicker Tropfen platschte auf Antonias Wangen. Ein zweiter folgte und traf ihre Stirn. Sie wandte den Blick von den Wolken ab und lief den Pfad hinauf. In diesem Augenblick öffnete der

Himmel seine Schleusen und schickte eine wahre Flut auf das Gebirge. Ein Blitz zuckte genau über Antonia und erhellte die Baumkronen. Kurz darauf folgte ein ohrenbetäubender Donner, und Antonia spürte die Felswände beben. Sie lief schneller, rutschte dabei auf dem schlammigen Pfad aus und fiel der Länge nach in den Matsch. Erneut blitzte es.

Antonia blieb auf dem Bauch liegen und hielt sich die Ohren zu, bis das Hallen des Donners nachließ. Dann rappelte sie sich auf. Ungefähr einen halben Bogenschuss entfernt war ein Baum in Flammen aufgegangen. Hagelkörner prasselten wie kleine Steine auf sie herab.

»Herr im Himmel, lass mich heil auf die Burg kommen«, flehte sie laut und lief weiter. Kurz bevor sie die Mauer erreicht hatte, sah sie, dass das Burgtor verschlossen war. »Bitte nicht!«, rief sie, lief schneller und trommelte mit den Fäusten gegen die Holzplanken. »Lasst mich ein! Hört ihr?« Ihre Stimme ging in einem Donnerhall unter. Erneut schrie sie gegen das Tosen des Windes an. Dann endlich knirschte der Riegel der kleinen Tür, die in das Tor eingelassen war. Sie öffnete sich einen Spalt breit, und einer der Wächter lugte hindurch. Als er Antonia sah, hielt er die Tür weit auf, um sie einzulassen. Sie lief über den verwaisten Hof der Vorburg. Dort nahm sie die kleine Treppe, die hinab zur Hauptburg führte, huschte durch eine Mauer und gelang zum Gästehaus. Allmählich entfernte sich das Donnergrollen, und der Regen rauschte jetzt in dünnen Fäden vom Himmel. Im Westen lichteten sich die Wolken, aus denen sich blutrot die Sonne schälte. Antonia vernahm ein Wimmern und sah sich um. Eine Katze vielleicht, oder ein Hundewelpe, mutmaßte sie. Doch dann war ein Schluchzen zu hören, das nicht wie ein Tier klang. Eine Frau weinte.

»Ist hier jemand?«, fragte Antonia leise.

Sie vernahm, wie die Frau die Nase hochzog.

»Hörst du mich? Wo bist du?«

»Hier, ich liege hier an der Mauer«, sagte die Frau mit dünner Stimme.

Antonia sah ihre Umrisse im Schatten des Treppenaufgangs liegen und eilte zu ihr. Es war Jenne, die mit blutig verquollenem Gesicht und nass bis auf die Knochen auf dem Boden kauerte. Erschrocken beugte sich Antonia zu ihr hinab. »Himmel, wer hat dir das angetan?«

»Der Burgherr. Er weiß von Euren Besuchen auf der Lichtung.« Jennes Brust bebte.

Antonia biss sich auf die Unterlippe. Conrad war also wieder zurück. Viel zu früh! Sie strich über Jennes Arm. »Bleib ganz ruhig liegen. Ich hole Hilfe.« Sie wandte sich um und eilte zu den Unterkünften der Mägde. Doch kurz vor dem Gebäude lief sie Conrad in die Arme, der sie kurzerhand an den Schultern packte. Beim Anblick seiner grimmigen Augen durchfuhr es Antonia eiskalt.

»Was fällt dir ein?«, schrie Conrad. »Wie kannst du dich in den Steinbruch begeben und dort einen Mann wegholen? Bist du wahnsinnig?«

»Ihr haltet Euch Sklaven. Das ist unrecht. Und nicht nur das – ihr prügelt auch noch Eure Mägde halbtot.« In diesem Augenblick verabscheute Antonia diesen Mann mehr als alles andere auf der Welt. Hätte sie einen Dolch zur Hand gehabt, wäre sie wohl nicht mehr Herrin ihrer Sinne geblieben. Blinder Hass wütete in ihrem Herzen.

Conrad schleifte sie zum herrschaftlichen Wohnhaus. Antonia versuchte sich aus seinem Griff zu winden, doch seine Finger krallten sich eisern in ihren Arm. Für einen

Mann seiner Größe besaß er eine unbändige Kraft. »Was habt Ihr vor? Wollt Ihr mich nun der Burg verweisen?«, keifte sie.

»Halt dein verdammtes Maul, du Miststück.« Er zerrte sie die Stiegen hoch zu ihrem Gemach.

Oben stieß er sie mit solch einer Wucht durch die Tür, dass sie zu Boden fiel. Ehe Antonia wieder auf den Beinen war, schob sich von außen der Riegel vor, und ein Schlüssel drehte sich im Schloss. Sie saß in der Falle! Tränen der Verzweiflung rannen über ihre Wangen. Was hatte Conrad nun vor? Würde er einen Boten zu Severin schicken? Das wäre wohl das Beste, denn wenn der Bruder ihr Glauben schenkte, konnten sie die Menschen im Steinbruch gemeinsam retten. Antonia hieb mit den Fäusten gegen die Tür und schrie nach Metza. Jemand musste doch Jenne helfen, die verletzt im Burghof lag!

Doch hinter der Tür blieb es still. Zitternd kauerte sich Antonia auf das Bett und spürte ihr Herz bang in der Brust schlagen.

22

Gleich am nächsten Morgen hatte der Aufseher Jaramir erneut in den Steinbruch gezwungen. Den ganzen Tag über hatte er die Zähne zusammengebissen, um die Schmerzen auszuhalten. Mehrmals war ihm schwarz vor Augen geworden, doch der Aufseher hatte es nicht bemerkt. Noch schwerer als die Pein in Jaramirs Körper wog jedoch die Sorge um Antonia.

Die Sonne versank hinter den Bergen auf der anderen Seite des Rheins, und allmählich setzte die Dämmerung ein. Der Aufseher stieß einen Pfiff durch Zähne. Mit der Peitsche in der Hand trieb er die Arbeiter zurück auf die Lichtung. Außer Dragan und ihm hielt sich der Burgherr zwei weitere dunkelhäutige Männer als Sklaven. Diese sprachen jedoch eine solch unverständliche Sprache, dass Jaramir nicht einmal wusste, woher sie stammten. Sveta hatte ihm erzählt, dass es ursprünglich einmal fünf Männer gewesen waren, doch drei von ihnen hatten bereits im Steinbruch ihr Leben gelassen.

Als sie nebeneinander hertrotteten, verstärkte sich der Schmerz in Jaramirs Rippen wieder, und er holte gequält Luft. Dabei glitt sein sorgenvoller Blick hinauf zur Burg Drachenfels. Wenn er doch bloß gewusst hätte, wie er von hier fliehen konnte! Anders, als Antonia ihm erzählt hatte, bewachten mittlerweile gut ein Dutzend Männer die Lichtung – bewaffnet bis an die Zähne. Das Buschwerk rings um die Lichtung war so dicht, dass es ohne Schwert kein Durchkommen gab. Das hatte die alte Ajka ihm berichtet, als sie ihm knurrend vor Widerwillen am Abend zuvor das Strohlager in ihrer Hütte hergerichtet hatte.

Sie erreichten den Pfad, der zur Lichtung führte, und Jaramir spürte seine Kräfte immer mehr schwinden. Erneut trat Schwärze vor seine Augen und ließ ihn taumeln.

Dragan griff ihm unter den Arm. »Halte durch, mein Freund. Wir sind gleich da.«

Jaramir nickte schweratmend. »Ich versuche es.« Er dachte an Antonia und nahm all seine Kraft zusammen. Die Peitsche des Aufsehers durfte er nicht zu spüren bekommen, sonst würde er das Lager nicht mehr lebend verlassen.

An Dragans Arm schleppte er sich die letzten Schritte bis zur Lichtung. Die Männer dort lachten hämisch und spien ihnen vor die Füße. Der Aufseher ließ die Peitsche durch die Luft zischen und fiel in ihr Gelächter ein. Irgendwann, schwor sich Jaramir, würde er ihm den Schwanz der Peitsche um den Hals wickeln und so lange zuziehen, bis dem Mann die Augen aus den Höhlen quollen.

Über der Lichtung stieg einen dünne Rauchfahne empor, und es roch nach Brot. Ob Antonia bei den Frauen war? Jaramir wünschte es sich so sehr. In diesem Augenblick verfluchte er sich, dass er sie nicht von ihrem Vorhaben abgehalten hatte. Es war viel zu gefährlich für eine Frau, allein nach Köln zu gehen. Und wenn der Burgherr davon erfahren hatte, wäre eine Heimkehr für sie lebensbedrohlich.

Antonia war nicht da, dafür aber Conrad von Drachenfels, der sie mit grimmiger Miene empfing. Je zwei Wachmänner standen ihm rechts und links zur Seite, gespannte Armbrüste haltend und Schwerter an ihren Gürtel gebunden, als erwarteten sie ein Heer und nicht etwa aneinandergekettete, halbtote Sklaven.

Conrad von Drachenfels trat zu Sveta, die vor dem Feuer hockte und einen Fladen Brot buk. Voller Furcht sah sie zu dem Burgherrn auf. Neben ihr fluchte Brana in der alten Sprache. Conrad beachtete sie nicht. Er griff Sveta in das feuerrote Haar und riss sie hoch. Ein dünner Schrei verließ ihre Lippen. Conrad schleifte sie zu den Sklaven und warf sie Jaramir vor die Füße, wo sie sich wimmernd auf dem schlammigen Boden wand. Conrad zog sein Schwert und hielt es Sveta an die Kehle. Starr vor Schreck riss sie die Augen auf.

»Solltet ihr Kerle versuchen zu flüchten, werde ich die Weiber auf der Stelle töten.« Er zog mit der Klinge eine Spur auf ihrem Hals nach und ritzte ihr leicht die milchbleiche Haut auf. Ein dünner Streifen Blut quoll aus der Wunde. Jaramir trat einen Schritt vor und sah dann zu den Männern mit den Armbrüsten. Alle vier Waffen richteten sich auf ihn.

»Nicht, Jaramir. Es ist nur ein Kratzer«, zischte Dragan neben ihm und hielt ihn am Hemd fest.

Jaramir mahlte mit dem Kiefer, blieb jedoch ruhig. Dragan hatte recht. Ohne Waffen konnten sie gegen die Männer nichts ausrichten.

* * *

Antonia glaubte schier verrückt zu werden. Drei Nächte waren nun schon vergangen, seitdem sie in ihrem Gemach eingesperrt worden war. Hin und wieder kam eine der Mägde, die Jenne damals drangsaliert hatten, um das Nachtgeschirr zu wechseln oder ein Tablett mit Wein und Brot zu bringen. Etwas anderes bekam Antonia nicht zu essen. Doch dies war ihr gleich, da sie kaum Hunger verspürte. Die Fragen nach Jenne blieben stets unbeantwortet, denn die Mägde sprachen kein Wort mit ihr.

Als der Morgen die vierte Nacht vertrieb, trat Antonia ans Fenster. Gewiss würde ihre Hochzeit nicht stattfinden. Doch was hatte Conrad dann mit ihr vor? Wartete er darauf, dass Severin sie holen kam? Antonia sah einen Karren das Burgtor passieren. Auf der Ladefläche lagen zwei Hirschkadaver. Ein zweiter Wagen folgte, auf dem sie das Gefieder von Fasanen und Pfauenvögeln ausmachte. War dies etwa doch für ihr Hochzeitsmahl? Nie würde sie Conrad heiraten, lieber ging sie in ein Kloster, aus dem sie vielleicht fortlaufen konnte, bevor sie das Gelübde abgelegt hätte. Die Verzweiflung trieb Antonia Tränen in die Augen. Sie musste fliehen, fort von hier, um Jaramir zu helfen. Nur wie? Angestrengt dachte sie nach. Doch die einzige Idee, auf die sie kam, war, dass sie versuchen konnte, die Magd zu überwältigen, die ihr das Frühmahl brachte.

Rasch zog sich Antonia das Kleid über und packte ein paar wenige Habseligkeiten in ein Tuch. Dann lauschte sie gebannt auf die Schritte der Magd. Als sie sie endlich vernahm, presste Antonia den Rücken gegen die Wand neben der Tür, die sich wenig später öffnete. Sobald die Magd eintrat, fiel Antonia ihr in den Rücken und hielt ihr den Mund zu. Starr vor Schreck ließ die junge Frau den Krug fallen, der auf dem Boden zerschellte. Sie war etwas größer als Antonia, jedoch von hagerer Gestalt. Antonia griff in ihr schwarzes Haar und riss daran. Die Magd jaulte auf und sank zu Boden. Antonia nahm ihr Bündel und eilte aus dem Gemach.

Doch sie kam nicht weit. Schon auf dem Gang lief sie einem Wachmann in die Arme, der nicht lange fackelte und sie mit festem Griff zurück in ihr Gemach schleifte. Was hatte sie sich auch gedacht? Dass es so einfach wäre, Conrads Klauen zu entkommen? Die Magd hatte sich wieder erhoben und strafte Antonia mit einem giftigen Blick.

Der Wächter stieß Antonia zum Bett. »Eure Ungehörigkeit werde ich dem Herrn melden müssen. Und das am Tage Eurer Hochzeit.« In geheucheltem Mitleid verzog er den Mund.

In Antonias Ohren rauschte es. »Tag der Hochzeit«, wisperte sie.

Die Magd sammelte die Scherben auf. »Was der Burgherr mit diesem widerspenstigen Weib will, ist mir ein Rätsel«, sagte sie zu dem Wächter.

»Na, was wohl? Er will sie zähmen.« Der Mann leckte sich mit der Zunge über die dünnen Lippen.

Antonia rannen Tränen über die Wangen. Sie legte ihr Bündel auf das Bett, setzte sich daneben und strich gedankenverloren mit der Hand über das Linnen. Was, wenn Conrad sie für alle Zeiten hier auf der Burg einsperren würde? Nein, sie würde so lange kämpfen, bis sie die Freiheit zurückerlangt hatte. Irgendeinen Weg würde es schon geben. Sie durfte nur nicht die Hoffnung verlieren – das war in diesem Augenblick das Wichtigste.

Antonia beachtete das anzügliche Geschwätz zwischen der Magd und dem Wächter nicht mehr und trat ans Fenster. Vielleicht kam Severin ja doch zur Hochzeit. Sie wünschte es sich so sehr!

Nicht lange darauf trafen prächtige Wagen im Burghof ein, alle mit den Wappen der jeweiligen Herzogtümer ausgestattet. Antonia kannte kein einziges von ihnen. Sie wischte sich mit dem Ärmel die Tränen von den Wangen. Dann sah sie einen weiteren Wagen das Burgtor passieren. Das Wappen, das auf dem Holz prangerte, kannte sie allerdings nur zu gut: ein Ritterhelm mit schwarzen Flügeln. Heinrich von Virneburg, der Erzbischof von Köln, war ebenfalls geladen. Antonia rieb sich fröstelnd über die Arme und betete stumm, dass er den Kardinal nicht mitgebracht hatte. Wenn ihr Schwindel aufflog, musste sie um ihr Leben fürchten. Dann würden die Overstolzen Sorge tragen, dass sie am Galgen landete – gesetzt den Fall, Conrad schlüge sie nicht schon vorher tot. Vor ihm fürchtete sich Antonia am meisten.

Nach einer Weile öffnete sich die Tür erneut, und die Schneiderin trat ein. Auf ihren Armen trug sie ein Gewand aus nachtblauem Samt mit goldenen Troddeln an den Ärmeln und breitete es stumm auf dem Bett aus. Nun sah Antonia, dass das Kleid in der Mitte vom Ausschnitt bis zu den fließenden Röcken mit weißer Seide abgesetzt war. Schnüre aus goldener Wolle zierten die Taille. Nie hatte Antonia ein schöneres Gewand gesehen. Abermals traten ihr Tränen in die Augen.

»Niemand soll mir nachsagen, ich würde Bräute in Säcke kleiden«, sagte die Gewandschneiderin übertrieben näselnd. »Danke, dass Ihr mir beizeiten die Augen geöffnet habt. Frau Metza weiß übrigens nichts davon.« Verschwörerisch hob sie eine Augenbraue.

Antonia vermutete, es war ein bereits getragenes Gewand. In solch kurzer Zeit schaffte es selbst die emsigste Schneiderin nicht, ein Kleid von diesem Aufwand zu nähen.

Gedankenverloren nahm Antonia die Gugel in die Hände. Auch sie war aus nachtblauem Samt und bis zur Spitze mit weißer Seide abgesetzt. Die Gewandschneiderin legte einen goldenen Haarkranz dazu, in dessen Mitte ein Bernstein eingefasst war. Antonia glaubte, an dem Kloß in ihrem Hals zu ersticken. Der Stein verschwamm vor einem Tränenschleier.

Sie nahm den Haarkranz auf und hielt ihn der Gewandschneiderin hin. »Den werde ich nicht tragen.« Ihre Stimme versagte.

Die Frau sah sie erschrocken an. »Aber der Haarkranz ist ein Geschenk Eures Bräutigams! Er wird zornig sein, wenn Ihr ihn nicht tragt. Das wollt Ihr doch bestimmt nicht. Nicht am Tage Eurer Hochzeit.«

Antonia legte den Haarkranz zurück. »Nein, gewiss nicht.« Was brachte es, zu erwähnen, dass Conrad ohnehin zornig auf sie war. Später, wenn die Gewandschneiderin das Gemach verlassen hatte, würde sie das verfluchte Teil aus dem Fenster werfen.

* * *

Conrad zupfte an seiner Tunika, die am Kragen mit einem Wolfspelz besetzt war. Irgendetwas scheuerte in seinem Nacken, was ihn schier wahnsinnig machte. Die ersten Gäste waren bereits eingetroffen, und er war immer noch nicht fertig angekleidet.

Endlich klopfte es an der Tür zu seinem Gemach, und der Schuster aus Bonn brachte die neuen Stiefel. Sie waren kniehoch und aus feinstem Rindsleder gefertigt. Ohne seinen Gruß zu erwidern, riss Conrad dem Mann die Stiefel aus der Hand.

Der Mann gab ein Knurren von sich und hielt ihm die offene Hand hin. »Wann gedenkt Ihr, Eure Rechnung zu begleichen?«

Conrad ließ die Stiefel fallen, setzte sich auf einen Stuhl

und streckte ihm ein Bein entgegen. »Sollten sie nicht passen, wirst *du* bezahlen – und zwar mit deinem Leben.«

Der Schuster kniete sich hastig vor ihn und zog ihm zuerst einen der Stiefel über den linken Fuß, dann den anderen über den rechten. Conrad atmete tief ein. Er sollte Milde walten lassen, denn welcher Meister bekam schon ein Paar ordentliche Stiefel innerhalb weniger Tage gefertigt? Das Schuhwerk passte wie angegossen. Zufrieden bezahlte er den Mann und scheuchte ihn dann aus dem Gemach. Anschließend ließ er sich von seinem Knappen Schwertgurt und Handschuhe anlegen. Zufrieden betrachtete Conrad sein Antlitz in dem Silberspiegel an der Wand. Sein Haar hatte er in der Mitte gescheitelt und zu einem Zopf geflochten, der mit einem Lederband zusammengehalten wurde. Er setzte sich die Haube auf, die aus hellem Wolfspelz gefertigt war. Etwas kratzte immer noch in seinem Nacken. Er fuhr sich mit den Fingern unter den Kragen und zog die abgebrochene Spitze einer Nadel hervor. »Verdammt!«, fluchte er laut, woraufhin sein Knappe zusammenfuhr. Wollte die Krähe von Gewandschneiderin ihn umbringen? Noch heute würde er das Weib von der Burg werfen. Mit langen Schritten verließ Conrad das Gemach, um seine Gäste zu begrüßen.

Im Burghof blieb er erst einmal stehen und atmete tief gegen den Zorn in seinem Leib ein. Die regenfeuchte Luft legte sich schwer auf seine Lungen. Er verzog die Lippen zu einem unechten Lächeln. Dann trat er zum Wagen des Erzbischofs, der soeben eingetroffen war. Einer seiner Diener positionierte bereits einen Holzbock davor. Conrad wartete, bis er die Tür des Wagens aufklappte. Der Erzbischof lugte heraus, stieg auf den Holzbock und ließ sich von dem Diener auf den Boden helfen.

Heinrich von Virneburg war in eine rote Robe gekleidet, und an jedem seiner Finger prangte ein goldener Ring – teils mit Edelsteinen, teils mit Siegeln besetzt. Sein Bart war gleichmäßig gestutzt und nicht länger als über das Kinn hinausgewachsen. Conrad verbeugte sich tief vor ihm und küsste den größten der Siegelringe. Der Erzbischof nickte stumm zum Gruße und musterte Conrad mit einem missbilligenden Blick, vermutlich, weil dieser nicht auf die Knie gegangen war. Doch Conrad dachte nicht im Traum daran, seine seidenen Beinlinge vor der Trauung zu beschmutzen.

Hinter dem Erzbischof kletterte ein kahlköpfiger Mann aus dem Wagen, dessen Augen grau wie Regenwolken waren. Conrad erkannte in ihm Kardinal Matthäus, der die rechte Hand des Erzbischofs war. Auch vor ihm verneigte er sich, vermied es jedoch, die von Gicht befallene Hand zu küssen.

Der Kardinal hob die Augenbrauen. »Vor der Zeremonie würde ich gern noch ein paar Worte mit Euch wechseln.«

»So?« Conrad sah ihn verwundert an. »Geht es um meinen Stein?«

»In gewisser Weise schon«, sagte der Kardinal und senkte dabei die Stimme. Er sah zu den anderen Wagen. »Wo können wir ungestört reden?«

Conrad folgte seinem Blick und sah Johann Overstolz nebst seiner Gemahlin aus einem Gefährt steigen. Auch wenn es ihm nicht sonderlich behagte, das Geschlecht der Patrizier auf seiner Burg zu wissen, hatte er sie dennoch zur Hochzeit geladen. Die Zeit war zu knapp gewesen, um den Saal mit weit entfernt lebenden Herzögen und Grafen zu füllen, deren Anwesenheit ihm weitaus mehr gefallen hätte. Aber dieser Tag würde vorbeigehen wie jeder andere auch. Und je eher er

Antonia unter seinen Fittichen wusste, desto besser. Wenn sie erst seine Frau war, konnte er sie ohne weiteres Aufsehen einsperren. Er durfte sie sogar bei lebendigem Leibe auf der Burg einmauern. Niemand würde ihn dafür richten. Nicht einmal Gott.

»Habt Ihr es mit den Ohren?«, hakte der Kardinal nach und riss Conrad damit aus seinen Gedanken.

»Nein, nein, natürlich nicht. Wenn Ihr und Seine Exzellenz mir folgen würde …« Conrad führte die beiden Männer in das Wohnhaus und ging mit ihnen die Stiegen hinauf zu seinem Schreibzimmer. Er füllte zwei Pokale mit Wein und bot sie den Geistlichen an. Anschließend nahmen der Erzbischof und sein Kardinal an dem runden Tisch unter dem Fenster Platz.

Erwartungsvoll sah Conrad von einem zum anderen. Der Erzbischof räusperte sich kurz und sah zu seinem Kardinal.

»Es ist so«, eröffnete Matthäus das Wort, »ich hatte vor einigen Tagen einen recht denkwürdigen Besuch.« Der Kardinal kostete von dem Wein und lächelte verzückt. »Moselwein?«

Conrad nickte. »Ja. Aber nun sagt, was hatte es mit dem Besuch auf sich?«

Matthäus stellte den Pokal auf den Tisch. »Nicht, dass ich dem Ganzen Glauben schenken würde. Ich will Euch jedoch warnen. Wir alle wissen ja, wie die Overstolzen auf den Erzbischof zu sprechen sind. Aber dass sie nun auch noch Euch angreifen …«

»Die Overstolzen?« Conrad verstand gar nichts. Er wusste, dass die Patrizier den Erzbischöfen noch nie wohlgesonnen gewesen waren. Aber was hatte er damit zu schaffen?

»Ja, richtig. Dieser Tage war ein Weibsbild bei mir. Wie sie sagte, gehört sie zu der Sippschaft der Patrizier. Ihren Vornamen habe ich jedoch wieder vergessen. Ist auch nicht wichtig.« Er wedelte mit der Hand. »Ich frage mich nur, weshalb die Overstolzen nun auch noch Euch ungeheuerliche Geschichten nachtragen. Habt Ihr sie etwa gekränkt oder dergleichen?«

»Ich? Nicht, dass ich wüsste. Meinen Vertrag mit Euch bezüglich des Steins zum Dombau dürfte sie wohl kaum interessieren.«

»Wahrscheinlich doch.« Der Kardinal warf einen kurzen Blick zum Erzbischof, der gelangweilt die Ringe an seiner rechten Hand betrachtete. »Das Weib besaß nämlich die Frechheit zu behaupten, Ihr hieltet Euch Sklaven. Christliche Sklaven, wohlgemerkt. Und nicht genug, handele es sich bei einem von ihnen um den Neffen des Rujanenfürsten.«

Conrad spürte, wie ihm die Hitze in den Nacken kroch. »Ich? Christliche Sklaven?« Er hob die Hände. »Gott bewahre. Wie kommt das Weib auf solch einen Unfug?«

Der Kardinal gähnte in seine Handfläche. »Wie gesagt, wir glaubten ihr kein Wort. Wir wissen ja, wie rechtschaffend Ihr den Stein brecht. Doch seid gewarnt vor dem Geschlecht der Overstolzen. Wie Ihr seht, ist Ihnen nicht nur der Erzbischof ein Dorn im Auge, sondern auch alle die, die Geschäfte mit ihm eingehen.«

Conrad fiel ein Stein vom Herzen. Nicht auszudenken, was ihm geblüht hätte, wenn der Kardinal diesem Hinweis nachgegangen wäre. Conrads Erleichterung währte jedoch nicht lange, da ihm bewusst wurde, dass er den heutigen Tag mit den verlogenen Patriziern an einer Tafel verbringen musste. Er begann vor Wut zu zittern.

»Wie konnte ich die Overstolzen nur auf meine Burg einladen?«, murmelte er. Bis aufs Blut in seinem Stolz verletzt, starrte er den Kardinal an.

»Das, werter Conrad, konnten wir uns auch nicht recht erklären.« Um Bestätigung heischend blickte Matthäus zum Erzbischof.

Dieser sah von seinen Ringen auf. »Das ist allerdings richtig. Ihr wisst, welch ehrlose Sünder die Patrizier sind, und ladet sie dennoch ein. Seit langer Zeit hetzen sie gegen die Kölner Erzbischöfe, verweigern sich ihren Verträgen und führen sogar Schlachten gegen meinesgleichen.« Von Virneburg nahm einen tiefen Schluck aus dem Pokal. Es schien, als hätte er wieder zu seinem allseits bekannten Redefluss gefunden, denn er lamentierte nun fast ohne Atempause über die Overstolzen und die anderen Geschlechter.

Conrad hörte nicht mehr hin, doch mit der Einladung der Overstolzen hatte er gewiss nicht den Zorn des Erzbischofs auf sich ziehen wollen. Auch wenn dies der Tag seiner Hochzeit war, würde er solch eine Unverfrorenheit wie diesen Verrat durch das kölnische Geschlecht nicht auf sich beruhen lassen können. Seine Rache war den Overstolzen gewiss. Außerdem fragte er sich, woher die Patrizier von seinen Sklaven wissen konnten. Da hatte wohl irgendjemand den Mund nicht halten können.

Der Erzbischof hielt in seinem Redeschwall kurz inne und leerte den Pokal.

»Nun denn«, sagte Conrad und erhob sich. »Ihr könnt in Ruhe den Wein austrinken. Ich werde derweil einen Diener suchen, der Euch in Eure Unterkünfte führt.« Auch wenn es der Anstand verbot, verließ er ohne ein weiteres Wort den Raum.

Auf der Stiege schaute Conrad vor Wut verbissen zu Boden und wäre dabei fast mit Metza zusammengestoßen.

»Wo sind diese Overstolzen untergebracht?«, raunzte er sie an.

»Im Gästehaus natürlich«, erwiderte Metza verdattert.

Conrad riss sie unwirsch am Arm. »Wo im Gästehaus?«

»Das zweite Gemach im ersten Stockwerk.« Sie versuchte, sich aus seinem Griff zu befreien. »Was ist denn bloß in dich gefahren?«

»Das wirst du gleich sehen.« Er ließ sie los, stürzte die Treppe wieder hinab und rannte über den Burghof, als wollte ein Feind die Festung schleifen. Vor dem Gästehaus holte er erst einmal tief Luft. Die Völlerei der letzten Jahre hatte wohl ihren Tribut gefordert, dass er so rasch außer Atem kam. Doch die Wut trieb ihn gleich darauf hinauf zum ersten Stockwerk. Ohne anzuklopfen stieß er die zweite Tür auf.

Gerhard Overstolz stand in inniger Umarmung mit seiner Gattin vor dem Bett und küsste ihre entblößte Schulter. Anders als ihr Gatte war sie recht ansehnlich, wie es Conrad sofort ins Auge fiel. Ob sie die falsche Schlange hier in diesem Nest war? Erschrocken riss sie sich von Overstolz los.

Ihr Gemahl hob den Blick und reckte das Kinn vor. »Ist das Eure Art, Gäste zu begrüßen?«

Conrad widerstand dem Drang, die Hand an den Schwertknauf zu legen. Stattdessen ging er mit langen Schritten auf den Patrizier zu. »Verlasst auf der Stelle meine Burg.«

Overstolz blähte die Nasenlöcher auf. »Dürfte ich den Grund wissen?«

»Rufschädigung!«, bellte Conrad. »In Euren Reihen ist eine verdammte Schlange, die meinen Namen vor dem Erzbischof in den Dreck gezogen hat.«

»So? Wer soll denn diese Schlange sein?« Mit ruhiger

Hand bedeckte Overstolz die Schulter seiner Gemahlin, die vor Entsetzen die Hand vor den Mund geschlagen hatte.

Darauf konnte Conrad ihm keine Antwort geben. Stattdessen sagte er: »Das wisst Ihr selbst nur zu gut.« Er riss sich den Handschuh von den Fingern und warf ihn Overstolz vor die Füße. »Ihr werdet noch von mir hören! Und nun verschwindet!« Conrad drehte sich auf dem Absatz um und verließ das Gemach.

Unten an der Stiege traf Conrad auf seinen Bruder, der ihn fragend ansah. Dunkle Schatten zeichneten sich unter seinen Augen ab. Er stützte sich auf einen Stock, den Conrad zum ersten Mal sah.

»Was ist das für ein Geschrei? Gibt es etwa Streit unter den Gästen?«, fragte Rutger entsetzt.

»Ich habe die Overstolzen der Burg verwiesen. Sie haben unseren Namen in den Schmutz gezogen. Irgendeins von ihren Weibsbildern hat beim Erzbischof geklagt, wir würden in unserem Steinbruch Christen versklaven«, sprudelte es aus Conrad heraus.

»Ich wusste es!«, jaulte Rutger auf. »Das konnte ja nicht gutgehen.«

»Nicht so laut!«, zischte Conrad durch die Zähne. »Der Erzbischof glaubt das Gerede nicht. Alles ist gut.« Im selben Augenblick tat es ihm schon wieder leid, seinen Bruder dermaßen erschreckt zu haben. Wer waren schon die Overstolzen?

»Lass uns an einem ruhigen Ort reden.« Er schob seinen Arm unter Rutgers Ellenbogen und verließ mit ihm das Gästehaus.

»Ich habe unsere Bernsteinbeute für einen Batzen Gold verkauft«, flüsterte Conrad, während sie hinüber zum Haus der Herrschaften gingen. Das stimmte zwar nicht ganz, aber die Worte würden Rutgers Herz gewiss beruhigen.

Der Bruder atmete schwer. »Ist der Käufer denn vertrauenswürdig? Kennst du ihn?«

»Ja, sicher. Sorge dich nicht. Sollte er uns verraten, würde er sich damit sein eigenes Grab schaufeln.« Conrad führte Rutger die Treppe zum Gebäude hinauf. »Du musst dich noch umziehen, Bruder.« Missbilligend sah er an Rutgers mausgrauer Tunika hinab. »Am Tage meiner Vermählung will ich nur frohe Farben um mich haben.« Aus den Augenwinkeln sah er, wie Overstolz mit seiner Gemahlin zu den Ställen ging, wo sein Wagen und die Pferde standen. Die Frau war so blass, als stünde sie kurz vor einer Ohnmacht. Geschah ihr ganz recht, dachte Conrad zufrieden. Doch ansonsten sollte er die Sache wohl besser auf sich beruhen lassen. Wem nutzte es, eine Anklage zu erheben? Dies würde nur nach sich ziehen, dass die Gerichtsbarkeit in seinem Steinbruch herumschnüffelte.

* * *

Die Gewandschneiderin hatte gesagt, sie würde wiederkommen, wenn Antonia eine leichte Mahlzeit zu sich genommen hätte. Schließlich habe sie schon einige Bräute bei der Zeremonie in Ohnmacht fallen sehen. Etwas Leichtes? Antonia versuchte den Finger in den Kanten Brot zu bohren. Er war hart wie Stein. Sicher hatte die Magd ihn heimlich gegen ihr Mahl ausgetauscht. Antonia legte das Brot fort, trank einen Schluck Wein und erhob sich. Abermals sah sie aus dem Fenster. Ein Mann schritt zu den Ställen und wedelte wild mit den Armen vor dem Stallmeister herum. Eine Frau folgte ihm mit trippelnden Schritten. Sie trug eine rosenrote Seidencotte, die in der Mitte von einem silbernen Gürtel gehalten wurde. Ihr schwarzes Haar wellte sich wie das Gefieder eines Raben über die Gugel. Antonia hörte, wie der Mann den Stallmeister anschrie, er solle schleunigst die Pferde vor den Wagen spannen. Die Frau tupfte sich mit einem Tuch die Augen. Antonia wandte den Blick ab. Was kümmerte es sie, ob Conrad die Gäste verärgert hatte? Sie dachte an Jaramir, der gewiss auf sie wartete, und spürte einen dumpfen Schmerz. Ob Conrad sie für alle Zeiten hier einsperren würde?

Ihr Blick fiel auf den goldenen Haarkranz. Antonia griff an ihren Hals, tastete nach dem Amulett und flüsterte Jaramirs Namen. Dann nahm sie den Haarkranz und warf ihn im hohen Bogen aus dem Fenster. Nie würde sie einen anderen Bernstein tragen.

Der Schlüssel drehte sich im Schloss, und Antonia fuhr herum. Im Burghof lachten zwei Kinder. Angespannt starrte Antonia auf die Tür. Begleitet von einer fremden Frau trat die Gewandschneiderin ein.

»Das ist Emilia. Sie wird Euer Haar richten, wenn ich Euch angekleidet habe.« Die Gewandschneiderin hob die Augenbrauen. »Habt Ihr geweint?« Seufzend ließ sie sich auf der Bettkante nieder. »Ach, ich kann gut verstehen, dass Ihr angespannt seid.«

»Angespannt?« Antonia sah sie entrüstet an. »Der Burgherr hält mich in meinem Gemach gefangen! Und ich muss befürchten, dass sich dies nach der Vermählung nicht ändern wird. Dazu …« Ihre Stimme versagte. Tränen des Zorns und der Verzweiflung rannen über ihre Wangen. Sie rang nach Fassung. »Dazu weiß ich nicht, wie es meiner Magd geht. Der Burgherr hat dermaßen auf sie eingeprügelt, dass sie nicht mehr laufen konnte.«

Die Gewandschneiderin senkte den Blick und strich mit der flachen Hand über das Brautgewand. »Sie wird wohl erst einmal nicht ihren Dienst verrichten können. Doch sorgt Euch nicht, die geprellten Knochen werden wieder heilen.«

Eine Schlinge schien sich um Antonias Hals zu legen.

Die Gewandschneiderin erhob sich wieder. »Wir sollten hier keinen Plausch halten. Am Ende muss der Burgherr noch vor dem Altar warten.« Sie klatschte in die Hände.

Ein eisiger Schauer durchfuhr Antonia. Die arme Jenne musste fürchterliche Schmerzen haben. Konnte Conrad denn nichts anderes, als den Menschen Leid zufügen?

23

Der Vater sollte die Braut zum Altar führen. So sehr Antonia auch gegen die Tränen ankämpfte, sie konnte nicht mehr aufhören zu weinen. Herr Rutger führte sie am Arm in die Burgkapelle. Er ging an einem Stock aus Wurzelholz und keuchte, als seien dies seine letzten Atemzüge. Der Geruch von Weihrauch, der Antonia entgegenschlug, verursachte ihr Übelkeit. Durch den Schleier sah sie, dass kaum mehr als die Hälfte der Bänke besetzt war. Severin befand sich selbstverständlich nicht unter den Gästen. Was hatte sie auch erwartet?

An den Wänden flackerten Fackeln, und auf dem Altar brannte eine große, helle Kerze. Davor stand Conrad neben dem Geistlichen, einem bärtigen Mann in einer blutroten Robe. Antonia ahnte, dass dies der Erzbischof sein musste. Sie vergaß zu atmen und sah abermals zu den Bänken. Ja, dort saß er, sein Kardinal. Spontan wünschte sie, die Erde würde sich auftun und sie verschlingen. Doch der Kardinal hatte ihre Anklage wohl gar nicht erst weitergetragen, sonst stünde der Erzbischof wohl kaum in friedfertiger Eintracht mit Conrad vor dem Altar. Als sie näherkamen, hob der Erzbischof den Blick, und auch Conrad sah in ihre Richtung. Ein wohlwollendes Lächeln umspielte die Lippen der Männer. Antonia glaubte jeden Augenblick in Ohnmacht zu fallen. Sie schmeckte Galle auf ihrer Zunge und hatte das Gefühl, auf Schafswolle zu wandeln.

Von den Bänken drang ein Gemurmel zu ihr herüber. Jemand hustete. Antonia atmete den Geruch des Weihrauchs ein, und plötzlich erschien Vaters aufgedunsenes Gesicht vor ihrem inneren Auge. Er hob die Hand und drohte mit dem Zeigefinger. Seine blauen Lippen formten ein stummes »Nein«. In Antonias Brust bebten Schluchzer.

Vor dem Erzbischof fiel sie auf die Knie und senkte mit einer Ergebenheit das Haupt, als sei sie vor den Henker geführt worden. Conrad kniete sich wortlos neben sie. Das Raunen und Husten auf den Bänken verstummte, und die Stille in der Kapelle rauschte in ihren Ohren. Der Erzbischof hob die Stimme und betete in einem monotonen Singsang. Antonia verschloss Augen und Ohren, und ihre Gedanken schweiften zu der Lichtung, hin zu Jaramir. Sie dachte daran, wie sie in seinem Arm gelegen hatte, wie er sie geküsst hatte. Die Erinnerung an seine weichen Lippen vertrieb ein wenig die Kälte in ihrem Herzen.

Nach einer Weile spürte sie, dass Conrad seinen Ellenbogen in ihre Rippen stieß. Erschrocken sah sie in seine zornigen Augen. Er hielt ihr die Hand hin, und Antonia konnte nicht glauben, dass der Erzbischof bereits den Segen sprechen wollte.

»Was ist los?«, zischte Conrad leise.

Antonia legte ihre Hand in seine. Er drückte ihre Finger so fest zusammen, dass sie einen Aufschrei unterdrücken musste.

Der Erzbischof sprach den Segen und entließ sie als Eheleute. Als sie kurz darauf an den Bänken vorbei aus der Burgkapelle schritten, behielt Antonia den Schleier vor ihrem Gesicht, damit der Kardinal sie nicht erkannte. Conrad führte sie über den Burghof in den großen Saal, und nach und nach folgten ihnen die Gäste. Auf der langen Tafel dampfte es bereits aus unzähligen Schüsseln, und in der Mitte lag ein krossgebratenes Ferkel neben Fasanenbraten und gekochten Fischen. Mehrere Diener zogen die Scherenstühle am Kopfende der Tafel vor, und sie nahmen Platz – Antonia neben Conrad und links von ihnen Metza und Rutger. Conrads Bruder betrachtete mit leichenblasser Miene die Festtafel, und das Entsetzen stand ihm in den Augen geschrieben. Die Plätze rechts von ihnen blieben leer, bis der Erzbischof mit seinem Kardinal eintrat und sich zu ihnen an das Kopfende der Tafel gesellte. Ein eisiger Hauch strich über Antonias Rücken, als der Fiedler ein Lied anstimmte. Wenig später begann auch der Mann mit der Flöte sein Spiel.

Conrad sah Antonia von der Seite an. »Nun nimm endlich diesen verdammten Schleier ab«, zischte er in ihr Ohr.

Antonia tat, als hätte sie ihn nicht gehört, und starrte auf ihre Hände, die sie im Schoß gefaltet hielt.

»Sag mal, spreche ich eine dir unverständliche Sprache?« Conrad hob die Stimme. »Nimm endlich den Schleier ab!«

»Nein«, sagte Antonia. »Ich behalte ihn an.« Aus dem Augenwinkel sah sie, wie der Erzbischof verschmitzt lächelnd die Brauen hob.

»Verdammt störrisch, Euer Weib«, spöttelte der Kardinal neben ihm.

Antonia wurde es abwechselnd heiß und kalt. Als der Diener kam und ihr ein Stück des Ferkels auf den Teller legen wollte, winkte sie ab.

Wutentbrannt hob Conrad die Hand und riss ihr den Schleier vom Gesicht. Alle starrten sie an.

»Sieh an, das ist ja unsere Overstolzen!«, raunte der Kardinal.

Antonia wollte aufspringen, doch Conrads fester Griff hielt sie auf dem Stuhl. »Was hat das zu bedeuten?«

Flehend sah Antonia den Kardinal an. Dieser winkte ab. »Ach, nichts. Ich finde nur, sie ähnelt einer Frau, die mich vor Tagen aufgesucht hat.«

»So?« Conrad blickte sie fragend an.

Antonia schlug das Herz bis zum Hals, dennoch gab sie sich ahnungslos und hob die Schultern.

Der Kardinal spießte ein großes Stück Fleisch mit seinem Messer auf und biss hinein. »Sachen gibt's …«, sagte er mit vollem Mund.

Conrad ließ die Sache auf sich beruhen, winkte den Diener heran und tippte mit dem Finger auf Antonias Teller. »Leg ihr ein ordentliches Stück Ferkel auf, damit sie heute Nacht bei Kräften ist.« Er lachte hämisch.

Antonia befand sich im schlimmsten Alptraum ihres Lebens, aus dem es kein Erwachen gab. Der Diener legte ein faustgroßes Stück Fleisch auf den Teller, und Antonia kämpfte gegen den Würgereiz, der ihr die Kehle hinaufkroch. In ihren Ohren pochte der eigene Herzschlag, und sie spürte, wie ihr der Inhalt ihres Magens in den Hals schoss. Sie sprang auf, lief aus dem Saal und übergab sich vor der Stiege in der Halle. Als ihr Magen nichts mehr hergab, eilte sie über den Burghof zu ihrer Unterkunft und stieß die Tür auf. Sie musste fort von hier, bevor Conrad ihr folgte.

In dem Gemach bemerkte Antonia, dass ihre Habseligkeiten bereits fortgeschafft worden waren. Gerade als sie sich noch verloren umsah, polterte Conrad durch die Tür.

»Was fällt dir ein?«, schrie er, zückte einen Dolch und

hielt ihr die Klinge an die Kehle. »Du wirst brav mit zurück in den Saal kommen und an meiner Seite sein, wie es sich für eine Braut gehört.« Die Klinge drückte sich fester gegen ihren Hals. »Hast du mich verstanden?«

Sie durfte nicht sterben, nicht bevor sie Jaramir und die anderen Sklaven befreit hatte. Antonia bemühte sich, Ruhe zu bewahren, und schluckte die Tränen hinunter.

»Ja, Herr.« Ihre Stimme klang brüchig.

Conrad nahm die Klinge fort und zerrte Antonia aus dem Gemach. Als sie den Saal betraten, verstummten die Gespräche.

»Eine kurze Unpässlichkeit, die sich durch Rosenwasser bereinigen ließ.« Conrad grinste die Gäste an. »Die Aufregung ist ihr wohl auf den Magen geschlagen.« Er führte Antonia zu ihren Plätzen und drückte sie auf den Stuhl. Dann sah er zu den Musikanten hinüber. »Los, Männer, spielt eine fröhliche Melodie!« Er klatschte in die Hände.

Antonia klebte die Zungen am Gaumen. Sie nahm den Pokal, der vor ihr auf dem Tisch stand und trank hastig von dem Wein.

»Richtig so, Mädchen«, sagte der Erzbischof, und seine Worte klangen schon leicht verwaschen. Er hob die Hände, hielt sie über den Krug und sprach ein Gebet. Dann schenkte er ihr sowie auch sich nach. »Trinkt, dann wird Euch der Heilige Geist beruhigen.«

Antonia nahm einen weiteren tiefen Schluck und spürte bald darauf, dass es ihr schwindelte. Der Erzbischof erzählte vom Bau des Doms zu Köln und nahm dabei immer wieder einen Schluck aus seinem Pokal.

Antonias Gedanken schweiften ab. Sie musste unbedingt eine Möglichkeit finden, von der Burg zu fliehen. Wenn nicht heute Nacht, dann spätestens morgen. Sie musste fort von hier, bevor Conrad sie töten würde.

Der Abend ging nur langsam vorüber. Conrad forderte die Gäste zum Tanz auf und nahm Antonias Hand, um sich mit ihr in den Kreis zu gesellen. Die fremden Gesichter um sie herum verschwammen vor ihren Augen. Sie fassten sich an den Händen, hoben die Arme, gingen im Takt der Musik drei Schritte vor und wieder zurück. Schweren Herzens ließ Antonia sich auf den Tanz ein, doch bald war ihr so schwindelig, dass sich der Saal um sie drehte. Sie verlor den Halt und strauchelte. Conrad fing sie auf, bevor sie zu Boden fallen konnte. Er führte sie zurück an die Tafel, wo der Erzbischof ihr abermals den Pokal reichte. Antonia lehnte ab. Sie musste unbedingt wieder einen klaren Kopf bekommen.

»Sie sollte sich zurückziehen«, meinte der Kardinal. »Ein wenig Ruhe wird gewiss helfen.«

Neben Conrad erhob sich Rutger von seinem Stuhl. »Ich werde sie begleiten und mich dann ebenfalls zur Ruhe begeben.«

Conrad sah ihn missmutig an. »Dein Herz?«

»Ja«, sagte Rutger, »der rasende Schlag raubt mir den Atem.«

Antonia wagte kaum zu glauben, dass Conrad sie mit Rutger gehen ließ. Ihr Gemahl nahm den Bruder zur Seite und raunte ihm etwas ins Ohr, das sie nicht verstand. Dann sah sie, wie der Dolch den Besitzer wechselte. Rutger schnappte sichtlich nach Luft und klemmte ihn unter seinen Gürtel. Dann nickte er.

Antonia verabschiedete sich mit einer Verbeugung von den Gästen und ging zur Tür. Rutger folgte ihr aus dem Saal. Vor der Stiege zog er den Dolch aus seinem Gürtel.

»Ich möchte ihn nur ungern benutzen müssen«, raunte er in ihr Ohr. »Doch ich habe meinem Bruder versprochen, Sorge zu tragen, dass ihm in dieser Nacht nicht die Braut abhandenkommt.« Seine Stimme klang unendlich müde und traurig.

»Keine Sorge. Um fortzulaufen fehlt mir die Kraft«, versuchte Antonia ihn zu beschwichtigen. Natürlich würde sie flüchten, sobald sich die Gelegenheit ergab.

Rutger ließ Antonia den Vortritt und schlurfte hinter ihr die Stiege hinauf. Sie blickte über ihre Schulter und sah, dass er den Dolch vor sich hielt. Der Gedanke, ihn die Stufen hinabzustoßen, rückte in weite Ferne. Oben auf dem Flur rang er nach Atem, hielt aber den Dolch weiterhin fest in der Hand. Dann geleitete er sie zu Conrads Gemach und stieß die Tür auf. Dort zeigte er ihr den Schlüssel, den er in der anderen Hand hielt.

»Weshalb wollt Ihr mich einsperren?« Antonia versuchte, sein Vertrauen zu erobern. »Glaubt Ihr wirklich, ich würde mitten in der Nacht von der Burg weglaufen? Die Wächter werden mich wohl kaum hinauslassen.«

»Conrad meinte, du hättest schon einmal versucht zu flüchten.« Er sah sie besorgt an. »Mädchen, das darfst du nicht tun. In den Wäldern lauern Wölfe.«

»Das wildeste Tier von allen ist Euer Bruder.« Sie kämpfte mit den Tränen. »Wisst Ihr eigentlich, dass er sich Christen als Sklaven hält?«

Rutger erstarrte. »Du weißt davon? Aber woher?«

»Ich habe die Lichtung, auf der sie in Hütten hausen, bei meinen Spaziergängen entdeckt. Ihr müsst mir helfen, die Menschen dort zu befreien. Bitte!«

Der letzte Hauch von Farbe wich aus Rutgers Gesicht. Im

Schein der Fackeln wirkte er wie ein Geist. Er stieß Antonia in das Gemach und schloss die Tür von außen ab. Die Fenster mussten verhangen sein, denn der Raum lag in vollkommener Finsternis, so dass Antonia die Hand nicht vor Augen sah. Verzweifelt sank sie zu Boden.

* * *

Conrad langweilte das Geschwafel des Erzbischofs. Er wünschte sich, Heinrich von Virneburg würde sich ebenfalls zur Nacht verabschieden. Doch der Erzbischof trank munter einen Pokal Wein nach dem anderen, wobei sich seine Zunge immer mehr löste. Conrad bemerkte, dass Kardinal Matthäus die ganze Zeit etwas sagen wollte, jedoch nicht zu Wort kam. Es musste ihm wichtig sein, wie sein gelegentliches Kopfschütteln zeigte. Schließlich stand der Kardinal auf. Er müsse sich erleichtern, sagte er, als der Erzbischof eine kurze Atempause machte, und bedeutete Conrad mit seinem Blick, ihm zu folgen. Conrad dröhnte mittlerweile der Kopf von dem Redeschwall des Erzbischofs und vom Gelächter und der Musik im Saal. Er erhob sich hastig und trat hinaus in die Nacht, deren Stille in seinen Ohren rauschte.

Der Kardinal erwartete ihn vor dem Abort. »Hört zu, wir haben nicht viel Zeit!«, sagte er, als Conrad nähertrat. »Es waren nicht die Overstolzen, die Euch verraten haben. Ich wollte es Euch nicht vor den anderen Gästen sagen, um Euch vor der Schmach zu bewahren.«

»Ich verstehe nicht recht …« Conrad runzelte die Stirn.

»Euer Weib war bei mir und hat sich als Antonia Overstolz ausgegeben.«

Conrad sah ihn ungläubig an. »Ihr meint, *meine* Antonia war bei Euch?«

»Ja, richtig. Und sie hat Euch verraten.«

Conrad ballte die Fäuste. »Wegen ihr habe ich nun eine Fehde mit den Overstolzen am Hals!«

»Aber es war nur eine Verleumdung, oder? Ich kann mir nämlich nicht vorstellen, dass Ihr Euch wirklich christliche Sklaven angeeignet habt.«

»Natürlich nicht. Das ist eine widerliche Intrige! Dieses Weib konnte mich vom ersten Augenblick an nicht ausstehen.«

»Dennoch habt Ihr sie zur Frau genommen.«

»Sicher, denn ihr Erbe ist beträchtlich. Ihr Vater war einer der vermögendsten Kaufmänner im Reich.« Conrad knetete seine Hände.

»Ihr hättet besser daran getan, Euch eine Frau von Adel zu suchen.« Der Kardinal spielte mit dem goldenen Kreuz, das an dem Gürtel seiner Kutte hing. »Diese Weiber sind von Natur aus unterwürfiger.«

Conrad gab einen unwirschen Laut von sich. »Sorgt Euch nicht, ich werde mein Weib schon zähmen, so dass es mir bald aus der Hand frisst. Darauf könnt Ihr Euch verlassen.«

»Würdet Ihr sie nicht besser verstoßen?«

»Verstoßen? Dann setzt sie noch mehr Gerüchte in Umlauf. Nein, das mache ich gewiss nicht.« Conrad sah in den Nachthimmel, an dem eine Wolke den vollen Mond verdunkelte. »Ihr versteht, wenn mir nun nicht mehr der Sinn danach steht, in den Festsaal zurückzukehren? Sagt bitte meiner Schwägerin, dass ich nun die Ehe vollziehe.«

»Ja, sicher.« Der Kardinal ließ das Kreuz los und rückte sich den Gürtel zurecht. »Ich werde Euch bei den Gästen entschuldigen und sie darauf vorbereiten, dass Ihr bald schon das blutige Laken aus dem Fenster hängen werdet.« Er lächelte schmierig.

Conrad wandte sich ab, ging zurück in das herrschaftliche Gebäude und suchte Rutgers Gemach auf. Als er die Tür öffnete, erstarrte er.

Sein Bruder stand auf einem Stuhl. Um seinen Hals lag die Schlinge von einem Seil, das an dem Deckenbalken über ihm befestigt war. »Rutger! Halt still!«, schrie Conrad. Sein Herz raste.

»Geh, Conrad. Und lass mich sterben. Bitte!« Rutgers flehender Blick traf Conrad wie ein Fausthieb in die Magengrube.

»Wie kann ich das?« Die Angst lähmte Conrad. »Du bist mein Bruder, und ich liebe dich. Wie kann ich da zulassen, dass du dir das Leben nimmst und in die Hölle fährst? Bitte nimm den Strick vom Hals. Ich flehe dich an!«

»Ich kann nicht mehr.« Rutgers Augen glänzten.

Auch Conrad verspürte einen Kloß im Hals. »Ich helfe dir doch! Bin ich nicht immer für dich da?«

»Mein Leben ist es nicht mehr wert, gelebt zu werden. Nie wieder werde ich Frohsinn verspüren, nie wieder ausgelassen tanzen können. Ich habe keine Kraft mehr, diese Angst auszuhalten, die mich selbst in der Nacht nicht schlafen lässt. Lass mich dem Ganzen ein Ende setzen, damit es endlich vorbei ist. Der Tod hält mich doch schon in seinen Klauen.« Er trat von einem Fuß auf den anderen, so dass der Stuhl ins Schwanken kam.

Conrad stürmte auf ihn zu und umfasste seine Beine.

»Nimm die Schlinge von deinem Hals!«, schrie er. »Ich lasse dich nicht sterben. Nie und nimmer!« Er legte die Wange an Rutgers Oberschenkel und durchtränkte die Beinlinge mit seinen Tränen.

»Bitte, Conrad. Wenn du mich wahrhaftig liebst, lässt du mich mein elendes Leben beenden.«

»Gott allein hat dein Ende zu bestimmen!«, jammerte Conrad. »Willst du vom Henker auf dem Schindanger vergraben werden? Ohne den Segen eines Geistlichen? Nein, Rutger, du würdest es auch nicht zulassen, wenn ich meinem Leben ein Ende setzen wollte.« Er glaubte den Verstand zu verlieren und verstärkte seinen Griff um Rutgers Beine. »Ich lasse dich erst los, wenn du die Schlinge von deinem Hals genommen hast.« Mit von Tränen verschleiertem Blick sah er zu seinen Bruder hinauf.

Rutger seufzte und lockerte den Knoten der Schlinge. Dann zog er sich das Seil über den Kopf.

Conrad ließ von Rutgers Beinen ab und wischte sich die Tränen von den Wangen. Nachdem sein Bruder von dem Stuhl geklettert war, warf er sich ihm schluchzend an den Hals. »Mach das nie wieder! Hörst du? Mach das nie wieder!« Er spürte, wie auch Rutgers Brust an seiner Wange bebte. »Ich werde immer für dich da sein. Das verspreche ich dir. Immer und ewig dafür sorgen, dass du keine Angst mehr haben musst.«

»Aber dein Weib, es weiß von den Sklaven! Sie wird uns verraten.«

»Woher weißt du das?«

»Sie hat es mir gesagt.« Rutger begann am ganzen Leib zu zittern.

Conrad ließ ihn los und trat einen Schritt zurück. »Ich werde sie schon zum Schweigen bringen, verlass dich darauf.«

Ein leiser Schrei war zu hören. Conrad wandte sich abrupt um und sah Metza in der Tür stehen. Sie hatte die Hand vor den Mund geschlagen und starrte mit weitaufgerissenen Augen auf das Seil.

»Behalte ihn im Auge«, sagte Conrad und ließ die beiden allein, um sein Gemach aufzusuchen.

* * *

Antonia erwachte von dem Gejammer, das aus irgendeinem Gemach stammen musste. Im nächsten Augenblick hörte sie polternde Schritte. Als die Tür aufflog, hielt sie den Atem an und kauerte sich zitternd an die Wand. Conrad leuchtete mit einer Fackel das Gemach aus. Als er sie entdeckte, griff er nach ihrem Arm und zog sie auf die Beine.

»Zieh dich aus und leg dich aufs Bett!«, befahl er mit schroffer Stimme.

Antonia regte sich nicht. Conrad riss die Felle von den Fenstern, und fahles Mondlicht fiel in das Gemach.

»Hörst du nicht?«, schrie er und entfachte mit fahrigen Händen die Fackeln an den Wänden. Dann trat er auf sie zu.

Antonia rührte sich weiterhin nicht. Sie schien wie erstarrt.

Conrad griff ihr in den Ausschnitt und zerriss das Gewand mit einem Ruck. »Du hast also Rutger von den Sklaven erzählt.«

»Ihr habt kein Recht, sie gefangen zu halten!« Notdürftig bedeckte sie mit der zerrissenen Seide ihre Untercotte.

Conrad lief dunkelrot an. »Halt's Maul! Du hast schon genug Schaden angerichtet.«

»Ich werde erst meinen Mund halten, wenn Ihr die Menschen freigelassen habt.« Antonia wusste nicht, woher sie den Mut nahm, Conrad mit solch einer Entschlossenheit entgegenzutreten.

»Overstolz«, zischte Conrad. »Antonia Overstolz!« Er holte aus und schlug ihr mit der flachen Hand ins Gesicht.

Antonia taumelte und hielt sich die Wange, die höllisch brannte.

»Wegen dir, nur wegen dir hat mein Bruder sich den Strick um den Hals gelegt.« Conrad blickte sie irre an.

Der Mut, den sie eben noch verspürt hatte, fiel von ihr ab, und sie begann zu zittern. Der Burgherr würde nicht zögern, sie totzuschlagen.

Er griff nach ihren Schultern und schleuderte sie auf das Bett. Antonia schlug mit dem Kopf gegen den Pfosten und schrie auf.

»Halt's Maul, hab ich gesagt!« Conrad beugte sich über sie, nahm ihre Hände und bog ihr die Arme über den Kopf. Mit der anderen Hand zerriss er ihr die Untercotte. Ein Speichelfaden tropfte von seiner Lippe auf Antonias entblößte Brust.

»Bitte, nein«, flehte sie, und die Angst trieb sie fast in eine Ohnmacht.

»Sie wollen das befleckte Laken sehen.« Conrad lachte hämisch. »Das werden sie.« Er hob die Faust.

Der folgende Schlag in ihr Gesicht raubte Antonia für einen Atemzug das Augenlicht. Sie glaubte, ihr Kopf würde in tausend Stücke zerspringen. Heftig atmete sie gegen den Schmerz und spürte im nächsten Moment seine Hand, die an seiner Bruche nestelte. Sie presste die Oberschenkel zusammen, doch er drückte sie wieder auseinander und schob seinen Unterleib dazwischen. Kurz rieb er sein Glied über die Innenseite ihrer Schenkel, dann stieß Conrad es mit aller Gewalt in ihre Mitte. Antonia schrie auf. Conrad zog sich zurück und stieß dann erneut zu. Ihr Unterleib drohte zu zerbersten.

»Hört auf, bitte«, wimmerte sie.

Doch Conrad drückte sich nur noch tiefer in sie. Antonia versuchte den Schmerz zu verdrängen und ließ es über sich ergehen, bis Conrad endlich keuchend von ihr abließ.

* * *

Immer noch zitternd vor Wut und Angst stieg Conrad am Morgengrauen aus dem Bett. Er wusste nicht, ob Antonia noch ohne Bewusstsein war oder schlief. Es scherte ihn auch nicht, schließlich atmete sie noch. Die ganze Nacht hatte er vor lauter Sorge um Rutger kein Auge zugetan. Das Bild, wie die Schlinge um seinen Hals gelegen hatte, war in Conrads Gedächtnis eingebrannt und schmerzte ihn mehr als ein Schwerthieb. Wie konnte Rutger nur seine Seele dem Fegefeuer verschreiben wollen? Es fehlte ihm doch an nichts. Und später, wenn Gott ihn vor das Jüngste Gericht rief, konnte er nach einer Absolution durch den Erzbischof mit einem reinen Gewissen vor den Herrn treten.

Conrad trat ans Fenster und blickte zu dem Silberstreif, der die Nacht vertrieb. Er entledigte sich seiner blutverschmierten Bruche und betrachtete die roten Flecken. Er hatte vergessen, das Laken aus dem Fenster zu hängen, also konnte die Ehe als nichtig erklärt werden. Das durfte auf keinen Fall passieren, denn Antonia wusste zu viel. Als ihr Gemahl wiederum konnte er sie auf seiner Burg einmauern, ohne dass ein Hahn danach krähte.

Rasch wusch sich Conrad das Gesicht und zog saubere

Kleidung an. Dann ging er zum Bett und zerrte an Antonias Hand. Sie regte sich und schlug stöhnend die blutunterlaufenen Augen auf.

»Ich brauche das Laken«, raunte Conrad.

Antonias Augen weiteten sich. Er griff unter sie und riss an dem Tuch, das zwischen ihren Beinen und auch unter ihrem Kopf mit Blut getränkt war. Das müsste reichen, dachte er und zog das Laken mit einem Ruck unter ihr fort. Antonia wand sich und krümmte den bloßen Leib in den zerfetzten Kleidern. Conrad hängte den Beweis seiner vollzogenen Ehe aus dem Fenster und verließ das Gemach. Bevor er den Erzbischof aufsuchte, wollte er jedoch nach Rutger sehen.

Leise öffnete er die Tür zum Gemach des Bruders. Metza, die neben Rutger im Bett lag, blinzelte.

»Alles gut?«, fragte Conrad leise.

Metza nickte schlaftrunken. »Ja, es geht ihm gut«, flüsterte sie.

»Pass auf ihn auf.« Behutsam schloss Conrad die Tür wieder.

Die klare Morgenluft reinigte seine Atemwege, und er sog sie tief in seine Lungen. Von den Wirtschaftsgebäuden drang Klappern zu ihm herüber. Conrad hörte eine Magd laut lachen. Wieder dachte er daran, wie Rutger auf dem Stuhl gestanden hatte, und durfte sich nicht vorstellen, was geschehen wäre, wenn er nicht nach ihm gesehen hätte. Das Lachen der Magd schmerzte in Conrads Ohren.

Er schlug den Weg zum Saal ein, in dem am heutigen Morgen ein üppiges Frühmahl aufgetragen werden sollte. Wie es schien, ruhten die Gäste auf Burg Drachenfels jedoch noch. Im Saal beseitigten einige Mägde die letzten Krüge vom gestrigen Abend. Der Neffe des Herzogs von Jülich schlief mit dem Kopf auf der Tischplatte, und es stank nach Bier, kaltem Braten und Erbrochenem.

Conrad klatschte in die Hände. »Ein bisschen zügiger, wenn ich bitten darf!«, rief er den Mägden zu und wies sie an, rasch das Frühmahl aufzutragen. Dies wäre eigentlich Metzas Aufgabe gewesen, doch in Anbetracht der Ereignisse sah er es ihr nach, dass sie noch bei Rutger lag.

Conrad fragte sich, ob der Erzbischof wohl noch schlief, und dann erinnerte er sich an die unzähligen Pokale, die Heinrich von Virneburg geleert hatte. Wahrscheinlich fühlte er sich an diesem Morgen, als besäße er den Schädel eines Gauls.

Mit einem Stirnrunzeln verließ Conrad den Saal und suchte sein Arbeitszimmer auf. Wenn Rutger sich allzu sehr um die Gegenwart der Sklaven sorgte, sollten sie vielleicht doch besser aus dem Steinbruch verschwinden. Gewiss ließe sich für die Freilassung der Männer aus dem Fürstentum Rujana eine Menge Goldstücke aushandeln, so dass das Ganze nicht einmal einen Verlust bedeuten würde.

Er entzündete die Flamme des Talglichts auf dem Schreibpult, entrollte ein Pergament und tauchte den Gänsekiel in das Tintenfass. Kurz suchte er nach den richtigen Worten und verfasste dann ein Schreiben, das mit unbekanntem Absender noch heute auf die Reise gehen würde.

Wenig später sah Conrad zufrieden aus dem Fenster und erspähte den Erzbischof, der gerade in Begleitung des Kardinals aus dem Gästehaus trat. Rasch blies er das Talglicht aus und eilte in den Burghof.

»Seine Exzellenz«, sagte er und verbeugte sich vor Heinrich von Virneburg. Als er sich wieder aufrichtete, nickte er dem Kardinal wohlwollend zu. Dann wandte er sich erneut an den Erzbischof. »Seine Exzellenz, ich hoffe Ihr hattet eine angenehme Nachtruhe.«

Der Erzbischof sah hinauf zu jenem Fenster des herrschaftlichen Wohnhauses, aus dem das blutbefleckte Laken hing, und hob die Augenbrauen. »Es waren die Schreie Eurer Braut zu hören. Ich hoffe doch sehr, es geht ihr gut.«

»Ja, sicher.« Conrad wandte den Blick ab. »Sie ist etwas lebhaft, wenn ich es so ausdrücken darf.«

»Sie hat doch nicht etwa Lust empfunden?«, fragte der Erzbischof frei heraus.

»Nein, nein. Sie schrie wegen der ersten Schmerzen der Zusammenkunft, wenn Ihr versteht, was ich meine.« Conrad spürte, wie ihm das Blut in die Wangen stieg.

»Natürlich.« Der Erzbischof winkte ab und strich sich mit den Fingern über die Schläfen.

»Das Frühmahl steht schon bereit, Seine Exzellenz. Wenn ich Euch in den Saal begleiten dürfte …« Conrad reichte ihm den Arm.

Als sie kurz darauf an der üppig gedeckten Tafel saßen, sprach er den Erzbischof auf Rutgers Absolution an. Heinrich von Virneburg gab sich zurückhaltend und erklärte sich erst dazu bereit, nachdem Conrad die Spende für den Dom auf drei Floßladungen Vulkangestein erhöht hatte.

24

Antonia wagte nicht die Augen zu öffnen. Ihr Kopf schmerzte so sehr, dass es ihr die Tränen in die Augen trieb, und ihr Unterleib fühlte sich an, als sei er in tausend Fetzen gerissen worden. Sie musste Wasser lassen, traute sich jedoch nicht, den Nachttopf zu benutzen. So blieb sie regungslos liegen und lauschte den Stimmen, die durch die verschlossene Tür drangen. Ihr Ruf um Hilfe wurde von aufsteigenden Tränen erstickt.

Sie tastete mit der Hand nach der Untercotte, die zerrissen neben ihr lag. Vor der Tür hörte sie jetzt Metza mit Rutger reden. Antonia rief ihren Namen, doch nichts geschah. Also sammelte sie all ihre Kraft und versuchte, aus dem Bett zu kommen. Als sie stand, musste sie sich am Bettpfosten festhalten, so sehr schwankte alles um sie herum. Doch sie musste hier raus, raus aus diesem Gemach mit dem riesigen Bett, über das sich ein vergrauter Baldachin spannte. Weg von den verstaubten Truhen und den verrußten Wänden, die sich um sie drehten.

Sie schwankte zu einer ihrer Truhen, öffnete sie und zog die erstbeste Cotte hervor. Sie war von hellem Blau, hatte weite Ärmel und fiel in schlichten Bahnen bis über die Knöchel. Auf dem Tisch lag ein versilberter Spiegel. Antonia wagte nicht hineinzusehen. Im Wasser der Waschschüssel schwamm ein Tuch, das noch mit Spuren von Blut behaftet war. Ekel überfiel sie. Sie wandte den Blick ab und zog sich unter Schmerzen die Cotte über. Mit bangem Herzen schritt sie dann zur Tür, hielt den Atem an und drückte die Klinke hinab.

Die Tür ließ sich öffnen. Vorsichtig spähte Antonia auf den Gang. Inzwischen herrschte Stille, und niemand war zu sehen, so dass Antonia Hoffnung schöpfte. Doch dann fiel ihr das bewachte Tor ein. Der Wächter würde sie nie gehen lassen, dafür hatte Conrad gewiss gesorgt.

Antonia kehrte zu ihrer Truhe zurück und suchte nach ihrem Umhang. Sie legte ihn sich über, versteckte ihr Haar unter der Gugel und sah nun doch in den Spiegel. Ihre Lippen und das Kinn waren mit getrocknetem Blut verkrustet. Sie musste es sich abwaschen, auch wenn Conrad kurz zuvor mit dem Wasser seine Genitalien gesäubert hatte. Also drückte sie das Tuch aus und fuhr sich hastig damit über das Gesicht. Als sie dabei ihre Nase berührte, stöhnte sie auf. Was hatte Conrad ihr bloß angetan? Wieder einmal fürchtete Antonia um ihr Leben. Sie musste unbedingt nach Köln, um dort Hilfe zu erbitten!

Rasch verließ sie auf bloßen Füßen das Gemach. Auf der Stiege lauschte sie in die Stille und huschte dann auf Zehenspitzen die Stufen hinab. Als sie die Tür öffnete, sah sie Jenne am Brunnen stehen. Die Magd hob gerade den Holzeimer auf den Rand und hielt sich dabei mit schmerzverzerrtem Gesicht die Rippen. Antonia unterdrückte einen Aufschrei. Jenne durfte sie nicht entdecken, denn dies würde Aufsehen erregen, und bald schon stünde Conrad auf dem Burghof. Sie zog sich die Gugel tiefer ins Gesicht und sah sich vorsichtig um. Unterhalb der Treppe, die zum Eingang führte, drückte sie sich mit dem Rücken an das Mauerwerk. Als sie sich sicher wähnte, lief sie hinüber zum Vorhof. Dort eilte sie die Stufen hinauf und durch den Torbogen.

Plötzlich tauchte Conrad wie aus dem Nichts vor ihr auf.

Die Augen zu Schlitzen verengt, griff er nach ihrem Arm und schüttelte sie. »Verdammte Hure!«, schrie er und zog sie zu einer eisernen Pforte im Turm, die er mit einem Fußtritt aufstieß.

Antonia taumelte. Wo kam Conrad auf einmal her? Sie war doch vorsichtig gewesen! Er stieß sie mit Gewalt in den Turm.

»Eins schwöre ich dir, du wirst nie wieder versuchen zu fliehen.« Wütend zerrte er sie zu einer Nische in dem Gemäuer, fasste nach ihrem Kinn und drehte ihr Gesicht zum Mauerwerk. »Siehst du das hier? Das, mein geliebtes Eheweib, ist dein Grab. Ich werde dich darin einmauern.« Er grinste boshaft. Dann versetzte er ihr einen Stoß, der sie zu Boden zwang. »Ich bin schon bald wieder zurück, verlass dich darauf.«

Antonia zitterte am ganzen Leib. Unfähig sich zu rühren, sah sie, wie Conrad den Turm verließ und die Tür zuwarf. Knirschend schob sich ein Riegel von außen davor. Schwärze umgab sie.

Antonia drückte den Rücken an das Gemäuer, das nach Moder roch. Ihr Grab! Conrad wollte sie hier einmauern! Eine kalte Faust griff nach ihrem Herz und presste es schmerzhaft zusammen. Sie glaubte, nicht mehr atmen zu können. »Herr, steh mir bei!«, flehte sie mit zittriger Stimme in die Finsternis. Dann sprang sie auf, tastete an dem Gemäuer entlang, bis sie die Tür fand, und hämmerte mit den Fäusten dagegen. Sie schrie so lange um Hilfe, bis ihr die

Kehle schmerzte, dann brach sie weinend zusammen. Ihr Tod war besiegelt!

Sie wusste nicht, wie lange sie zusammengekauert auf dem Boden gesessen hatte, als sich der Riegel vor der Tür wieder bewegte. Das Licht, das einfiel, blendete sie, und sie wandte den Blick ab.

Sie hörte hölzerne Räder über den Boden rumpeln und dann sah sie Conrad, der einen Eimer aus einem Karren hob, auf dem sich Steinbrocken türmten.

»Bitte nicht!«, wimmerte sie. »Ich werde Euch auch fortan immer gehorchen. Ich schwöre bei Gott, dass ich nie wieder davonlaufen werde.«

»Ach, ja?« Conrad entzündete eine Fackel an der Wand. »Das glaube ich dir nicht. Außerdem weißt du Dinge, die du nicht wissen darfst, und die du dazu noch unter falschem Namen dem Kardinal zugeflüstert hast.« Er stellte den Eimer zu seinen Füßen ab und baute sich vor ihr auf. »Was glaubst du, wessen Leben mir lieber ist? Deins oder meins?«

»Ich werde kein Wort mehr über die Sklaven verlieren. So glaubt mir doch.« Antonias Stimme bebte. »Bitte mauert mich nicht in diese Wand ein.«

Unbeirrt nahm Conrad eine Kette aus dem Karren und band sie um ihr Handgelenk. Dann zog er sie zu der Nische.

»Lasst mich los!« In blinder Verzweiflung schlug Antonia um sich, trat nach ihm und stemmte sich gegen seinen Griff. All ihre Kraft wandte sie auf, bis seine Faust in ihr Gesicht schnellte und ihr das Augenlicht raubte. Außer Atem sank sie zu Boden.

Die Kette rasselte, als Conrad sie an eine Halterung in dem Gemäuer einhakte und mit einem Schloss sicherte. Antonia spürte, wie ihre Lider anschwollen. Conrad nahm den ersten

Steinquader vom Karren, setzte ihn vor ihre Füße, griff nach einem weiteren und platzierte ihn daneben. Schweißperlen glänzten auf seiner Stirn, und Antonia roch seine Ausdünstungen. Dann wurde ihre Angst so übermächtig, dass sie sich in einem Schwall erbrach.

Conrad sah nur kurz auf und reihte weitere Steine aneinander, bis er das Ende der Nische erreicht hatte. Dann nahm er den Eimer und verteilte den Mörtel auf den Steinen. Antonia schrie aus Leibeskräften, doch Conrad schien das nicht zu stören. Er platzierte eine weitere Schicht Steinquader auf dem feuchten Mörtel.

Antonia zerrte an der Kette. »Das dürft Ihr nicht tun! Das ist Mord! Ich bin Euer Eheweib!«

»Eben. Du bist mein Weib, und folglich darf ich das.« Er grinste selbstzufrieden.

Ein Weinkrampf schüttelte Antonia, während sich der Karren Stein für Stein leerte.

Nachdem Conrad den letzten in den Mörtel gedrückt hatte, straffte er den Rücken und wischte sich die Hände an den Beinkleidern ab. »Genug für heute. Den Rest erledige ich morgen.«

Er verließ den Kerker, schob von außen den Riegel vor die Tür und schloss sie zudem noch mit einem Schüssel ab. Antonia sank in sich zusammen.

* * *

Ununterbrochen musste Jaramir an Antonia denken. Ob ihr in Köln etwas zugestoßen war? Irgendetwas musste geschehen sein, denn Abend für Abend hatte er im Lager vergeblich auf sie gewartet und kaum noch Schlaf gefunden. Seine Gedanken kreisten um nichts anderes mehr und ließen ihn die schmerzenden Rippen vergessen. Er schlug mit der Spitzhacke in den Fels und atmete den Staub der Steine ein. Die Blasen an seinen Händen platzten auf, und ein Splitter des Holzgriffes bohrte sich in das rohe Fleisch. Jaramir ließ die Spitzhacke fallen und trat vor Verzweiflung dagegen.

Als er wieder hochblickte, sah er ein Mädchen, das außerhalb der Sichtweite des Aufsehers zwischen den Felsen hockte. Sie stellte sich auf und winkte heftig mit den Armen. Ihr Gesicht war mit Schrunden überzogen. Dann formten ihre Lippen lautlos Antonias Namen und das Wort Hilfe. Jaramirs Herzschlag setzte für einen Augenblick aus. Das Mädchen in der Kleidung einer Magd verschwand so schnell zwischen den Felsen, wie es aufgetaucht war.

Der Aufseher tippte mit dem Zeigefinger gegen Jaramirs Brust. »He, was glotzt du so?« Er sah kurz über seine Schultern und dann wieder zu Jaramir. »Erstarr hier nicht zur Salzsäule und mach dich wieder an die Arbeit.« Drohend hob er den Arm mit der Peitsche.

Jaramir wandte sich ab und hob die Spitzhacke auf. In seinem Kopf kreisten die Gedanken wie Bussarde über einem Acker. Antonia brauchte Hilfe! Nur kurze Zeit später hatte er eine Entscheidung getroffen. Er fuhr um und schlug dem Aufseher so fest er konnte die Spitzhacke in die Schulter.

Dieser riss die Augen auf, fasste nach dem hölzernen Griff und stieß einen gellenden Schmerzensschrei aus. Jaramir nutzte den Augenblick, um an ihm vorbeizulaufen. Ein anderer Aufseher hörte den Schrei, rannte auf Jaramir zu und stellte sich ihm entgegen. Er richtete seinen Dolch auf ihn. Doch hinter dem Kerl tauchte plötzlich Dragan auf und packte mit einer Hand seinen Hals, mit der anderen den freien Arm. Mit einer gekonnten Bewegung drehte er ihm diesen auf den Rücken. Jaramir trat dem Mann den Dolch aus der Hand, hob ihn auf und flüchtete aus dem Steinbruch. Ungeahnte Kräfte wurden in ihm wach, die ihn die Schmerzen vergessen ließen.

Kurz darauf erreichte er den Pfad, der hinauf zur Burg Drachenfels führte. An der Gabelung schritten zwei Wächter auf und ab. Sie hatten ihre Lanzen geschultert und lachten wohl gerade über einen derben Witz. Jaramir versteckte sich hinter einem Baum und beobachtete sie. Zu beiden Seiten des Pfades fiel der Hang steil ab. Eine andere Möglichkeit, zur Burg zu gelangen, als über diesen Pfad, gab es hier kaum. Wie es auf der anderen Seite des Steinbruchs aussah, wusste Jaramir nicht, doch ihm blieb wohl keine Wahl, als herauszufinden, ob es dort vielleicht auch einen Weg gab.

Er schlug sich bergab durch das Dickicht, blieb mit den Lumpen, die er am Leib trug, an den Dornen hängen und zerfetzte sich endgültig das Hemd. Die Sträucher rissen ihm rote Striemen in die Haut, doch er kämpfte sich weiter durch die Büsche, bis er am Fuße des Drachenfelsen angelangt war. Zu seiner Rechten sah er das Wasser des Rheins zwischen den Bäumen aufblitzen, er blieb jedoch im Schutz des Waldes und bahnte sich einen Weg um den Berg herum. Über ihm ragten kahle Felswände bis zum Steinbruch hinauf. Im nächsten Moment entdeckte er eine kleine Schneise, die wohl jemand in das Dickicht geschlagen hatte, und er folgte ihr den Berg hinauf. Kurz dachte er an Dragan, der wohl in diesem Augenblick die Strafe für seine, Jaramirs, Flucht zu spüren bekam. Sein Leib krampfte sich zusammen, aber dann kehrten seine Gedanken zu Antonia zurück. Wenn die Magd sich der Gefahr aussetzte, ihn im Steinbruch zu warnen, musste es um Antonias Leben gehen, daran zweifelte er nicht. Die Sorge um sie weckte weiterhin ungeahnte Kräfte in ihm, und er bog die wuchernden Brombeersträucher mit bloßen Händen auseinander und stieg über die gefällten Baumstämme.

Nach einer Weile blickte er hoch und sah durch die Baumwipfel die Burgmauer in den Himmel ragen – unbezwingbar nahe an dem steilen Hang gebaut. Er hielt inne. Plötzlich hörte er eine Stimme seinen Namen flüstern. Oder war es das Zwitschern der Vögel gewesen? Da! Er hörte erneut seinen Namen und fuhr herum. Etwas bewegte sich zwischen den Felsen.

»Hier!«, rief eine Stimme.

Jaramir ging in die Richtung. Als er das Buschwerk zur Seite schob, sah er die weiße Haube der Magd, die in den Steinbruch gekommen war. Große, wasserblaue Augen sahen ihn aus einem geschundenen Gesicht an. Als Jaramir bei ihr war, sah er, dass sie in einer Art Höhle saß.

»Du musst Antonia helfen«, flüsterte die Magd. »Komm, ich bringe dich zu ihr.«

»Was ist mit ihr?« Jaramir hockte sich vor die junge Frau.

»Der Burgherr hat sie in ein Verlies gesperrt! Ich bin ihm heimlich gefolgt, weißt du. Und da habe ich gesehen, dass er später einen Karren mit Steinen und Mörtel zu dem Verlies gebracht hat.« Die Magd holte tief Luft und biss sich auf den Fingerknöchel. »Er will sie einmauern. Ich hab's gesehen!« Ihre Worte gingen in einem Schluchzer unter.

Jaramir sah sie entsetzt an. »Er will sie einmauern?«

Die Magd nickte heftig. »Ja, und nun komm. Von hier aus führt ein geheimer Gang in die Burg. Du musst allerdings kriechen.«

Die Magd führte ein Talglicht mit sich, das schwach den niedrigen Gang erleuchtete. Sie zwängten sich an einem Steinhaufen vorbei, der wohl einst den Zugang zur Burg verschlossen hatte, und krochen bergauf. Irgendwo vor ihnen quiekte eine Ratte. Die Magd klatschte kurz in die Hände, um sie zu vertreiben.

»Wie lang ist der Gang?« Jaramirs Stimme hallte gespenstig von dem Gemäuer wider.

»Ein wenig brauchen wir noch.«

»Woher wusstest du, dass ich hierherkommen würde?«

»Ich habe dich vom Wehrturm aus beobachtet. Als du gesehen hast, dass du bei den Wachen nicht durchkommst, bist du umgekehrt. Da habe ich einfach Gott vertraut und bin in den geheimen Gang gelaufen.«

Die Worte der Magd machten Jaramir mehr Mut, als er je zuvor gespürt hatte. »Dein Name ist Jenne, oder? Antonia hat mir von dir erzählt.«

Sie sah über ihre Schulter und lächelte. »Hat sie das?«

Jaramir erwiderte ihr Lächeln. »Du bist ein großartiges Mädchen.«

Eine zarte Röte überzog Jennes Wangen. »Danke. Aber nun sollten wir uns sputen.« Sie kroch ein wenig schneller.

Je weiter sie vorankamen, desto dünner wurde die Luft. Jaramir versuchte, so flach wie möglich zu atmen. Auch Jenne sagte nichts mehr. Einige Meter weiter hielt sie inne und tastete mit den Händen das Mauerwerk über ihrem Kopf ab. Als sie fand, wonach sie gesucht hatte, stemmte sie sich mit den Schultern gegen die Decke. Ein fahler Lichtstrahl fiel in den Gang. Jaramir erhob sich und drückte die Luke auf. Dann half er Jenne ins Freie und kletterte hinterher. Die Sonne blendete ihn und er brauchte einen Augenblick, um sich an die Helligkeit zu gewöhnen. Umgeben von dichtem Buschwerk sah er die Burgmauer von innen neben sich.

Jenne schlug sich durch die Sträucher. »Weiter, wir haben keine Zeit zu verlieren.«

Jaramir, der seine Schmerzen längst vergessen hatte, folgte ihr zur Burgkappelle, in deren Schatten sie sich versteckten. »Wo ist der Turm, in dem Antonia gefangengehalten wird?«

»Kurz vor der Vorburg. Aber so kannst du nicht über den Hof laufen.« Errötend blickte Jenne auf seine bloße Brust.

»Was soll ich machen? Ich hab leider kein Hemd bei mir«, erwiderte Jaramir ungeduldig. Es schien ihm unmöglich, hier herumzustehen, während Antonia in Gefahr war.

»Ich werde sehen, wo ich eins auftreiben kann. So lange wartest du hier.«

»Beeil dich bitte.«

»Sicher«, sagte Jenne und lief davon.

Jaramir hockte sich auf den Boden. Er war innerhalb der Burgmauern und er würde Antonia aus ihrem Gefängnis holen, bevor Conrad sie endgültig einmauern konnte – selbst wenn er dafür mit seinem Leben bezahlte. Er dachte an Dragan. In seiner Hast hatte er nicht in Erwägung gezogen, mit ihm gemeinsam zu flüchten, und er sorgte sich über alle Maßen, dass die Aufseher ihn zu Tode geprügelt hatten.

25

Conrad konnte die Worte nicht glauben, die er gerade aus dem Mund des Aufsehers gehört hatte. Entsetzt starrte er den Mann an.

»Er hat uns überrumpelt«, sagte Bertram und hielt sich die Schulter fest, an der sich ein Blutfleck über das Hemd zog.

Besonders tief konnte die Wunde wohl nicht sein, sonst stünde er nicht hier. Conrad erhob sich von seinem Stuhl und schlug mit der flachen Hand auf sein Schreibpult. »Warum hat ihn niemand aufgehalten?«, schrie er ungehalten.

Bertram kam ins Stottern. »Weil … weil er flink wie ein Hase aus dem Steinbruch verschwunden ist. Wie Ihr seht, hat er mich mit der Spitzhacke außer Gefecht gesetzt. Ein zweiter Sklave hat Ewald festgehalten.«

»Wo ist der zweite Mann jetzt? Ist er etwa auch geflüchtet?«

Bertram schüttelte den Kopf. »Nein, Herr. Ich habe ihn überwältigen können.«

»Wo ist er also?«

»Er liegt halbtot auf der Lichtung.« Bertram grinste dümmlich.

»Ihr habt ihn halbtot geprügelt?«

»Ja sicher, Herr. Oder sollte er etwa ungeschoren davonkommen?«

»Was nutzt er mir halbtot? Verdammt, setze endlich mal deinen Verstand ein, falls du überhaupt einen hast. Ein paar Peitschenhiebe hätten es auch getan.« Conrad ging zu einer Truhe und suchte nach einem Pergament. Als er es gefunden hatte, entrollte er die Karte, auf der die Umgebung von Bonn und dem Gebirge eingezeichnet war. Dann sah er zu Bertram. »Du kannst gehen«, sagte er schroff.

Als der Aufseher das Zimmer verlassen hatte, setzte sich Conrad wieder an sein Pult und fuhr mit dem Finger über die Karte. Er musste diesen verdammten Sklaven finden, egal, ob tot oder lebendig.

Kurz darauf verließ er sein Gemach und trommelte seine fähigsten Männer zusammen, damit sie noch vor Einbruch der Dunkelheit mit der Suche begannen.

* * *

Antonia schreckte aus dem Schlaf hoch. Hatte sie geträumt, oder war da wirklich ein scharrendes Geräusch gewesen? Erneut griff die Angst mit eisigen Klauen nach ihr. Gewiss kam Conrad zurück, um die Mauer endgültig zu schließen. Zitternd kauerte sie sich zusammen. Die Kette scheuerte an ihrem Handgelenk, als sie daran zog. Dann hörte sie wieder dieses Scharren. Das konnte nicht Conrad sein, er besaß doch einen Schlüssel! Vielleicht war es ein Hund. Als Nächstes hörte sie ein leises Hämmern. Nein, kein Hund. Für einen Augenblick keimte in ihr die Hoffnung auf, jemand würde sie aus ihrem Gefängnis befreien wollen. Aber wer sollte das sein? Schließlich hatte sie keine Freunde auf der Burg. Außer Jenne war ihr hier niemand wohlgesonnen, und die Magd würde wohl kaum das Schloss an dem Riegel der Tür aufbrechen können. Jetzt war von der Tür her ein Schlag zu hören – und im nächsten Moment öffnete sie sich. Ein Lichtstrahl drang in den Turm. Antonia schirmte mit der Hand die Augen ab, doch sie konnte nichts erkennen.

Eine vertraute Stimme sprach leise ihren Namen, und sie glaubte, ihre Sinne spielten ihr einen Streich. Das konnte doch nicht sein! Schritte näherten sich, und sie kniff die Augen zusammen. »Jaramir?« Antonia sprang auf.

Er kletterte über die Mauer, schloss Antonia in die Arme und hielt sie fest, bis sich das Zittern legte. Dann hob er mit dem Zeigefinger ihr Kinn an, um ihr Gesicht zu betrachten.

»Himmel, was hat er dir bloß angetan?« Er ballte die rechte Faust und kniff die Augen zusammen. »Dafür wird er büßen.«

Antonia sah zu ihm auf. »Wie kommst du hierher?«

»Jenne hat mich zu dir geführt.« Er blickte über seine Schulter.

Erst jetzt sah Antonia, dass die Magd ebenfalls im Turm stand. Ihre Augen füllten sich mit Tränen der Dankbarkeit. »Wie geht es dir, Jenne?«, fragte sie mit brüchiger Stimme.

»Ich habe Euch nicht an den Grafen verraten. Das müsst Ihr mir glauben.« Jenne zerknüllte ihre Haube in den Händen.

»Das weiß ich doch.« Antonia sah auf die Kette an ihrem Handgelenk. »Wie sollen wir die bloß aufbekommen?«

Jenne bückte sich und hob eine Säge auf. »Jaramir könnte es hiermit versuchen. Die hab ich beim Zimmermann der Burg besorgt.«

»Deine Magd ist ein kluges Mädchen.« Jaramir nahm Jenne die Säge aus der Hand und setzte sie an der Kette an. Es dauerte eine Weile, bis er das Eisen durchtrennt hatte, und Antonia betete zu Gott, dass Conrad nicht ausgerechnet jetzt herkommen würde.

Der Herr erhörte ihre Gebete, und sobald sie von der Kette befreit war, kletterte sie über die Mauer. Rasch verließen die drei den Turm und kauerten sich hinter die Büsche.

Die Sonne versank gerade hinter den Bergen und schickte die Dämmerung über das Land. Sie blieben in ihrem Versteck, bis die Dunkelheit ihnen genügend Schutz bot, dann führte Jenne sie zu dem geheimen Gang, der aus der Burg führte. Obwohl Antonia jeder einzelne Knochen im Leib schmerzte, war sie überglücklich, endlich von der Burg fliehen zu können.

Am Ende des Tunnels sah sich Antonia unsicher um. »Wo sollen wir denn nun hin?«

»Zur Lichtung«, sagte Jaramir.

»Aber der Pfad wird von mehreren Männern bewacht!« Antonia wollte dort nicht hin. Sie wollte nur noch weg vom Drachenfelsen. »Wir sollten fliehen.«

»Das sehe ich genauso«, pflichtete Jenne ihr bei. »Der Burgherr wird einen Suchtrupp ausschicken, der gewiss auch die Lichtung durchkämmt.«

»Ich kann Dragan und die anderen nicht zurücklassen. Er hat mir bei der Flucht aus dem Steinbruch geholfen. Ohne ihn wäre ich nicht hier bei dir.« Jaramir fuhr sich mit der Hand durch das Haar.

»Aber wir könnten Hilfe holen«, wandte Antonia ein.

Jaramir schüttelte den Kopf »Wem willst du denn hier in der Gegend vertrauen, wo selbst der Erzbischof mit Conrad unter einer Decke steckt? Außerdem muss ich mich vergewissern, ob die Aufseher Dragan nicht totgeschlagen haben.«

Nachdenklich sah Antonia zu Jenne. »Was ist mit deiner

Familie? Sie lebt doch im Tal. Dein Vater würde uns doch gewiss helfen, oder?«

»Nein«, sagte Jenne unglücklich, »denn er vergöttert den Grafen von Drachenfels, wie die meisten hier in der Gegend. Schließlich sind sie seine Untertanen und würden ohne ihn nicht überleben.«

»Aber seine eigene Tochter muss ihm doch wichtiger sein als der Graf!« Antonia ließ sich auf einen Felsen nieder.

»Für Vater bin ich nur eine dumme Gans. Als ich die Stellung auf der Burg antrat, meinte er, ich solle ihm bloß keine Scherereien bereiten. Er war wohl froh, einen weiteren Esser aus seinem Haus geschafft zu haben. Er ist Ziegenhirt, weißt du, aber er hat kein Händchen für die Geißen. Viele seiner Tiere sind schon gestorben. Niemand will die Milch kaufen, weil die Leute denken, Vaters Tiere seien verflucht. Nur der Graf von Drachenfels nimmt sie ihm ab, und deshalb wird er sich wohl kaum gegen ihn stellen. Schon gar nicht für seine dumme Tochter und irgendwelche Fremden.«

»Und deine Mutter?« Antonia starrte Jenne ungläubig an.

»Die hat nichts zu sagen, ansonsten setzt es Prügel. Und meine Brüder schlagen ebenfalls in Vaters Kerbe. Es gab Tage, da haben Mutter und ich mehr Schläge als Brotbrocken bekommen.«

Jaramir presste die Lippen aufeinander. »Verdammte Mistkerle.«

Der Wind frischte auf, und über ihnen rauschten die Baumwipfel. Ein Käuzchen schrie in den Ästen. Antonia erhob sich und nahm Jennes Hand. »Armes Mädchen«, sagte sie leise.

Jaramir stieß einen unwilligen Laut aus. »Wir sollten versuchen, auf die Lichtung zu gelangen, solange es noch dunkel ist.«

Antonia nickte. »Dann lass uns aufbrechen.« Nun verstand sie Jaramirs Einwände, denn sie selbst hätte Jenne in diesem Augenblick auch nicht allein zurückgelassen.

Sie stiegen durch das Dickicht den Drachenfelsen hinab und schlugen an seinem Fuße den Pfad zum Maelberg ein. An der Stelle, wo Sigi üblicherweise Wache schob, war es verdächtig ruhig. Ob die Männer schliefen? Jaramir trat vor die beiden Frauen und bot ihnen mit seinen Schultern Deckung.

Antonia lugte vorsichtig hinter ihm vor. »Es scheint, als sei die Lichtung gar nicht bewacht.«

»Schscht«, sagte Jaramir und wandte sich zu ihnen um. »Ich sehe nach. Ihr beide wartet dort hinter dem Busch.« Er deutete mit dem Blick auf das Dickicht zu ihrer Rechten.

Antonia spürte, wie sich ihr Bauch vor Angst zusammenzog. Ihm durfte nichts zustoßen. »Was, wenn die Männer doch da sind? Du bist nicht bewaffnet.«

Jaramir strich ihr eine Haarsträhne aus der Stirn. »Ich bin vorsichtig«, sagte er und lächelte. Dann wartete er, bis Antonia und Jenne hinter dem Dickicht Schutz gesucht hatten, und brach auf. Irgendwo in den Baumwipfeln sang eine Nachtigall ihr Lied.

* * *

Die Männer, die Conrad zusammengetrommelt hatte, kamen gemeinsam den Pfad zur Burg herauf. Von oben sah ihr Zug aus wie ein Meer aus Fackeln. Conrad verließ den Aussichtspunkt des Wehrturms. Warum, in drei Teufels Namen, kehrten sie in einem Trupp zurück? Er presste die Lippen aufeinander, nahm zwei Stufen auf einmal und eilte zur Vorburg, wo die Wachmänner gerade das kleine Tor aufschoben. Conrad verschränkte die Arme vor der Brust und wartete inmitten des Hofes auf seine Männer. Er hörte ihr Gemurmel, dann sah er zuerst Bertram durch das Tor schreiten. Es schien, als hätte er gerade über einen Witz gelacht. Die anderen folgten ihm wie eine Horde ausgehungerter Hunde einem Schlachterkarren. Als Bertram Conrad erblickte, erstarb das Grinsen auf seinem Gesicht.

Natürlich hatten sie den geflohenen Sklaven nicht gefunden, etwas anderes hatte Conrad auch nicht erwartet.

»Warum habt ihr die Suche eingestellt?«, donnerte er los.

»Die Männer brauchen ihren Schlaf, Herr. Außerdem ist es sinnlos, die finsteren Wälder abzusuchen.« Bertram zwinkerte nervös mit den Augen.

»Ihren Schlaf? Finsterer Wald? Hab ich richtig gehört?«

Bertram zog die Nase hoch und nickte.

»Schlafen können sie, wenn sie tot sind! Und wozu habe ich euch die Pechfackeln überlassen?«, polterte Conrad weiter. »Ein Haufen Schwachköpfe steht hier vor mir!« Er schnappte nach Luft und senkte die Stimme. Zwischen den Männern entdeckte er Sigi. Der Alte stieß schwer den Atem aus. Conrad trat auf ihn zu.

»Und außerdem, mein Freundchen, wer bewacht denn gerade die Lichtung?« Er neigte den Kopf und zog eine Augenbraue hoch.

»Die … die Lichtung?« Sigi glotzte ihn an.

»Du hast schon richtig gehört.« Conrad versuchte, das Kribbeln in seinen Händen zu ignorieren, und kniff die Finger zusammen.

»Aber der Sklave ist doch geflohen. Was gibt es da noch zu bewachen?«

»War er etwa der einzige Sklave?« Ohne eine Antwort abzuwarten, schrie Conrad: »Die Läuse an euren Säcken haben mehr Verstand als ihr alle zusammen! Und jetzt schert euch von der Burg. Ich will euch erst wiedersehen, wenn ihr den Mann gefunden habt.«

Als die Männer sich umdrehten, donnerte Conrad: »Halt! Bertram, komm her!«

Der Aufseher zuckte zusammen.

»Hol alle verfügbaren Männer unten im Dorf aus den Betten. Sie haben euch bei der Suche zu helfen. Verstanden?«

Auf seiner Unterlippe kauend nickte Bertram beflissentlich. Conrad wandte sich ohne ein weiteres Wort ab und marschierte mit langen Schritten zur Hauptburg. Mehrmals atmete er tief ein, in der Hoffnung, sein Zorn würde sich dadurch ein wenig legen.

Um sein Gemüt endgültig zu besänftigen, suchte er Rutgers Gemach auf. Als er die Tür öffnete und seinen schlafenden Bruder im Bett liegen sah, traten ihm Tränen in die Augen. Rutger sah so zerbrechlich aus … Neben ihm saß Metza auf einem Stuhl und wischte sich mit einem Tuch die Nase. Ihr trostloser Blick suchte den von Conrad.

»In welcher Verfassung war er heute?«, fragte Conrad leise.

»In keiner guten. Wenn er nicht gerade schläft, redet er nur vom Tod.« Metza erhob sich. Sie trug ein dünnes Schlafgewand, das mehr von ihrem Leib zeigte, als es verbarg. Ihr helles Haar lag in seidigen Wellen über ihren Schultern. Das Verlangen, sich in ihrer Mitte zu verlieren, überfiel Conrad mit solch einer Wucht, dass er den Schmerz und den Zorn in seinem Herzen vergaß. Sein Atem beschleunigte sich.

»Ich halte das nicht mehr aus, Conrad. Es fühlt sich an, als lebte ich mit einem Toten zusammen.« Metza blinzelte die Tränen fort. »Dabei will ich doch nur das Leben spüren! Ist das denn zu viel verlangt?« Sie trat zu ihm und lehnte ihre Wange an seine Brust.

Conrad schob sie sanft von sich. Rutger durfte sie niemals so sehen. »Bis gleich«, flüsterte er nach einem Blick auf seinen Bruder, dessen ruhiger Atem von einem tiefen Schlaf zeugte.

Metza krauste die Stirn. »Aber Antonia …«

Conrad legte den Zeigefinger auf ihre Lippen. »Schscht. Komm einfach zu mir.« Er verließ das Gemach.

Wenig später stand Conrad an seinem Fenster und blickte auf die umliegenden Wälder. Hier und da sah er den schwachen Lichtkegel einer Fackel. Die Männer suchten viel zu nahe an der Burg. Was für Trottel. Konnten sie denn nicht ausrechnen, wie weit der Sklave schon gekommen sein musste? Seufzend wandte Conrad den Blick ab. Was verlangte er auch von diesen Männern, die noch nicht einmal wussten, wie viele Finger sie an einer Hand hatten …

Es klopfte zaghaft an der Tür. Conrad öffnete und sah Metza vor seinem Gemach stehen. Ein Wolltuch bedeckte ihre Schultern. Scheu senkte sie den Blick.

»Lass das Getue. Antonia ist nicht da, und das wird sich auch so bald nicht ändern.« Conrad hielt die Tür auf. »Und nun tritt ein, bevor uns noch eine aberwitzige Magd sieht.«

»Wo ist Antonia denn?«, fragte Metza und schloss die Tür hinter sich. Sichtlich erleichtert schob sie das Tuch von ihren Schultern und schüttelte ihr Haar.

»Antonia besucht Verwandte in ihrer Heimat. Sie kehrt so schnell nicht zurück«, sagte Conrad mit rauer Stimme und zog Metza an sich. Seine Zunge schob sich zwischen ihre Lippen, die sie bereitwillig öffnete. Kurz darauf nahm er sie mit großer Härte und versuchte, so seinen stets schwelenden Zorn zu verdrängen.

26

Als Jaramir wieder vor ihr stand, atmete Antonia erleichtert auf.

Er reichte ihr die Hand und zog sie hoch. »Es bewacht tatsächlich niemand die Lichtung«, sagte er.

Neben ihnen erhob sich Jenne. »Das hat es aber lange Zeit nicht mehr gegeben.«

Antonia sah sie erstaunt an. »Kanntest du etwa die Lichtung, bevor ich dir davon erzählt habe?«

»Sicher. Als ich noch ein Kind war, hab ich mich öfter hierhergestohlen und mit den Mädchen gespielt. Da haben noch die Arbeiter mit ihren Familien hier gewohnt. Später sind sie zu uns ins Dorf gezogen.«

»Lasst uns gehen«, drängelte Jaramir. »Nicht, dass doch noch die Wachen auftauchen.«

Als sie den Pfad entlanggingen, schob sich eine Wolke vor den Mond und der Gesang der Nachtigallen verstummte. Antonia schauderte es. Jaramir griff nach ihrer Hand und verschränkte seine Finger mit ihren. Sofort verzog sich ihr Unbehagen wie die Wolke, die das Mondlicht wieder freigab. Antonia schenkte Jaramir ein Lächeln und er erwiderte es. Alles würde gut werden.

Wenig später erreichten sie die Lichtung, auf der Stille herrschte. In der Feuerstelle vor den Hütten glomm ein letztes Scheit im Wind auf, bevor es sich mit weißer Asche überzog. Jaramir ließ Antonias Hand los und blickte besorgt zu den Hütten.

Sie strich über ihre kribbelnden Finger. »Sie schlafen sicher schon.«

»Ich muss nach Dragan sehen.« Rasch ging Jaramir zu der mittleren Behausung, schob leise die Tür auf und verschwand darin.

»Es sieht alles ganz anders aus als vor Jahren. Damals war hier noch nicht so viel Buschwerk«, flüsterte Jenne. »Die Hütten waren nicht so verfallen, und die Leute hatten viel mehr Vieh, wsst Ihr.«

Antonia gab keine Antwort und bat den Herrgott, dass die Aufseher Dragan am Leben gelassen hatten. Als sie das Warten nicht mehr aushielt, spähte sie vorsichtig in die Hütte, in der Jaramir gerade mit einem Zunderschwamm ein Talglicht entfachte. Im schwachen Schein der Flamme sah sie, dass Sveta sich von ihrem Lager aufrichtete. Mit dem Talglicht in der Hand kniete sich Jaramir vor Dragan, der neben Sveta auf dem Stroh lag. Der Freund gab ein Stöhnen von sich.

»Wie geht es ihm?«

Sveta strich sich das wirre Haar aus der Stirn. »Sie haben ihn geschlagen. Ein oder zwei Rippen sind gebrochen.«

»Die waren vorher schon hinüber«, krächzte Dragan.

»Kannst du laufen?«, fragte Jaramir ihn.

»Was hast du vor?« Sveta schlug die Decke fort.

»Die Lichtung ist heute Nacht nicht bewacht. Lasst uns fliehen.«

Keuchend stützte sich Dragan auf dem Ellenbogen ab. »Fliehen? Wir alle?«

»Jaramir!«, schrie plötzlich eine Frauenstimme.

Antonia fuhr zusammen. Im nächsten Moment stieß Brana sie zur Seite und warf sich Jaramir an den Hals.

Er wehrte sie mit einem unwirschen Schnauben ab. »Nimm dich zurück.«

»Wo sind die dunkelhäutigen Sklaven?«, fragte Antonia.

»Einer von ihnen ist heute im Steinbruch tot umgefallen. Der andere schläft in Ajkas Hütte.« Hastig zog sich Sveta die verschlissene Cotte über und rollte die Decke ihrer Schlafstätte zusammen. »Die werden wir noch brauchen.«

Jaramir reichte Dragan das Hemd, das neben ihm lag. »Ist der andere Mann in der Lage, mit uns zu fliehen?«

»Sicher«, sagte Sveta und half Dragan, sich anzuziehen.

Jaramir erhob sich von den Knien. »Dann sollten wir ihn, die Alte und das junge Mädchen wecken.« Er sah zu Brana. »Geh und hol sie.«

Bevor Brana die Hütte verließ, warf sie Antonia einen feindseligen Blick zu. »God«, fauchte sie und spie auf den Boden.

Antonia half Sveta, das Bündel mit den wenigen Habseligkeiten zu schnüren. »Was hat sie gesagt?«

Sveta seufzte. »Sie hat dich eine Schlange genannt.« Sie legte den Kopf schief und betrachtete Antonias Gesicht. »Deine Nase ist gebrochen.«

Antonia zuckte mit den Schultern. »Ich weiß.« Dann warf sie Jaramir einen verstohlenen Blick zu.

»Du und Jaramir, seid ihr …?«

Antonia hatte das Gefühl, durch die Frage bis auf die Seele entblößt worden zu sein. Sie spürte die Hitze in ihre Wangen steigen.

»Ihr seid!« Sveta zog die Mundwinkel nach unten. »Das gibt böses Blut. Brana wird dich töten, wenn sich ihr die Gelegenheit bietet. Lass dir das gesagt sein.«

Ihre Worte beeindruckten Antonia nicht. Sie hatte Conrads Zorn überlebt, da brauchte sie eine liebeskranke Frau gewiss nicht zu fürchten. Außerdem waren sie und Jaramir keine Liebenden, wie Sveta zu wissen glaubte. Sie hielt kurz inne und horchte auf ihren Herzschlag. Natürlich liebte sie Jaramir. Und er?

Als könne er ihre Gedanken lesen, sah er sie an und schenkte ihr ein Lächeln, das wie warmer Honig über sie hinwegglitt.

Bald darauf verließen sie alle zusammen die Lichtung. Jaramir stützte Dragan, der stöhnend einen Fuß vor den anderen setzte. Hinter ihnen ging stoisch der dunkle Mann. Seine Haut war mit weißem Staub aus dem Steinbruch überzogen. Er hatte keine Fragen gestellt, war einfach aufgestanden und ihnen gefolgt. Die junge Mila trug Ajkas Bündel, und Brana lief immer noch fluchend neben Sveta her.

Antonia hätte ihr am liebsten den Mund mit Laub gestopft, doch im nächsten Moment wurde sie von ihren zornigen Gedanken abgelenkt. In der Ferne sah sie Lichtpunkte.

»Bleibt stehen«, raunte sie.

Branas Flüche verstummten.

»Die Wachen sind zurück. Verdammt!« Jaramir kniff die Augen zusammen. »Wir müssen zurück ins Lager.«

Sie kehrten um. Die Wachen schienen sie nicht gesehen zu haben, denn niemand folgte ihnen.

»Und nun?« Antonia wusste sich keinen Rat mehr.

»Es gibt keinen anderen Weg«, murmelte Sveta. In ihren Augen schimmerten Tränen.

Jenne kaute auf ihrer Unterlippe. »Doch, gibt es.« Sie furchte die Stirn und kratzte sich unter der Haube. »Damals gab es ihn zumindest.«

»Warum hast du das denn nicht eben schon gesagt?« Verständnislos sah Antonia die Magd an.

»Ich habe einfach nicht mehr daran gedacht. Außerdem müssten wir durch den Bach, und der ist nach den letzten Regenfällen gewiss angestiegen.«

Die alte Ajka setzte sich auf den Boden und gähnte herzhaft. »Wir sollten bis zur Frühe warten.«

»Auf keinen Fall.« Antonia durfte gar nicht daran denken, was geschehen würde, wenn die Männer sie und Jaramir hier fanden. »Wir nehmen den Weg durch den Bach.«

»Sie hat recht. Wir dürfen keine Zeit verlieren«, pflichtete Jaramir ihr bei und half Dragan auf die Beine. »Zeig uns den Weg, Jenne.«

Brana schüttelte heftig den Kopf und gab einen unverständlichen Wortschwall von sich.

»Was sagt sie?«, fragte Antonia Jaramir.

»Sie sagt, wenn es einen Weg gäbe, hätte sie ihn längst entdeckt.«

Sie musste noch mehr gesagt haben, doch das verschwieg Jaramir wohl.

»Wenn sie nicht mitkommen will, kann sie ja hierbleiben.« Entschlossen marschierte Antonia los.

Ein paar Minuten später standen sie vor dem Bach, der tatsächlich durch die Regenfälle angestiegen war. Sie wateten durch die Strömung, die Antonia bis zur Hüfte reichte und ihr Mühe bereitete, auf den rutschigen Steinen den Halt zu bewahren. Dazu hingen ihr die nassen Röcke wie ein Bleivorhang an den Beinen. Doch den anderen Frauen ging es auch nicht besser, wie ihre angestrengten Gesichter verrieten. Die alte Ajka taumelte plötzlich und fiel ins Wasser. Mila schrie auf, als die Strömung die Alte erfasste. Sofort ließ Jaramir Dragans Arm los und stürzte zu ihr. Er bekam Ajka zu fassen und zog sie hoch. Doch der Leib der Alten hing schlaff in seinen Armen, und aus einer Wunde an ihrer Schläfe sickerte Blut. Jaramir trug sie ans andere Ufer und legte sie dort auf die schlammige Erde. Ajkas weitaufgerissene Augen starrten ins Leere. Sie atmete nicht mehr.

Mit zittrigen Fingern schloss Jaramir ihr die Lider. »Sie hat es nicht geschafft«, stieß er heiser aus und erhob sich von den Knien.

Brana stieß einen Schrei aus und ging mit erhobenen Fäusten auf Antonia los.

Unvermittelt schob sich Sveta zwischen sie und stieß die Sklavin zur Seite. »Beherrsch dich!«

Antonia starrte den Leichnam der Alten an. »Das … das habe ich nicht gewollt.«

»Es war Gottes Wille«, sagte Sveta, nahm die weinende Mila in den Arm und strich ihr über das Haar.

Jaramirs Kiefer mahlte, und sein Blick hatte sich verdunkelt. Von seinen Haaren tropfte ihm das Wasser ins Gesicht. Er wischte mit dem nassen Ärmel darüber und sah zu Jenne. »Wohin müssen wir gehen?«

Am Ufer des Baches gab es nichts als dichtbewachsenes Unterholz, durch das ein Durchkommen ohne Schwert unmöglich schien.

»Wir müssen Ajka beerdigen«, schluchzte Mila.

Sveta drückte das Mädchen fest an sich. »Dazu bleibt uns keine Zeit. Wir müssen unser Leben retten, nichts anderes hätte Ajka gewollt.«

Antonia schluckte gegen den Brocken in ihrem Hals an. Hilflos sah sie zu Jaramir. Er blickte zu Boden und presste die Lippen aufeinander. Wie es schien, kämpfte er mit der

Entscheidung, Ajka hier einfach liegenzulassen. Brana stellte sich vor ihn, rüttelte an seinen Schultern und erteilte ihm einen Befehl in der alten Sprache.

Jaramir hob den Blick und nickte müde. Dann half er Brana, den Leib der alten Ajka dem Bach zu übergeben.

»Die Götter des Wassers mögen sie mit Freuden aufnehmen«, sagte Sveta und hob ihr Bündel auf.

Jenne schüttelte sich, als wollte sie einen bösen Traum abstreifen. »Wir müssen dem Bachlauf folgen«, sagte sie plötzlich hellwach.

Schweigend liefen sie am Ufer entlang bis zu einer Stelle, an der sich das Dickicht teilte und einen schmalen Weg in den Wald freigab.

Langsam erwachte der Morgen und schickte die Nachtigallen zur Ruhe. Für einen kurzen Augenblick umgab sie eine gespenstige Stille, dann ertönte der erste Gesang eines Vogels, dem weitere Stimmen folgten.

»Wohin führt dieser Pfad?«, fragte Jaramir.

»Zum Petersberg.« Jenne rieb sich mit den Fingerknöcheln über die geröteten Augen. »An seinem Fuß, nahe am Rhein, liegt das Dorf meiner Familie.«

Bei dem Gedanken an Jennes Vater lief ein Schauder über Antonias Rücken. »Wir müssen aber tiefer in den Wald, fort vom Rhein.«

Aus den Augenwinkeln sah sie mit einem Mal, dass Jaramir taumelte. Dann sank er in sich zusammen und fiel zu Boden.

Antonia schrie auf und eilte zu ihm. Als sie sein Haupt auf das Moos bettete, flackerten seine Lider, und er gab ein Stöhnen von sich. Sein Leib begann zu beben.

»Das war wohl alles zu viel für ihn«, sagte Sveta sorgenvoll und hockte sich ebenfalls neben ihn.

Antonia strich ihm das nasse Haar aus der Stirn. »Er friert. Wir müssen ihn zudecken.« Verzweifelt sah sie sich um. Brana kam mit einer Decke zu ihnen und legte sie ihm über die Schulter.

»Ich denke, hier endet unser Weg erst einmal.« Keuchend hielt sich Dragan die Rippen und fiel auf die Knie.

Jenne trat zu ihm und strich ihm über die Schultern.

»Aber wir sind hier nicht sicher, oder?« Verzweifelt sah Antonia zu Jenne, deren Blick die Antwort auf ihre Frage verriet. Natürlich waren sie hier nicht sicher. Das würden sie wohl erst sein, wenn sie auf Rujana in der Obhut von Wizlaw wären. Doch wie sollten sie bloß ohne Geld und fremde Hilfe dort hinkommen?

Jenne sah sie verzweifelt an. »Ich kenne niemanden, der für die Sklaven sein Leben riskieren würde. Jeder hier aus der Gegend würde uns verraten.«

Ihre niederschmetternden Worte trafen Antonia schwer. Sie wandte den Blick zu Jaramir, dessen Leib immer noch zitterte, und steckte die Enden der Decke unter seine Schultern.

Als das Zittern nachließ, stellte sie erschrocken fest, dass er erneut das Bewusstsein verloren hatte.

Sveta reichte ihr einen Lederschlauch. »Er muss trinken.«

Knurrend riss Brana ihr den Schlauch aus der Hand, kniete sich schluchzend neben Jaramir und flößte ihm Wasser ein, das ihm in kleinen Rinnsalen wieder aus den Mundwinkeln lief. Sie legte den Schlauch zur Seite, hob die Hände und sprach ein Gebet in der alten Sprache.

Antonia erhob sich und rieb sich über die Arme. »Ich gehe nach Köln und versuche dort einen Boten zu finden.«

»Du allein?«, fragte Dragan. Seine Augen glänzten fiebrig.

Jenne stellte sich neben sie. »Nein, gewiss nicht. Ich begleite sie.«

»Aber womit willst du den Boten bezahlen?« Mit hoffnungslosem Blick sah Sveta zu ihr auf.

Antonia griff an ihren Hals. Das Metall des Amulettes fühlte sich kalt an, doch der Bernstein strahlte eine Wärme aus, die ihr Mut machte. Als sie ihn umfasste, füllten sich ihre Augen mit Tränen, die sie rasch fortblinzelte. Sie wusste nicht, ob das Amulett einem Boten als Lohn reichen würde, auch wenn es für sie von unschätzbarem Wert war. Aber sie musste Jaramirs Leben retten und das der anderen ebenfalls. Das Amulett durfte keine Erinnerung an einen Toten sein.

Jenne zupfte an ihrem Ärmel. »Wann brechen wir auf?«

Mit schwerem Herzen sah Antonia zu Jaramir, dessen Brust sich nun in ruhigem Rhythmus hob und senkte. Sie ging in die Hocke und fuhr mit den Fingern über seine Wangen. »Ich komme bald schon zurück«, flüsterte sie.

Jaramir seufzte und hob die Lider. »Wo willst du hin?«, fragte er kaum hörbar.

»Ich gehe nach Köln, um dort nach einem Boten zu suchen, der Fürst Wizlaw eine Nachricht überbringt.«

»Das ist zu gefährlich.« Jaramirs Blick klärte sich ein wenig. »Du darfst nicht gehen.« Er griff nach ihrer Hand. »Warte nur einen Tag, dann bin ich wieder auf den Beinen und gehe selbst nach Köln.« Er führte ihre Hand an seine Lippen und hauchte einen Kuss auf ihre Fingerspitzen.

In diesem Augenblick sprang Brana auf und riss Antonia an den Haaren hoch. Sie schrie, als sei ihr ein Dämon in den Leib gefahren. Ihre Fingernägel krallten sich in Antonias Wange. Verzweifelt versuchte Antonia, die Hand der jungen Frau abzuwehren. Sie schlug und trat um sich, was Brana jedoch nichts auszumachen schien. Jenne sprang zwischen sie, aber Branas Griff um Antonias Haar verstärkte sich nur noch mehr, und ihre Kopfhaut schmerzte unerträglich. Sie spürte ein hässliches Geräusch, als ein Büschel von Haaren ausgerissen wurde, und schrie auf. Endlich löste sich Branas Hand, doch im nächsten Moment hörte sie Jenne aufschreien und sah, wie sich die Magd vor Schmerz krümmte. Brana hatte ihr mit der Faust in den Magen geschlagen. Antonia taumelte und glaubte, sich übergeben zu müssen. Wo nahm diese Frau bloß die Kraft her?

»Verdammtes Miststück!«, schrie Jaramir und versuchte sich aufzurappeln. Noch ehe er auf den Beinen stand, traf Branas Faust Antonias Nase. Der Schmerz raubte ihr fast den Atem, und sie spürte ein Rinnsal über ihre Lippen laufen.

Ehe Brana erneut zuschlagen konnte, riss Jaramir sie zu Boden. Brana schleuderte ihm polabische Worte entgegen, dann blieb sie außer Atem auf dem Rücken liegen. Antonia sah, wie Sveta die junge Mila fest im Arm hielt. Der dunkelhäutige Sklave rupfte ein paar Grasbüschel aus dem Boden und verteilte die Halme auf Branas Leib. Diese starrte ihn nur an. In einem monotonen Gesang gab er fremdklingende Laute von sich, ehe er sich die Tränen von den Wangen strich und zu seinem Platz zurückkehrte.

»Du liebe Güte, die Frau muss ohne Umwege aus der Hölle gefahren sein«, ächzte Dragan.

Jaramir kroch zu seiner Decke und rollte sich darauf. »Herr, warum strafst du mich mit diesem Weib?«, stieß er aus.

»Nicht der Herr, Satan persönlich.« Dragan verkniff sich ein Grinsen.

Antonia tastete mit den Fingern über die Kratzer auf ihrer

Wange. In diesem Augenblick wusste sie, dass ihr Leben hier bei der Gruppe mehr in Gefahr war als in Köln. Es waren auch nicht Conrads Männer, die sie töten würden. Wenn sie starb, dann durch Branas Hand.

Mittlerweile stieg die Sonne aus dem Dunst hervor, der über dem Gebirge hing.

Jaramir bedachte Antonia mit einem Blick, in dem so viel Wärme lag, wie selbst glühende Scheite nicht ausstrahlen konnten. »Komm her«, sagte er heiser.

Antonia spürte, wie ihr die Knie weich wurden. Selbst auf die Gefahr, dass Brana ihr gleich abermals das Haar vom Kopf riss, kniete sie sich vor Jaramir und ließ zu, dass er ihr Gesicht in beide Hände nahm.

»Versprich mir, dass du wohlbehalten zurückkehrst.« Er schloss die Lider und hauchte ihr einen Kuss auf die Stirn.

27

Metza erwachte neben Conrad und sprang auf. Sie hätte nicht einschlafen dürfen, nicht in diesem Bett und nicht neben diesem Ungeheuer, das ihr in der letzten Nacht mit seiner Raserei mehr Schmerzen als Lust bereitet hatte. Rasch zog sie sich das Nachtgewand über.

Gerade als sie auf Zehenspitzen aus dem Gemach schleichen wollte, hob Conrad schlaftrunken den Kopf und blickte zum Fenster. »Ist etwa schon der Morgen angebrochen?«, murmelte er.

»Schlimm genug.« Metza entwirrte mit den Fingern die Strähnen ihres Haars. »Wir hätten nicht einschlafen dürfen. Was, wenn Rutger bereits nach mir sucht?«

»Dann sag ihm, du wärest auf der Latrine gewesen. Ich glaube kaum, dass er die ganze Nacht wach gelegen hat. Dazu ist er viel zu geschwächt.«

Metza konnte Conrads Zuversicht nicht teilen. Sie ärgerte sich, zu ihm ins Bett gestiegen zu sein. Warum nur hatte sie ihre Gefühle nicht im Griff? Sie sollte diesen Mann hassen, schon deshalb, weil er ihren gemeinsamen Sohn verleugnete. Von der Pein, die er ihr letzte Nacht zugefügt hatte, ganz zu schweigen. Daran war sie jedoch selbst schuld. Sie hätte ihm ihren Po nicht wie einen reifen Apfel feilbieten sollen.

Ohne ein weiteres Wort zu verlieren, huschte sie über den

Gang zu ihrem Gemach und öffnete leise die Tür. Ein Pergament lag auf dem kleinen Sekretär unter dem Fenster. Metza brach das Siegel, entrollte es und überflog die Zeilen ihrer Freundin Anne, die sie nach Köln einlud. Seufzend ließ sie die Hand mit dem Brief sinken. Wie gern würde sie Anne besuchen, um wieder einmal unbeschwert mit ihr zu plaudern! Im Augenblick war es jedoch undenkbar, Rutger auch nur einen einzigen Tag allein zu lassen.

»Hast du die Nacht bei Conrad verbracht?«, fragte Rutger mit schwacher Stimme, als sie zu ihrem Bett trat, und stützte sich auf die Ellenbogen.

»Was denkst du von mir?«, entgegnete Metza entrüstet.

»Gib dich nicht so scheinheilig. Ich weiß genau, dass ihr es miteinander treibt.«

»Das ist nicht wahr.« Metza tauchte die Hände in die Waschschüssel und benetzte ihr glühendes Gesicht mit dem kalten Wasser.

»Eure Lustschreie waren nicht zu überhören.«

Zornig griff Metza nach dem Tuch, das über der Stuhllehne hing. »Deine Vorwürfe sind ungeheuerlich. Hast du vergessen, dass Conrad nun ein Weib hat?«

»Antonia ist verschwunden. Die Magd, die am gestrigen Abend die Wäsche brachte, hat es mir erzählt. Conrads Weib wurde seit gestern Morgen nicht mehr gesehen. Und auch ihre Magd Jenne ist kurz darauf verschwunden. Es waren deine Schreie, die ich gehört habe. Willst du nun immer noch abstreiten, dass du bei Conrad warst?«

»Ich weiß zwar nicht, wessen Laute der Lust du gehört haben willst, aber meine waren es gewiss nicht. Ein Darmleiden hat mich nämlich die ganze Nacht an die Latrine gefesselt, wenn du es genau wissen willst.« Metza rieb sich über den Bauch. »Ich muss mir den Magen verdorben haben.«

Sie riss die Felle von den Fenstern und löschte die Fackeln an den Wänden. »Es wird Zeit, dass du wieder unter den Lebenden weilst. Schließlich brauche ich meinen Gemahl, und der kleine Friedrich seinen Vater.«

Rutger riss die Augen auf, griff sich an die Brust und atmete heftig. »Mein Herz bleibt stehen, ich spüre es! Es ist vorbei.« Keuchend sank er in die Kissen. Schweißperlen glänzten auf seiner Stirn.

Voller Angst lief Metza hinaus, um Conrad zu holen. Als sie seine Tür aufstieß, befestigte er gerade die Beinkleider an seiner Bruche. »Du musst kommen, schnell! Rutgers Herz bleibt stehen. Diesmal scheint es wirklich so zu sein!«

Conrad riss entsetzt die Augen auf. Rasch schob er die Tunika über seinen Hintern und folgte Metza aus dem Gemach. An Rutgers Bett kniete er nieder und legte die Hand auf die Wange des Bruders.

Rutger atmete in tiefen Zügen. Den Blick hielt er auf die Balken über ihm gerichtet. »Ich dachte, es ist vorbei. Mein Herz hat mehrmals hintereinander unregelmäßig gepoltert, und dann tat es solch einen langsamen Schlag, als setzte es für immer aus.«

Seufzend ließ Conrad die Schultern hängen. »Das hast du doch schon so oft gedacht, und dennoch lebst du noch. Sieh, auch jetzt ist dein Lebensfunke nicht erloschen.« Er strich ihm das schweißnasse Haar aus der Stirn.

»Noch nicht. Beim nächsten Mal wird es gewiss so sein.« Rutger schluckte schwer.

»Sag das nicht. Du wirst noch lange leben, da bin ich mir sicher.«

Metza hoffte, ihr Schwager würde recht behalten. Tief in ihrem Inneren wünschte sie sich den alten Rutger zurück, der zwar immer schon einen Hang zur Melancholie gehabt hatte, aber unglaublich zärtlich zu ihr gewesen war. Vielleicht erstarb dann auch endgültig das Verlangen nach Conrads Nähe in ihr.

Sie goss etwas Wein in einen Becher und hielt ihn Rutger an die Lippen, doch er wandte den Kopf ab. Conrad nahm ihr den Becher aus der Hand.

»Trink etwas, Bruder. Ich sehe doch, dass deine Kehle trocken ist.«

Rutger schüttelte leicht den Kopf und presste die Lippen aufeinander.

Conrad stellte den Becher auf den Tisch und rückte den Stuhl an das Bett. »Hör zu, mein lieber Bruder. Bald schon werden wir die wohlhabendsten Grafen im ganzen Reich sein.«

Rutger sah wieder zu den Balken über sich.

Metza zog die Felldecke auf seinem Leib gerade. Warum glaubte Conrad nur, er könne Rutgers Seelenpein mit Reichtum heilen?

»Du musst wissen«, fuhr ihr Schwager fort, »ich habe dem Fürsten Wizlaw eine hohe Lösegeldforderung gestellt.«

Plötzlich kniff Rutger die Augen zusammen. »Du hast was?«

»Ich habe mich natürlich nicht zu erkennen gegeben. So tumb bin ich nicht.« Conrad lachte gekünstelt. »Ein Bote hat ihm die Nachricht überbracht. Tausend venezianische Dukaten sollte dem Fürsten sein Neffe doch wert sein, oder? Die Goldstücke sollen zu Michaeli an einem sicheren Ort nahe Münster deponiert werden. Unser Vetter Johannes wird sie uns dann überbringen.« Er lachte erneut auf. »Diesen Wert wird der Rujaner als Arbeitskraft im Steinbruch nimmer erreichen.«

Rutger sah Conrad an, als seien diesem plötzlich Hörner gewachsen. »Du hast Hannes eingeweiht?«

Metza wandte den Blick zum Fenster. Also stimmte es doch! Conrad hielt mindestens einen Christen als Sklaven gefangen. Sie mochte es kaum glauben. Nie hatte sie einen gierigeren Menschen als ihn getroffen. In diesem Augenblick widerte er sie an wie kein anderer Mensch auf Erden. Wie hatte sie bloß Ehebruch mit ihm begehen können? Tiefe Reue erfasste sie, und sie betete zu Gott, dass der kleine Friedrich nicht Conrads Gesinnung geerbt hatte. Gedankenverloren strich sich Metza mit der Hand über den Bauch. Hoffentlich trug sie keine weitere Frucht von dieser Bestie in sich.

* * *

Schweren Herzens löste sich Antonia aus Jaramirs Umarmung. Dabei hielt sein Blick den ihren gefangen, als wollte er sie nicht gehen lassen. So gern sie ihm auch nachgegeben hätte, gab es jedoch kein Zögern für sie. Sie musste nach Köln gehen. Für sie alle.

Sie stand auf und sah zu Jenne. Die Magd hatte sich neben Dragan auf dem Boden niedergelassen. Mit bebender Brust lachte sie über seine Worte, die Antonia nicht verstanden hatte. Unwillkürlich wanderte über ihr Gesicht ebenfalls ein Lächeln. Neben Dragan schien Jenne ihre Schmerzen vergessen zu haben, wie ihre leuchtenden Augen verrieten. Für einen Lidschlag träumte sich Antonia zurück an die Ostsee, wo sie Jaramir beim Bernsteintauchen zugesehen hatte. Sie nahm sich fest vor, dass es im nächsten Sommer wieder so sein würde. Fast spürte sie schon den warmen Sand unter ihren Füßen.

»Woran denkst du gerade?«, fragte Jaramir.

»An dich«, entgegnete Antonia und lächelte. »Ich dachte gerade daran, wie du mir den schönsten Bernstein der Ostsee birgst.«

»Das mache ich. O ja, das mache ich.« Sein Blick war voller Hoffnung.

Antonia gab ihm einen flüchtigen Kuss auf die Wange und wandte sich dann ab. Selbst als sie einen Schatten auf Jenne warf, schien die Magd sie nicht zu bemerken – viel zu sehr war sie in ihr Gespräch mit Dragan vertieft. Wie zufällig lag ihre Hand auf seinem Unterarm.

»Du lässt mich den Schmerz vergessen«, sagte Dragan gerade liebevoll.

»Und du mich erst.« Jenne strahlte ihn an. Dann blickte sie zu Antonia auf. »Müssen wir schon aufbrechen?«

»Je eher, desto besser.«

Jennes Lachen wich einem bedauernden Stirnrunzeln. Sie erhob sich und klopfte den Staub von ihren Röcken.

In diesem Augenblick trat Brana zu ihnen und reichte Antonia mit einem versöhnlichen Lächeln einen Lederschlauch.

»Das glaub ich nicht …« Jenne starrte erst Brana und dann den Lederschlauch an.

Diese neigte den Kopf zur Seite, hob die Augenbrauen und entblößte breit grinsend ihre Zähne.

Gerade als Antonia den Schlauch entgegennehmen wollte, stürzte sich Sveta zwischen sie und schlug ihn zu Boden.

»Du darfst ihr nicht trauen!«, keuchte sie. »Sie hat gewiss den Saft von Tollkirschen unter das Wasser gemischt.«

Brana fluchte, was das Zeug hielt, und kratzte Sveta dabei fast die Augen aus. Doch Sveta wehrte sie ab und ließ sie stehen.

Es war Jenne, die als Erste wieder zu sich kam. »Lasst uns aufbrechen«, sagte sie zu Antonia und zupfte dabei an ihrem Ärmel.

Für eine Weile orientierten sie sich am Bachlauf und schlugen sich durch die Ginstersträucher. Wie Jenne meinte, würden sie vermutlich erst spät in der Nacht vor den Kölner Mauern stehen. Antonia spürte bereits jetzt ihren Bauch vor Hunger knurren. Sie kamen an wuchernden Brombeerbüschen vorbei, und Antonia pflückte sich eine Handvoll von den Beeren. »Wann hast du das letzte Mal etwas gegessen?«, fragte sie Jenne, die es ihr gleichtat.

»Vor einer Ewigkeit.« Jenne stopfte sich die Beeren in den Mund.

»Dann lass uns erst den Hunger stillen, bevor wir weitergehen.«

Mit flinken Fingern pflückte Jenne mehrere Beeren und legte sie in ihre Haube. »Ein Vorrat«, sagte sie und grinste.

Irgendwann lichtete sich das Dickicht entlang des Bachlaufes, und sie kletterten eine Steigung hinauf. Atemlos erreichten sie ein Stoppelfeld, hinter dem sich eine kleine Ansiedlung befand.

Jenne wies in die Richtung, wo die Sonne gerade den Zenit überschritt. »Dort drüben liegt der Rhein. Den müssen wir stromaufwärts entlanglaufen. Nahe Beuel können wir uns dann übersetzen lassen.«

»Übersetzen?« Daran hatte Antonia in ihrer Aufregung nicht mehr gedacht.

»Ja, sicher. Wir wollen doch nach Köln. Ansonsten kommen wir nur bis Deutz. Dort können wir uns auch übersetzen lassen, das wäre vielleicht sogar besser. In Bonn könntet Ihr von den Gästen erkannt werden, die bei Eurer Hochzeit waren«, plapperte Jenne unermüdlich.

Antonia unterbrach sie. »Augenblick mal. Woher sollen wir denn die Münzen für den Fährmann nehmen?«

»O je.« Jenne verzog die Lippen zu einem schmalen Strich und kaute nachdenklich auf ihrem Zeigefinger, dessen Kuppe blau von Brombeersaft war.

Antonia griff an das Amulett. Es war viel zu wertvoll für eine Überfahrt. Außerdem brauchte sie es ja für den Boten. Sie sah zu den Mauern in der Ferne. »Was ist das dort hinten?«

Jenne folgte ihrem Blick. »Das ist ein Kloster.«

»Vielleicht helfen die Mönche uns mit Almosen.«

»Aussichtslos. Sie helfen nur den Kranken und den Verstümmelten, euch in Eurer feinen Cotte gewiss nicht.«

Antonia sah an sich hinab. »Fein? Meine Cotte strotzt nur so vor Dreck.« Sie versuchte, mit den Fingernägeln ein wenig von der Schlammkruste abzukratzen.

»Dennoch ist sie von kostbarer Seide.«

»Das hilft uns aber auch nicht weiter. Ich kann sie ja schlecht zu Geld machen.«

»Das stimmt wohl. Aber wartet, mir fällt da etwas ein.« Jenne schürzte die Lippen und lächelte schelmisch. Dann zog sie den Ärmel ihres Kleides so tief hinab, bis ihr Arm nicht mehr zu sehen war. Anschließend raffte sie das Linnen und drückte ihren gebeugten Ellenbogen hindurch. Als er aus der Öffnung des Ärmels lugte, sah er wie ein Stumpen aus. Jenne wedelte damit.

Antonia drehte sich der Magen um. »Lass das Jenne. Damit scherzt man nicht.«

»Das soll auch kein Scherz sein. Das ist mein Beitrag, um an Almosen zu kommen.« Jenne winkelte den Stumpf an. »Und nun lasst uns zum Kloster gehen.«

Kurz bevor sie die Mauern erreichten, versteckte sich Antonia hinter einem Busch. Währenddessen ging Jenne zu der Pforte und zog dabei ein Bein hinter sich her. Von ihrem Versteck aus konnte Antonia sehen, wie sie an das hölzerne Tor in dem Mauerwerk klopfte. Kurz darauf steckte ein Mönch den kahlgeschorenen Kopf durch den Spalt und beäugte Jenne vom Scheitel bis zu den bloßen Füßen. Abermals wedelte sie mit dem nackten Ellenbogen. Der Mönch schloss die Pforte wieder. Jenne wandte sich um und winkte Antonia kurz zu. Dann trat sie von einem Fuß auf den anderen, bis der Mönch endlich wieder erschien. Mit mitleidigem Blick überreichte er ihr einen viertel Laib Brot.

Antonia ballte die Faust und fluchte stumm. Mit einem Kanten trockenem Brot konnten sie wohl kaum den Fährmann bezahlen.

Jennes Gesicht sah auch nicht gerade glücklich aus, als sie zu Antonias Versteck gehumpelt kam.

»Ich hätte es wissen müssen«, sagte die Magd und schob die Hand wieder durch den Ärmel. »Verdammt, ich bin aber auch zu nichts nütze.«

»Sag das nicht.« Antonia strich ihr über die Schulter. »Wenigstens brauchen wir nicht zu hungern. Sicher fällt uns noch etwas ein, wie wir an Geld gelangen.«

Antonias Blick glitt über die Felder. In der Ferne sah sie die Bauern das Korn einholen. »Vielleicht können wir uns die Münzen ja verdienen.«

»Möglich, ja, aber nicht hier in der Nähe des Drachenfelsens.« Jenne rümpfte die Nase. »Außerdem ist Euer Kleid für eine Landstreicherin immer noch viel zu fein. Dazu ist es mit Blut besudelt.« Sie sah Antonia mitleidig an.

Antonia seufzte. »Lass uns weitergehen. Vielleicht fällt mir ja unterwegs noch etwas ein.«

Jenne nickte, brach das Brot in zwei Teile und überreichte ihr eins davon. »Das sättigt zumindest besser als die Brombeeren.«

Obwohl Antonia glaubte, abermals einen Stein der Sorge im Magen liegen zu haben, aß sie ein Stück Brot. Es war noch warm und sicher vor gar nicht langer Zeit erst aus dem Ofen gekommen.

Sie liefen weiter den Strom entlang. Als Antonia und Jenne einige Zeit später auf der anderen Seite die Wehrmauern von Bonn sahen, umkreisten sie die Anlegestelle der Fähre in einem großen Bogen, der sie viel Zeit kostete. Die Dämmerung brach bereits herein, und sie hatten den Rhein aus den Augen verloren.

28

Immer noch gab es keine Spur von Jaramir und dem Aufseher. Hinricus wusste sich wirklich keinen Rat mehr. Wizlaw war vor einigen Tagen nach Stralsund zurückgekehrt, wollte jedoch umgehend in Kenntnis gesetzt werden, wenn Hinricus Nachricht vom Deutschorden erhielt. Diese war allerdings bis zum heutigen Tag ausgeblieben, und derweil war der Bernstein längst zur Ware geworden, derer sich jeder bedienen konnte. Es wimmelte hier mittlerweile von fremdem Volk, das sich tagtäglich vom Festland übersetzen ließ. Hinricus konnte nicht recht glauben, dass diese unliebsame Gegebenheit nicht längst beim Deutschorden bekannt geworden war.

Er ließ den Blick vom Wehrturm über die Insel hin zum Meer schweifen. In ihrer Gier hatten die Bewohner sich gegen ihren Fürsten gestellt, und Hinricus hatte sie nicht mehr in seiner Gewalt, denn selbst die Büttel konnten dem Gold der Ostsee nicht widerstehen. Er schämte sich, sein Versprechen gegenüber Wizlaw nicht gehalten zu haben.

Im nächsten Augenblick sah er plötzlich einen Tross, der auf das Burgtor zuritt. Hinricus erkannte den Wagen des Fürsten und eilte die Stufen hinab in den Hof.

Tiefe Sorgenfalten hatten sich in Wizlaws Stirn gegraben, und sein Gesicht war bleich. Hinricus verbeugte sich vor ihm und sah ihn besorgt an.

»Es gibt Neuigkeiten. Beängstigende Neuigkeiten«, sagte der Fürst.

Hinricus führte ihn in den Audienzsaal und wies eine Magd an, etwas Wein sowie Käse und Schinken zu bringen.

Seufzend faltete Wizlaw die Hände in den Schoß. »Eine Lösegeldforderung hat mich erreicht. Jaramir und Dragan sind entführt worden.«

»Von wem?« Hinricus sah ihn entgeistert an.

»Wenn ich das wüsste! Die Forderung beträgt eintausend venezianische Dukaten, die an einem Ort nahe Münster deponiert werden sollen.«

Hinricus blieb die Spucke weg. »Du liebe Güte. Wer könnte bloß dahinterstecken?«

»Ich habe keine Ahnung.« Wizlaw nahm die Kappe vom Kopf und fuhr mit den Fingern durch das graugesträhnte Haar.

»Wir könnten den Ort beobachten lassen, bis der Erpresser das Gold an sich nimmt, und dann zuschlagen.«

»Er wird es mit Sicherheit geschickt anstellen. Außerdem, woher soll ich wissen, ob er Jaramir wirklich in seiner Gewalt hat? Nein, ich bin nicht bereit, auf diesen Handel einzugehen.«

»Wollt Ihr Jaramir etwas seinem Schicksal überlassen?« Hinricus schnürte sich bei dem Gedanken die Brust zusammen. Er hatte Jaramir immer schon sehr gemocht, auch wenn er immer sorglos das Leben genoss, wie es ihm in den Schoß fiel.

»Nein, natürlich nicht. Ich habe erneut einen Boten mit einer eindringlichen Bitte zum Deutschorden geschickt. Sie müssen uns einfach helfen! Der Mann, der Jaramir entführt hat, kann nur aus den Kreisen der Bernsteinschmuggler stammen. Was hätte er sonst auf der Insel zu suchen gehabt?« Wizlaw nahm einen großen Schluck von dem Wein, den die Magd gebracht hatte. Dann stützte er den Ellenbogen auf die Stuhllehne und legte seine Stirn in die Handfläche.

»So oft ich die Fischer auch frage, will hier niemand zu der Zeit von Jaramirs Verschwinden einen Fremden gesehen haben,« berichtete Hinricus.

»Hast du auch den Fährmann gefragt?«

»Hab ich. Er berichtete mir lediglich von einer jungen Frau, die mit zwei weiteren Männern zu der Zeit auf Rujana gewesen sein soll. Einer von ihnen trug übrigens das Wappen des Deutschordens auf seinem Umhang.«

Wizlaw hob den Blick und kniff die Augen zusammen. »Glaubst du, er könnte mit Jaramirs Verschwinden im Zusammenhang stehen?«

»Wohl eher nicht. Wie ich in Erfahrung gebracht habe, haben sie ihren toten Vater auf dem Kirchhof von Sankt Marien beerdigt. Sicher erinnert Ihr Euch an den unseligen Kaufmann, dessen Leiche an den Strand gespült worden war.«

»Ja, natürlich. Zwischen den Geschwistern und Jaramirs Verschwinden gibt es wohl kaum einen Zusammenhang.«

»Das kann ich mir auch nicht vorstellen.« Hinricus drehte den silbernen Pokal in seiner Hand. »Aber vielleicht ist ihnen etwas Ungewöhnliches auf Rujana aufgefallen. Sicher sind sie nicht so schweigsam wie die Fischer hier. Wisst Ihr was? Ich werde sie ausfindig machen. Gleich morgen breche ich zum Kloster auf und frage die Nonnen nach der Herkunft des Kaufmannes. Sobald ich den Namen erfahren habe, sende ich einen Boten zur Ordensburg und bitte den Sohn des Kaufmannes hierher. Gleichzeitig werde ich Männer ausschicken, die die Frau befragen sollen.« Hinricus holte tief

Luft und stieß aus vollen Wangen den Atem aus. »Wir werden Jaramir schon auf die Spur kommen.« Heimlich schalt er sich, nicht schon früher auf den Gedanken gekommen zu sein.

* * *

So oft er sie auch von sich wies, Brana wich ihm nicht mehr von der Seite. Doch Jaramir konnte ihr honigsüßes Lächeln kaum noch ertragen. Lieber wäre es ihm gewesen, sie hätte ihm polabischen Flüche an den Kopf geworfen. Doch nun scharwenzelte sie unaufhörlich um ihn herum, bot ihm frisches Wasser und Beeren an. Obwohl ihm der Bauch vor Hunger schmerzte, und die Kehle ausgedörrt war, wagte Jaramir nicht, auch nur einen Schluck oder eine Beere zu nehmen. Als Brana merkte, dass er ihr nicht mehr traute, setzte sie sich mit betrübtem Gesicht neben ihn und lehnte den Kopf an seine Schulter.

Jaramir atmete ihren vertrauten Geruch ein, der ihn an seine Jugendjahre auf der Burg erinnerte. Dies war ihm jedoch noch unangenehmer als ihre falsche Freundlichkeit. Verzweifelt stieß er den Atem aus. »Begreif es doch endlich. Ich werde dich niemals zum Weib nehmen.«

Ihm gegenüber saß Dragan im Moos und lehnte mit dem Rücken an einem Ahornbaum. Auf einem Grashalm kauend grinste er schief. »Wenn man einmal mit einer Dämonin buhlt …«

»Behalt deine klugen Sprüche für dich«, blaffte Jaramir ihn an. Ihm stand nicht der Sinn nach derben Scherzen, dafür sorgte er sich viel zu sehr um Antonia. Er hätte sie nicht allein gehen lassen dürfen. Von Unrast geplagt, erhob er sich und spürte augenblicklich einen dumpfen Schmerz durch seinen Leib jagen. Keuchend hielt er sich die Rippen. Brana sprang auf, legte die Hände auf seine Schultern und sah ihn besorgt an. Die Worte, die sie sprach, klangen ungewöhnlich sanft und erzählten von Sorge und Liebe. Dann ließ sie ihn stehen und rannte in den Wald. Ob sie für immer das Weite gesucht hatte? Jaramir mochte dies nicht recht glauben. Er sah zu Dragan und hob die Schultern.

»Sie hat den Lederschlauch mitgenommen. Wir haben nur diesen einen«, sagte sein Freund mit Bedauern im Blick.

»Soll sie doch. Ich trinke lieber aus der hohlen Hand, als von ihr mit irgendeinem Zaubertrank vergiftet zu werden.« Jaramir setzte sich wieder an seinen Platz. Wo Antonia in diesem Augenblick wohl sein mochte? Hoffentlich war sie bald wieder wohlbehalten zurück. Er sah zu dem dunkelhäutigen Sklaven, der einen merkwürdigen Turm aus Ästen und Zweigen baute. Ohne Zunderschwamm würde es wohl schwer werden, ein Feuer zu entfachen. Der Mann untersuchte die Rinde eines Baumes und bückte sich. Danach beobachtete Jaramir, wie er mit den Fingern etwas Holzmehl in seine Handfläche kehrte. Der Mann streute sie über die Äste und nahm zwei Steine auf, die er kurz darauf fest aneinanderschlug. Irgendwann musste er jedoch erkennen, dass sie keine Funken sprühten. Verzweifelt warf er die Steine ins Dickicht und setzte sich neben die nutzlose Feuerstelle auf den Boden.

Jaramir fragte sich, in welch jungem Alter er wohl von seinem Stamm verschleppt worden war. Wie es schien, wusste er nicht, dass er zum Funkenschlagen Katzengold brauchte. Bei näherem Betrachten stellte Jaramir fest, dass der Mann noch gar nicht so alt sein konnte. Vielleicht 17 oder 18 Lenze.

Jaramir gesellte sich zu ihm. »Hast du schon einmal Feuer

gemacht?«, fragte er ihn, bekam jedoch nur einen verständnislosen Blick zur Antwort.

»Verstehst du wirklich kein Wort?«, bohrte Jaramir nach.

Der Dunkelhäutige presste die Lippen aufeinander und sah ihn mit gequältem Blick an.

»Ist schon gut.« Kameradschaftlich klopfte Jaramir ihm auf die Schultern.

Der Mann rang sich ein dünnes Lächeln ab. Dann malte er mit dem Finger eine Sonne in den Lehmboden sowie ein Tier mit zwei langen Zähnen, großen Ohren und einem zweiten Schwanz zwischen den Augen. Jaramir hob die Augenbrauen. Der Mann drückte die Brust nach vorn und gab einen Laut wie der einer Trompete von sich.

»Ein Musiktier also«, sagte Jaramir grinsend und dachte dabei an Wizlaw, der als Minnesänger wohl seine wahre Freude daran gehabt hätte. Das Grinsen auf Jaramirs Lippen erstarb, und er starrte mit leerem Blick vor sich hin. Ob Wizlaw überhaupt nach ihm suchte? Jemand musste den Grafen vom Drachenfels doch mit seinem und Dragans Verschwinden in Verbindung gebracht haben, schließlich hatten die Fischer ihn im Gasthaus gesehen.

Jaramir dachte an Antonias Bruder, der sich wohl nicht mehr auf der Burg blicken ließ. Gewiss war er nur darauf bedacht gewesen, Antonia unter die erstbeste Haube zu bringen. Sie tat ihm von Herzen leid. Nach dem Vater hatte sie nun auch den Bruder verloren. Sobald sie zurück war, würde er dafür sorgen, dass ihr nie wieder ein Leid geschah. Er hätte sie nie mit Jenne nach Köln gehen lassen dürfen.

* * *

Antonia wusste wirklich nicht, wie sie an Geld kommen sollten. Die Beine schmerzten ihr von dem langen Marsch, der sie nur im Kreis herum geführt hatte. Auch ihre Nase pochte weiterhin höllisch. Als sie dann am Mittag den Rhein wieder gefunden hatten, waren sie sogar eine Weile den Strom in Richtung Süden zurückgelaufen, so sehr hatten sie die Orientierung unter dem wolkenverhangenen Himmel verloren. Nun dämmerte es schon zum zweiten Mal seit ihrem Aufbruch, und sie suchten einen geschützten Platz am Waldrand, um dort zu nächtigen. Antonia stieß schwer den Atem aus. Wieder ein verlorener Tag. Das Brot des Klosterbruders war längst verspeist, doch das kümmerte sie nicht allzu sehr, denn mit jedem Lidschlag wuchs ihre Sorge um Jaramir und die anderen. Conrad würde ihnen, ohne mit der Wimper zu zucken, die Köpfe abschlagen, wenn er sie fand.

Jenne bückte sich und rieb sich mit den Händen über die Schienbeine. »Dort unter der Weide könnten wir die Nacht verbringen. Was meint Ihr?«

»Ich weiß nicht recht. Sollten wir nicht tiefer da drüben in den Wald gehen?« Antonia sah sich argwöhnisch um. In der Ferne luden die letzten Feldarbeiter ihre Körbe und Säcke auf die Karren.

»Wie Ihr meint«, sagte Jenne schulterzuckend.

Die Magd schien wohl außerhalb der Burgmauern vor nichts und niemandem Angst zu haben. Doch sie hatte in ihrem Leben auch genug ertragen müssen – weniger von Fremden als von ihrem eigenen Fleisch und Blut.

»Dann lass uns warten, bis die Frauen und Männer dort hinten den Acker verlassen haben. Ich will nicht, dass sie mich sehen.« Antonia strich sich über den Ärmel ihrer Cotte, die sie mittlerweile verfluchte.

Der Karren der Feldarbeiter setzte sich von einem Ochsen gezogen in Bewegung. Ihm liefen ungefähr ein Dutzend Männer und Weiber hinterher. Als sie endlich außer Sicht waren, folgten Antonia und Jenne dem Pfad über den Acker. An der Stelle, von der die Spurrillen des Karrens fortführten, sah Antonia etwas auf dem Boden liegen. Als sie nähertrat, stellte sie fest, dass es sich um einen mit Korn gefüllten Sack handelte, der wohl von dem Karren gefallen war. Ein Geschenk des Himmels! Auch Jennes Augen weiteten sich. Ein wenig bang blickte sich Antonia noch einmal um, band den Sack dann rasch auf und schüttete das Korn auf den Boden.

Jenne blickte sie verstört an. »Was macht Ihr denn da? Seid Ihr von Sinnen?«

Antonia schenkte ihr kein Gehör. Stattdessen versuchte sie den Sack auseinanderzureißen, doch er war wohl mit besonders starkem Garn genäht worden.

»Das gute Korn!«, rief Jenne und hockte sich vor den Haufen.

»Was nutzt uns das Korn? Ich brauche ein armseliges Kleid, damit ich unter die Leute gehen kann.« Antonia riss wie eine Besessene an der Jute.

»Aber wir könnten das Korn doch verkaufen!«

Antonia ließ den Sack sinken. »Wer sollte denn einer Frau in feinen Kleidern einen Sack Korn abkaufen? Die Leute würden meinen, ich hätte nicht nur mein Kleid, sondern auch das Korn gestohlen. Und dann droht uns der Kerker.«

»Das stimmt auch wieder.« Jenne schob die Unterlippe vor. Dann nahm sie Antonia den Sack aus der Hand und bearbeitete die Nähte mit ihren Zähnen. Als sie es geschafft hatte, Löcher für Kopf und Arme aufzutrennen, gab sie Antonia den Sack zurück.

Die Jute kratzte höllisch auf ihrer Haut, doch irgendwann würde sie sich schon daran gewöhnen. Antonia versteckte ihre Cotte zwischen den Büschen und sah in den Himmel, an dem sich die Wolken verzogen hatten. Neben der Mondsichel funkelte der Abendstern.

»Lass uns dort drüben den Pfad in den Wald einschlagen, um uns einen Platz für die Nacht zu suchen«, sagte sie zu Jenne.

Die Magd sah sie belustigt an. »Selbst in einen Sack gekleidet seid Ihr immer noch eine schöne Frau.«

Trotz der Widrigkeiten musste Antonia laut lachen. Sie fühlte sich wie eine Strohpuppe, an der die Ritter mit Pfeil und Bogen ihre Zielsicherheit übten.

Als sie den kleinen Trampelpfad in den Wald einschlugen, breitete sich ringsum eine unheimliche Stille aus. Nicht einmal ein Käuzchen schrie. Nur das Rascheln der Baumwipfel im Wind war zu hören.

»Glaubst du, hier gibt es Wegelagerer?«, flüsterte Antonia in Jennes Ohr.

Die Magd griff nach ihrer Hand. »Glaube ich nicht. Wen sollten sie denn hier des Nachts überfallen?«

»Dein Wort in Gottes Ohr«, stöhnte Antonia.

»Auf mein Wort ist Verlass.« Jenne kicherte und führte Antonia in den Schutz des Dickichts. Dort bereiteten sie sich ein notdürftiges Lager aus Moos und begaben sich zur Ruhe. Es dauerte nicht lange, und der Marsch forderte seinen Tribut. Während Jenne mit müder Stimme etwas murmelte, fiel Antonia bereits in den Schlaf.

Am nächsten Morgen erwachte Antonia von lautem Vogelgezwitscher und dankte Gott, auch die zweite Nacht ohne die anderen heil überstanden zu haben. Neben ihr schlug nun auch Jenne die Augen auf. Sie reckte die Arme und gähnte herzhaft. »Neuer Tag, neues Glück«, sagte sie und erhob sich von ihrem Lager.

Antonia klebte die Zunge am Gaumen. »Glaubst du, hier in der Nähe gibt es einen Bachlauf?«

»Ich weiß es nicht.« Jenne klopfte sich das Moos von den Röcken und horchte in den Wald. »Aber wir werden schon eine Quelle finden.«

Die ersten Sonnenstrahlen stahlen sich durch das Blättergewirr und tanzten in hellen Punkten auf dem Waldboden. Antonia versuchte ihren Durst zu vergessen und zupfte ein paar Blätter aus ihrem Haar. Sie musste doch gewiss ein Bild des Schreckens darstellen! Jennes Haar hingegen war so kraus wie immer. Es gab wohl keinen Kamm, der es je hätte bändigen können. Antonia entfernte ein Stück Moos, das sich darin verheddert hatte.

»Wir sehen sicher aus wie zwei Landstreicherinnen.« Jenne bewahrte ihren frohen Mut. »Aber das ist auch richtig so«, fügte sie nickend hinzu und führte Antonia aus dem Dickicht.

29

An diesem Tag nahm sich Conrad fest vor, die Mauern um Antonia endgültig hochzuziehen. Metza hatte die letzte Nacht im Bett ihres Gemahls verbracht, und Conrad verstand nicht, weshalb er sich deswegen so grämte. Wäre er vor nicht allzu langer Zeit darüber froh gewesen, vermisste er nun ihren warmen Leib. Doch Metza schien über ihn verärgert zu sein, wohl wegen des Lösegeldes, von dem sie beiläufig erfahren hatte. Conrad wiederum war verärgert, dass ihm die Ware abhanden gekommen war. Auch am gestrigen Tag hatten seine Männer die entflohenen Sklaven nicht gefunden. Conrad schlug so hart mit der Faust auf sein Schreibpult, dass das Tintenfass mit der Feder darin umfiel. Die dunkle Lache breite sich in Windeseile aus und tropfte auf den Steinboden. Conrad beachtete sie nicht und verließ das Arbeitszimmer. Nachdem er mit langen Schritten den Hof hinter sich gelassen hatte, suchte er die Behausung des Aufsehers auf und scheuchte ihn von dem Strohsack, der ihm als Lager diente.

Bertrams Haar stand wirr vom Kopf ab. Er atmete rasch, wohl von dem Schreck, den Conrad ihm eingejagt hatte.

»Herr, was ist geschehen?« Er blickte Conrad aus geweiteten Augen an.

»Du fragst mich, was geschehen ist? Nichts natürlich! Woher nimmst du dir das Recht, dich auszuruhen?« Conrad schnaubte vor Wut.

»Aber, Herr, ich verstehe nicht ganz …«

Conrad glaubte, den Verstand zu verlieren. »Du verstehst nicht?«, schrie er Bertram ins Gesicht. »Nun pass mal gut auf. Du wirst erst wieder schlafen, wenn die entflohenen Sklaven gefunden sind, hast du mich verstanden?« Um seinen Worten Nachdruck zu verleihen, versetzte er Bertram einen Tritt in den Hintern und verließ die Kammer.

Conrad besorgte sich eine Fackel und ging zum Turm, in dem er Antonia gefangenhielt. Als er sah, dass das Schloss an der Tür aufgebrochen war, stockte ihm der Atem. Was war hier geschehen? Sollte ihm wirklich so viel Unglück auf einmal beschieden sein? Er leuchtete mit der Fackel in den Kerker und sah die verwaiste Kette, an die er Antonia angebunden hatte. Sein Wutschrei hallte von den Mauern des Kerkers wider. Jemand musste verdammt noch mal sein Weib befreit haben! Die Magd kam ihm in den Sinn, und er eilte aus dem Verlies. Sobald er dieses Miststück gefunden hatte, würde er ihr den Kopf abschlagen!

Kurze Zeit später suchte er die ganze Burg nach ihr ab, doch alle hatten weder Antonia noch die Magd gesehen.

* * *

Neben ihr wälzte sich Rutger keuchend in den Kissen. Metza wartete sehnsüchtig auf den Morgen, um endlich das Bett verlassen zu können, denn sie glaubte in ihrem Gemach zu ersticken. Dieses Gestöhne und Gekeuche von Rutger brachte sie schier um den Verstand. Doch zu Conrad würde sie nie wieder ins Bett steigen, denn er war eine unberechenbare Bestie.

Wer wusste schon, wann sie selbst unter seiner Machtgier würde zu leiden haben? Wann auch sie seine Faust zu spüren bekam? Conrad liebte nur zwei Menschen – sich selbst und Rutger.

Endlich dämmerte der Morgen, und Metza stieg aus dem Bett, um sich anzukleiden.

Rutger schlug die Augen auf und stöhnte.

»Wie geht es dir?«, fragte Metza, obwohl sie die Antwort schon kannte.

»Mir ist schrecklich schwindelig. Ich kann das Bett noch nicht verlassen.«

»Dann bleib liegen. Ich lasse dir das Frühmahl bringen.«

»Setz dich zu mir. Bitte. Ich glaube, es geht mit mir zu Ende.« Er streckte die zittrige Hand nach ihr aus.

Ein unsichtbares Band schnürte sich um Metzas Hals. Keinen Lidschlag länger hielt sie es in dieser Gruft aus. »Du glaubst jeden Tag, dass es mit dir zu Ende geht.«

»Mein Herz flattert unentwegt«, keuchte Rutger.

»Dann sollte ich wohl rasch einen Priester rufen, der dir die Beichte abnimmt.« Metza wandte den Blick von ihm ab und erschrak über ihre eigenen Worte. Doch dann schnaubte sie verächtlich. Wenn Rutger auch heute nicht starb, würde sie seinem Gejammer nie wieder Bedeutung schenken.

Rutger schoss hoch. »Nein, bleib. Es geht jeden Augenblick zu Ende. Ich spüre es.« Seine Stimme nahm einen schrillen Ton an. »Hilf mir, dem Herrn entgegenzutreten.« Er griff sich mit der linken Hand an die Brust und streckte die rechte nach ihr aus. Seine Augen schwammen in Tränen.

Metza schluckte gegen den Kloß in ihrem Hals. Hatte sie ihm Unrecht getan? Starb er wirklich? Sie setzte sich auf die Bettkante und nahm seine Hand, die sich eisig in ihrer anfühlte. Rutger ließ sich in die Kissen zurückfallen und blies stoßweise die Luft aus. Dann betete er die Mutter Gottes, den Herrn, seinen Sohn und den Heiligen Geist an. Nichts geschah. Sein Herz schlug unermüdlich weiter. Wohl verwundert, dass er noch nicht das Zeitliche gesegnet hatte, sah Rutger seine Frau aus müden Augen an.

»Geht es wieder?«, fragte Metza.

»Ich weiß nicht, was der Herr mir für Prüfungen auferlegt, bevor er mich endgültig zu sich ruft.« Seine Stimme klang ruhig.

Metza hatte endgültig genug von ihm und seinen Sterbevisionen. Sie entriss ihm ihre Hand und erhob sich. »Soll ich dir das Frühmahl bringen lassen, oder bist du in der Lage, es im Saal einzunehmen?«

»Ich kann nichts essen, mein Magen ist wie zugeschnürt.«

»Dann eben nicht.« Metza ging zur Tür. Auf der Schwelle wandte sie sich noch einmal um. »Sucht in den nächsten Tagen nicht nach mir. Ich werde mit Friedrich für eine Weile verreisen.«

Sie musste fort von hier. Die Mauern drohten sie zu erdrücken. Sie sehnte sich nach fröhlichen Gesichtern und einem Ort, an dem nicht die Angst vor dem Tod und die Gier nach Gold alles andere beherrschten. Da kam ihr die Einladung nach Köln gerade recht. Es gab keinen Grund, die Reise aufzuschieben.

»Aber du kannst mich in meinem Zustand nicht allein lassen.« Erneut griff sich Rutger ans Herz.

»Du bist nicht allein. Du hast Conrad.« Sie verließ endgültig das Gemach und stieg die Treppe hinab. Unten traf sie auf Conrad, der sie aus rotgeränderten Augen ansah.

»Wie geht es Rutger?«, fragte er.

»Er ist eben wieder einmal gestorben«, antwortete Metza knapp und wollte sich an ihm vorbeischieben. Doch Conrad hielt sie an den Schultern fest.

»Was sagst du da?«

»Du hast schon richtig gehört.« Metza wandte den Blick zu Boden, denn sie konnte Conrad nicht mehr in die Augen sehen. Er widerte sie an. »Ich verlasse diese Gruft für ein paar Tage. Sucht nicht nach mir.«

»Aber du kannst nicht einfach verreisen, wenn es Rutger so schlecht geht.« Er verstärkte den Griff um ihre Schultern. »Verdammt, habe ich nicht schon genug Sorgen?«

»Welche Sorgen genau? Parieren die Sklaven etwa nicht? Oder bleibt das Lösegeld aus?« Verächtlich hob sie die Augenbrauen.

»Mein Weib ist verschwunden«, raunte Conrad.

»Wundert dich das?« Metza wand sich aus seinem Griff und ließ ihn stehen.

* * *

Auf der Straße, die nach Deutz führte, hatte Antonia plötzlich eine Idee. »Ich weiß nun, wie wir zu Geld kommen können!«

Jenne sah sie von der Seite an. »Und wie?«

»Ich biete den Leuten an, ihnen die Träume zu deuten.« Antonia rieb sich über ihr Sackkleid. Die Jute kratzte unangenehm unter ihrer Handfläche.

»Das halte ich für keinen guten Einfall.« Jenne schüttelte den Kopf.

»Weshalb denn nicht? Was soll daran verwerflich sein?«

»Die Leute könnten Euch für eine Zaubersche halten und es Euch krummnehmen, wenn Ihr ihnen etwas Dunkles voraussagt. Stellt Euch nur vor, Ihr geratet an einen Priester.«

»Aber ich gebe mich doch nicht als Wahrsagerin aus.« Ein wenig ärgerte es Antonia, dass die Magd ihr Vorhaben so rasch verurteilte.

»Wo ist der Unterschied?« Jenne zuckte mit den Schultern.

»Träume deuten nicht die kommende Zeit. Sie spiegeln nur die Ängste und den Gemütszustand der Leute wider. Außerdem verraten sie uns manchmal, wie wir unsere Sorgen lösen können.«

»Und wen soll das interessieren?«

Antonia sah die Magd verständnislos an. »Es gibt viele verzweifelte Menschen, glaub mir.«

»Gut, dann versuchen wir es.«

»Was hast du letzte Nacht geträumt?«, fragte Antonia, um Jenne ihre Fähigkeiten als Traumdeuterin zu beweisen.

Augenblicklich stieg Jenne die Röte in die Wangen.

»Du hast von Dragan geträumt. Hab ich recht?«

Die Magd schluckte.

»Hat er dich im Arm gehalten oder gar geküsst?«

Jenne schnappte nach Luft. »Nein, nichts dergleichen.«

»Und was hast du dann geträumt?«

Nun erreichte die Röte auch Jennes Ohren. »Nichts.«

Antonia kicherte. »Du hast dich in ihn verliebt. Das war nicht zu übersehen.«

Jennes Augen verdunkelten sich. »Hab ich gar nicht«, protestierte sie kleinlaut. »Glaubt Ihr etwa, Ihr hättet das zweite Gesicht?«

»Dazu braucht man solche Fähigkeiten nicht. Nur eine gute Beobachtungsgabe.«

Jenne stemmte die Hände in die Hüften. »Die hab ich auch. Jaramir ist vernarrt in Euch und umgekehrt verhält es sich genauso.«

Eine wohlige Wärme breitete sich in Antonias Bauch aus. »So ist es.«

»Und das gebt Ihr einfach zu?« Die Magd sah sie erstaunt an. »Ihr habt Conrad vor Gott die Treue geschworen.«

Antonias runzelte die Stirn. »Lass uns weiterziehen«, sagte sie schroff, wandte den Blick in die Ferne und beschleunigte den Schritt.

»Ich wollte Euch nicht weh tun«, sagte Jenne kleinlaut. »Außerdem steht es mir nicht zu, über Euch zu urteilen. Bitte verzeiht mir die dummen Worte.« Versöhnlich legte sie eine Hand auf Antonias Schulter.

Antonia wandte sich um. »Gott wird dafür sorgen, dass Conrad seine gerechte Strafe bekommt. Und dann werde ich Witwe sein.« Die Worte schmeckten wie Galle auf ihrer Zunge.

»Hoffentlich«, sagte Jenne und verzog die Lippen zu einem dünnen Strich.

Bis vor ihrer Heirat hätte Antonia nie geglaubt, dass sie irgendeinem Menschen je den Tod wünschen könnte.

Die Sonne des späten Sommers stieg höher in den Himmel und schickte Hitze auf sie herab. Bei jedem Schritt trocknete Antonias Kehle mehr aus, und sie glaubte daran zu ersticken. Doch dann erblickten sie endlich auf der anderen Rheinseite die Mauern von Köln. Antonia schloss die Finger um das Bernsteinamulett an ihrem Hals. Die Straße, auf der sie sich befanden, belebte sich. Händler zogen mit ihren Karren vorbei, auf denen sich Säcke und Fässer stapelten. Hin und wieder bedachte einer von ihnen Antonia mit einem mitleidigen

Blick. Dann sah sie endlich einen Ochsenkarren, auf dem ein Mann sein Weib mit sich führte. Außerdem hatte der Karren Kohlköpfe und Rüben geladen.

Antonia stellte sich ihm in den Weg. »Einen Augenblick, der Herr«, bat sie.

Der Mann zügelte den Ochsen. »Geh aus dem Weg, Weib. Wir haben nichts, was wir mit dir teilen können.«

Antonia beachtete ihn nicht länger und wandte sich an seine Frau. Ihre Augen lagen in tiefen Höhlen, und die Nase stach spitz aus dem Gesicht heraus.

»Darf ich dich fragen, was du diese Nacht geträumt hast?«

»Was geht es dich an?«, bellte der Mann und schlug dem Ochsen mit der Rute auf das Hinterteil.

Antonia sprang einen Schritt zurück, bevor das Tier sie treten konnte. Auf der anderen Seite des Karrens ging eine Gruppe von Marktfrauen in die entgegengesetzte Richtung. Sie zogen Handwagen mit Käselaiben, Äpfeln und Birnen hinter sich her. Antonia lief bei dem Anblick das Wasser im Mund zusammen. Auch Jenne leckte sich über die Lippen. In diesem Augenblick wogen Hunger und Durst so schwer, dass sie alles andere vergaß.

Sie wünschte den Frauen einen frommen Tag, und freundlich erwiderten die Marktweiber den Gruß. Sie alle sahen wohlgenährt aus, und ihre roten Wangen glichen den Äpfeln auf ihren Karren.

Antonia fragte sie, ob sie ihnen die Träume deuten dürfe, doch die Frauen lachten nur und winkten ab. »Würdet ihr mir dennoch ein Stück Käse abgeben? Wir müssen über den Rhein setzen und haben kein Geld, um den Fährmann zu bezahlen«, fragte Antonia freiheraus.

Die Käsefrau band das Messer von ihrem Gürtel und

beugte sich über den Karren. »Kannst froh sein, dass ich so ein gutes Herz hab.« Sie schnitt ein ordentliches Stück aus dem Laib und reichte es Antonia. »Pass gut auf dich und deine Freundin auf, Mädchen.«

Antonia schenkte ihr ein dankbares Lächeln, nahm den Käse und wünschte der Frau Gottes Segen.

Sie kamen an einer kleinen Burg vorbei, die dicht an den Rhein gebaut war. Die Hochwasser der vergangenen Jahre hatten bereits ihre Spuren an dem Gemäuer hinterlassen.

»Die gehört den Herren Lülsdorf«, erklärte Jenne ungefragt. »Ein Mädchen aus unserem Dorf hat ihnen gedient.«

Antonia sah an dem von Efeu umrankten Turm hinauf bis zu dem spitzen Dach. »Und nun? Verdingt sie sich nicht mehr bei den Herrschaften?«

»Nein, der Herr hat sie erst geschwängert und dann von der Burg geworfen. Er ist übrigens ein guter Freund von Herrn Conrad.«

Rasch begrub Antonia die Hoffnung, hier Hilfe zu finden, und ging einen Schritt schneller. »Dann sollten wir zusehen, dass wir von hier wegkommen.«

Gegen Nachmittag entdeckten sie endlich auch den Befestigungsring der Stadt Deutz, hinter dem der Kirchturm einer Abtei aufragte. Antonias Herz schlug schneller, als sie die Dächer der Häuser sah. Der Käse in ihrer Hand war mittlerweile so weich wie Butter. Bauern, Kaufleute und Ritter zu Pferd zogen an ihnen vorbei.

Sehsüchtig sah Antonia zu einem Karren, der mit Tuch beladen war. Es handelte sich um minderwertige Stoffe aus grober Wolle, die zudem noch schlecht gefärbt war.

»Du solltest das Tuch vor der Sonne schützen«, riet Antonia dem Mann, der den Karren zog.

Er ließ den Blick über Antonias Sackkleid schweifen und gab ein verächtliches Grunzen von sich. »Na, du musst es ja wissen.«

»Hättest du vielleicht ein paar Pfennige für mich?«, fragte Antonia.

»Und was bekäme ich als Gegenleistung?« Er blickte auf ihre Hand.

»Bist du hungrig? Willst du den Käse kaufen?« Antonia hielt ihm das Stück entgegen. Mittlerweile rann ihr die Käseschwitze an den Fingern hinab.

Der Mann verzog den Mund zu einem schmalen Strich. Dann ließ er seine Augen anzüglich über Antonias Leib wandern. »Nein, das nicht. Aber ich könnte mir etwas anderes vorstellen.« Sein Blick erhellte sich.

Jenne zog Antonia am Arm fort. »So geht das nicht. Ihr könnt die Mannsbilder nicht freiheraus nach Münzen fragen und Euch dann wundern, wenn sie Euch für eine Hure auf Wanderschaft halten.«

Antonia schoss die Hitze in die Wangen. »Ich mache wohl alles falsch.«

Der Mann ließ seinen Karren unbeachtet und näherte sich ihr. »Was ist denn nun? Steht dein Angebot noch?«

Antonia wandte sich mit einem empörten »Nein« von ihm ab und lief eilig weiter.

Jenne folgte ihr auf den Fuß und nahm ihre Hand. »Ihr habt ein behütetes Leben geführt. Grämt Euch nicht. Wie solltet Ihr es anders wissen?«

»Ich komme mir schrecklich tumb vor.«

»Das seid Ihr nicht.« Jenne drückte leicht ihre Finger. »Wenn das hier alles vorbei ist, lehrt Ihr mir dann weiter ein paar lateinische Worte? Pater noster, qui es en caelis …«

»… sanctificetur nomen tuum.« Antonia lächelte.

»Geheiligt werde dein Name«, erwiderte Jenne mit einem Strahlen im Gesicht.

»Das hast du gut behalten, meine tapfere Magd.«

»Dort drüben durch das Tor müssen wir.« Jenne zeigte mit dem Finger auf die Befestigung. Dann nahm sie auch Antonias andere Hand in ihre. »Wir schaffen das. Ganz bestimmt.«

Antonia nickte. »Ja, Jenne. Für Jaramir, Dragan und für die anderen.« Sie sog tief den Atem ein. »Sogar für Brana.«

30

Jaramir konnte Branas Gekeife nicht mehr ertragen. Durch halbgeschlossene Lider sah er hinüber zu Dragan, der ein Ahornblatt in seiner Hand zerpflückte.

Der Freund bemerkte seinen Blick, hob die Augenbrauen und schaute dann zu Brana, die mit einem Stock Kreise in den Lehmboden malte. »Der Teufel soll dich holen«, stieß Dragan aus.

Brana reckte kampflustig das Kinn vor und spie ihm vor die Füße.

»Ich halte die Frau nicht mehr aus.« Jaramir erhob sich.

»Ich auch nicht.« Dragan stand ebenfalls auf und klopfte sich das Moos von den Beinkleidern.

Er blickte zu dem Dunkelhäutigen, der mit seinen Zähnen einen Stock spitzte. Ihm gegenüber saß die junge Mila und beobachtete ihn mit traurigen Augen. Nach Ajkas Tod hatte sie unzählige Tränen geweint, und Sveta versuchte so gut es ging, sie zu trösten. Auch in diesem Augenblick hielt sie Milas Hand und strich ihr immer wieder über das lichtblonde Haar. Mila schmiegte sich an ihre Schulter.

Jaramir bedeutete Dragan mit einem Blick, ihm zu folgen. Er wollte für eine Weile aus Branas Sichtfeld verschwinden, und sie kämpften sich durch das Dickicht. Als sie eine kleine Lichtung erreichten, ließen sie sich ins Gras fallen. »Ich hätte

Antonia nicht allein nach Köln gehen lassen sollen.« Fahrig strich sich Jaramir die Strähnen zurück, die ihm ins Gesicht gefallen waren.

»Uns blieb doch gar keine andere Wahl. Wir beide hätten den Weg nie geschafft. Außerdem hätten wir die anderen nicht sich selbst überlassen können. Der Dunkelhäutige ist doch fast noch ein Knabe. Ich glaube kaum, dass er etwas gegen die Männer des Grafens ausrichten könnte.«

Jaramir lachte verzweifelt auf. »Wir etwa? Wie denn, ohne Waffen?«

»Den einen oder anderen könnte ich schon noch mit bloßer Hand erwürgen«, brüstete sich Dragan.

»Glaubst du, Conrad hat nur ein oder zwei Männer auf uns angesetzt?« Spöttisch hob Jaramir die Augenbrauen.

»Meinst du wirklich, wir sind ihm so wichtig, dass er uns ein ganzes Heer auf den Hals hetzt? Er kann sich doch neue Sklaven kaufen.«

»Ja, wir sind ihm wichtig. Warum auch immer. Aber ich habe die unzähligen Fackeln der Männer gesehen, die den Hang durchkämmt haben.«

»Verdammt!«, stieß Dragan aus. »Dann sind wir so gut wie tot, wenn sie uns finden.«

»Richtig.« Jaramir sah hinauf in die Baumwipfel, die sich im Wind bogen. Im nächsten Augenblick knackten in der Nähe die Äste. Jaramirs Blick irrte hin und her. Als er im nächsten Moment Sveta entdeckte, stieß er erleichtert den Atem aus und rieb sich mit den Händen durch das Gesicht. »Verdammt, du hast mir einen Schrecken eingejagt.«

Sveta hockte sich vor sie. »Es ist nicht gut, wenn ihr euch von uns entfernt. Wir sollten zusammenbleiben.«

Jaramir winkte ab. »Sag das mal Brana. Mit ihren Flüchen

ist die Frau in der Lage, die Flöhe von ihrem Leib zu vertreiben.«

Sveta mühte sich ein Lächeln ab. »Du weißt doch, die Dämonen, die man ruft, wird man so schnell nicht wieder los.«

»Jaja, ich habe einen Fehler gemacht. Aber sie kann mich doch nicht mein ganzes Leben lang dafür büßen lassen.« Jaramir stöhnte auf.

»So lange, bis sie dich vergiftet hat.« Sveta setzte sich neben ihn und rieb sich mit den Zeigefingern über die Schläfen. »Was glaubt ihr, wird uns Fürst Wizlaw hier herausholen?«

»Sicher, wenn uns Conrads Männer nicht vorher gefunden haben.« Missmutig rupfte Jaramir ein paar Grashalme aus. »Das dauert doch alles viel zu lange!«

In dem Moment gellte ein Schrei durch den Wald.

Jaramir sprang auf, und auch Sveta und Dragan waren schnell auf den Beinen. Ein weiterer Schrei folgte. Dann hörte er das Getrappel von Hufen. Jaramir schlug das Herz bis zum Hals. Die Männer des Grafen hatten sie gefunden!

* * *

Der Wachmann vor dem Tor ließ sie ohne Schwierigkeiten die Befestigung von Deutz passieren. Es war eine kleine Stadt, mit engen Gassen und einigen windschiefen Häuschen, in denen Krämer, Schlachter und Bäcker ihre Waren feilboten. Der Duft von gepökeltem Fleisch und frischem Brot raubte Antonia fast den Verstand, und ihr Bauch gab gurgelnde Geräusche von sich. Von der Gasse aus konnte sie den Rhein sehen und dahinter die Stadt auf der anderen Seite, die wie eine große Schwester von Deutz wirkte. In Köln ragten unzählige Kirchen zwischen mehrgeschossigen Häusern empor. Viele der Türme waren mit Holzgerüsten gesäumt, sowie auch die der halbfertigen Kathedrale, auf der ein Kran über die Stadt ragte. Vor dem Treidelpfad an der Kaimauer reihten sich die Aaken aneinander.

Der Strom der Bauern, der Antonia mit sich durch die Gasse schob, bewegte sich auf die Fährstelle am Rhein zu. Als Antonia das Vlotschiff sah, das gut ein Dutzend Pferde oder anderes Vieh über den Fluss transportieren konnte, krampfte sich ihr erneut der Bauch zusammen. Der Käse in ihrer Hand war längst unansehnlich geworden. Ihr Blick schweifte zu dem Fährmann, der mit offener Hand die Münzen kassierte.

»Oje«, sagte Antonia und seufzte.

»Was denn?« Jenne sah sich fragend um.

»Der Fährmann sieht nicht gerade aus, als würde er Hunger leiden. Den werden wir wohl kaum mit unserem geschmolzenen Käse locken können.«

»Wer weiß. Vom Fasten hat er wohl kaum den dicken Bauch. Sicher hat er unentwegt Hunger. Komm, wir versuchen es einfach. Mehr als uns abweisen kann er nicht.«

Antonia glaubte nicht an ihr Glück, als sie in der Reihe der Leute warteten, die über den Rhein wollten. Sie dachte an ihr früheres Leben. Nie hatte sie erleben müssen, wie es war, kein Geld zu haben. Wenn sie etwas gebraucht hatte, hatte sie es auf dem Markt gekauft. Wenn sie Hunger gehabt hatte, hatte es genug zu essen und zu trinken gegeben. Vater hatte immer gut für sie gesorgt. Doch andererseits hatte sie damals nicht gewusst, wie es sich anfühlte, wenn ein Mann ihre Hand nahm. Wie sehr es im Bauch kribbeln konnte, wenn er sie anlächelte. Und wie ihrem Herzen Flügel wachsen konnten, die ihr so viel Mut brachten, dass sie ihr eigenes Leben großen Gefahren aussetzte. Um diesem Mann zu helfen, der bei Tag und Nacht ihre Gedanken beherrschte. Jaramir. Nein, sie würde nicht mehr um die alten Zeiten trauern. Um Vater ja, aber nicht um das Leben, das sie geführt hatte.

Dass sie mittlerweile an der Reihe waren, den Fährmann zu bezahlen, merkte Antonia erst, als Jenne sie mit dem Ellenbogen anstieß. Der Mann beharrte auf die zwei Pfennige pro Person. Mit einem Stück Käse ließ er sich nicht abspeisen, so dass sie die Reihe der Wartenden wieder verlassen mussten.

Kurz darauf setzten sie sich in den Schatten der Kaimauer, teilten sich den Käse und beobachteten, wie das Vlotschiff ablegte. Antonia grübelte weiterhin darüber nach, wie sie an die Pfennige gelangen konnten. Vier Stück brauchten sie doch nur! Aber hier in Deutz trieben sich so gut wie keine gutbetuchten Leute in den Gassen herum, die ihnen einen Almosen gegönnt hätten. Wenn nur Sonntag gewesen wäre, dann hätten sie sich vor die Kirche der Abtei in Deutz setzen und betteln können. Doch die Geschäftigkeit in den Gassen verriet Antonia, dass ein anderer Tag als Sonntag sein musste.

Eine schwangere Frau kam mit ihrem Gemahl daher. Sie trug eine grüne Cotte, die unter der Brust mit einem Gürtel gehalten wurden. Die Seide legte sich in weichen Falten über ihren gerundeten Bauch.

Antonia sprang auf, stellte sich den beiden entgegen und sah der Frau mit festem Blick in die dunklen Augen. Die Schwangere legte augenblicklich die Hände auf ihren Bauch, als wolle sie ihr Ungeborenes schützen.

»Ihr braucht Euch nicht zu fürchten, werte Frau«, sagte Antonia beschwichtigend und bereute, ihr einen Schreck eingejagt zu haben. »Ich will Euch nur meine Dienste anbieten.«

Der Mann blickte auf Antonias Sackkleid und fasste der

Frau unter den Arm. »Wir beschäftigen bereits genügend Mägde. Wir brauchen dich nicht.«

»Das meine ich nicht.« Plötzlich spürte Antonia, wie sich ihre Augen mit Tränen füllten. All die Verzweiflung, die Ängste und die Erschöpfung der letzten Tage drängten sich an die Oberfläche. Sie blinzelte. »Ich möchte Euch nur gern Eure Träume deuten.« Ihre Stimme zitterte genauso sehr wie ihre Beine.

»Wozu?«, fragte die Frau, und ihr Antlitz verdunkelte sich.

»Ist schon gut. Ich wollte Euch nicht belästigen.« Antonia wandte sich ab und schwankte zurück zu der Kaimauer. Stöhnend ließ sie sich neben Jenne nieder.

»Euer Gesicht ist so grau wie erkaltete Asche«, sagte Jenne und griff nach ihrer Hand.

Antonia atmete lange aus, um die Übelkeit zu vertreiben. »Etwas Wasser wäre mir lieb.«

»Dort drüben ist ein Brunnen. Seht Ihr?« Jenne zeigte mit dem Finger in die Gasse.

»Glaubst du, wir dürfen davon trinken?«

»Das werden wir erfahren, wenn wir es versuchen.« Jenne stand auf und reichte Antonia die Hand.

Der Gedanke an einen Schluck Wasser verlieh ihr neue Kräfte, und sie ließ sich von Jenne hochziehen. Vor dem Brunnen fehlte ihnen jedoch der Eimer, mit dem sie das Wasser hätten schöpfen können. In ihrer Verzweiflung hätte Antonia sich am liebsten in den Schacht gestürzt, nur um an das Wasser zu gelangen. Eine Magd kam daher und schob Jenne zur Seite. Sie band das Seil um den Henkel ihres Eimers und ließ ihn hinab.

»Würde es dir etwas ausmachen, wenn du uns trinken ließest?«, fragte Jenne sie.

Die Magd krauste die Stirn. »Ihr seid nicht von hier, oder?«

Antonia konnte nicht antworten, so trocken war ihre Kehle.

Statt ihrer antwortete Jenne. »Nein, wir sind auf der Durchreise nach Köln. Leider fehlen uns die Pfennige, um über den Rhein zu setzen.«

»Ja, das kommt vor.« Die Magd zog den Eimer aus dem Brunnen und reichte ihn Jenne.

Die hielt ihn Antonia hin, damit sie mit hohlen Händen das Wasser schöpfen konnte. Gierig stillte Antonia ihren Durst.

»Himmel, du bist furchtbar erschöpft«, sagte die fremde Magd erschrocken.

Antonia wischte sich mit dem Handrücken über den Mund und schenkte ihr einen dankbaren Blick.

Die Magd sah sie stirnrunzelnd an. »Was ist mit deiner Nase? Ist sie gebrochen?«

»Ich fürchte, ja.« Antonia tastete mit dem Zeigefinger darüber.

Jenne stellte den Eimer auf den Boden, kniete sich davor und trank ebenfalls mehrere Schlucke aus ihren Händen. Dann hockte sich Antonia neben sie und trank abermals, bis sie glaubte, ihr würde der Bauch platzen.

»Ihr zwei armen Dinger«, sagte die Magd und band erneut das Seil an den Griff des Eimers. »Wo kommt ihr her?«

Antonia fasste Zutrauen zu ihr. »Von der Burg Drachenfels. Wir müssen einen Boten finden, der dem Fürsten von Rujana eine Nachricht überbringt.«

»Das gelingt euch wahrlich nur in Köln. Hier auf dieser Rheinseite kenne ich niemanden, der solche Strecken reitet. Aber selbst dort drüben wird für euch niemand ohne Bezahlung an die Ostsee reiten.« Die Magd hob die Augenbrauen. »Was ist es denn für eine wichtige Nachricht?«

»Es geht um Leben und Tod, mehr darf ich nicht verraten. Ich hoffe, du verstehst das«, sagte Antonia.

Die Magd presste sichtlich enttäuscht die Lippen zusammen, nickte dann aber. »Ihr habt wohl reichlich Prügel bezogen.«

Antonia stieß schwer den Atem aus. »Wie sollen wir bloß über den Fluss kommen? Der Fährmann verlangt vier Pfennige für uns beide. Leider besitzen wir keinen einzigen.«

Die Magd griff nach der Jute, die Antonias Leib bedeckte und rieb sie zwischen Daumen und Zeigefinger. »Musstest du etwa mit bloßem Leib von der Burg flüchten?«

»Ja«, antwortete Antonia und senkte den Blick, damit die Frau nicht die Röte bemerkte, dir ihr die Wangen hinaufkroch.

»Du bist geschändet worden, oder?«

Antonia dachte an die Nacht ihrer Hochzeit. »Ja«, sagte sie leise.

»Armes Ding.« Die Magd stellte den Eimer zu ihren Füßen ab und band einen kleinen Lederbeutel von ihrem Gürtel. Dann kramte sie vier Pfennige daraus hervor und zählte sie Antonia in die Hand. »Hier nimm das. Das ist mein Wochenlohn, den ich heute bekommen habe.«

Antonia riss die Augen auf. »Das kann ich nicht annehmen!«

»Du kannst es mir zurückgeben, wenn du in Köln zu Geld gekommen bist.« Die Magd hob den Eimer auf. »Du findest mich im Haus des Bäckermeisters.«

»Wie sollte ich zu Geld kommen?«, fragte Antonia hoffnungslos und starrte auf die Pfennige in ihrer Hand.

»Vielleicht versucht ihr es ja im Haus der schönen Frauen auf dem Berlich. Allerdings werdet ihr dort wohl eine Weile die Männer bedienen müssen, bis ihr das Geld für einen Boten zusammen habt.«

Antonia hob den Blick und bedankte sich bei der Magd. »Du bekommst die Pfennige zurück, verlass dich darauf.«

»Ich wünsche euch alles Glück der Erde.« Die Magd lächelte und wandte sich ab.

Antonia schloss die Finger um die Pfennige und sah der jungen Frau hinterher, die mit dem Eimer die Gasse entlangeilte.

»Gott hat sie uns geschickt«, holte Jenne sie aus den Gedanken. »Alles wird gut.«

»Ja, das wird es.« Eine Träne der Dankbarkeit kitzelte auf Antonias Wange.

Geduldig warteten sie, bis die Fähre wieder auf ihre Rheinseite zurückkehrte, und stellten sich dann in die Reihe zwischen die Karren mit den Ochsen und den Bauersleuten.

Der Fährmann hielt wieder die Hand auf, und als Antonia ihm die Pfennige hineinzählte, hob er belustigt die Augenbrauen. »Habt ihr doch noch einen Abnehmer für euren vergammelten Käse bekommen?«

»Nein, aber es gibt noch Menschen, bei denen das Herz am rechten Fleck sitzt«, entgegnete Antonia, bevor sie mit Jenne das Vlotschiff betrat. Unter ihren Füßen schwankte der Boden, während sie sich zwischen die warmen Leiber der Esel und Ochsen drängten. Antonia wischte sich mit dem Handrücken den Schweiß von der Stirn und sah hinüber zu der Stadt Köln. Gedankenverloren griff sie sich an den Hals und schloss die Finger um das Amulett. Es würde ihr nicht schwerfallen, es wegzugeben. Natürlich nicht, wenn Jaramir und die anderen dadurch gerettet wurden.

Nachdem sie die Fähre verlassen hatten, folgten sie den

Bauern den Treidelpfad entlang und traten durch den Wehrturm in die Lebendigkeit der Stadt. Kurz darauf erreichten sie den Marktplatz, auf dem es von Menschen wimmelte. Sie drängten sich vor den Budenständen. Butter, Heringe, Käse und Kramwaren wurden laut schreiend angeboten. Zwischen den traufseitigen Häusern, die den Marktplatz säumten, ragte der Turm des Rathauses empor. Antonia fühlte sich an Stralsund erinnert und verspürte plötzlich große Sehnsucht nach der Stadt, in der sie aufgewachsen war. Das Heimweh und die Trauer um den Vater stachen wie spitze Klingen in ihr Herz.

Antonia wollte nicht darüber nachdenken, wie es mit ihr weitergehen würde, wenn Jaramir nach Rujana zurückkehrte. Aber die Gedanken drängten sich ihr auf, und sie stellte sich vor, wie er sie mit auf die Insel nahm, wie sie im warmen Sand saß, die Meeresluft atmete und Jaramir beim Bernsteintauchen zusah.

Doch dann riss sie sich von diesem Tagtraum los und sah sich auf dem Marktplatz nach einem Händler um, der Schmuckstücke anbot. Offenbar gab es ihn hier ebenso wenig wie auf dem Markt von Stralsund. Um ihr Amulett zu verpfänden, musste sie wohl das Judenviertel aufsuchen.

»Du liebe Güte!« Neben ihr stöhnte Jenne auf. »Was für ein Betrieb!«

Antonia erwiderte nichts. Stattdessen starrte sie einer Frau nach, die ihr Haar unter einer smaragdgrünen Gugel versteckt hielt. Sie trug ein Kind auf dem Arm, das ihr sichtlich schwer wurde. Als Antonia das weizenblonde Haar des Jungens sah, glaubte sie ihren Augen nicht zu trauen. In diesem Augenblick wandte die Frau sich um, und Antonia sah in Metzas blaue Augen. Der Himmel über Köln drohte einzustürzen. Unfähig, sich zu rühren, starrte Antonia ihre Schwägerin an.

31

Der Ritt an der Küste entlang trieb Hinricus trotz des frischen Windes den Schweiß auf die Stirn. Der Karte nach zu urteilen, musste er sich mittlerweile weit im Prußenland befinden. Seine Vermutung bestätigte sich, als er die Mündung sah, wo die Nogat sich nach ihrer Abzweigung von der Weichsel in die Ostsee ergoss. Nur unweit entfernt lag der Hauptsitz des Deutschordens. Hier hatte Konrad von Tierberg die Marienburg errichtet. Hinricus hoffte sehr, dort den Kaufmannssohn zu finden, der unlängst mit seiner Schwester auf Rujana ihren Vater zu Grabe getragen hatte. Bei seiner Suche hatte Hinricus inzwischen erfahren, dass das Haus des Kaufmannes verkauft worden war, und die Tochter an den Grafen von Drachenfels verheiratet wurde. Hinricus war ihrer Spur nicht mehr gefolgt, denn ihm war nur ihr Bruder Severin wichtig. Sicher wusste er um den Ring der Bernsteinschmuggler, der nun auch auf Rujana sein Unwesen trieb. Irgendetwas musste diesem Ritter doch bei seinem Aufenthalt auf der Insel aufgefallen sein! Ein merkwürdiges Gesicht, Geschäfte, die unter den Tischen des Wirtshauses abgewickelt worden waren, oder jemand, der Auskünfte über die Bernsteinsammler und die Aufseher einholte.

Er lenkte seine Fuchsstute von der See weg landeinwärts der Nogat entlang. Er kam unangekündigt, doch er hoffte, der Hochmeister Siegfried von Feuchtwangen würde ihn als Gesandten des Fürsten Wizlaw empfangen.

Kurze Zeit später sah er endlich den Hügel, auf dem backsteinerne Mauern die Marienburg befestigten. Die Gelenke seiner Finger schmerzten, so fest hatte er zuletzt die Zügel umfasst. Die Stute, die vor Anstrengung zitterte, schnaubte grimmig. Mittlerweile hatte die Sonne den Zenit längst überschritten und ließ die Marienburg in einem goldenen Rot leuchten. Zwei Türme mit Kegeldächern unmittelbar an einem Pfad, der von der Nogat wegführte, umschlossen ein Tor, das zum Inneren der Burg führte.

Hinricus straffte den Rücken und stieg aus dem Sattel. Die letzten Schritte den Hügel hinauf führte er sein Pferd an den Zügeln, wobei er der Stute immer wieder beschwichtigende Worte flüsterte. Am Burgtor zeigte Hinricus den Wächtern das Pergament mit dem Siegel des Fürsten Wizlaw. Die Männer nickten und ließen ihn dann passieren. Einer von ihnen rief ihm nach, dass der Hochmeister wohl gerade der Messe beiwohnte, die in der Kapelle der Burg abgehalten würde.

Nun, Hinricus würde geduldig auf die Beendigung der Messe warten. Sicher kam es ihm zugute, dass der Hochmeister, mit Gott versöhnt, nach der Messe beiläufig seinen Weg kreuzen würde.

An der Tränke vor den Stallungen versorgte er zuerst einmal seine treue Stute. Er ließ sie saufen und fütterte ihr anschließend Hafer, den der freundliche Stallmeister ihm unaufgefordert gebracht hatte.

Die Kapelle war an die Außenmauer der Vorburg gebaut, und hinter den bleiverglasten Fenstern sah Hinricus den Schein von Kerzen. Der Gesang der Ordensbrüder drang gedämpft zu ihm heraus.

Nach einer Weile öffnete sich knirschend das Portal. Als Erstes erschien ein hochgewachsener Mann, dessen dunkles Haar sich in Locken über seine Schultern ergoss. Ein weiterer Mann trat neben ihn, wohl um ein paar Worte mit ihm zu wechseln. Er war gut zwei Köpfe kleiner als der andere, und sein graues Haar lichtete sich über der Stirn. Hinricus erkannte in ihm den Hochmeister des Ordens, den er vor Jahren einmal in Stralsund gesehen hatte. Festen Schrittes trat Hinricus zu ihm und stellte sich ihm vor.

Feuchtwangen hob die buschigen Augenbrauen. »Was führt Euch auf die Marienburg, werter Herr?«, fragte er mit freundlicher Stimme.

Hinricus berichtete ihm von Jaramirs und Dragans spurlosem Verschwinden sowie von der Bereicherung der Inselbewohner am Bernstein. Die Ordnung von Rujana sei aus den Fugen geraten, sagte er abschließend.

Der Hochmeister nickte bedächtig. »Auch im Ordensland gibt es einen Ring, der das Bernsteinregal umgeht. Wir sollten erörtern, ob dies im Zusammenhang mit dem Verschwinden Eurer Männer steht. Aber nicht hier. Lasst uns in mein Audienzzimmer gehen.« Er sah zu dem hochgewachsenen Mann neben ihm. »Das hier ist übrigens Severin, einer meiner treuesten Ritter.«

Der Dunkelhaarige legte Hinricus die Hand auf die Schulter. »Lasst uns sehen, wie wir Euch helfen können.«

»Seid Ihr etwa der Sohn des Kaufmannes, dessen Leib auf Rujana angespült wurde?« Hinricus konnte sein Glück kaum fassen.

»Ja, der bin ich.« Severin senkte kurz den Blick, dann folgten sie dem Hochmeister in den Audienzsaal der Hauptburg.

Von dem hölzernen Leuchter an der Decke des Saals tropfte

das Wachs der Kerzen. Feuchtwangen nahm auf dem Scherenstuhl am Ende eines wuchtigen Tisches Platz. Mit einer Handbewegung gebot er Hinricus und Severin, sich neben ihn zu setzen.

Nachdem eine Magd Wein eingeschenkt sowie etwas Brot und Käse gebracht hatte, richtete Hinricus sein Wort an Severin.

»Sagt, Herr, als Ihr auf Rujana gewesen seid, sind Euch da nicht Fremde aufgefallen, die sich an unserem Bernstein bereichert haben könnten? Da unserer Aufseher etwa zur gleichen Zeit verschwunden sind, nehmen wir an, dass jemand wegen des Bernsteins auf der Insel war, sich durch die Aufseher gestört fühlte und sie in seine Gewalt gebracht hat. Ihr müsst wissen, einer der verschwundenen Männer ist ein entfernter Verwandter des Fürsten Wizlaw.«

Severin drehte den Pokal in seinen Händen und krauste die Stirn. »Die einzigen Fremden, die ich dort kennengelernt habe, waren die Herren von Drachenfels.«

Der Hochmeister ergriff das Wort. »Sie werden wohl kaum mit dem Bernsteinschmuggel in Verbindung gebracht werden können. In dieser Hinsicht sind die Herren bisher nicht auffällig geworden.«

»Das glaube ich auch nicht«, sagte Severin. »Sie wollten auf der Insel Salz erwerben, wie mir Conrad erzählte.« Er grinste breit. »Und er hat nicht nur Salz, sondern auch meine Schwester erworben. Ich habe sie ihm zur Frau gegeben.«

Hinricus sah ihn ungläubig an. »Ein Graf und eine Kaufmannstochter? Wie kann das gehen?«

»Nun, dank der großen Mitgift …«

Die Hände vor dem Bauch gefaltet, blickte der Hochmeister Severin an. »Salz? Das glaubst du doch wohl selbst nicht.«

»Ehrlich gesagt habe ich mir darüber kaum Gedanken gemacht.« Severins Grinsen erlosch. Er nahm einen tiefen Schluck aus seinem Pokal.

Dann erzählte Hinricus von der Lösegeldforderung, die der Fürst erhalten hatte. »Die Habgier des Grafen passt wohl gut in dieses Bild«, sagte er abschließend.

Severin sah zum Hochmeister. »Da mag er nicht unrecht haben. Wir sollten die Angelegenheit zumindest überprüfen. Lasst mich Hinricus zur Burg Drachenfels begleiten. Ihr versteht gewiss, wenn ich mich in Anbetracht der Vorwürfe um meine Schwester sorge.«

Beschwichtigend hob Feuchtwangen die Hand. »Sicher, Severin. Es ist auch in unserem Sinne, die Sache aufzuklären. Wenn der Graf von Drachenfels daran beteiligt ist, könnte seine Habgier ihn auch an unsere Strände treiben. Sieh nur zu, dass du nicht allzu lange fortbleibst.«

* * *

Metza kaufte Brot und gebratene Würste, damit Antonia und Jenne erst einmal ihren Hunger stillen konnten. Sie setzten sich gemeinsam im Schatten einer Linde auf eine Mauer, obwohl Antonia der Schwägerin weiterhin mit Argwohn begegnete. Immer noch mochte sie Metzas Sinneswandlung nicht glauben. War Gott wirklich so gütig, dass er nun seine schützende Hand über sie hielt? Kauend sah sie zu Metza.

»Ich kann es Euch nicht verdenken, wenn Ihr mir nicht traut«, sagte Metza und strich dabei dem kleinen Friedrich über das helle Haar.

Antonia seufzte. »Ihr habt recht, es fällt mir überaus schwer. Wie ist es zu Eurem Sinneswandel gekommen?«

Metzas Lippen wurden schmal. »Mich hat er genau wie Euch mit Füßen getreten, auch wenn er mir nicht die Nase gebrochen hat.« Sie seufzte und drückte Friedrich fest an ihre Brust. »Sogar seinen Sohn verleugnet er. Und als sei das alles nicht schon schlimm genug, habe ich von Conrads Lösegeldforderung erfahren. Ihr hattet recht, er hält sich christliche Sklaven.«

»Lösegeld?« Antonia sah sie entgeistert an.

»Ja, er fordert es vom Fürsten Wizlaw.«

»Aber dann weiß der Fürst doch, wo Jaramir ist! Ich frage mich, warum er ihn noch nicht geholt hat?«

»Weil Conrad sich in der Forderung nicht zu erkennen gegeben hat. Die Übergabe des Goldes soll an einem neutralen Ort geschehen, wo es ein Mittelsmann entgegennimmt.«

Antonia verstand. So konnte Conrad weiterhin seine Schandtaten ausführen. Sie traute ihm sogar zu, dass er Jaramir und Dragan nach der Geldübergabe weiterhin gefangen hielt, damit sie für ihn im Steinbruch schufteten.

Friedrich lächelte Antonia an, und sie strich ihm über die Wange. Dann sah sie wieder zu Metza und erzählte ihr von der Flucht der Sklaven.

»Wir sind hier in Köln, um einen Boten zu finden, der Fürst Wizlaw eine Nachricht überbringt. Leider fehlt uns das Geld, ihn zu bezahlen.« Sie zupfte an ihrem Sackkleid. »Aber nun, wo Ihr auch Bescheid wisst, könnten wir doch die Gerichtsbarkeit der Stadt aufsuchen. Euch werden sie gewiss Glauben schenken.«

Metza schüttelte den Kopf. »Nein, Antonia, ich werde mich hüten, Conrad zu verraten. Das würde meinen sicheren Tod bedeuten.« Sie nestelte die Geldkatze von ihrem Gürtel, schüttete einige Münzen in ihre Hand und gab sie Antonia. »Hier, nehmt das Geld, um den Boten zu bezahlen.« Sie sah in den Himmel, erhob sich von der Mauer und nahm Friedrich auf den Arm. »Mein Knecht wartet mit dem Wagen auf mich, um mich an das Ende der Stadt zu bringen. Ich will eine Freundin besuchen.«

Antonia sprang auf und umarmte sie. »Passt auf Euch auf.«

»Auch, wenn es bedeutet, dass Conrad und Rutger bald hingerichtet werden, bete ich zu Gott, dass die Sklaven in ihre Heimat zurückkehren können.« Metza löste sich aus Antonias Umarmung. »Es tut mir von Herzen leid, dass ich Euch so ungerecht behandelt habe. Doch Ihr müsst wissen, einst dachte ich, Conrad wirklich zu lieben.« Sie senkte den Blick. »Aber das ist nun vorbei. Dennoch bin ich eine Ehebrecherin.« Ein Seufzer entfuhr ihr. »Aber eines habe ich mir geschworen.« Abermals strich sie Friedrich über den Kopf. »Diesem kleinen Kerl hier, der von seinem Vater verleugnet wird, werde ich zur Seite stehen und eine gute Mutter sein, solange ich lebe.«

»Wer ist schon ohne Fehl.« Auch wenn Antonia Metzas Gefühle für Conrad nicht nachvollziehen konnte, vergab sie ihr. Die Schwägerin hatte mit dem kranken Rutger kein einfaches Leben.

»Geht zum Domhof. Dort lungern immer einige Burschen herum, die auf einen Auftrag warten.« Mezta verabschiedete sich von ihnen und verschwand in der Menge.

Jenne sah Antonia mit großen Augen an. »Das hätte ich nie von ihr erwartet. Es ist schon unglaublich, wie Menschen sich wandeln können.«

Bevor sie sich auf den Weg zum Domhof machten, kauften sie bei einem Krämer einen Bogen Pergament. Der Mann hatte sogar die Güte, ihnen eine Feder und etwas Tinte zu borgen, so dass Antonia rasch die Nachricht an den Fürsten verfassen konnte. Sie rollte das Pergament zusammen und versiegelte es mit Kerzenwachs.

Und dann ging alles ganz rasch. Im Schatten der Kathedrale nahm ein junger Bursche mit einem schwarzen Ross das Pergament entgegen, um es nach Rujana zu bringen. Er verlangte gerade einmal die Hälfte der Münzen, die Metza ihnen überlassen hatte. Als er auf seinem Pferd den Domhof verließ, schloss Antonia für einen Atemzug die Augen und sandte ein stummes Gebet zum Himmel. Dann kaufte sie bei einer Gewandschneiderin eine einfache Cotte, wie sie die Mägde trugen. Noch bevor der Abend einbrach, setzten sie und Jenne mit dem Vlotschiff wieder über den Rhein.

In Deutz suchten sie als Erstes das Haus des Bäckermeisters auf, wo Antonia der Magd das Doppelte der Pfennige zurückzahlte, die sie ihnen geliehen hatte.

* * *

Der Weg zurück zur Burg Drachenfels schien ihnen bei Weitem nicht so beschwerlich, wie es die Hinreise nach Köln gewesen war. Da sie noch genügend Münzen übrig hatten, brauchten sie keinen Hunger zu leiden und hatten sich sogar einen Lederschlauch besorgt. Auf einem Markt nahe dem Drachenfelsen kaufte Antonia so viel Brot, wie sie tragen konnten. Dabei achtete sie stets darauf, die Gugel tief ins Gesicht zu ziehen. Als sie gegen Abend ins Tal zurückkehrten, hielten sie Ausschau nach Conrads Männern, die Tage zuvor noch die Wälder durchkämmt hatten. Doch es war still im Wald. Nur die Stimmen der Vögel waren zu hören, die in den Baumwipfel ihre Lieder sangen. Antonia überfiel eine böse Vorahnung. Hatten die Männer Jaramir und die anderen etwa gefunden?

Hatte sie zu viel von Gott verlangt? Tränen traten ihr in die Augen.

»Was ist?«, fragte Jenne.

»Ich glaube, Conrads Männer haben die Sklaven gefunden.«

»Wie kommt Ihr darauf?«

»Wenn nicht, dann müssten sie doch durch die Wälder streifen, zumal am helllichten Tag.«

»Vielleicht haben sie die Suche aufgegeben oder durchkämmen ein anderes Gebiet.« Beschwichtigend legte Jenne ihr die Hand auf den Arm. »Sorgt Euch nicht. Ich kann mir nicht vorstellen, dass außer mir noch jemand das Versteck am Bach kennt.«

»Ich hoffe so sehr, dass du recht hast.« Antonia hätte ihr zu gern geglaubt, doch mittlerweile zitterten ihr die Beine vor Angst. Je näher sie dem Bach kamen, desto mehr verstärkte sich ihre Unruhe. Trotz des Wassers aus dem Lederschlauch war ihr Mund so trocken wie brüchiges Pergament. Allein der Gedanke, Jaramir könnte etwas zugestoßen sein, trieb ihr Tränen in die Augen. Sie betete unentwegt zu Gott, und auch Jenne war still geworden.

Als sie tiefer in den Wald vordrangen, hörten sie bald das Gurgeln des Baches. Nur noch wenige Schritte trennten sie von dem Versteck. So sehr sich Antonia auch vor dem fürchtete, was sie dort erwartete, ging sie raschen Schrittes weiter. Äste knackten. Irgendwo fauchte ein Tier. Antonia erschrak bei jedem Geräusch fast zu Tode, und ihr Herz drohte zu zerspringen.

Endlich erreichten sie das Versteck – und sahen, was Conrads Männer angerichtet hatten. Antonia schrie auf. Neben ihr schlug sich Jenne die Hände vor das Gesicht.

Der jungen Mila sowie Brana waren die Lumpen vom Leib gerissen worden. Die leeren Augen starrten in den Himmel, und ihre Münder waren weit aufgerissen. Daneben lag der Dunkelhäutige tot in seinem eigenen Blut. Antonia starrte ihn an, und die Gedanken schossen ihr wild durch den Kopf. Wo war Jaramir? Wo Dragan? Und Sveta? Sie blickte sich um. Hinter ihr erwachte Jenne aus ihrer Starre und schluchzte auf. Sie fiel auf die Knie, schloss den Toten die Augen und sprach ein Gebet. Dann erbrach sie sich in einem Busch.

Antonia stierte auf Milas bloßen Leib. So oft hatte sie sich in den letzten Tagen vorgestellt, wie das Mädchen in die Arme seiner Eltern zurückkehrte … Sie hob die Lumpen auf und bedeckte damit Milas und Branas Blöße.

Jenne zitterte am ganzen Leib. »Was ist mit den anderen? Wo sind sie?«, jammerte sie.

»Ich weiß es nicht.« Antonia glaubte vor Angst zu ersticken.

»Lass uns von hier verschwinden.« Jenne wischte sich mit dem Ärmel die Tränen von den Wangen und zog die Nase hoch.

»Wir müssen Jaramir und die anderen suchen.« Antonia wandte den Blick von den Leichen ab und erhob sich von den Knien.

»Vielleicht konnten sie sich retten«, sagte Jenne mit leiser Stimme.

»Wie denn?« Einen Atemzug lang stellte sich Antonia vor, dass es ihnen gutging, dass sie hatten fortlaufen können. Doch ihr Verstand wollte dies nicht glauben. Dafür waren sie zu schwer verletzt gewesen.

Jenne griff nach ihrer Hand und zog sie von dem Unglücksort fort. Als sie ein Stück den Bach entlanggelaufen waren, entdeckten sie Svetas leblosen Leib, der in einem Busch lag. Auch ihr war die Kehle aufgeschlitzt worden. Ihr Kleid war mit Blut getränkt, das die Sonne bereits getrocknet hatte.

Antonia schluchzte auf. Der letzte Funke Hoffnung verschwand.

Jenne schloss auch Sveta die Lider, bevor sie wieder nach Antonias Hand fasste.

»Ich will nicht wissen, was uns noch erwartet«, sagte Antonia mit erstickter Stimme.

»Sie haben Dragan und Jaramir gewiss zur Burg gebracht. Wegen des Lösegelds, wisst Ihr. Tot nutzen sie dem Grafen nichts.« Jenne presste die zitternden Lippen aufeinander.

Antonias Blick irrte durch den Wald. »Dann müssen wir auf den Drachenfelsen. Wir müssen sie befreien.«

Jenne schrie auf. »Nein! Wir können nicht zur Burg zurück. Der Graf wird uns töten.«

»Was sollen wir denn sonst tun? Wir müssen ihnen helfen, verstehst du nicht?« In Antonias Ohren rauschte das Blut. »Conrad wird auch sie töten, wenn der Fürst das Lösegeld nicht bezahlt.«

»Wir bleiben im Wald und warten, bis Fürst Wizlaw kommt. Der Bote muss doch bald schon bei ihm ankommen. Bitte lasst uns nicht hinauf zur Burg gehen«, flehte Jenne.

»Doch, ich muss. Was, wenn der Bote ein windiger Hund war und das Pergament in den nächsten Busch geschmissen hat? Dann erreicht meine Nachricht niemals den Fürsten. Ich kann nicht mehr warten. Verstehst du?«

Jenne nickte gequält. »Aber wie sollen wir es anstellen?«

»Durch den Tunnel. Wir machen es genau wie Jaramir.« Antonia dachte an ihr Gefängnis zurück, an die Mauer, die Conrad hochziehen wollte. Doch die Angst, die sie damals verspürt hatte, reichte nicht im Geringsten an die Furcht, die sie in diesem Augenblick in ihren Klauen hielt. Nein, sie fürchtete ihren eigenen Tod nicht. Viel schlimmer wäre für sie ein Leben ohne Jaramir. Allein die Vorstellung schmerzte so sehr, dass sie kaum noch Luft bekam.

»Er wird uns töten. Conrad wird uns beiden den Kopf abschlagen.« Jenne faltete die Hände vor der Brust und streckte sie gen Himmel. »Ich flehe Euch an, lasst uns im Wald bleiben.« Ein Strom von Tränen rann über ihre Wangen.

In diesem Augenblick schämte sich Antonia. Wie konnte sie von Jenne verlangen, ihr junges Leben für Jaramir in Gefahr zu bringen?

»Du hast recht.«

Jenne atmete erleichtert auf. »Wir warten hier?« Ein Schluchzer bebte in ihrer Brust. »Dem Himmel sei Dank.«

»Ich nicht, aber du. Du wirst hier warten, während ich durch den Tunnel in die Burg gelange.«

Jenne starrte sie an, als habe sie eine Erscheinung. »Bitte?«

»Du hast richtig gehört.« Antonia schluckte gegen die Angst, die in ihr aufstieg.

Die Magd kniff die Augen zusammen. »Glaubt Ihr wirklich, ich lasse Euch allein?«

»Du hast schon viel zu viel auf dich genommen«, wehrte Antonia ab. »Mehr als das, was du bisher getan hast, kann ich nicht von dir verlangen. Ich will nicht, dass du dein junges Leben gefährdest.«

Mit einem Mal wurde Jennes Blick sanft. »Dragan ist auch bei Jaramir«, sagte sie leise. »Ich will auch nicht, dass er stirbt.«

Antonia lächelte, obwohl ihr das alles nicht richtig vorkam. »Dann haben wir wohl etwas gemeinsam.«

Sichtlich gequält verzog Jenne die Lippen. »Ich denke, wir sollten gehen.«

Der Knoten in Antonias Magen zog sich noch fester zusammen. Dennoch nahm sie Jennes Hand, um das Tal zu verlassen.

32

Conrad hätte eigentlich Genugtuung verspüren sollen, was jedoch nicht der Fall war. Dieser verdammte blonde Sklave hatte mit Sicherheit Antonia aus dem Turm befreit. Doch er schwieg wie ein Berg, sagte kein Wort, als sei er stumm zur Welt gekommen, ebenso der andere Rujaner. Und irgendwo draußen hinter den Bergen lief seine Gemahlin umher und verriet gewiss jeder Seele seine Machenschaften mit den Sklaven. Wenn auch nur ein einziger Mann ihr Glauben schenkte, war Conrad so gut wie tot. Und Rutger ebenfalls.

Als hätte er den Bruder beim Namen gerufen, trat dieser in Conrads Gemach.

Rutger stützte sich am Bettpfosten ab und atmete in raschen Zügen. »Metza ist immer noch nicht zurückgekehrt. Ich sorge mich um sie.«

»Wollte sie nicht eine Freundin besuchen?«

»Ja, aber sie weiß doch, wie krank ich bin. Da bleibt sie doch nicht so lange weg. Sicher ist sie von Wegelagerern niedergestreckt worden.«

Conrad verdrehte die Augen. Was interessierte ihn dieses Weib? Es war nur allzu bedauerlich, dass Rutger sich nun um sie sorgen musste. Das würde ihn gewiss noch tiefer in seine Qualen ziehen.

»So lange ist sie doch noch gar nicht fort. Es gibt also keinen Grund zur Sorge.«

»Ich weiß nicht.« Rutgers Augen lagen in tiefen Höhlen. Auf seiner Stirn furchten sich die Sorgenfalten. Er setzte sich auf die Bettkannte und griff sich an die Brust. Dann hob er den Blick. »Ist sonst alles gut? Ich meine die Sache mit den Sklaven und dem Bernstein.«

Conrad wandte den Blick auf sein Schreibpult. »Ja, sicher. Die Sklaven arbeiten, wie ihnen befohlen. Und für den Bernstein habe ich einen guten Preis erzielt. Wir können eine weitere Truhe Gold unser Eigen nennen. Außerdem ist die Mannschaft mit unserer Kogge schon seit längerer Zeit auf Rujana, um weiteren Bernstein zu beschaffen.« Still lächelte er in sich hinein. »Nun, wo die Aufseher nicht mehr die Strände bewachen, kann sich gewiss jeder Mann an dem Gold der Ostsee bedienen.« Er sah seinen Bruder an. »Sollen wir gemeinsam zu Abend essen?«

Rutger hustete trocken. »Kannst du bitte den Medicus rufen? Ich bin schon länger nicht mehr zur Ader gelassen worden.«

Conrad spürte, wie der Groll in ihm aufstieg. »Nein, Rutger. Du solltest zur Abwechslung mal das Blut in deinem Leib lassen.«

»Das hast nicht du, sondern der Medicus zu bestimmen.« Rutger massierte mit der Hand seine Herzgegend. Dann krümmte er sich und keuchte, als sei er gerade den Drachenfelsen hinaufgelaufen.

Mit einem Satz war Conrad bei ihm und umfasste seine Schultern. »Hast du Schmerzen? Sag doch etwas, Bruder.«

»Wenn du mich nicht auf dem Gewissen haben willst, ruf endlich den Medicus.« Rutger zog die Beine an und ließ sich seitlings in die Kissen fallen. Dabei zitterte er wie welkes Laub im Wind.

Conrad gehorchte und verließ das Gemach. Nachdem er einen Knecht beauftragt hatte, den Medicus zu suchen, begab er sich in den Kerker. Sein Bruder durfte nicht sterben – nicht vor ihm. Conrad wollte gar nicht daran denken, was geschehen würde, wenn ein Schultheiß den Steinbruch inspizierte und sie womöglich zum Verhör rief. Die Aufregung würde Rutger niemals verkraften. Er musste Antonia finden, und gewiss wussten diese Sklaven, wohin sie geflüchtet war. Conrad würde es schon noch aus ihnen herausbekommen.

Der Zugang zum Kerker bestand aus einer Eisenplatte, die sich in einem Schuppen befand. Lediglich mit einer Strickleiter war es möglich, dort hinunterzugelangen. Das Verlies stand handbreit unter Wasser und lag in vollkommener Dunkelheit.

Nachdem Conrad mit den Füßen das Laub zur Seite geschoben hatte, zog er die eiserne Falltür im Boden auf. Er ließ die Strickleiter hinab und entzündete eine Fackel. Dann stieg er mit einem Schüreisen bewaffnet in das Verlies und watete durch die Brühe. Hinter einer der Türen, die von dem engen Gang abführten, hörte er die Ketten der Gefangenen rasseln. Bald schon würden sie nicht mehr in der Lage sein, sich zu bewegen. Es sei denn, sie redeten.

Conrad drehte den Schlüssel in der Tür und stieß sie mit einem Tritt auf. Als er mit der Fackel dem Blonden ins Gesicht leuchtete, kniff dieser die Augen zusammen. Über ihm rasselten die Ketten, an denen er mit den Händen gefesselt war.

»Wo ist Antonia?«, bellte Conrad.

»Wer ist Antonia?« Der Mann hielt seinem Blick stand.

»Das weißt du ganz genau, du Bastard. Wer außer euch beiden sollte sie aus dem Turm befreit haben?«

»Ihr irrt.« Der Mann mahlte mit dem Kiefer.

Conrad wusste genau, dass er log, und hielt die Spitze des Schüreisens in die Flamme. Nur das schwere Atmen der Männer durchdrang die Stille. Es dauerte eine schiere Unendlichkeit, bis das Schüreisen rot glühte. Dann blickte Conrad wieder zu den Männern. »Ihr wisst also wirklich nicht, wo Antonia ist?« Er schnalzte mit der Zunge. »Das ist sehr bedauerlich für euch. Noch bedauerlicher ist es aber, dass dein angeblicher Großonkel, der Fürst von Rujana, sich nicht bereit gezeigt hat, das Lösegeld zu zahlen, das ich von ihm gefordert habe.« Conrad seufzte gespielt. »Sehr schade.« Er presste die Lippen aufeinander und hielt erneut das Schüreisen in die Flamme. Dann zählte er laut bis fünf und trat zu dem Blondschopf. »Willst du es mir immer noch nicht sagen?«

Der Sklave reckte das Kinn vor. »Lieber verliere ich mein Augenlicht.«

Conrad hielt ihm die Spitze des Schüreisens vors Gesicht, so dass er die Hitze spüren musste, die es ausstrahlte. »Willst du wirklich für alle Zeit in Dunkelheit leben?«

Der Mann wandte den Kopf zur Seite und hätte dabei fast mit der Nase das Schüreisen gestreift. Conrad fasste den Sklaven unterm Kinn und zwang ihn, ihm in die Augen zu sehen.

»Ich frage dich ein letztes Mal, Hurenbock. Wo ist meine Gemahlin?« Conrad hielt ihm die Spitze des Schüreisens vor das rechte Auge.

»Haltet ein!«, schrie der dunkelhaarige Sklave neben ihm und zog dabei heftig an der Kette. »Antonia ist nach Köln gegangen, um von dort einen Boten nach Rujana zu schicken. Ich schwöre bei Gott, dass es die Wahrheit ist.«

Conrad kniff die Augen zusammen. »Dieses verdammte Miststück.«

Der blonde Sklave warf dem anderen einen bitterbösen Blick zu.

»Es ist also wahr«, raunte Conrad.

»Nein!«, schrie der Blonde. »Sie ist nach Stralsund geflüchtet.«

»Hör mit den Lügen auf, Jaramir«, sagte der andere. »Ich kann nicht zulassen, dass du wegen einer Frau dein Augenlicht verlierst.«

Conrad lachte spöttisch auf. »Nun weiß ich wenigstens, wo meine Männer suchen müssen. Und eins könnt ihr mir glauben, sie werden Antonia schneller finden, als ihr hier verhungert seid.«

Er kehrte den erbärmlichen Kreaturen den Rücken zu und wandte sich zum Gehen. Kurz vor der Leiter hielt er noch einmal inne. Er dachte an Rutger und wie schlecht es ihm ging. Es würde ihm gar nicht gefallen, wenn er wüsste, dass die Sklaven noch am Leben waren. Oder doch?

Während Conrad kurz darauf das Laub wieder über die Falltür kehrte, entdeckte er unweit des Kerkers einen weiteren Ring, der in den Boden eingelassen war. Conrad öffnete ihn und spähte in den Gang, den er nicht kannte. Dabei erlosch seine Fackel, die er neben sich auf den Boden gelegt hatte. Wo führte dieser Gang hin? Bisher hatte er geglaubt, jeden Winkel auf der Burg zu kennen.

Ungläubig starrte er in das stockdunkle Loch. Conrad glaubte Stimmen zu hören. Leise schloss er die Tür und suchte in dem Lederbeutel an seinem Gürtel nach einem Zunderschwamm, um erneut die Fackel zu zünden. Doch wie es schien, musste er ihn im Kerker verloren haben.

* * *

Antonia konnte nicht glauben, dass der Tunnel bei ihrer Flucht genauso lang gewesen war wie nun. Die Luft war so dünn in dem schwarzen Gang, dass sie nach Atem rang.

»Ihr müsst gleichmäßig in kleinen Zügen atmen«, ermahnte Jenne sie. Die Magd kroch vor ihr her, und ab und an griff Antonia nach ihren Füßen, um sich zu vergewissern, dass sie noch nahe war.

»Bist du sicher, dass wir die richtige Abzweigung genommen haben?«, fragte Antonia.

»Schscht, nicht reden. Das verbraucht zu viel Atem.«

Antonia spürte etwas Pelziges unter ihrer Hand, zog sie rasch fort und unterdrückte einen Schrei.

»Was ist?«

»Wahrscheinlich nur eine tote Ratte.« Im nächsten Augenblick schalt sie sich selbst für ihre Empfindlichkeit und kroch weiter hinter Jenne her.

»Wir sind da!«, raunte die Magd.

Antonia hörte den Stoff ihrer Röcke rascheln, als sie sich von den Knien erhob und die Falltür aufdrückte. Dann blendete sie das Licht, das durch den Spalt fiel. Antonia atmete tief die klare Luft ein, die ihr entgegenströmte, und kletterte hinter Jenne aus dem Tunnel.

Im nächsten Moment gab die Magd einen erstickten Schrei von sich, der Antonia in Angst und Schrecken versetzte. Dann sah sie, wie Conrad nach Jennes Arm griff. Satan musste ihn geschickt haben! Wie hätte er sonst wissen können, dass sie hier aus dem geheimen Gang krochen?

»Sieh an, mein treues Eheweib.« Als er versuchte, Antonia mit dem anderen Arm zu packen, trat Jenne ihm gegen das Schienbein und wand sich aus seinem Griff. Seine Stiefel mussten jedoch mit Eisen verstärkt sein, denn es schien ihm nichts auszumachen. Er fasste Antonia mit solch einer Gewalt ins Haar, dass sie glaubte, er würde ihr die Kopfhaut abreißen. Sie schrie auf. Dann spürte sie einen Schlag gegen die Schläfe, und augenblicklich versanken die Mauern um sie herum in Dunkelheit.

Antonia erwachte erst wieder, als sie mit dem Gesicht in das kalte Wasser fiel. Sie schnappte nach Luft und wand sich, bis sie auf die Knie fand. Jemand riss an ihren Handgelenken und legte Ketten darum. Im Schein einer Fackel erkannte sie Conrad. Wo war Jenne?

Ihr Gemahl sagte mit honigsüßer Stimme: »Der Sommer neigt sich dem Ende zu, mein geliebtes Weib. Gewiss wird der Herbst viel Regen mit sich bringen. Falls du bis dahin nicht verhungert bist, wirst du wohl im ansteigenden Wasser absaufen.« Sein heiseres Lachen hallte von dem Gemäuer wider.

Allmählich klärten sich Antonias Gedanken und sie stand auf. »Wo ist Jaramir? Wo Dragan?«

»Die beiden Bastarde?« Conrad hob die Augenbrauen. »Glaubst du wirklich, ich hätte diesen Dreck am Leben gelassen?« Er zog den Rotz durch die Nase und spie ihn in die stinkende Brühe, in der sie standen. »Ein wenig müsstest du mich doch kennen, Weib.«

Neben ihr schrie Jenne auf. Antonia schnürte sich der Brustkorb zusammen, und ihre Augen füllten sich mit Tränen.

Conrad lachte schallend. Doch dann verstummte er und kniff die Lider zusammen. »Lieber hätte mich auf Rujana die Pest treffen sollen, als dass ich dich traf! Seit du auf der Burg bist, geht es Rutger von Tag zu Tag schlechter. Du bist schuld, dass er sich sorgen muss. Warum hast du nicht einfach Ruhe gegeben, du elendes Weib?« Sein Gesicht kam ihr bedrohlich nahe, und sie roch seinen sauren Atem.

»Ihr seid die Ausgeburt der Hölle, nicht ich. Wisst Ihr eigentlich, wie viele Seelen Ihr auf dem Gewissen habt?« Sie schnappte nach Luft und schrie ihm all ihren Schmerz ins Gesicht. »Der Fürst von Rujana ist auf dem Weg hierher! Der Henker wird für Gott das Richtschwert führen.«

Als sie weinend vor ihm zusammenbrach, hatte Conrad nicht mehr als ein hämisches Lächeln für sie übrig. »Soll er doch.«

Nachdem die Tür ins Schloss gefallen war, suchte Antonia in der Dunkelheit Jennes Wärme. Ihre Cotte hatte sich mit Wasser vollgesogen und klebte ihr kalt am Leib. Sicher würden sie beide bald erfrieren. Jenne nahm sie in die Arme. Auch ihre Brust bebte von Schluchzern. Antonia schloss die Lider. Wenn Jaramir nicht mehr lebte, wollte sie sich auch ihrem Schicksal hingeben.

»Wir müssen sterben.« Jenne zitterte am ganzen Leib.

»Hab keine Angst, ich bin bei dir.« Antonia tastete nach Jennes eiskalter Hand und drückte sie. »Erinnerst du dich? Vater unser, der du bist im Himmel …«

Jenne holte tief Luft. »Pater noster, qui es in caelis …«

Antonia versuchte, das Zittern in ihrer Stimme zu unterdrücken. »… geheiligt werde dein Name …«

»… sanctificetur nomen tuum …«, sagte Jenne.

»… dein Reich komme …«

Jenne schluchzte auf. »Ich weiß nicht mehr weiter.«

Antonia strich ihr über den Arm, holte Luft und setzte das Gebet in deutscher Sprache fort. »Dein Reich komme, dein Wille geschehe, wie im Himmel, so auf Erden.«

»Glaubst du, er wird uns zu sich holen?«

»Ja, da bin ich mir ganz sicher.« Antonias Stimme verlor an Kraft. »Unser tägliches Brot gib uns heute, und vergib uns unsere Schuld, wie auch wir vergeben unseren …« Sie brach mitten im Satz ab. Nein, sie würde Conrad nie vergeben können, was er Jaramir angetan hatte.

»Wem? Wem vergeben wir?«, fragte Jenne in die Finsternis.

»Niemandem.« Antonias biss sich auf die bebenden Lippen. »Schlafe ruhig, meine tapfere Magd. Wenn du erwachst, wird dich ein Licht empfangen, das heller als die Sonne strahlt.« Antonia spürte, wie ihr heiß die Tränen über die Wangen perlten. Jaramir war bereits an diesem Ort, und sie würden ihm bald folgen. Sie rief sich sein Antlitz ins Gedächtnis, beschwor sein Lächeln herauf und atmete in der Erinnerung seinen Duft ein. »Nie habe ich einen Menschen so sehr geliebt wie dich.« Ihre Stimme war nicht mehr als ein Hauch.

»Ich liebe Euch auch von ganzem Herzen«, murmelte Jenne. Ihre Brust bebte ein letztes Mal, dann beruhigte sich ihr Atem.

Antonia weinte still, bis auch sie endlich der Schlaf übermannte.

33

Kurz vor Bonn hatte es heftig zu regnen begonnen. Sechs Tage war Metza noch in Köln bei ihrer Freundin geblieben, dann hatte die Sorge um Rutger sie wieder zurück auf den Drachenfelsen getrieben. Nun lenkte der Knecht den Wagen hinauf zur Burg, doch der Pfad war so schlammig, dass die Räder im Morast versanken und der Gaul keinen Schritt mehr weitergehen konnte. Es nutzte alles nichts. Metza musste mit dem kleinen Friedrich aussteigen, und der Knecht nahm dem Gaul das Geschirr ab.

Die Röcke hingen Metza schwer am Leib, und ihre Füße in den seidenen Schuhen wurden bald taub von der nassen Kälte. Dazu stach der Regen wie tausend Nadeln in ihr Gesicht. Auf ihren Armen jammerte und zitterte das Kind. Um es abzulenken, setzte der Knecht es auf den Rücken des Gauls. Friedrichs kleines Gesicht erhellte sich schlagartig, als er die Finger in die rostrote Mähne krallte.

Metza sah den Knecht besorgt an. »Das ist viel zu gefährlich. Das Pferd könnte hochsteigen.«

Sie versuchte, Friedrich wieder herunterzunehmen, doch er strampelte mit Armen und Beinen und begann zu schreien, so dass sein Gesicht hochrot anlief. Metza gab auf. Sie beschloss, dicht neben ihm zu gehen, damit sie ihn zur Not auffangen konnte.

Als sie nach einer Weile durch den Regenschleier das Tor in der Mauer sahen, hörte Metza gleichzeitig hinter sich das Schlagen von Hufen. Rasch wandte sie sich um und entdeckte gut ein Dutzend Reiter. Der Mann an der Spitze trug eine bunte Tunika, die der Regen dunkel gefärbt hatte.

Die Männer trieben ihre Gäule an ihnen vorbei bis zum Tor, wo sie die Zügel zurückrissen.

Der Knecht runzelte die Stirn. »Wer ist denn das?«

»Das werden wir sicher gleich erfahren.« Gebannt sah Metza zu den Männern, die von ihren Rössern sprangen und auf die Wachmänner zugingen. Allmählich ahnte sie, wer dieser Besuch sein mochte. Die Botschaft, die Antonia von Köln aus geschickt hatte, war wohl beim Fürsten von Rujana angekommen.

Als die Wachen die Lanzen kreuzten, zog einer der Männer das Schwert. Sein dunkles Haar lag regenschwer auf seinem Umhang, auf dem das Kreuz des Deutschordens zu sehen war. Metza lief zu den Männern.

»Öffnet das Tor«, sagte sie außer Atem zu den Wachen. »Der Graf erwartet die Herrschaften bereits.«

Die Wachmänner stierten sie an. »Nie und nimmer. Das sind bewaffnete Ritter«, sagte der älteste. Er sah zu dem Banner, das einer der Männer trug. Es zeigte einen zweischwänzigen Löwen vor einem gelben Hintergrund. »Ihr seid also Fürst Wizlaw«, sagte er und umklammerte fest die Lanze in seinen Händen.

Der zweite Wachmann sah ihn an. »Ich wüsste nicht, dass unser Herr den Zorn der Rujaner auf sich gezogen haben könnte. Du etwa?«

»Hat er auch nicht«, wandte Metza ein. »Der Fürst ist in friedlicher Absicht hier.« Sie sah zu Wizlaw und zwinkerte.

»Wenn das so ist, warum zieht der Recke dann sein Schwert?«

Metza hatte das Geplänkel satt. Es war an der Zeit, dass Conrad endlich seine gerechte Strafe bekam. »Öffnet das Tor. Ich befehle es euch.«

Der Fürst neigte das Haupt und sah den Wachmann an. »Er wird das Tor auch ohne Euren Befehl öffnen müssen, denn ich führe ein Schreiben der Gerichtsbarkeit des Erzbistums von Köln bei mir.« Er wandte den Blick zu seinem Gefolge. »Und nicht nur das. Unter den Männern sind gut ein halbes Dutzend Schergen, die der Erzbischof mir mit auf den Weg gegeben hat. Wenn nicht ich mich um die Herren von Drachenfels kümmere, werden sie es tun.«

Während die Wachleute eilig das Tor öffneten, zuckte Metza bei seinen Worten zusammen. »Eure Hoheit, ich bitte Euch – was die Sklaven sowie das Lösegeld angeht, ist Conrad verantwortlich. Sein Bruder Rutger wusste von all dem kaum etwas. Verschont meinen Gemahl, denn er liegt sterbend darnieder. Wahrscheinlich wird er den Tod finden, noch bevor das Urteil gefällt ist.«

»Das, werte Gräfin, wird ganz von der Aussage Eures Schwagers abhängen.«

Metza presste die Lippen aufeinander. »Ich verstehe. Doch bitte lasst mich noch einmal mit Conrad reden, bevor Ihr ihn in Gewahrsam nehmt.«

»Aber nur in meinem Beisein.« Der Fürst straffte die Zügel, gab den Reitern hinter sich ein Zeichen und stieß seinem Pferd die Fersen in den Bauch.

Mit donnernden Hufen preschten die Rösser zum Wohnhaus der Herrschaften. Metza überließ ihren Sohn dem Knecht, hob die Röcke und rannte ihnen hinterher. Sie erreichte just in dem Augenblick die Hauptburg, als der Fürst mit dem Ordensritter sowie drei weiteren Männern das Wohnhaus betrat. Metza holte sie ein, um sie in Conrads Arbeitszimmer zu bringen.

Das Schreibpult war jedoch verwaist, und auch in seinem Schlafgemach fanden sie Conrad nicht. Plötzlich hörte Metza ein Wimmern hinter der Tür ihres eigenen Gemaches. Sie legte den Finger auf die Lippen und bedeutete dem Fürsten, still zu sein.

Wizlaw sah sie erbost an. »Mir fehlt die Zeit für ein Versteckspiel.« Er trat an ihr vorbei und stieß die Tür auf.

Wie an jedem Tag waren in dem Gemach die Fenster verdunkelt. Im Schein der Fackeln kniete Conrad vor Rutgers Bett und starrte sie aus geweiteten Augen an. Auf seinen Wangen schimmerten Tränen. »Mein Bruder stirbt.« Er schluchzte laut auf.

Der Graf war nicht allein bei Rutger. An der anderen Seite des Bettes stand ein Priester und drückte sich ein Holzkreuz an die Brust.

Unbeeindruckt der Salbung, die der Sterbende wohl gerade erhielt, zog einer der Schergen Conrad von den Knien hoch.

Metza eilte an Rutgers Seite. Er sagte mit schwacher Stimme: »All dies habe ich vorhergesehen, doch mein Bruder wollte mir nicht glauben. Stattdessen hat er mir weiterhin Steine auf mein Herz gelegt.«

»Ich wollte lediglich, dass du dir keine Sorgen mehr machen musst«, wimmerte Conrad.

Der Ordensritter machte einen Schritt auf ihn zu. »Wo ist meine Schwester?« Als er keine Antwort erhielt, umfasste er unwirsch Conrads Kinn. »Wo, verdammt nochmal, ist meine Schwester?«

Conrad wand sich aus seinem Griff und kehrte zu seiner alten Form zurück. Kampflustig sah er seinem Gegenüber in die Augen. »Verreckt ist sie! Was hast du denn sonst gedacht, du eitler Kerl?« Er sah zu dem Fürsten. »Wizlaw, nehme ich an.«

Der rujanische Herrscher zückte sein Schwert und hielt Conrad die Spitze an die Kehle. »Richtig. Ich verlange die sofortige Herausgabe meines Neffen.«

Neben ihm hatte der Ordensritter sichtlich mit seiner Fassung zu kämpfen und knetete seine Faust. Im nächsten Moment traf sein Schlag Conrads Wange mit einer Heftigkeit, dass dieser das Gleichgewicht verlor.

Benommen taumelte Conrad, doch die Schergen ergriffen seine Arme und hielten ihn.

»Wo ist Jaramir?«, bellte Fürst Wizlaw.

Aus Conrads Nase lief Blut. Er schüttelte sich kurz, wohl um wieder zur Besinnung zu kommen. »Was weiß ich? Er hat das Weite gesucht.«

Rutger hob den Kopf aus den Kissen. »Sag ihnen, was du mir vorhin erzählt hast. Sag ihnen, was du dem Priester gebeichtet hast.«

Conrad blickte den Bruder über seine Schultern hinweg an und blieb stumm.

Rutger schnaubte und hob die Stimme. »Sag es, damit wenigstens ich meinen Frieden finde.«

Tief sog Conrad den Atem ein, bevor er den Blick wieder auf den Fürsten richtete. »Wollt Ihr wirklich wissen, was mit Eurem Neffen passiert ist?«

Metza schlug das Herz bis zum Hals. In diesem Augenblick traute sie Conrad alles zu. Seine Gier nach Gold und Macht ließ ihn über Leichen gehen, das wusste sie, seit sie Antonia in Köln getroffen hatte.

»Mein Kerker ist ihm zum Grab geworden«, spie er dem Fürsten entgegen. »Auch ihn habe ich dort unten verrecken lassen.«

Wizlaw warf ihm das Schwert vor die Füße. »Ihr werdet dafür in der Hölle schmoren! Das schwöre ich Euch.«

Metza schloss für einen Atemzug die Augen. Warum nur hatte sie nicht eher auf Antonia gehört? Die rauchgeschwängerte Luft, die sie tief durch die Nase einatmete, brannte ihr in den Lungen.

Der Ordensritter stierte Conrad an. Doch bevor er ihm an die Gurgel gehen konnte, hielten zwei der drei hochgewachsenen Männer aus den Reihen des Fürsten ihn an den Armen zurück.

»Wo ist der Kerker?«, fuhr der Fürst Conrad an.

»Sucht ihn doch.« Conrad lächelte schmierig.

In diesem Augenblick riss sich der Ordensritter aus dem Griff der Männer und sprang Conrad an die Kehle. »Jeden einzelnen Fingernagel werde ich Euch mit den Zähnen ziehen, wenn Ihr nicht sofort antwortet!« Er drückte ihm so fest die Gurgel zu, dass Conrad die Augen aus den Höhlen traten.

»Ich … ich …«, krächzte der Burgherr.

Fürst Wizlaw hob die Stimme. »Lass ihn los! Wie soll er sonst reden?«

* * *

Antonias Schlaf war wohl doch nur der kleine Bruder des Todes gewesen, denn ebenso wenig wie Jenne war sie in den Himmel gefahren. Stattdessen hatte der Durst sie übermannt, den sie mit der stinkenden Brühe zu ihren Füßen hatte stillen können. Antonia wusste nicht, wie lange sie und Jenne nun schon auf diesem Mauervorsprung hockten, den sie durch Zufall ertastet hatte. Doch anders als Jenne besaß Antonia keinen Lebenswillen mehr. Unermüdlich hielt Jenne ihre Hand, während Antonia in die Schwärze starrte. Wenn die Magd sie etwas fragte, blieb sie stumm. Sie wollte dorthin, wo Jaramir war, sie wollte ihm folgen, aber der Herr ließ sie noch nicht.

»Sie müssen uns doch etwas zu essen geben«, jammerte Jenne. »Mein Bauch tut so weh.«

Antonia hob die Hand und tastete nach Jennes Leib neben ihr. Stattdessen fand sie das verklebte Haar der Magd und strich darüber. »Es ist gewiss bald vorbei. Versuch zu schlafen.«

Jenne weinte leise. »Warum müssen wir hier sterben?«, fragte sie abermals. »Wir haben doch keinem Menschen etwas Böses getan.«

Antonia gab ihr keine Antwort. Was hätte sie auch sagen sollen? Ihre Augen brannten, als hätte jemand Sand hineingestreut. Längst hatte sie keine Tränen mehr, die sie hätte weinen können.

Jenne schreckte auf. »Hört Ihr das?«

Antonia horchte in die Finsternis. Irgendwo in dem Gemäuer näherten sich Schritte. Dann knirschte der Riegel und die Tür flog auf. Obwohl der Schein der Fackel sie blendete, sah sie einen Mann eintreten, der den Mantel eines Ritters des Deutschordens trug. Gewiss trog sie so kurz vor dem Tod ihr Verstand, und dennoch wisperte sie den Namen ihres Bruders.

Jenne sprang auf und watete dem Mann durch das Wasser entgegen. Sie sah ihn also auch.

»Ihr könnt uns hier nicht verhungern lassen!« Die Magd schluchzte auf.

»Severin?«, sagte Antonia abermals mit erstickter Stimme.

Der Mann trat näher und streckte die Hand nach ihr aus. »Komm, Schwester. Du bist frei.«

Antonia rutschte von dem Vorsprung. Als sie sich hinstellen wollte, verlor sie den Halt und sank in sich zusammen. Severin hob sie aus dem Wasser auf und trug sie aus der Zelle.

Nachdem sie kurz darauf den Hof der Hauptburg erreichten, sah sie gerade noch, wie Conrad von zwei Schergen abgeführt wurde. Ihr Magen fühlte sich wie wundgerieben an, und sie schluckte gegen die Übelkeit. Dann kam ihnen ein Mann entgegengelaufen. »Du musst uns helfen, wir brauchen eine weitere starke Hand!«, sagte er zu Severin.

»Ich trage erst meine Schwester in ihr Gemach, dann komme ich.« Severin ging mit ihr zum Wohnhaus. Jenne hielt sich tapfer auf den Beinen und begleitete die beiden.

»Wobei sollst du dem Mann helfen?«, fragte Antonia ihren Bruder.

»Wahrscheinlich die Leichen der Rujaner bergen.« Er atmete tief ein.

»Jaramir …«, wimmerte Antonia. Auch, wenn sie längst wusste, dass er tot war, klangen Severins Worte so entsetzlich endgültig. »Nicht Jaramir«, sagte sie mit kraftloser Stimme. Wie sollte sie leben können, ohne noch ein einziges Mal sein Lächeln zu sehen? Warum hatte Severin sie nicht im Kerker sterben lassen? Plötzlich spürte sie, wie die Kraft in ihren Leib zurückkehrte, und sie strampelte mit den Beinen. »Lass mich runter.« Ein letztes Mal wollte sie Jaramir sehen, ihm über die Wangen streichen, bevor er für immer von ihr ging.

Severin ließ sie hinab. »Wo willst du denn hin?«

Antonia gab ihm keine Antwort und schwankte zurück

zum Kerker, doch Severin holte sie rasch ein und griff nach ihrem Arm. »Sei vernünftig und lass dich von mir in dein Gemach bringen.«

»Nein!«

Severin seufzte schwer. »Warum willst du nochmal in den Kerker?«

Jenne stellte sich neben sie und umfasste Antonias Hand. »Wegen Jaramir. Lasst sie zu ihm gehen.«

»Der Graf sagte, er sei tot«, wandte Severin ein.

»Ich weiß. Aber ich muss mich von ihm verabschieden.« Antonia biss sich auf die Lippe, um die Tränen zu unterdrücken.

»Dann komm.« Severin ergriff ihren Arm und geleitete sie in den Kerker.

Als sie hinter Severin die Leiter hinabstieg, glaubte sie nicht mehr atmen zu können. Der Herzschlag donnerte in ihrer Brust, und die Angst krallte sich wie eine eiserne Faust um ihren Magen. Dann sah sie die zusammengekrümmte Gestalt auf dem Gang vor den Zellen kauern.

»Er kann sich nicht auf den Beinen halten«, sagte einer der Männer. »Du musst helfen, ihn die Leiter hinaufzubringen.«

Antonia vergaß zu atmen. Sie stürmte zu Jaramir, ließ sich vor ihm auf die Knie fallen und schloss die Arme um ihn.

»Dem Herrn sei Dank, du lebst«, wisperte sie.

Jaramir sah sie an. Ein Strahlen stahl sich in seinen müden Blick. Er hob mühsam die Hand und strich ihr über die Wange. »Antonia?«

»Ja, ich bin bei dir. Wir leben.« Sie nahm sein Gesicht in beide Hände und küsste ihn. Nie hatte sich etwas so wunderbar angefühlt.

Plötzlich riss ihr Bruder sie von Jaramir fort. »Noch bist du verheiratet, vergiss das nicht«, polterte er.

Antonia richtete sich auf und stemmte die Hände in die Hüften. »Du sagst mir nie wieder, was ich zu tun oder zu lassen habe.«

»Sei dir da nicht so sicher.« Severin hob eine Augenbraue.

»Doch, Bruder, da bin ich mir sicher. Noch einmal lasse ich mich nicht von dir ins Verderben schicken.«

Jaramir zog sich keuchend an dem Gemäuer hoch. »Sie gehört zu mir. Und wenn es sein muss, kämpfe ich mit dem Schwert um sie.«

Severin verdrehte die Augen. »Ich denke, wir sollten erst einmal diesen unglückseligen Ort verlassen, bevor wir uns Gedanken über die kommende Zeit machen.«

Erst jetzt sah Antonia, dass Jenne ihr die Stiegen hinabgefolgt war. Sie kauerte neben Dragan mit dem Rücken an dem Gemäuer und hielt seine Hand. »Nehmt Ihr mich mit nach Rujana?«, fragte sie mit banger Stimme und sah von Antonia zu Dragan.

»Na, du kannst vielleicht Fragen stellen.« Dragan legte den Arm um sie und stöhnte im gleichen Moment auf. »Diese verdammten Rippen!«

Jennes Wangen glühten in dem blassen Gesicht. »Du wirst dich noch lange schonen müssen. Aber nun hast du ja mich.«

34

In den letzten Sommertagen frischte der Wind auf und brachte einen Hauch von Herbst nach Rujana. Jaramir hatte noch nicht wieder nach dem Bernstein tauchen können, da seine Knochen noch eine Weile brauchten, bis sie richtig zusammengewachsen waren. Doch im nächsten Jahr würde Antonia wieder im warmen Sand sitzen und ihm dabei zusehen, wie er das Gold aus der Ostsee fischte.

Die Glocken der Marienkirche schlugen zur Non, und die Ordensschwestern schritten an ihr vorbei. Antonia legte einen Strauß gelber Astern auf das Grab ihres Vaters. Still dankte sie ihm für das Glück, das sie gefunden hatte, denn sie glaubte felsenfest, dass er dort oben beim Herrn ein gutes Wort für sie eingelegt hatte.

Als sie sich von den Knien erhob, spürte sie Jaramirs warme Hände auf den Schultern. Sie wischte sich die Tränen der Dankbarkeit von den Wangen und wandte sich zu ihm um. Als auch die letzte der Schwestern durch das hölzerne Portal in die Kirche getreten war, stellte sich Antonia auf die Zehenspitzen und küsste Jaramir rasch auf die Lippen.

»War das alles?« Er hob die Augenbrauen.

Sie berührte mit dem Zeigefinger sein Kinn. »Gewiss nicht. Warte nur, bis wir wieder daheim sind.«

Jaramir nahm ihre Hand und führte sie zu seinem Pferd.

Wenig später galoppierten sie an den Weiden der Insel vorbei, über die der Wind das erste welke Laub fegte, und erreichten bald ihre Hütte am Strand von Byntze.

Der Fürst hatte ihnen ein großzügiges Gemach auf der Burg angeboten. Doch Jaramir war Antonias Bitte, einen eigenen Haushalt führen zu können, nachgekommen und hatte eine geräumige Hütte nahe am Strand gekauft, deren Besitzer verstorben war. Wenn Antonia aus dem Fenster sah, konnte sie das Meer sehen, das mit schäumenden Zungen nach den Dünen griff. Nach dem Winter würde Jaramir ein großes Haus aus Stein bauen, wie er versprochen hatte.

Kurze Zeit später legten sie in der Hütte ihre Umhänge ab, und Antonia schürte das Feuer der Kochstelle. Nachdem sie sich wieder erhoben hatte, trat Jaramir hinter sie und löste die Kette mit dem Amulett an ihrem Hals.

»Was machst du da?« Sie wollte sich umdrehen, doch Jaramir hielt sie an den Schultern fest. »Nicht, ich habe etwas für dich.«

Sie spürte die Kühle einer neuen Kette an ihrem Hals, die schwerer wog als die vorherige.

In einem Zimmer der Hütte hatte Jaramir seine Schmiedebank aufgebaut, die er von der Rujanenburg hierhergebracht hatte. Antonia durfte es nicht betreten, da er befürchtete, sie würde seine Ordnung durcheinanderbringen.

»Ich habe dir versprochen, noch viele Schmuckstücke für dich anzufertigen. Erinnerst du dich?«

Antonia griff an ihren Hals und umfasste den Stein, der zweimal so groß war wie der vorherige. Sie glaubte die Form eines Schmetterlings zu ertasten. »Das ist gewiss wunderschön.«

Jaramir nahm ihr die Kette wieder ab, um ihr das Amulett

zu zeigen. Die dünnen Goldstreben waren wirklich zu einem Schmetterling geschmiedet und umfassten einen Bernstein, der in seiner Mitte eine Raupe gefangen hielt. Nie hatte Antonia etwas derart Schönes gesehen.

»Es wird gewiss nicht das letzte Schmuckstück sein, das ich für dich anfertige.«

»Aber ich kann doch nur eines tragen.«

»Ja, aber an jedem Tag im Jahr ein anderes.« Er küsste sie auf die Stirn.

In diesem Augenblick flog die Tür auf, und Jenne stürmte herein. In ihrer Hand hielt sie ein Pergament und winkte damit. »Ich hab den Boten abgefangen, der das für Euch gebracht hat.«

Antonia nahm ihr das Pergament aus der Hand, brach das Siegel der Herren von Burg Drachenfels und las.

Neugierig reckte Jenne den Hals. »Was steht da?«

»Die Nachricht ist von Metza.« Sie ließ das Pergament in ihrer Hand sinken und atmete tief. »Conrad ist in Bonn hingerichtet worden.«

Jaramirs Hand legte sich auf ihre Schulter. »Dann bist du nun Witwe.«

»Ja.« Antonia griff nach seiner Hand. »Ich bin endlich frei für dich.«

Unbeeindruckt vom Tod des Grafens trippelte Jenne von einem Fuß auf den anderen. »Was schreibt sie noch?«

Antonia sah wieder auf das Pergament. »Rutger ist auf Grund seiner Krankheit begnadigt worden.«

»Tatsächlich? Er lebt noch?« Ungläubig blickte Jenne auf das Schreiben.

»Ja, und es geht ihm besser, schreibt Metza. Die Trauer um Conrad lenkt ihn von seinen Ängsten ab. Sie glaube übrigens, dass Conrad und sie es waren, die ihm das Herz haben poltern lassen. Sie habe viel gutzumachen, schreibt sie noch.«

»Ja, das wird wohl so sein.« Jenne nickte heftig, ehe sie das Thema wechselte. »Dann könnt Ihr nun wohl heiraten, oder?« Abwechselnd blickte sie von Antonia zu Jaramir.

Antonia seufzte. »Wenn Severin sein Einverständnis gibt. Ansonsten wird uns wohl kein Geistlicher trauen.«

Ein spitzbübisches Grinsen umspielte Jaramirs Lippen. »Das hat er doch schon längst.«

»So? Wann denn?« Antonia dachte an den Abschied von ihrem Bruder, bevor sie nach Rujana aufgebrochen waren. Mit keinem Wort hatte er erwähnt, wie es nun mit ihr weitergehen sollte. Als sie ihn gefragt hatte, ob sie an Jaramirs Seite leben dürfe, hatte er nur gemeint, er würde es sich überlegen, und sie vorerst nach Rujana reisen lassen.

Jaramir bemerkte wohl ihre trüben Gedanken und strich ihr über die Wangen. »Vor unserer Abreise habe ich bei ihm um deine Hand angehalten, für den Fall, dass du Witwe wirst.«

»Davon weiß ich gar nichts.« Sie stutzte. »Und was hat er gesagt?«

»Wir haben seinen Segen.«

»Aber warum hat er mich dann im Unklaren gelassen?«

Jaramir holte tief Luft und legte den Arm um sie. »Wir hatten ein langes Gespräch, bei dem wir den einen oder anderen Pokal geleert haben. Mit fortgeschrittener Stunde wurde dein Bruder dann ein wenig redseliger. Nimm ihm nicht übel, was er getan hat, denn …« Er stockte und verzog bedauernd die Lippen.

»Ja?«

»Severin hat seinen Platz im Leben noch nicht gefunden. Er fühlt sich wie jemand, der ständig auf der Suche ist.«

Antonia sah ihn verständnislos an. »Wonach denn?«

»Vielleicht nach einem Platz, an dem er zu Hause ist.«

»Aber er hatte doch ein Zuhause!«

Jaramir hauchte einen Kuss in ihr Haar. »Er hat nicht das Zeug zu einem Kaufmann und kam sich im Hause deines Vaters fehl am Platz vor.«

Sie nickte. »Wenn wir uns wiedersehen, werde ich wohl ein klärendes Gespräch mit ihm führen müssen.« Sie dachte an ihre Kindheit im Haus ihrer Eltern, als sie zusammen gespielt hatten. An die ewig mahnenden Worte des Bruders, als er zu einem Mann herangewachsen war. Und an sein allzu rasches Verschwinden aus Stralsund. In diesem Augenblick litt sie mit ihm und verzieh ihm alles, was er ihr angetan hatte. Dann blickte sie zu Jaramir auf. »Es muss schrecklich für ihn sein.«

»Ja, das ist es. Ich kenne dieses Gefühl.« Er strich ihr über das Haar. »Aber das ist nun vorbei. An deiner Seite ist mein Platz, dort gehöre ich hin.«

Jaramirs Worte hüllten Antonia ein wie eine warme Decke und drangen heilend in ihr Herz, bis auch die letzte kleine Wunde verschwunden war.

Danke

Wieder einmal ist es an der Zeit, meinen Dank auszusprechen. Auch dieses Mal danke ich dem Team von Ullstein für die umfassende Gestaltung und Präsentation meines Romans. Allen voran danke ich Louisa Pagel, die mir stets mit Rat und Tat zur Seite steht. Mein Dank gilt auch Gisela Klemt für die tolle Zusammenarbeit, die immer sehr erhellend ist. Meiner Agentin Anna Mechler danke ich ganz besonders für die vertrauensvolle Betreuung und dafür, dass sie den Überblick über meine Romane behält.

Natürlich möchte ich meine Lieben zu Hause ganz besonders hervorheben. Meinem Sohn Marcel danke ich vielmals für die Geduld, die er seit jeher aufbringt, wenn ich wieder einmal geistig abwesend bin. Ganz besonders möchte ich jedoch meinem Mann Josef danken. Ohne seine Liebe wäre ich nicht fähig, mich auf diese Weise in die Gefühle der Figuren füreinander einzudenken. Ich danke ihm auch für die Kraft, die er mir gibt, und die Ruhe, mit der er mir den Rücken freihält. Die beiden sind und bleiben das schönste Geschenk, das ich vom Leben erhalten habe.